한국의 괴담

安吉煥 編著

명문당

머리말

 아무리 과학문명이 발달했다 하더라도 이른바 초자연적인 현상을 구명(究明)한다는 것은 결코 쉬운 일이 아니다. 우리 인간이 신(神)으로부터 받은 인식능력과 상상능력에는 한계가 있게 마련이기 때문이다.

 혹성(惑星)과 혹성 사이의 공간, 더 나아가서 우주계(宇宙界)와 우주계 사이의 공간, 그리고 그 우주계와 혹성들의 운행(運行)들을 천문학에서 연구하고 있다 하지만 온 우주의 생성(生成)과 운행을 적확하게 구명해내지는 못하고 있는 게 현실이다.

 또 영원성(永遠性)이라든가 영혼(靈魂)의 문제 등은 역시 과학분야 외의 현상이다. 이런 점들이 확실히 구명되지 않는 이상 우리 인간은 공포와 불안과 경이(驚異) 속에 사로잡히어 살아갈 수밖에 없다. 왜 그런 것일까? 우주계라든가 혹성, 영원성이라든가 영혼 등은 신(神)이 창조한 영역이기 때문이다. 인간이 창조해낸 것이 아니란 말이다.

 인간은 인간이 창조한, 혹은 만들어낸 기계 따위는 얼마든지 분해해 볼 수가 있고 재조립할 수가 있다. 그러나 신의 영역은 인간의 힘으로 분해하고 재조립하는 데 한계가 있기에 그런 결과를 초래한다는 말이다.

우리는 영계(靈界) 등 초자연적인 이야기를 하면 비과학적이라며 비웃고 만다. 그것은 곧 우리가 날로 과학과 상식, 합리주의 등에 길들여져 가고 있다는 증거이다. 그러나 비웃은 다음에도 일종의 불가해감(不可解感)은 남는다.

그야 어쨌거나 고대(古代)로부터 자연숭배와 외포심(畏怖心), 또는 종교적인 신비감이, 우리로 하여금 초월적인 존재를 믿게 해왔고 괴이한 분위기를 자아내게 한 데서 자연발생된 괴담(怪談)들은, 우리나라에서는 설화문학(說話文學)의 범주에 속한 형태로 전승(傳承)되어 왔다.

특징적인 것은 동양의 괴담들이 대부분 그러하듯이 동물을 의인화(擬人化)한 이야기가 많다는 점이다. 그중에서도 우리나라 괴담에 등장하는 동물은 '권선징악(勸善懲惡)'의 표본으로 되어 있는 것이 대부분이다. 그것은 선(善)한 우리 민족성과도 관계가 깊을 것으로 사료된다.

여러 자료를 망라하긴 했으나 미흡하다고 생각되는 이 졸편저(拙編著)를 허물치 않고 상재(上梓)해주신 명문당(明文堂) 김동구(金東求) 사장님과 관계직원 여러분께 감사드리며, 미흡한 점은 판을 거듭할 때마다 보완할 것을 약속드리겠다.

2000년   월

編著者 識

4

차   례

여인의 집념(執念)

만월(滿月)에 가까운 둥근 달이 하늘 높이 떠있는 대동강(大洞江) 일대는 월광(月光)을 보러 나온 사람, 시원한 바람을 쐬러 나온 사람들로 물결치고 있었다. 마침 강에는 큰 배 한 척이 오색 초롱을 빛내며 풍류소리와 아리따운 기생이 부르는 노랫소리를 흘려보내고 있었다. 강 언덕으로 놀러나온 사람들의 시선은 모두 그곳으로 향했다.

"누구의 놀잇배인지 돈깨나 들었겠는걸."

"자네는 누구의 놀이인 줄도 모르고 있었나?"

"알 리가 있어. 종일 농사 짓는 형편에……. 자네같은 마당발이나 소식이 빠르지."

"기생이 한턱 내는 거라네."

"어느 놈을 벗겨먹는 거야?"

"아니라네!"

"그러면 뭐야?"

"두옥(斗玉)이란 기생이 이번에 부임한 김감사한테 수청을 들게 되어 제 동료들에게 한턱 내는 거라네."

"아, 그래? 자넨 어디서 그런 소문을 들었어?"

사람들은 이런 말을 주고받았다.

두옥은 어려서부터 인물이 곱고 성격이 특출한데다가 또한 민감하여 사람들의 입에 오르내려왔다. 며느리로 달라는 사람 중에는 상당한 가문과 재산가도 있었는데 그녀의 숙모는 조카딸 두옥이를 큰 보배처럼 여겼었다. 숙모는 두옥이를 내세워 큰돈을 벌어 보리라는 야심으로, 쏟아져 들어오는 혼담을 거절하고 그녀에게 가무(歌舞)를 가르쳤다.

어린 두옥이는 기생으로 나서는 것은 결코 원하지 않았으나, 일찍이 부모를 여의고 의지할 곳 없는 자신을 데려다 길러준 숙모의 은혜를 생각하면 숙모의 뜻을 거절할 수가 없었다. 만일 숙모의 바람에 어그러지는 행동을 한다면 앞으로 숙모의 미움을 받을 것은 뻔한 일이다. 그리하여 두옥이는 가무를 배우기 시작했는데, 워낙 재주가 뛰어난 그녀인지라 불과 2, 3년 안에 장래의 명기(名妓)가 될 기초가 닦아졌다. 숙모는 두옥이를 데리고 평양으로 이사했고, 곧 그녀를 기적(妓籍)에 올렸다.

얼마 되지 않아 두옥의 이름은 평양을 비롯해 풍류탕아의 입에 오르내리게 되었다. 누가 두옥이를 차지하느냐 하는 것이 그들의 목표이자 관심사였다.

한갓 기생이니 제아무리 도도해 봤자 내 문벌과 권세와 돈을 앞세우면 내 말을 듣지 않을 수 있으랴. 이런 생각으로 황금을 쌓아놓고 두옥이를 마음대로 할 수 있다고 생각하는 자도 있었고, 또 권세를 빙자하여 위협을 하는 자도 있었다.

그러나 이러한 수단은 모두 물거품이 되었다. 두옥이의 마음과 몸을 사로잡은 사람은 없었다. 그 시절이나 지금이나 기생이 가무를 팔아서만 재산을 얻을 수는 없었다. 그러므로 두옥이의 지조가 이처럼 군자, 그녀의 숙모는 자신의 기대가 어그러짐에 실망했다. 숙모는,

"기생으로 나온 년이 무슨 얼어죽을 지조냐. 늙었을 때를 생각하

고 돈많은 기둥서방이라도 하나 꿰차야지."
라며 책망하였지만 두옥은 매정하게 거절하는 것이었다. 이렇게 되
자 오입쟁이 중에는 그녀를 가리켜 '고녀(鼓女)'라고 소문을 내기도
했다. 그래서 어떤 이가,

"넌 고녀라며?"
라고 묻자 두옥은 태연히 대꾸하는 것이었다.

"그런 줄 아시면 조르지 마시오"
두옥은 결코 고녀가 아니었다. 그녀는 비록 부모가 없는 탓으로
기생이 되었을 망정 몸만은 헛되이 남에게 허락하지 않았다. 다만
두옥은 자기 눈에 이 사람이면 평생을 의지해도 좋다는 인물을 만
날 때까지는 절대로 몸을 허락하지 않으리란 생각을 굳히고 있을
뿐이었다. 이러한 결심은 속으로 한 것으로, 입밖에 내지는 않았다.

그런데 이번에 새로 부임한 김감사(金監使)를 본 두옥은 기생된
보람을 비로소 느낀 듯 반가웠다. 김감사는 외모며 식견 등이 흠잡
을 데 없는 인물이었다. 나이는 장년이 될락말락하여 평안감사가 되
었으니 그의 실력과 수완도 보통이 넘으려니와 문벌이 혁혁한 것도
짐작할 만했다. 그의 도량과 수완으로 볼진대 후에 나라의 재상감이
었다.

여자로 태어나서 여염집에 시집가 살지는 못할 망정, 저러한 재상
감의 애첩이 되어 평생 호화롭게 생애를 보내리라. 내가 기생이 아
니면 어찌 일개 평민의 딸로 일국의 재상감인 평양감사의 사랑을
받을 수 있으랴.

두옥은 이런 생각으로 김감사가 부르기만을 은근히 천지신명께
빌었다. 그랬더니 부임한 지 며칠이 안되어 두옥이더러 수청을 들라
는 명령이 내렸다.

김감사는 평양부중에 두옥이란 명기가 있는데 누구에게나 몸을

허락하지 않는 처녀로서 심지어 고녀란 풍문까지 돈다는 말에 다소의 흥미를 느꼈다. 그러나 목민(牧民)의 중책을 지닌 자로서 부임하자마자 기생을 불러들이는 일도 떳떳한 도리가 아닌 것을 알고 며칠이 지나 수청 명령을 내린 것이다.

수청 명령을 받은 두옥은 여느 때와는 달리 기뻐했고, 숙모는 그녀와는 다른 뜻에서 역시 기뻐하며 벌린 입을 다물 줄 몰랐다. 두옥이 감사의 수청을 순순히 받아들였다는 말에 동네 사람들은,

"고녀니 뭐니 욕했는데 그게 아닌가 보네."

"아마 이왕 우려내려면 듬뿍 얻어내자는 심산이었겠지 뭐."

라며 입방아를 찧었다.

두옥은 감사의 사랑을 받고자 성심성의껏 애를 썼다. 수청의 회수는 날이 갈수록 잦아지고, 두옥은 언제나 처음 날과 같은 긴장과 성의로 감사를 모셨다. 그리하여 자기의 평생 소원을 말하여 감사로부터 허락과 신약(信約)을 받아내리라는 심산이었다.

그런데 미처 석 달이 지나지 않아 김감사의 내직영전(內職榮轉) 명령이 떨어졌다. 정이 들려는 순간에 헤어지는 것도 아쉽거니와 자기의 소원을 말하기 전에 헤어지게 된 것이다.

그 소식을 들은 날부터 두옥은 머리를 싸매고 자리에 누웠다. 그녀는 희망의 빛을 잃고 캄캄한 절망의 나락으로 떨어지는 것만 같았다. 그러던 중 또 한가지 두옥에게 깊은 충격을 준 사건이 일어났으니, 그것은 김감사가 부랴부랴 행리를 수습하여 상경길에 올랐다는 기별이었다.

두옥이는 깊은 절벽에서 떨어진 듯 정신이 아득하였다. 그녀는 이왕 헤어지게 된 이상 마지막으로 자기의 마음을 토로하고 그의 처분을 기다리기로 했었던 것이다. 김감사를 끝내 모시지 못한다 하더라도 간곡한 고별이라도 하여 여한을 적게 하리라고 생각도 했던

두옥이었다.

두옥의 숙모는 그녀를 위안했다.

"그리 슬퍼 마라. 남자란, 더구나 벼슬하는 이란 모두 믿지 못할 위인이야. 행여 마음 상하지 말고 다른 돈있는 사람을 사귀도록 해봐."

사람의 정이란 이다지도 괴로운 것인가. 여자가 한 남자를 사랑한 다는 것이 이다지도 괴로운 것이란 말인가. 두옥은 인생에 대하여 환멸을 느끼며 눈물을 쏟을 뿐이었다.

다음날, 일찍 자리에서 일어난 두옥은 소복단장하고 숙모에게 고 별 인사를 했다.

"숙모님, 제가 이렇게 말한다고 욕하지 마세요. 저는 아무리 생각 해도 김감사님을 저버리고는 살고 싶지 않습니다. 이길로 그 대감 뒤를 따라 서울로 올라갈 테니 숙모님께서는 그리 아십시오."

숙모는 깜짝 놀라며 말했다.

"이게 무슨 소리냐. 비록 내가 너를 이런 생활로 끌어들였지만 다 너를 위해 그랬던 것이다. 인심 후하고 돈있는 사람을 만나 살게 되면 나를 설마 굶기지는 않겠지. 또 너에게도 그 이상 좋은 일이 없을 것이고. 그런데 네가 그 대감을 따라가겠다니……. 전일에 서로 언약이 있었던 것도 아니고 저편에서는 아무 생각도 없는데 짝사랑으로 쫓아갔다가 퇴짜를 당하면 어쩌려고 그러냐! 그러지 말고 마음을 다잡아먹고, 내 말 들어라. 그 사람이 정이 있는 사 람같으면 떠날 때 너를 불러 보지도 않는단 말이냐. 그런 냉정한 사람을 쫓아가다니 안된다, 안돼!"

그러나 두옥의 결심은 굳었다. 숙모가 간곡히 말리는 것도 뿌리치 고 두옥은 집을 떠나기로 했다. 아무리 목석같은 사람이라도 모든 것을 버리고 쫓아왔다고 하면 어찌 마음이 움직이지 않을 것인가.

두옥의 고집에 숙모도 하는 수 없다는 듯 그녀를 보내고 말았다.

두옥은 아무도 모르게 길을 떠났다. 그녀의 마음은 밝았다 어두워졌다 명암이 교차하였다. 희망의 빛이 번득이어 가슴이 두근대기도 하고, 어두운 장막이 눈앞을 가리어 앞이 캄캄하기도 했다.

그녀는 가마꾼을 독촉하여 김감사의 뒤를 쫓았는데, 평양을 떠난 지 이틀이 지났을 때 김감사 일행과의 거리가 많이 좁혀져 있었다.

임진강 나루터 주막에서 김감사 일행은 점심식사를 마쳤다. 나룻배로 강을 건널 채비를 하느라 일행은 분주했다. 이윽고 김감사는 강을 건너기 위해 자리를 뜨려 했다. 그때 평양에서 수행차 따라온 자가 감사의 방에 들어왔다.

"대감, 기생 두옥이가 대감을 뵙겠다고 뒤를 쫓아왔습니다."

"누가?"

"두옥이올시다."

김감사는 잠깐 생각하더니,

"그애가 어째서 여기까지 쫓아왔더란 말이냐?"

하고 물었다.

"아마 대감께서 떠나실 때 뵙지 못했다 하여 고별 인사를 드리러 왔나 보옵니다."

김감사는 고개를 내저으며 자리에 앉았다.

"하여간 이리 불러오너라."

두옥은 가마에서 내려 감사의 방으로 불려 들어갔다. 두옥은 몸단장할 시간도 없이 김감사 앞에 섰다.

"너 웬일이냐?"

김감사의 얼굴에는 반가워하는 기색이 없었다. 난처해하는 기색만이 역력했다. 두옥은 가슴이 섬뜩하여 얼른 말이 나오지 않았다.

다만 눈물이 앞을 가릴 뿐이었다.

"날 보러 수백 리를 쫓아오다니 이 무슨 분수없는 짓이냐!"

감사의 말에 두옥의 정신은 아득해지고 전신의 피가 거꾸로 흐르는 것 같았다. 세상에 이런 무정한 말이 어디 있을까. 이것이 며칠을 그리워하였던, 아니 내 한평생을 맡기려 한 사람의 입에서 나온 말일까.

"대감께서 내직으로 영전하신다는 기별을 듣고 곧 들어가 뵈려 했습니다만 병이 들어 2, 3일 누워 있었습니다. 대감께서 길을 떠나셨다는 말에 너무나 섭섭하여 그 이튿날 바로 집을 떠나 대감의 뒤를 따랐습니다. 평생을 대감을 모시고자 하오니 행여 저버리지 마시고 일행의 뒤를 따라 서울로 함께 데려가 주소서."

두옥은 애원했다.

"날 따라 서울로 가다니 그게 무슨 지각없는 소리냐. 어명을 받들고 서울로 직행하여 궐하에 엎드릴 몸이 계집을 데리고 올라가다니 어불성설이로다. 나를 어떻게 생각했는지 모른다만 나는 다만 너를 객지에서의 외로움을 풀려고 수청들게 한 것에 지나지 않아. 너를 평생 데리고 있자는 생각도 없었고……. 그러니 얼른 이길로 네 고향으로 돌아가거라. 여봐라!"

김감사는 할 말을 마치자 수행원을 불렀다.

"이 계집을 보교에 태워 곧 돌려보내도록——."

김감사는 자리에서 일어났다.

"대감!"

두옥은 울분의 피가 머리로 치솟았다. 그녀의 얼굴은 새파랗게 질렸고, 눈에는 살기가 등등했다.

"비록 대감과 저 사이에 아무 관계가 없다 하더라도 수백 리 길을 쫓아와서 따라가겠다고 애걸하는데 어찌 그렇게 무정한 분부를 내리십니까. 제 가련한 정의를 생각해 주십시오. 어찌 사람의 도리로서 그리하실 수 있으십니까!"

두옥의 말에 김감사도 얼굴이 붉어졌다.

"이런 당돌한 계집같으니라구. 내가 널더러 쫓아오라고 했더냐. 어서 물러가지 못할까!"

그는 혀를 차고 나더니 고개를 밖으로 돌리며 호통을 쳤다.

"게 아무도 없느냐!"

수행원이 들어와 두옥에게 말했다.

"자, 어서 이리로 나오게."

그러나 두옥은 눈 하나 깜짝하지 않았다.

"날 내버려 둬요. 갈 양반은 가고 남을 사람은 남으면 되는 것 아니오."

두옥은 악에 받쳐 이렇게 발악을 했다. 분하고 원통했다. 이런 피도 눈물도 없는 냉혈한(冷血漢)에게 자신의 평생을 맡기려고 했었다니──. 두옥은 자신의 판단이 잘못되었음에 부끄러워 견딜 수가 없었다. 김감사는 벌떡 일어나 밖으로 나가 배에 올랐다.

그날 밤, 깊은 밤중에 주막을 나온 두옥은 임진강에 몸을 던져 짧지만 한많은 생을 마쳤다. 소슬한 가을바람이 일면서 쏟아지기 시작한 비가 이튿날 아침까지 구슬프게 내렸다.

서울 서대문 밖에 백여 칸의 큰 집을 지니고 젊은 벼슬아치로 권세를 누리고 있는 남구만(南九萬)은 머지않아 재상의 인수를 받을 터였다.

그는 신혼 초부터 부부가 화합하지 못하여 평생을 한방에서 부부가 잠을 자는 일이 없었다. 그러나 어머니의 방에만은 안부 인사를 거른 적이 없는 효자였다.

하루는 남판서가 어머니 방에 들어가니 전에 보지 못한 여종이 윗목에서 걸레질을 하고 있다가 살며시 일어섰다. 비록 손에는 걸레를 들었으나 청아한 눈빛의 여종은 그야말로 절세가인이었다. 알맞은 키에, 버들같이 하늘거리는 허리, 옥같은 살결——.

남구만은 여종이 나간 후 어머니에게 물었다.

"웬 계집애입니까?"

"보기에 어떠한가, 얌전하지?"

어머니도 흐뭇한 표정이었다.

"글쎄요……."

"일전에 그 계집애가 들어와서는 종으로 거두어 달라고 부탁하지 뭔가. 보기에 인물도 똑똑하고 예의범절도 모르는 것 같지 않았으나 근본을 몰라 주저했더니 부모를 여의고 당숙을 찾아 서울로 왔다가 그 당숙을 못만났다고 하더군. 갈곳 없게 되었는데 이댁의 인품이 좋으시다기에 염치불구하고 왔다며 자꾸 두어 달라고 하지 않겠나. 그래서 내 방에서 부리기로 하고 벌써 사흘째 지켜보았는데 아이가 똑똑하고 얌전하더군."

남구만은 그제서야 그런 일이 있나 보다 하고 생각했다. 그러더니 그 이튿날부터 남구만의 안 출입이 잦아졌다. 전에는 하루에 두어 번 출입했건만, 이제는 하루에도 몇차례씩 어머니 방에 출입하였고 어떤 때는 안방에 오래 눌러앉았다. 어머니는 그의 행동에 벌써 눈치를 챘다.

'저 위인이 삼월이에게 생각이 있는 게로군.'

삼월이는 새로 들어온 그 여종에게 붙여준 이름이다. 어머니는 아들을 불러 조용히 일렀다.

"대감이 요새 부쩍 내 방을 자주 드나드는 것 같네. 만일 내 방에서 부리는 삼월이가 마음에 들거들랑 데려다가 대감 방에서 부리도록 하게. 대감 수종은 곧잘 들어 줄 것이야.”

남구만은 반가운 말이었지만 그런 내색은 않고,

“그럼 그렇게 해주십시오”

라고만 대답했다. 그리하여 삼월이는 남구만을 수종들게 되었고, 겸하여 소첩이 되고 말았다. 남구만은 삼월이의 지극정성에 하루도 그녀없이는 견디지 못할 지경이었다.

달포가 꿈같이 흘렀다. 하루는 남구만의 부인이 자기 몸종을 사랑으로 보냈다.

“대감마님, 잠깐 들어오셨다 가시랍니다.”

‘평생 남편을 청하던 일이 없는 사람이 무슨 일로 날 부르지.’

의아해하면서 남구만은 부인이 있는 후당(後堂)으로 갔다.

“날 왜 불렀소?”

“감히 나리를 앉아서 청하니 죄송하옵니다. 요즈음 대감께서 부리시고 있는 삼월이란 계집은 반드시 큰 화를 끼칠 인물이오니 조심하십시오. 요새 대감의 기상을 뵈오니 여인의 살기가 뻗쳐 있습니다. 행여 여인의 투기로 이런 말을 아뢰는 것이라 생각마시고, 나라에 바친 소중한 몸이시오니 각별히 조심하시오소서.”

부인의 말에 남구만은 열없는 낯으로 그곳에서 물러나왔다. 가만 생각해보니 아내가 자기의 기상을 보았다는 것도 신기했고, 또 남편의 몸이 소중한 몸이란 것을 알아서 말하는 것이 신기한 일이었다.

사랑방으로 돌아온 남구만은 삼월이를 찾았다. 그러나 삼월이는 자리에 없었다. 사람을 불러 안팎으로 찾았으나 그녀의 종적은 끝내 알 수가 없었다.

‘괴이한 일이로다.’

아내의 기괴한 경고, 그리고 그와 함께 연기같이 사라진 삼월이. 두 가지 일을 생각하니 남구만의 마음은 께름칙했다. 저녁에 남구만

16

은 문갑 서랍에서 종잇조각을 하나 발견했다. 거기에는 여인의 필적으로,

'소첩은 대감의 사랑을 받지 못할 몸이오라 이제 영원히 돌아가나이다.'

라는 간단한 유서가 쓰여 있었다. 삼월이가 쓴 것이리라. 남구만은 점잖은 체통에 내색은 하지 않았으나, 수일을 번뇌하며 한탄했다.

그런 일이 있은 며칠 뒤, 남구만은 김정승의 부름을 받았다. 김정승이란 여러 해 전, 평양감사에서 내직으로 영전되어 들어온 김감사를 가리킴이다.

그는 몇개월 전부터 장성한 아들이 기괴한 병으로 누워 있어 정사를 돌보는 한편으로 근심이 떠날 날이 없었다. 기괴한 병이란 다른 게 아니라 밤만 되면 멀쩡했던 사람이 갑자기 통성(痛聲)을 내며 방을 헤매는 것이었다. 그리고 머리를 감싸쥐고 반은 죽어간다. 그런데 날이 새기 시작하면 언제 그랬느냐는 듯 고통은 없어졌다. 의원이며 약이며 갖은 방법을 동원했으나 도무지 효력이 없었다. 그러니 원인도 알아낼 수 없는 병으로 고생하는 것이었다.

김정승은 보다 못해 남판서를 청한 것이다. 남판서가 비록 자기보다 벼슬로 보나 나이로 보나 아래였지만 그의 지략과 초인적 심령의 힘은 평소 경모해 왔던 김정승이었다.

"밤중에 만나자고 해서 미안하오. 내 아들의 병이 심상치가 않아 대감의 능력으로 혹 원인이나 알까 하여 청한 것이오"

남판서는 김정승의 청일 뿐더러 그 병이 심상치 않다는 말에 한번 문병을 할까 생각하던 중이었다.

"소관이 본들 무얼 알겠습니까만."

남판서는 겸손히 응답한 다음 김정승과 함께 아들이 있는 방으로 들어갔다. 남판서는 방으로 한발 들여놓으려다가 무엇을 보았는지

문득 걸음을 멈추었다. 그는 문설주에 양팔을 버티고 서서 눈을 크게 뜨고 앞을 응시하고 있었다.

이 무슨 기괴한 광경인가! 젊은 계집 하나가 무슨 연장으로 김정승 아들의 머리와 몸을 마구 때리고 있는 것이었다. 그러나 이 광경은 오직 남판서의 눈에만 보일 뿐이었다. 그때 김정승의 아들을 때리고 있던 계집이 문득 획 뒤돌아보았다.

"앗!"

남판서는 크게 놀라지 않을 수 없었다. 그 계집은 바로 수일 전까지 그의 총애를 받고 있다가 사라진 삼월이였던 것이다. 남판서는 호령했다.

"네 이년! 이게 무슨 짓이냐! 어서 나가지 못할까. 그렇지 않으면 가만두지 않겠다."

김정승 이하 하인들은 남판서가 미쳤나 보다고 생각했다. 환자밖에 없는 빈방에 대고 호령을 하니 말이다. 그러나 신기하게도 아들의 고통은 그치었고 금세 잠이 들었다. 그때까지 호령하던 남판서는 조용히 방문을 닫고 김정승에게 말했다.

"이제부터는 아무 일 없을 것이니 마음놓으십시오. 그리고 내일 제가 와서 자세한 말씀을 아뢰겠사옵니다. 오늘은 그만 물러가겠습니다."

남판서는 말을 마치자, 급히 자기 집으로 돌아왔다. 그가 자기 눈에만 보이는 삼월이를 데리고 가는 것은 아무도 몰랐다. 방으로 삼월이를 데리고 들어온 남판서는,

"네가 귀신인 것을 오늘에서야 확실히 알았다. 그런데 무슨 까닭으로 김정승의 아들을 그렇게 괴롭힌 것이냐?"

하고 물었다. 삼월이는 눈물을 흘리며 대답했다.

"이제 대감의 눈에 띄었으니 더이상 무엇을 숨기겠습니까. 소첩

18

은 평양 기생 두옥이란 계집이옵니다……."

삼월이는 김감사, 지금의 김정승에게 버림받은 것과 임진강에 몸을 던져 죽은 사연을 이야기했다. 원수를 갚고자 김정승을 노렸으나 워낙 왕운이 가득한 사람이라 감히 범할 수가 없었다.

그래서 그의 아들을 범했으며 살아 생전 마음에 드는 이를 모시겠다는 결심을 풀고자 남판서 집으로 들어왔다고 말했다. 오래도록 남판서의 총애를 받고자 하였더니, 현명한 정실부인에게 간파당하여 오래 있지 못할 것을 알고 사라졌다는 말도 덧붙였다.

남판서는 두옥의 잘못된 점을 차근차근 타일렀다. 그리고 평생 그의 영혼을 위로해 주겠다는 말을 하며, 멀리 떠나게 하였다. 남판서는 사람을 시켜 두옥신(斗玉神)의 사당을 짓게 하고 그녀의 천도를 빌어 주었다. 모질고 악한 귀신의 하나인 '두억시니'는 이 '두옥신'이 와전된 것이라고 한다.

용녀(龍女)를 아내로 맞은 사람

신라 진성여왕(眞聖女王) 때의 일이다. 여왕의 막내아들 양패공 (良貝公)이 어명으로 당(唐)나라에 사신으로 가게 되었다. 양패공 일행이 탄 배는 순조롭게 서쪽을 향하여 항해하고 있었다. 당나라로 가자면 지리상 백제의 연안을 지나지 않을 수 없었는데, 해적이 극 성을 부린다는 소문이 신라에까지도 널리 퍼져 있었다. 양패공이 탄 배에는 호위하는 궁사(弓士)가 50명 동승하였다. 그들이 탄 배는 무사히 항해를 계속하여 혹도(鵠島) 근처에까지 이르렀다.

그때 배의 항로를 지휘하고 있던 늙은 선장이 이마에 손을 얹고 멀리 동남쪽을 바라보고 있더니 눈살을 찌푸렸다. 수평선 위에 한 조각 구름이 걸려 있었다.

"폭풍이 일겠군."

그는 배를 혹도로 갖다대려고 했다. 한조각 구름이 천지를 뒤집어 놓기 전에 피난 준비를 하는 게 좋을 것 같았던 것이다.

"키를 북쪽으로 돌려라!"

선장의 명령에 뭇선원들은 힘을 모아 안전한 곳으로 대피하기 위 해 애썼다. 그러나 손바닥만한 구름조각은 삽시간에 커지고 넓어지 더니, 그들의 배가 섬에 이르기 전에 벌써 온 하늘을 덮었다. 이어 서 음산한 바람이 휙휙 불어대고 물결은 흰거품을 토하기 시작했다.

20

아직 대낮인데도 캄캄한 천지에는 흰 물결만이 용틀임을 쳤고, 아주 낮게 깔린 먹구름에서는 당장에라도 폭우를 쏟아내릴 것 같았다. 그런 와중에 양패공 일행이 탄 배는 섬으로 그 뱃길을 재촉하고 있었다.

마침내 한방울 빗방울이 떨어지기 시작하더니 온 바다가 삽시간에 소나기 속에 잠겨 버렸다. 세차게 쏟아지는 소나기에 바다에서 일던 물결도 항복을 하는 듯, 아예 일어설 생각도 못하였다. 양패공 일행이 탄 배는 그래도 파선하지 않고 혹도 연변에 이르렀다.

그러나 그날 저녁과 온 밤을 폭우와 싸우면서 겨우 섬에까지 이르기는 했으나 선장 이하 궁사며 모든 일행은 기진맥진하고 말았다. 처음에는 선원들끼리 어떻게 피해 보려고 배를 몰아 보았지만 선원들만으로는 힘이 모자랐다. 그래서 궁사 및 양패공의 호위 신하까지 힘을 합하여 겨우 섬에 가까스로 도착한 것이다.

폭풍우는 하루, 이틀, 사흘, 계속되었다. 하늘을 뒤덮은 먹구름은 거두어질 줄 몰랐다. 나흘, 닷새, 엿새——. 계속되는 폭풍에 50년 이상을 바다에서 보낸 늙은 선장도 머리를 갸웃거리며 눈살을 찌푸렸다. 바다에서의 폭풍우는 하루 한때의 것이어늘 이 폭풍우는 며칠이 지나도 개일 가망이 없었다. 결국 폭풍우는 아흐레까지 계속되었다.

"저하, 아무래도 이상하옵니다."

선장은 마침내 양패공에게 말했다.

"무엇이 말이냐?"

"이번 폭풍우는 보통 폭풍우가 아닌 듯싶사옵니다."

"그러면?"

"혹 용신(龍神)의 노여움이 아닐까 하옵니다."

선장의 말에 양패공도 그럴 것이라며 점을 쳐보게 했다. 아나나

다를까, 이 섬에 신지(神池)가 있는데 그 못에 제사를 드려야 한다는 것이었다. 그날중으로 쏟아지는 비를 무릅쓰고 양패공이 제주(祭主)가 되어 지성으로 그 신지에 제사를 지냈다.

그날 밤, 양패공은 한 꿈을 꾸었다. 꿈에 백발의 노인이 나타나서,

"명궁(名弓) 한 사람을 이 섬에 남겨두라. 그러면 순풍이 불 것이다."

라는 것이었다.

양패공은 날이 밝는 대로 수행원들과 어젯밤 꿈이야기를 하며 의논했다. 그러나 누가 이 섬에 남으려고 하겠는가. 그리하여 공평하게 나뭇조각 50개를 만들어 50명의 궁사 이름을 써넣은 다음 그것을 물에 던지기로 했다. 쏟아지는 폭우 아래 궁사의 이름이 쓰여진 50개의 나뭇조각들은 바다 위로 던져졌다.

그 50개의 나뭇조각들은 물결 위에서 춤을 추더니 곧 한 개의 나뭇조각이 바닷물에 휘감겨 들어갔다. 그리고 그 나뭇조각이 빨려들어간 자리는 잠시 구멍이 생기고 좌우로 물결이 용솟음쳤다.

"누구의 이름이 쓰여진 명패이냐?"

양패공의 물음에 신하들은 나머지 나뭇조각들을 살펴보았다. '거타지(居陀知)'라는 궁사의 이름을 쓴 나뭇조각만이 없는 것이 판명되었다. 거타지는 50명의 궁사 가운데 가장 강궁(强弓)이요, 명궁으로 이름높은 자였다.

할 수 없이 거타지는 자신이 애용하는 활을 가지고 배에서 섬으로 내려섰다. 그순간 지금까지 쏟아지던 소나기가 멈추고, 하늘의 먹구름도 차차 사라지기 시작했다. 이리하여 양패공의 배는 순풍을 받고 당나라 땅을 향해 항해를 계속했다.

홀로 섬에 남은 거타지는 해안에서 멀어져가는 배를 적적한 마음으로 바라보고 있었다. 활로써 당할 일이라면 무서울 것이 없지만,

그래도 무인고도에 홀로 남아있노라니 무섭기도 했다.

"나의 앞일이 한심하구나. 내가 이곳에 남기는 하였으나 왜 남아야 하는 것인지, 내가 왜 필요한지 그 까닭을 모르겠구나."

거타지는 자신의 신세를 한탄했다.

"아유 내 신세야. 제기랄, 귀신이고 호랑이고 간에 무엇이든지 나오너라. 귀신이면 잡아서 말동무를 삼고, 짐승이거든 잡아서 먹으리라."

이런 배짱으로 앉아 있노라니 문득 뒤에서 인기척이 났다.

"무엇이냐?"

무인고도에 사람이 있을 리는 없고……. 거타지는 머리가 쭈뼛하여 홱 뒤돌아보았다. 백발의 노인이 10여보 떨어진 뒤에 서있는데 애원하는 눈초리로 그를 보고 있는 것이었다.

"웬 노인이오?"

"저는 사람이 아니라 이 신지(神池)의 용이올시다. 궁사께 소원이 있어서 이렇게 궁사를 머무시도록 한 것입니다."

"소원이란 무엇입니까? 제가 감당할 수 있는 일인지요?"

"예 말씀드립지요. 저는 이 신지의 주인으로 수십의 일족과 이 못에 살고 있었습니다. 그런데 수일 전부터 웬 난데없는 사미(沙彌)가 해뜰 무렵이면 하늘에서 내려와 다라니(陀羅尼)를 외며 이 못을 세 바퀴씩 도는 것입니다. 그러면 그 신통력으로 우리 일족은 저절로 물 위에 떠오르게 되고, 사미는 그 중에서 살찐 자를 하나씩 잡아먹어 이젠 일족이 다 없어지고 우리 늙은 내외와 딸이 하나 남아있을 뿐이올시다. 일찍이 궁사님의 높으신 명성을 들은 지 오랩니다. 이번에 이 앞바다를 지나가신다기에 우리 가족을 구원해 줍시사고 부탁하기 위해 이곳에 궁사님을 머물도록 한 것이올시다. 제발 소원이니 구원해 주소서."

노인의 눈에서는 눈물까지 흘렀다. 거타지의 마음도 움직였다.

"내 도와드릴 마음은 간절합니다만 어떻게 해야 할런지요?"

노인은 반가워하며 말했다.

"사미는 내일 해뜰 무렵에 또 내려올 것입니다. 궁사께서는 숨어 계시다가 활로써 그 사미를 쏘아 주시면 될 것입니다."

"그렇다면 어렵지 않습니다. 해보지요. 활이라면 자신있는 몸입니다. 그럼 아무 염려마시고 밝는 날 내게 사례할 준비나 해두십시오."

거타지가 승낙하자 노인은 눈물로써 사례하고 사라졌다. 그날 밤은 순식간에 지나갔다. 바위틈에서 한잠을 자고 난 거타지는 새벽녘 새 우는 소리에 눈을 떴다. 바야흐로 아침해가 동쪽 바다 위를 붉게 물들이며 그 웅장한 자태를 드러내려 하고 있었다.

"해뜰 무렵이라고 했으렸다."

기지개를 크게 켠 거타지는 눈길을 신지로 옮겼다. 그때 거타지는 기괴한 일을 보았다. 한 사미가 하늘에서 학과 같이 못가로 날아 내려오더니 다라니를 외웠다. 그리고 발걸음도 가볍게 못가를 세 바퀴 돌자, 못물이 술렁술렁 끓기 시작하더니 용 세 마리가 불쑥 물 위로 떠올랐다. 떠오른 용을 향해 사미가 손짓을 하니 자석에 끌리는 쇠붙이와 같이 용은 저절로 사미가 있는 못가로 빨려왔다.

거타지는 정신없이 그 모습을 보고 있었다. 그러다가 사미가 손을 펴서 한 마리의 용을 끌어내리려는 순간, 번쩍 정신을 차리며 활시위에 화살을 메었다. '탁' 소리와 함께 손을 놓자 화살은 시위를 떠났다.

명궁으로 이름높은 거타지의 화살은 실수가 없었다. 살이 우는 소리가 난 다음 순간, 용을 잡으려던 사미는 기괴한 소리를 지르며 못가에 거꾸러졌다. 그의 가슴에는 화살이 깊숙이 박혔다.

거타지는 손을 털고 일어나 사미가 거꾸러진 곳으로 가보았다. 조금 전까지 사미로 보이던 그것은 한 마리 늙은 여우였다. 여우는 피를 쏟으며 거꾸러져 있었는데, 그 몸은 아직까지도 부들부들 떨리고 있었다.

"궁사, 정말 고맙습니다."

어제의 그 노인이 늙은 부인과 꿇어 엎드렸다. 그림과 같고 꽃과 같은 그의 딸도 옆에 함께 꿇어 엎드렸다.

"어떻게 이 은혜에 보답하오리까?"

노인은 그저 눈물만 흘릴 뿐이었다.

"다시 살게 된 이 은혜를 어찌 갚아야 좋을지 모르겠습니다. 제 딸아이가 비록 용렬하오나 거두어주신다면 일생동안 궁사님 곁에서 시중들게 하여 그 은혜를 만분의 일이라도 갚을까 합니다."

거타지는 아직 젊은 몸으로 그말이 싫을 리 없었다.

"저야말로 인간의 몸으로 어찌 용의 족속을 감히 거느리겠습니까만 노인께서 주신다면 사양하지 않겠습니다."

이리하여 거타지는 용녀(龍女)를 아내로 얻게 되었다. 노인은,

"먼길을 가실 텐데 아녀자를 동행하심이 불편하실 것입니다. 이 아이를 한 송이 꽃으로 변하게 하여 휴대하기에 편케 해드리겠습니다."

라고 말했다. 거타지는 아름다운 꽃을 가슴에 품고 먼저 떠난 양패공 일행의 뒤를 따르고자 물길을 떠났다. 두 용의 호위 아래 거타지가 탄 배는 나는 듯이 달려 먼저 간 배를 따라잡았다.

용들은 거타지와 양패공 일행이 탄 배를 무사히 당나라 땅까지 호위했다. 당나라에서는 신라 사신의 배가 용의 호위를 받고 왔다 하여, 신라 사신은 범상한 사람들이 아니라며 그 대접이 더없이 융숭하였다.

거타지는 가슴에 꽃을 품은 채 싱글벙글 혼자서 좋아하였다. 사람이 없는 곳에서는 꽃을 꺼내어 들여다보면서 홀로 미소짓곤 하였다. 그날 무인고도에서 본 절세가인이 지금은 한 송이 꽃으로 자기의 품속에 숨어있지만 장차 때가 되면 다시 한 사람의 미인이 될 것이다. 더구나 자기의 아내로서 일생을 같이 보낼 것을 생각하면 미소가 절로 나지 않을 수 없었다. 사명을 다하고 하루 빨리 귀국하는 날을 거타지는 목이 빠지게 기다렸다. 일각이 여삼추가 아니라 그에게는 일각이 여삼십추 이상이었다.

이윽고 당나라 황제의 융숭한 대접을 받고 사명을 마친 양패공 일행은 고국 신라로 향했다. 사신 일행의 배가 한 바다에 이르자 역시 두 마리의 용이 홀연히 나타났다. 그리고 좌우 양쪽에서 호위해 주었다. 용의 호위 아래 양패공 일행이 탄 배는 거센 물결의 위협을 받는 일 없이 쏜살처럼 바다를 건너고 백제 연안을 거쳐 신라로 돌아올 수 있었다.

거타지는 발걸음이 땅에 닿을 듯 말 듯, 날다시피 하여 집으로 달려왔다. 그는 가슴에서 품었던 꽃을 꺼내었다.

"여보, 이제 나와요!"

거타지의 부르는 소리에 꽃은 한 사람의 절세미인으로 변하였다.

"……"

여인은 고개를 다소곳이 숙이고 서있었다.

"이제 당신은 내 아내요!"

그제서야 여인은 살포시 고개를 들어 거타지를 바라보았다. 마주 보는 눈, 그동안 두고두고 그리워하고 사모하던 눈이었다. 이리하여 거타지는 절세미인을 아내로 맞이하여 즐겁고 행복하게 살았다고 한다.

치악산(雉岳山)의 유래

　강원도 원성군(原城郡) 일대에는 유명한 산들이 많이 있다. 명산
이 많으니 명사고찰(名寺古刹)도 많이 있고 예로부터 시인묵객(詩
人墨客)들이 아름다운 수석(水石)과 깊은 계곡을 찾아들어, 발길이
끊어지지 않았던 곳도 많다.

　오늘날의 치악산 기슭에 삶터를 잡은 구상관(具相寬)도 실은 선
비 출신으로서 이곳에 놀러온 적이 있음을 기화로 하여 출사(出仕)
할 것을 단념하고 주주물러 앉은 사람이다. 이제는 제법 터전을 잡
고 다랑논이나마 두어 섬지기를 마련하여 살림에는 별로 걱정하지
않고 지내는 터다.

　그러기에 농한기에 접어들면 화승총(火繩銃)을 어깨에 메고 산에
올라 짐승 사냥을 즐기는 그였다. 그날도 설화(雪花)가 온통 산을
뒤덮고 있었는데 그는 사냥을 나갔다가 꿩 다섯 마리와 큼직한 노
루를 한 마리 잡아가지고, 등에 한짐 가득 걸머지고 내려오던 참이
었다.

　해는 뉘엿뉘엿 서산마루에 걸렸는데 아직도 돌아갈 길이 많이 남
았기에 구상관은 걸음을 재촉했다. 그러나 등에 진 짐이 워낙 무거
워서 사방을 두리번거리며 잠시 쉬었다가 갈 곳을 찾았다.

　'저 건너 상원사(上院寺)까지 가서 쉬도록 하자.'

산허리를 부지런히 돌아서 고찰(古刹)인 상원사까지 온 그는 돌계단 위에 짐을 벗어놓고 걸터앉아서 담뱃대에 담배를 꾹꾹 눌러 담고 부싯돌을 켰다. 그리고 담배 연기를 쭈욱 들여마셨다가 '푸우' 소리를 내면서 내뿜던 그는 꿩이 우는 소리를 들었다.

등이 휘어질 정도로 사냥감을 지고 오던 구상관이었지만 막상 꿩 우는 소리를 듣자 슬그머니 또 욕심이 동했다. 그는 담뱃대를 턴 다음 화승총을 들고 꿩소리가 나던 곳으로 살금살금 갔다. 꿩이 우는 소리는 여전히 나고 있었다.

"끼거덕! 끼거덕!"

가까이 가자 꿩은 어찌된 일인지 인기척에도 도망칠 생각을 아니하고 그자리에서 공중으로 치솟으며 '끼거덕' 울고는 다시 그자리로 떨어지곤 하였다. 그 소리는 듣기에 아주 비창한 울음소리였다.

'희한한 꿩 다 보았네.'

구상관은 이렇게 생각하면서 살금살금 더 가까이 가보았다. 그러자 꿩은 몹시 지친 듯, 뛰어오르는 높이가 점차 줄어드는 것이었다. 그리고 우는 목소리도 점점 약해지는 듯했다.

'뭔가 사연이 있는 꿩이로구나.'

이렇게 생각하며 다가가던 구상관은 움찔했다. 꿩이 쭈그리고 앉은 곳에서 한칸쯤 떨어진 곳에 넓적한 바위가 있었다. 그 바위 위에는 홍두깨만큼이나 굵은 몸뚱이를 서리서리 똬리 틀고 앉아서 째진 혓바닥을 날름거리며 통방울같은 눈으로 꿩을 노려보는 구렁이가 있었던 것이다.

구렁이가 드러내고 있는 뾰족한 이빨로 독이라도 내뿜은 것인지, 아니면 저를 잡아먹고자 노리는 구렁이를 보고 그만 기가 질린 것인지, 어쨌든 꿩은 이제 기진맥진하여 움직이지도 못하고 있었다.

늘 잡아오던 꿩이었건만 그런 상황을 바라보던 구상관은 어쩐지 꿩이 안쓰러웠다. 약자를 동정하는 인간본능의 소치였을까?

"저런 포악한 구렁이 보았나! 꿩을 노렸기에 망정이지 저놈이 만약 나무꾼이나 사냥꾼을 노린다면은……."

온몸에 소름이 쫙 끼친 구상관은 화승총에 불을 당기고 구렁이를 조준하여,

"탕!"

하고 쏘았다. 총알은 구렁이 대가리에 명중했다. 구렁이는,

"찌익!"

소리를 내며 육중한 몸을 이리저리로 비틀어대다가 죽어 버렸다. 그 길이는 자그마치 세 발은 되었다. 구상관이 돌아보니 꿩은 거의 실신상태가 되어 숨을 할딱이고 있었다. 어쨌든 구상관은 구렁이를 한방에 쏘아잡은 것이 여간 통쾌하지 않았다.

그는 조심조심 꿩 옆으로 다가가서 두 손으로 꿩을 감싸안고 상원사 샘물로 가서 몸을 닦아 주고, 물을 떠서 꿩의 입에 흘려 넣어 주었다. 또 자기 전대를 풀어 그 속에서 먹다 남은 밥알도 정성껏 먹여 주었다. 차츰 정신을 되찾은 꿩은 두 눈을 말똥말똥 뜨고 구상관에게 고맙다는 인사라도 하듯 고개를 주억거리다가 푸드득 날아올랐고 숲속으로 날아갔다.

구상관은 사냥한 짐승들을 등에 걸머지고 가벼운 발걸음으로 집을 향했다. 그리고 여러 날이 지났다. 매섭게 몰아치던 추위도 어느 정도 누그러진 어느 날 그는 또 화승총을 메고 사냥을 나섰다.

그런데 그날따라 메추라기 한 마리 눈에 띄지 않았다. 점심때가 지나 저녁때가 다 되었건만 그는 빈손이었다.

"사냥꾼의 체면이 있지, 어떻게 빈손으로 내려간담! 사냥하기 몇 년만에 이런 일은 처음이네."

두 눈을 부릅뜨고 산골짜기를 누비던 그는 어느덧 상원사 근처에

까지 왔다. 그때 풀숲에서 커다란 멧돼지 한 마리가 용수철처럼 튀어나오더니 산비탈로 뛰어갔다. 구상관은 쾌재를 불렀다.

"오냐! 너 잘 만났다."

그는 고픈 배를 허리띠로 단단히 졸라매고 멧돼지 뒤를 추격하기 시작했다. 산비탈을 기어올라가던 멧돼지가 방향을 틀더니 이번에는 골짜기 쪽으로 미끄러지듯 내려갔다. 쫓기는 멧돼지와 뒤쫓는 사냥꾼의 경주는 계속되었다. 그러던 중 구상관은 제대로 총 한번 쏘지 못했는데 어둠이 깔리기 시작했다.

이어서 사방이 칠흑같이 어두워졌으므로 멧돼지 사냥은 포기할 수밖에 없었다. 그것은 그렇다치고 한참동안 멧돼지를 쫓던 그는 자신이 어디쯤에 와있는지조차 분간을 할 수가 없었다. 이 산이라면 손바닥 들여다보듯 환하게 아는 지리였지만 그놈의 멧돼지를 쫓다가 그만 방향감각을 완전히 잃게 되었고 지척을 알아볼 수 없는 밤이 되었으니, 길을 못찾는 것도 당연한 일이었다.

"어떡한가?"

앞일이 난감해지자 마음은 긴장되었지만 허기는 더 졌고 다리는 천근만근 무거웠다. 여기저기서 산짐승 울부짖는 소리가 들려왔다. 그는 산비탈을 조심조심 내려오다가 큰 바위를 발견했고 그 바위틈으로 기어들어갔다. 그곳에서 하룻밤 지새우고 내려가려는 것이다.

그러나 그 생각도 잠시뿐, 막상 바위틈에 쭈그리고 앉아 있자니 추위가 엄습했다. 몸은 사시나무 떨리듯하는데 배는 점점 더 고파왔다. 그는 일어나 보았다. 다리가 쑤셨다. 그래서 또 앉아 봤다. 등줄기가 써늘해지면서 오들오들 떨려왔다. 이렇게 안절부절못하던 그의 눈에 골짜기 건너편에서 반짝이는 불빛이 띄었다. 구상관은 두 손으로 눈을 비벼 보았다. 그것은 분명 별빛이 아닌 불빛이었다.

'옳다. 이젠 됐다. 저것이 절간인가, 아니면 혹은 산속으로 치성드리러 온 사람이 임시로 지어놓은 움막인가? 어쨌든 저리로 가보자. 밥을 한술 얻어먹을 수 있을는지도 모를 일이지.'

그는 용기를 냈다. 그리고 험한 산길을 넘어지며 자빠지며 기다시피 하여 그 불빛이 나는 곳을 찾아갔다. 그곳에는 오막살이 초가 한 채가 있는데 사립문은 그나마 잠겨져 있었다. 울타리 사이로 들여다보니 방안에서 불빛이 새나왔다. 구상관은 사립문을 흔들면서,

"여보시오! 주인 게시오?"

라며 소리쳤다. 그러나 방안에서는 아무 대답도 없었다. 몇번 연거푸 부르던 구상관은 은근히 화가 치밀었다.

"아니, 이집에는 사람이 있나? 없나! 벌써 잠이 들었단 말인가? 아무리 무도한 산골 사람이라도 누가 와서 찾으면 대답이라도 해야 할 게 아닌가!"

그는 염치불구하고 걸어놓은 사립문을 발길로 걷어차고 뚜벅뚜벅 안마당으로 걸어 들어갔다. 그리고 방문 앞에까지 간 그는 볼멘소리로,

"여보슈! 주인 게슈!"

라며 빽 소리질렀다. 그때서야 방안에서 낭랑한 여자 목소리가,

"거 뉘십니까? 이 한밤중에. 남자도 없고 여자 혼자만 사는 집, 누가 그리 무례스럽게 떠들어대는 거요?"

라며 나무랐다.

"예, 저 아랫마을 사는 사냥꾼인데 사냥을 나왔다가 밤중에 길을 잃어, 오도가도 못하게 되었습니다. 허기와 추위에 시달리다가 마침 불빛을 보고 찾아왔으니 하룻밤 쉬어가도록 해주십시오."

구상관은 애걸하다시피 사정을 했다.

"듣고 보니 당신 사정은 딱하게 되었습니다만 이집에는 남자도 없고 나 혼자 사는 터인데 어찌 외간남자를 불러들일 수 있겠습

니까? 딴 데 가서 알아보슈."

"아이구, 그럼 어찌하겠습니까. 물론 남녀가 유별하지만 이 깊은 밤에 험하기 짝이 없는 산골에서 집을 의지하지 않고는 기한(飢寒)도 기한이려니와 맹수에게 목숨을 뺏기게 될 것인즉 제발 사람 살리는 셈치고 하룻밤 묵어가게 해주십시오."

이렇듯 애걸했건만 방안에서는 여전히 냉담한 반응뿐이었다.

"아따! 총 잘놓는 사냥꾼도 맹수를 무서워하나요? 잡은 짐승의 고기가 있을 것이니 그것을 구워 자시면 기한은 면할 수 있을 터입니다. 여러 말 시키지 말고 어서 딴 데나 알아보시구려."

이처럼 주객(主客)이 입씨름이 오갔는데 구상관의 애걸이 측은했던지 마지막에 가서는 방안에 들어오라고 승낙하는 여인이었다. 사냥꾼은 방안에 들어서면서 제일 먼저 여인의 안색을 살폈다.

나이는 스물대여섯 살쯤 되어 보이는데 소복(素服)으로 단정하고 조신하게 앉아 있는 모습은 영낙없는 선녀였다. 하얀 눈속에 봉오리를 갓 터뜨린 옥매화(玉梅花)같기도 하고 어떻게 보면 얼음 속에 솟아 핀 수선화(水仙花)같기도 했다. 기한으로 떨던 구상관이었지만 그 여인을 한번 보는 순간 정신이 번쩍 나서 취할 것 같기도 했고 미칠 것 같기도 했다. 그는 밥을 달라거나 화롯불을 달라는 말은 꺼내지도 못한 채 이 여인의 내력을 먼저 알아보아야겠다는 생각이 불현듯 일었다.

"주인아씨께서는 원래 어디 사시다가 이런 산골로 오셨습니까? 또 바깥양반은 어디에 가셨나요?"

그가 공손히 묻자 여인은 다소곳이 고개를 숙인 채 대답했다.

"보시다시피 저는 과부올시다. 원래는 원주읍에서 내로라할만한 가정에서 자라났고 일찍이 출가를 하였다가 남편과 같이 수도(修道)를 하러 이 산속으로 들어왔는데 그 몹쓸놈의 짐승에게 남편은 변을 당했답니다. 나 혼자서 세상에 나가 산들 재미가 있을 턱도 없는지라 여기에 이처럼 초막을 짓고 수절하며 살고 있는데, 아무 때라도 그놈의 짐승이 나타나기만 하면 잡아죽여서 남편의 원수를 갚고 나서야 재가를 하든지 아니면 죽든지 하겠습니다."

"그 짐승이 어떤 짐승인데요?"

"저는 압니다. 묘하게 생긴 놈입니다."

"그럼 그 짐승의 생김새를 저에게 가르쳐 주십시오. 제가 대신 원수를 갚아드리겠습니다. 저는 비록 다른 재주는 없습니다만 총놓는 재주는 남에게 뒤지지 않습니다. 벌써 여러 해동안 사냥을 해왔거던요."

"고맙습니다."

여인은 자못 감사하다는 듯 발딱 일어났고 부엌에 가서 이글이글 숯이 피어 있는 화로를 들고 들어왔다.

"어서 몸이나 녹이십시오."

그리고 나가서 밥을 짓는 듯, 부엌에서는 솥뚜껑 닫는 소리와 그릇 부딪치는 소리가 들려왔다. 사냥꾼 구상관은 회심의 미소를 지었다.

"잘만 하면 호박이 덩굴째 굴러들어오겠는걸. 그놈의 멧돼지 바람에 고생은 했다만은 저런 미인을 만나다니…… 분명 과부라고 했것다. 그런데다가 자기 남편의 원수 갚는 것이 평생 소원이라고 했으니, 그 원수만 내가 갚아준다면 힛히히……."

그는 생각만 해도 속이 근질근질해지면서 사타구니에 힘이 들어가는 듯했다. 그는 참을 수가 없어서 부엌으로 난 쪽문 틈으로 여인을 훔쳐보았다. 볼수록 아리따웠다. 구상관은 자기도 모르는 사이에 마른침을 꼴깍 삼켰다.

그런데 여인이 몸을 방쪽으로 돌렸을 때 그녀의 눈매를 유심히 살피던 그는 그만 기겁을 하고 말았다. 아까와는 달리 눈꼬리가 치켜올라가 있고 눈에서는 광채가 번쩍이는 것이었다. 어디 그뿐인가, 이따금 혀를 내밀 때마다 끝이 째진 혀를 날름날름거리는 것이 아닌가.

'이크, 큰일났구나. 저것이 무엇이냐? 분명 사람은 아닐 것이고 ······. 그렇다면 무슨 짐승일까? 혹 뱀?'

이렇게 생각하던 구상관은 온몸에 소름이 쫙 끼치면서 머리끝이 쭈뼛거렸다. 그는 슬그머니 일어나서 벗어놓았던 망태와 총을 집어들고 뒷문으로 빠져나갔다. 그리고 걸음아 나 살려라며 도망치기 시작했다. 그러나 사방이 칠흑같이 어두운데다가 지리를 잘 모르는 그로서는 쉽게 도망칠 수가 없었다.

한편 여인은 낌새를 알아차리고 비호같이 달려와서 그의 앞을 가로막았다.

"이놈아, 가기는 어디로 간단 말이냐? 내가 누군지 네 놈은 모를 것이다. 나는 저번 때 네 놈에게 총을 맞고 죽은 대사(大蛇)님의 아내이다. 네 놈은 우리와 무슨 척을 지었기에 내 남편을 죽이어 나를 이토록 원한이 쌓이도록 만들었단 말이냐? 하늘이 도우시어 네 놈을 나에게 보낸 것이니 이번에는 네 놈의 목숨을 내가 뺏어서 원수를 갚아야겠다. 위인이 가련하기에 밥이라도 해먹이고 죽이려 했더니 그나마 먹을 복이 없어서 도망을 치다가 잡혔은즉 이 모두가 네 놈의 방정맞은 소치이니라."

신분을 밝힌 여인은 날카로운 이빨을 드러내며 사냥꾼에게 한발짝씩 다가왔다. 구상관은 정신을 바짝 차리면서 총자루를 잡고 있던 손에 힘을 주었다. 호랑이에게 물려가도 정신만 차리면 살 수 있다는 말이 문득 떠올랐다. 그는,

"여보시오, 잡아먹든 죽이든 간에 내 말이나 자세히 들어 보시오

34

그날 내가 당신 남편을 죽인 것은 무슨 원한이 있어서가 아니었소이다. 당신 남편이 자기 힘만 믿고 꿩을 잡아먹으려 하는데 그 꿩이 기가 죽어서 푸드득 날아올랐다가는 그자리에 떨어지곤 합디다. 우리 인간들은 약한 자를 보면 도와주는 미풍(美風)이 있다오. 그 꿩이 하도 불쌍하기에 총을 한방 놓아 위협을 해서 당신 남편의 버릇을 고쳐주려던 것이었는데 그만 그 총알이 빗나가는 바람에 당신 남편은 죽고 만 것이오. 처음부터 죽일 생각은 없었소이다. 이런 점들을 감안해 주시오. 부처님도 내가 한 짓을 나쁘다고 하지는 않을 것이외다. 약자를 돕는 것은 곧 대자대비하신 부처님의 마음과 같으니까요."

"그놈 변명 한번 잘한다. 죽기가 그토록 싫다면 나하고 한 가지 내기를 하자. 그 내기에서 네 놈이 지면 그때는 군소리없이 네가 죽어야 하고, 내가 지면 네 놈을 살려주기로 하겠다."

"좋소. 그 내기란 것이 무엇이오?"

"저 산 너머에 있는 상원사는 고찰(古刹)이 된 지 오래여서 종소리가 울리지 않은 지 벌써 10년이 넘었다. 오래 전에 폐허된 절간인즉 높다란 종각 위에 달린 종을 누가 쳤겠느냐? 그래서 말인데 오늘 동이 트기 전에 그 종을 쳐서 종소리가 들려오게 되면 나는 네 놈을 살려줄 것이야. 그러나 동트기 전까지 종소리가 안나면 너는 군소리말고 네 목을 늘여야 한다."

"종을 치려면 내가 가야 할 게 아니오."

"그건 안돼. 네 놈은 여기 그대로 있어야 해."

"그럼 누가 종을 친단 말이오? 그나저나 상원사 종소리가 울리는 일이 왜 그토록 필요한 거요?"

"그건 네 알 바 아니다. 굳이 알고 싶다면 말해 주마. 나는 상원사 종소리가 들려야 용이 되어 승천할 수 있어. 이제 알겠느냐?"

"……."

그러나 동이 틀 때까지 누가 상원사의 종을 울려 주겠는가. 구상 관은 난감했다. 그는 여인 앞에서 오도가도 못하다가 잡혀먹히고 말 생각을 하니 앞이 캄캄하고 다리가 후들후들 떨렸다. 그러는 중에도 시간은 각일각 흘러갔다. 동쪽 하늘이 뿌연 안개처럼 변하는 것을 보니 곧 동이 트려나 보다. 구상관은 그 동쪽 하늘을 바라보며 마른 침만 연거푸 삼켰다.

그때다.

"뎅그렁 뎅그렁!"

하고 상원사의 종소리가 울려퍼지면서 깊은 산속의 침묵을 흔들어 깨웠다.

"아니, 이럴 수가!"

"아이쿠, 종소리네."

여인과 구상관은 거의 동시에 탄성을 질렀다. 그순간 여인은 홍두 깨 굵기만한 구렁이로 변신을 하더니 입으로 피를 토해내며 그 큰 몸뚱이를 꿈틀거렸다.

"용이 된다더니 왜 이러는 거요?"

구상관이 두 눈을 비비며 물었다.

"나도 잘 모르겠다……. 아직 천 년을 채우지 못…… 못했나 보 구나."

구렁이는 더듬거리며 말하더니 그대로 죽어갔다. 그때 동쪽 하늘 이 밝아오기 시작했다. 구상관은 축 늘어져 죽은 구렁이를 힐끗 뒤 돌아본 다음 상원사 쪽을 향해서 걸음을 옮겼다.

'대체 어느 누가 종을 쳤을까? 그 생명의 은인을 찾아봐야지.'

그는 상원사의 높은 종각 밑에까지 갔고 종각 위에 매달려 있는 종을 쳐다보았다. 다 낡아빠진 종각 위에 덩그러니 매달려 있는 종이 아침 햇살을 받으며 시커먼 모습을 보이고 있었다.

"아니, 저건 웬 피?"

구상관은 유심히 살펴보았다. 종에는 분명 빨간 핏자국이 있었다. 그는 미친사람처럼 종각 주변을 뒤져 보았다. 그리고 풀숲 속에서 머리가 으스러진 두 마리의 꿩을 찾아냈다.

'그렇다면……'

그렇다. 두 마리의 꿩, 지난날 구렁이의 습격에서 구상관이 구해 주었던 꿩과 그 꿩의 배필이 머리로 종을 받아 종소리가 나게 하고는 죽어 버린 것이다. 구상관은 두 마리의 꿩을 들어올리고는 하염없이 눈물을 쏟았다. 그리고 양지바른 곳에 꿩들을 묻어 주고 말뚝으로 표시를 해놓았다.

꿩무덤 두 개가 나란히 있는 이 산을 사람들은 꿩 치(雉) 자와 큰 산 악(岳) 자를 써서 '치악산'이라고 부르게 되었다 한다.

주인 아가씨를 사모한 머슴

따뜻한 봄날이다. 마당쇠는 따스한 햇살 속에서 산들거리는 바람의 감미로운 촉감에 두 눈을 스르르 감고 있었다. 마당쇠는 지금 꿈속을 헤매고 있는 것이다. 반쯤 벌어진 입에서는 침이 흐르고, 미소띤 입가에는 주름이 잡혀 있었다. 그는 뭐라고 중얼거리고 있었다.

"아가씨, 아가씨, 헤헤헤."

마당쇠가 말하는 아가씨는 돌쇠가 얹혀살면서 일하고 있는 대감댁 무남독녀였다. 천한 머슴의 신분으로 감히 넘볼 수 없는 명문대가의 규수를 그는 사모하고 있는 것이다. 더구나 아가씨는 손꼽히는 미녀였으니 마당쇠같은 녀석으로서는 꿈속에서라도 입에 올릴 수 없는 처자였다.

"아가씨, 예 거기요, 예 아이구 시원해라. 아가씨, 아가씨의 손길은 정말 부드럽군요. 히히히."

마당쇠는 몸까지 비비 꼬아가며 중얼거렸다. 그때 안방문이 열리면서 아가씨가 나왔다. 천진하면서도 복스런 얼굴의 아가씨는 따스한 햇빛이라도 즐기러 나오는 것 같았다. 뜰을 사뿐사뿐 걷고 있는 그녀의 모습은 한폭의 그림과도 같았다.

"아가씨, 아가씨이……."

마당쇠의 헛소리는 계속되었다. 아가씨는 소리나는 쪽을 향해 눈길을 돌렸다.

"아니, 절구통에다 볼을 비비면서 뭣하는 거야! 마당쇠야!"

아가씨는 마당쇠의 모습에 짜증을 내며,

"아유, 저런 흉물이 어디 또 있담!"

하며 얼굴을 돌렸다. 못볼 것을 본 것 같은 생각이 들었던 것이다. 마당쇠는 팔을 들어 허공을 허우적대다가 깜짝 놀라 눈을 떴다.

"에이, 꿈이었구나. 그럼 그렇지……."

따스한 햇빛이 그의 몸을 향해 내리쬐었으나 마당쇠의 마음속 깊은 곳에서는 찬바람이 스치고 지나갔다.

마당쇠의 슬픔은 날이 갈수록 깊어만 갔다. 밤하늘의 별은 아무리 고와도 따올 수가 없는 것이다. 그런 것과 마찬가지로 도저히 이루어질 수 없는 사랑이건만 그것을 꿈꾸는 그의 슬픔은 형언할 길이 없는 아픔이었다. 한울타리 안에 살면서 매일 보는 아가씨이건만 머슴이라는 신분의 차이 때문에 말 한마디 제대로 걸어보지 못하고, 눈으로밖에 만족할 수 없는 것이 그의 슬픔이자 아픔이었다.

삼단같은 머리에, 늘어뜨린 분홍댕기, 갓피어난 모란꽃처럼 아리따운 얼굴에, 물찬 제비처럼 고운 몸매. 마당쇠는 아가씨의 일거수일투족을 하나도 빼놓지 않고 살펴보는 것이 낙이었다. 아가씨의 머리가 오늘은 얼마나 길어졌는지까지 훤히 알 수 있을 정도였다. 이렇듯 마당쇠의 아가씨에 대한 짝사랑은 날이 갈수록 더해만 갔다.

마당쇠는 집안일을 하면서도 항상 눈길은 아가씨에게만 쏠려 있었다. 스쳐 지나가는 아가씨의 모습을 곁눈질하여 보는 것, 이것만이 유일한 그의 즐거움이었던 것이다. 이제 얼마 안 있으면 단오(端午)날이 된다. 마당쇠는 그날만을 손꼽아 기다렸다.

단오날이면 아가씨는 마을 처녀들과 함께 그네를 탄다. 자기가 밤새워 꼰 그넷줄로 그네를 매어, 아가씨를 그네에 태워주고 밀어주는 일은 바로 마당쇠의 몫이었다. 1년 중에 가장 오랫동안, 가장 가까이에서 아가씨와 함께 있을 수 있는 시간이다. 마당쇠는 그 생각만 해도 가슴이 두근거렸다. 마당쇠는 문득 작년에 있었던 일을 생각했다. 작년에는 그가 아가씨의 그네를 밀어주지 못했던 것이다. 아가씨를 태워 막 밀어주려고 하는데 몸종인 오월이가,

"아가씬 내가 밀어드릴 테니 저리 가서 구경이나 해, 너는."

하며 마당쇠를 밀어냈던 것이다.

"그렇지만 내가 늘 하던 일인데……."

오월이는 마당쇠의 말에 입을 삐죽거렸다.

"흥, 내가 민다니까 왜 자꾸 이래. 어서 저리 가!"

마당쇠는 멋쩍어하며 물러날 수밖에 없었다. 하긴 아가씨도 이제는 제법 처녀티가 나기 시작했다. 비록 머슴이라고는 하지만 마당쇠도 남자이니 아가씨를 멀리해야 하는 것이다.

단오날 아침이 되었다. 집집마다 들과 산에서 따온 수리취 잎을 넣고 절편을 만드느라 부산했고, 여자들은 창포물에 머리를 감느라고 야단이었다.

마당쇠는 일찍부터 남산에 올라갔다. 그는 제일 커다란 느티나무에 그네를 맸다. 다른 집 머슴들도 이곳저곳에서 그네를 매는 모습이 보였다. 푸른 하늘엔 구름 한점 없었고, 지저귀는 산새소리도 여느 때보다 더 아름답게 들려왔다.

이윽고 아가씨들이 하나둘 모여들기 시작했다. 아름다운 치마저고리에 색색 댕기를 드리운 동네 아가씨들은 그네를 타기도 하고 구경을 하기도 했다. 마당쇠네 아가씨도 화사하게 차려입고 그자리에 나타났다.

"아가씨, 어서 그네를 타세요. 히히히!"

마당쇠는 떨리는 가슴을 진정하며 기어들어가는 목소리로 아가씨에게 권했다. 아가씨의 마음이야 어쨌든 상관없다. 마당쇠는 아가씨의 모습만 봐도 좋은 것이다.

마당쇠는 그넷줄을 잡고 서서 아가씨를 훔쳐보았다. 감히 똑바로 볼 수가 없었다. 아가씨는 그넷줄을 잡으면서 그네에 올랐다.

"저어, 밀어도 되겠습니까?"

"그래."

마당쇠는 아가씨 뒤로 돌아가 줄을 잡아당겼다. 아가씨의 연분홍 치마가 그의 얼굴을 스쳤다. 향긋한 냄새가 코를 찔렀다.

"하나, 둘, 셋!"

마당쇠는 셋까지 세고 줄을 놓았다. 그네는 힘차게 앞으로 나아갔다. 아가씨는 그넷줄을 꼭 잡고 힘주어 그네를 구른다. 그네는 높이 올라갔다. 연분홍 치마폭이 펄럭이면서 그 사이로 속옷이 보였다. 속옷 속으로 흰 발목 부분의 살이 드러났다. 마당쇠는 약간 뒤쪽에서 그네에 탄 아가씨를 올려다보았다.

그네 위의 아가씨는 넋을 잃은 채 치켜보는 마당쇠를 향해 소리질렀다.

"저리 가! 저리 가라니까!"

아가씨는 자기 치맛속을 들여다보는 마당쇠가 벌레만큼이나 징그럽게 생각되었다.

"이따가 혼내 줄거다!"

그래도 마당쇠는 움직일 줄 몰랐다.

"너 내 말 안들려, 저리 가!"

"……"

아가씨는 얼굴이 벌겋게 상기되면서 고함쳤다.

"어서 저리 못가!"

"……"

그제서야 마당쇠는 조금 뒤로 물러났다. 그러면서도 마당쇠의 눈길은 아가씨의 펄럭이는 치맛속을 향해 있었다. 아가씨는 자기 치맛속을 보는 마당쇠의 시선에 신경이 쓰였다. 그때다.

"아악!"

돌연 아가씨의 비명이 들렸다. 아가씨가 타고 있던 그넷줄이 끊어지고 만 것이다 땅에 떨어진 아가씨는 이세상 사람이 아니었다. 동네 아가씨들과 머슴들이 우르르 모여들었다.

"어쩌지! 죽고 말았어."

"그넷줄이 중간에서 풀어졌나 봐!"

우왕좌왕 어찌할 바를 몰라하는 사람들 가운데로 마당쇠가 뛰어들었다.

"우리 아가씨가 죽었다, 히히히!"

마당쇠는 아가씨를 껴안자 어쩔 줄 몰라했다. 동네 아가씨들은 어이가 없어 눈을 돌리고 말았다.

"저녀석이 그넷줄을 풀어지게 매놓은 것 아냐!"

"엉큼한 녀석같으니라구."

"필경은 저녀석 짓일 거라구."

아가씨들의 수군거림에도 아랑곳하지 않던 마당쇠가 품안에서 날이 시퍼런 도끼를 꺼냈다.

"어머, 뭐하려는 거지?"

깜짝 놀란 한 아가씨가 소리쳤다. 마당쇠는 도끼를 들어 아가씨의 한쪽 팔을 향해 내리쳤다.

"아가씨, 저는 아가씨를 다 차지할 수 없어요 이 팔 하나면 저는 족합니다."

"저놈이 미쳤나!"

42

"저놈을 잡아라!"

다른 집 머슴들이 소리를 치며 마당쇠를 향해 달려들었다. 마당쇠는 도끼를 휘두르며 날뛰었다. 마당쇠는 아가씨의 팔 한쪽을 껴안고 짐승같은 소리를 내며 달아났다. 뒤따르던 머슴들은 그만 마당쇠가 휘둘러대는 도끼에 겁이 나서 물러섰고 끝내는 그를 놓치고 말았다.

마당쇠는 아가씨의 팔을 꼭 껴안고 이리저리 미친 짐승처럼 산속으로 뛰어갔다. 어느덧 하늘엔 별이 총총 박혀 있었다. 마당쇠는 풀숲에 쓰러져 아가씨의 팔을 자기가 입고 있던 저고리로 꼭 쌌다.

"아가씨, 춥지요. 아가씨 죄송해요. 이렇게 몸을 떠나 팔 한쪽만 떨어져 있어 외롭지요. 미안해요."

마당쇠는 흑흑 흐느껴 울었다.

"아가씨, 난 아가씨를 조금만 가지고 있어도 행복해요. 비록 이 팔 하나만으로도요."

마당쇠는 아가씨의 팔을 더욱 힘주어 꼭 껴안았다. 그리고 울고 또 울었다. 적막한 밤공기를 타고 그의 애절한 울음소리만이 울려퍼졌다. 그때였다. 마당쇠의 눈앞에 팔 하나가 없는 아가씨가 홀연히 모습을 나타냈다.

"마당쇠야, 내 팔 내놔라."

아가씨는 살아있을 때의 그 모습과 아주 똑같았다. 그러나 목소리에는 감히 범할 수 없는 위엄이 있었다.

"어서 내 팔을 내놔!"

아가씨의 입에서 흘러나오는 피는 멈출 줄을 몰랐다. 마당쇠는 이제서야 가까스로 아가씨의 일부분을 독차지했고 그것이나마 마음껏 사랑할 수 있게 되었는데 팔을 내놓으라 하니 기가 막혔다. 그는 도저히 내놓을 수가 없었다. 마당쇠는 완강히 버티었다.

"안돼요. 줄 수 없어요."

그러자 아가씨는 고개를 휙 돌렸다.

"네가 나를 그네에서 떨어져 죽게 하고 게다가 팔까지 도둑질하다니. 어디 두고보자!"

아가씨가 바람처럼 뒤로 물러서자, 회오리바람이 일었다. 마당쇠의 몸이 떠오르면서 그 회오리바람에 휘말려들었다. 그러자 꼭 껴안고 있던 팔이 빠져나가려고 했다. 마당쇠는 정신을 차리려고 안간힘을 썼다.

"아아, 팔마저 가 버리면 나는 어떻게 살라고 ──."

마당쇠가 소리치는 순간, 그는 '쾅' 소리를 내며 땅에 떨어졌다. 그의 몸에는 아가씨의 팔도, 도끼도 없었다. 허공 속에서 아가씨의 희미한 모습이 보였다.

"이제 내 팔을 도로 찾았다."

"아가씨, 저는 못살아요! 아가씨!"

마당쇠는 몸부림치며 울었다.

"못살 바엔 죽어라. 죽는 것이 너를 위해서도 좋을 거야."

아가씨의 목소리는 더이상 들려오지 않았다. 마당쇠는,

"아가씨, 저도 죽을래요 죽어서 아가씨가 내 것이 된다면요"

라며 아가씨의 그림자라도 잡으려는 듯 고래고래 소리치면서 쫓아갔다. 죽어서라도 아가씨와 함께할 수 있다면 죽음도 두렵지 않았다.

아가씨의 환영(幻影)은 멀어져 가기만 했다. 마당쇠는 아가씨를 부르며 그뒤를 따랐다. 그는 아가씨의 환영을 잡기 위해 앞뒤를 가리지 않고 뛰어갔다. 그러다가 그만 낭떠러지에서 굴러떨어졌고 그역시 죽고 말았다고 한다.

호녀(虎女)의 부탁

　신라(新羅)의 풍속에 8월 여드렛날부터 보름날까지 '복희(福戱)'라 하는 것이 있어서, 남녀노소를 막론하고 흥륜사(興輪寺)의 전탑(塼塔)을 도는 것이 연중행사로 되어 있었다. 단풍이 울긋불긋 물든 나무 아래를 많은 남녀노소가 복을 빌면서 전탑을 도는 것이다.

　어느 해 8월 보름날이었다. 낭도(郎徒)인 김현(金現)도 이 무리에 끼어 전탑을 돌고 있었다. 밤은 어지간히 깊어 달도 중천(中天)을 지났고 서서히 서쪽으로 기울고 있었다.

　쏟아져 넘칠 듯 많았던 선남선녀도 밤이 깊어감에 따라 차츰 흩어져 집으로 돌아갔다. 삼삼오오 무리지어 썰물처럼 빠져나가자 마침내 넓은 흥륜사 경내는 쓸쓸해졌다. 그러나 끝까지 혼자 남은 김현은 계속 탑돌이를 하고 있었다.

　이렇게 늦은 밤중까지 탑돌이를 하고 있는 김현에게는 어떤 특별한 기원이 있는 것은 아니었다. 밝은 달빛과 고요한 경내, 울창한 수목, 신비스러운 분위기가 젊은 마음을 그냥 붙잡아놓은 것이다.

　'자박…… 자박……'

　그때 저편에서 문득 작은 발자국소리가 났다.

　'아직도 나말고 다른 사람이 남아있었나 보군.'

　김현은 이렇게 깊은 밤까지 탑돌이하는 사람은 자기밖에 없을 것으로 생각했다. 그런데 다른 사람이 또 있다니……

'그 사람도 젊고 외로운 영혼의 소유자인가 보다. 아니면 세상만
사를 잊어버리려는 신선인가!'

외로운 가운데 동지의식을 느낀 김현은 마음이 차츰 흥겨워졌다.
그는 비록 돌아보지는 않았지만 발장단을 맞추면서 전탑을 돌고 또
돌았다. 뒤에서 나는 발짝소리도 멎지 않고 계속해서 들려왔다. 몹
시 연약한 듯한 그 발짝소리는 멀찍이 김현의 뒤를 따라 전탑을 사
이에 두고 돌고 있었다.

반각(半刻)이 지나고 한각이 지났다. 그러나 그 발짝소리는 멎지
를 않았다. 김현은 소록소록 호기심이 일었다.

'어떤 사람이길래, 벌써 삼경(三更)이 지났는데 돌아가지도 않고
탑돌이를 하는 거지?'

그는 그 사람의 정체가 알고 싶었다. 김현은 전탑을 돌아 한쪽 숲
앞까지 와서 발길을 멈추고, 대님을 매는 체하며 허리를 굽혔다.

'자박 자박……'

발짝소리는 차차 가까워졌다. 김현은 자기 겨드랑 사이로 발짝소
리 나는 쪽을 힐끗 보았다. 희고 아름다운 얼굴의 한 처자가 염불을
외며 탑돌이를 하고 있었다. 김현은 자기도 모르게 일어나 황홀한
눈빛으로 그 처자를 바라보았다.

'세상에 저토록 아름다운 여자도 있었던가!'

밝은 달빛이 쏟아지는 고요한 밤이었다. 신비스러울 만큼 각양각
색으로 꾸며진 전각이 달빛을 받아 환하게 보였다. 외로운 김현의
마음에는 그 처자가 너무나도 아름다워 보였다.

처자의 그림자가 전각 모퉁이를 돌아섰다. 처자의 그림자가 눈앞
에서 사라지자 김현은 문득 정신을 차렸다. 그리고 얼른 그 처자의
뒤를 쫓아가려 했다. 그러나 생각을 돌린 김현은 처자가 간 방향과

반대 방향으로 가기로 했다.

'같은 방향으로 가면, 처녀의 뒤를 밟는 데 지나지 않지. 처녀가 간 방향과 반대로 가면 도중에 처녀를 만나게 될 거야.'

그리하여 김현은 탑을 돌던 도중 그 처자를 만났다. 달빛을 옆에서 받은 처자의 얼굴은, 김현에게는 난생 처음 보는 미녀로 생각되었다.

처자는 김현을 보자 다소곳이 머리를 숙이더니 그의 곁을 지나 계속 탑돌이를 했다. 김현도 처자를 따라 탑돌이를 할 수밖에 없었다. 세 번, 네 번을 만났으나 그 처자는 못본 체하며, 머리를 숙이고 염불을 외면서 지나쳤다. 다섯 번, 여섯 번, 그러나 처자의 태도에는 변함이 없었다. 김현의 마음은 갈수록 그 처자에게 기울어졌다.

젊고 외로운 김현이었다. 김현의 발걸음은 차차 빨라졌다. 발걸음이 빠를수록 처녀와 만나는 시간이 짧아지는 것이다. 김현은 용기를 냈다. 그 처자에게 직접 말을 걸어봐야겠다고 결심한 것이다.

일곱 번째 만났을 때 김현은 발걸음을 멈추려고 했다. 그러나 주저하는 사이에 처자는 그냥 지나쳐 버렸다. 여덟 번째는 입을 열려고 하였으나 미처 열기 전에 처자는 그대로 지나쳤다.

열 번째 만난 때였다. 최후의 결심으로 김현은 처자가 저편 모퉁이에 나타날 때 미리 발걸음을 멈추었다. 그리고 처자가 가까이 오기를 기다렸다. 처자가 여남은 걸음 떨어진 곳에까지 왔을 때 김현은 떨리는 가슴을 진정시키며 가까스로 입을 열었다.

"무슨 기원을 드리십니까?"

처녀는 발걸음을 멈추었다. 그리고 김현을 바라보았다. 얼굴에 미소를 띤 그녀의 백옥과도 같은 이가 달빛에 반짝거렸다.

"수(壽)·부(富)·귀(貴)를 기원합니다."

은쟁반에 옥구슬 굴리는 듯한 목소리로 처자는 대답했다. 젊은 남녀의 사귐은 빠른 법이어서 한마디의 문답이 있은 후, 곧이어 두 번째 문답이 이루어졌다. 그것이 세 번째 문답으로 이어지고……. 이렇게 해서 삽시간에 두 젊은 남녀는 가까운 사이가 되었다.

고요한 밤에 교교한 달빛이 흐르고 있다. 흥륜사 뒤쪽에는 울창한 솔밭이 있었다. 젊은 두 남녀는 어느덧 손을 맞잡고 솔밭으로 들어갔다. 비록 하늘이라도 이 맞잡은 손을 떼놓을 수 없을 정도로 두 사람은 상대방의 손을 꼭 잡고 있었다.

소나무 가지 사이로 내려 비추는 달빛을 쳐다보며 한쌍의 남녀는 나란히 앉아 인생을 말하고 행복을 속삭이며, 사랑을 다짐했다. 솔밭에서 나올 때는 이미 두 사람 마음이 굳게 결합되어 있었다.

김현은 처자의 집이라도 알아둘 겸 그녀를 집에까지 바래다 주기로 하였다. 처자는 몇번씩이나 사양했다. 그러나 그 사양에 생각을 바꿀 김현이 아니었다.

처자는 큰길을 벗어나고 마을을 지나더니 서산의 산길을 올라갔다. 김현도 처자와 함께 그 산길을 올라갔다. 처자의 집에 이르러 보니, 그집은 산 가운데 있는 초라한 오막살이였다. 그녀의 집에는 처자의 어머니인 듯한 노파가 한 사람 있을 뿐이었다.

처자의 발소리에 문을 연 노파는 뒤에 서있는 김현을 발견하자 은근한 말투로 물었다.

"저분은 누구시냐?"

잠시 주저하던 처자는 자기와 김현의 사이를 어머니에게 상세히 설명했다. 그러자 노파는 딸의 얼굴을 뚫어져라 쏘아보았다. 못마땅한 듯이 한참동안 딸의 얼굴을 쏘아보던 노파는 김현에게 들어오라고 권했다.

"잘한 일인지, 못한 일인지 모르겠지만 이렇게 된 이상 내 사윗감인즉 어서 들어오시게. 얼마 안있으면 세 아들이 돌아올 텐데 들키면 좋지 않아. 답답하겠지만 잠깐 숨어 있어야겠네."

노파는 김현을 맞아들였고, 방 한켠을 치우더니 그에게 거기 숨으라고 말했다. 이미 부부가 될 약속까지 한 처자를 따라 여기까지 오기는 했지만, 김현은 이런 일들이 이해되지 않았다. 노파의 숨으라는 권유를 들은 김현은 처자의 눈치를 살폈다. 그런데 처자의 눈짓 역시 김현에게 어서 숨으라는 것이었다.

무슨 까닭인지도 모르고 김현은 노파가 가리키는 곳에 숨었고, 숨을 죽이면서 하회만 기다리고 있었다.

이윽고 어떤 짐승이 무시무시하게 울부짖는 소리가 들려왔다. 건너편 산쪽에서 들려오는 것 같았다. 그 소리는 산이 무너지는 듯, 벼락이 내리치는 듯, 사람의 간담을 서늘케 하는 무서운 소리였다. 그리고 그 소리는 점점 오막살이 가까이에서 들리는 것 같았다.

가까워질수록 그것은 맹호(猛虎)의 울부짖음이란 것을 알았다. 한 마리의 울부짖는 소리가 아니라 두어 마리가 울부짖는 소리였다. 김현은 간이 콩알만 해졌다. 등줄기에는 식은땀이 흘렀고 온몸이 후들후들 떨렸다.

맹호들의 울부짖는 소리는 오두막 앞에서 딱 멎었다. 그리고 문이 덜컥 열렸다. 열린 문으로 코를 킁킁거리며 무언가가 들어오는 것이 보였다. 김현은 정신을 바짝 차리며 틈 사이로 내다보니 세 사람의 장정이 방안으로 성큼 들어서는 것이었다.

"어머니, 이제서야 돌아왔습니다. 남산에서 꼴 베는 머슴 하나를 잡아 저녁을 하고, 곁다리로 돼지 한 마리를 잡았습죠. 집에서는 저녁을 어떻게 하셨습니까?"

이 말에 김현은 숨이 막힐 것만 같았다. 진정할래야 진정할 수 없게 온몸이 부들부들 떨렸다.

"얘들아, 너희들은 내가 그렇게 타일렀건만 산 생명을 해치고 다니는구나. 아까도 신령님께서 오셔서 너희들을 벌주시겠다고 하시더라. 왜 내 말을 듣지 않는 게나?"

짐승도 의리가 있고, 하늘은 무서워하는 법이다. 어머니에게 이런 꾸중을 들은 세 아들은, 지금까지 뽐내던 호기는 사라지고 갑자기 침울해졌다.

"너희들은 그 천벌을 받겠다는 게냐?"

어머니의 채근에 세 아들은 묵묵부답이었다. 아랫목에 앉아 있던 처자가 그들에게 다가가 앉았다.

"오빠들은 내 말을 들으세요. 만약 오빠들 마음에 후회되시는 일이 있거든, 뒷일은 내가 모두 맡을 테니 아무 염려마세요. 그리고 다만 한 가지 조건은 오빠들 세 분이 어서 이곳을 떠나 멀리 가시라는 것입니다. 세 분이 멀리 떠나시되 이후로는 다시 살아있는 생물을 해치지 않겠다는 맹세만 하시면 제가 오빠들이 받아야 할 천벌을 대신 받겠어요."

누이동생의 조리있는 말을 들은 세 장정은 머리를 조아렸다.

"그래. 네 말대로 다시는 살아있는 생물을 해치지 않을 것을 맹세하마."

"그럼, 어서 이곳을 떠나세요. 어서요!"

장정들은 다시 세 마리의 맹호로 변하더니 꼬리를 흔들며 어머니와 누이에게 작별하고 오막살이를 떠났다. 처자는 오빠들을 내보낸 뒤, 김현을 숨어있는 곳으로부터 나오게 했다. 그녀는 자리에 꿇어 앉았다. 그녀의 눈에서는 굵은 눈물방울이 떨어졌다.

"우연한 연분으로 이렇게 모시게 되었습니다. 이제 무엇을 감추겠습니까. 보신 바와 같이 저는 사람이 아닙니다. 그러나 악연(惡緣)인지, 호연(好緣)인지는 모르겠지만 당신의 정애(情愛)는 도저히 잊을 수가 없습니다. 한번 든 정애로 한평생을 모시고 싶지

50

만 제 오빠들의 죄를 대신해서 이 집안에 내려지려는 천벌을 받기로 맹세한 몸입니다. 죽기 전에 당신께 한 가지 부탁이 있습니다. 다른 것이 아니오라 어차피 저는 사람의 손에 의해 죽을 몸입니다. 사람의 손에 걸릴진대 당신의 손에 걸리고 싶습니다.

내일 제가 거리로 뛰어들어가 몇사람을 해칠 것인데 그때 거리의 사람들은 아무리 애를 써도 저를 잡지 못할 것입니다. 그러면 임금께서는 반드시 후한 녹을 상으로 걸어서 저를 어떻게든 잡으려 하실 것입니다. 그때 당신이 저를 따라오시되 성북 숲에까지 와주세요. 그곳에서 저는 당신의 칼날에 죽고 싶습니다. 비록 호랑이의 몸이오나 이 마지막 한마디는 꼭 들어주십시오."

처자가 눈물을 흘려가며 사연을 말하는 동안 김현은 무엇에 홀린 듯 멍하니 앞만 바라보고 있었다. 처자의 말이 끝나자 김현은 겨우 입을 열었다.

"말씀의 뜻은 알아들었소. 그러나 사람에게는 또한 사람의 도리란 것이 있지 않소. 그대가 비록 호랑이라 하지만 나는 그대와 만난 것을 지금도 기뻐하고 있소. 어찌 한때의 녹봉에 눈이 어두워 그대의 목숨을 팔겠소? 사람으로서는 도저히 못할 노릇이오. 그대에게 향한 내 마음은 변하는 일이 없을 것이니 그런 마음은 버리고 우리 같이 지냅시다."

그러나 처자는 말을 듣지 않았다.

"하늘에 매인 목숨, 하늘에 바치기로 한 목숨입니다. 이미 죽기로 작정했으니 모든 정애는 잊어버리십시오. 그리고 제 부탁대로만 해주시고 죽은 뒤에 절이나 하나 세워서 제 명복을 빌어 주십시오. 저 하나 죽음으로써 제 일족(一族)이 행복하게 살고 당신께서는 영화를 누리시면서, 천명(天命)을 다하는 것이 됩니다. 그러하오니 꼭 당신 손으로 저를 죽여 주십시오."

호녀(虎女)의 부탁 51

처자는 이렇게 비는 것이었다. 비록 몸은 짐승이나, 김현은 그녀와의 정애를 끊을 수가 없었다. 하지만 처자의 결심이 그렇듯 굳으므로 그녀의 마음을 돌이키게 할 수 없음을 알았다.

"알았소. 내 그대의 말대로 하리다."

김현은 눈물로써 승낙했다. 그날 밤을 눈물로 보낸 김현은 날이 밝자 성안으로 돌아왔다. 피곤한 몸을 쉬고 있자니, 어젯밤의 일이 꿈만 같았다.

"과연 그 일이 현실세계의 일이던가?"

김현은 자꾸 의심이 일었다. 그러면서도 어젯밤에 만났던 그 처자에 대한 끊을 수 없는 정애는 그의 마음을 흔들어 놓았다.

낮이 되자, 과연 한 마리의 맹호가 성안에 뛰어들었다. 맹호는 닥치는 대로 사람을 물었는데, 물린 사람은 많았건만 목숨까지 잃지는 않았다. 그러나 그 해(害)를 입은 사람을 셀 수 없었다.

이 소문을 듣자 김현은 어젯밤의 일이 꿈이 아니요, 실제로 있었던 일이라는 것이 새삼스럽게 떠오르며, 그 처자를 제손으로 죽여야만 하는 괴로운 운명에 한숨지었다.

성안에서는 궁수(弓手)며 장정들이 모두 나와서 호랑이를 몰기 시작했다. 그러나 호랑이가 가는 곳마다 부상자가 생길 뿐, 활도 몽둥이도 아무 소용이 없었다. 호랑이는 마음대로 성안을 누비고 돌아다녔다.

왕은 마침내 호랑이를 잡는 자에게는 벼슬을 내리고 후한 상까지 준다고 방을 붙이게 했다. 김현은 드디어 이 현상에 응하였다. 그는 호랑이를 잡기 위해 길을 떠났다. 허리에는 단검을, 등에는 활과 전통(箭筒)을 걸머지고 나섰다. 보기에는 용감한 모습이었다.

그러나 김현의 마음은 아프고 괴로웠다. 지금 이 길은 호랑이를 죽이러 가는 길이지만, 한편으로는 한때나마 정이 깊이 들었던 처자를 자기 손으로 죽이러 떠나는 길이 아닌가. 비록 눈에는 눈물이 보이지 않았지만 마음속으로는 통곡을 하고 있었다.

북문 안에서 김현은 호랑이를 만났다. 호랑이는 몇사람을 물어 넘어뜨린 후 북문 밖으로 뛰쳐나갔다. 김현도 북문 밖으로 달려나갔다. 호랑이는 한참을 북문 밖 큰길을 달아나다가 문득 서서 돌아보았다. 마치 따라오는 사람의 길을 인도하듯이 김현이 거의 가까이 온 것을 확인하고서야 또다시 달리기 시작했다.

어젯밤 약속하였던 성북 숲에까지 오자 호랑이는 발길을 멈추고, 김현이 오는 쪽을 향하여 앉았다. 호랑이는 어느새 아름다운 처자가 되어 있었다. 김현은 처자에게 가까이 갔다. 처자는 김현의 손을 잡으며 그의 앞에 꿇어 앉았다. 처자의 눈에서는 눈물이 하염없이 흘러내렸다.

"어서 죽여 주세요!"

김현은 손을 움직일 수 없었다. 지금 자기 앞에 꿇어 앉은 이 처자, 처음으로 사랑을 주고받은 이 처자, 자기의 칼을 받으려고 머리를 숙이고 기다리고 있는 이 처자, 어찌 그녀의 목에 칼을 댈 수 있을까! 김현은 처자의 손을 잡은 채 묵묵히 앉아 있었다.

"약속을 잊지 않고 이렇게 와주시니 정말 고맙습니다. 오늘 몇사람을 뜻하지 않게 해쳤는데, 그 사람들의 상처난 부위에 흥륜사 간장을 발라주고 그뒤에 그 절의 나팔소리를 듣게 해주면 저절로 나을 것입니다. 그럼 어서 칼을 뽑으세요"

그러나 김현은 여전히 묵묵히 앉아 있을 뿐이었다. 그의 마음속에는 부귀고 녹봉이고 다 내던지고 이 처자와 어디론지 달아나, 일생을 함께 보내고 싶은 생각이 들었다.

처자는 자꾸 재촉하였다.

"떠나기 싫은 정은 당신과 마찬가지입니다. 그러나 하늘의 명을 어떻게 하겠습니까. 이러다가 다른 사람의 눈에라도 띄면 어쩌려고 그러세요. 어서 죽여 주세요"

그래도 김현이 가만있자 처자는 스스로 김현의 허리에서 단검을 뽑아 자기 목을 찌르고 그자리에서 거꾸러졌다. 그와 동시에 아름답던 처자의 몸은 한 마리 커다란 맹호로 변하였다.

김현은 이 처참하고 애처로운 광경에 정신을 차릴 수가 없었다. 잠시 후, 정신을 수습한 그는 그자리에 엎드려 한참을 통곡했다. 사랑하는 여인을 잃은 젊은 남자의 통곡이었다. 그리고 가엾은 호랑이와 자기의 인연을 한탄하는 한편, 호랑이의 정절과 의(義)로움을 조상하였다.

호랑이를 잡은 덕에 김현은 후한 녹작(祿爵)을 받았다. 세상에서는 그것을 호랑이를 잡은 공이라 하였으나, 김현에게 있어서는 사랑하는 여인을 제손으로 죽인 것에 대한 상급에 다름없었다. 호랑이에게 상처입은 사람들은 그때 호랑이가 김현에게 남긴 말과 같이 흥륜사의 간장을 바르게 하니, 그 즉시로 상처는 모두 나았다.

김현은 호랑이의 유언을 저버리지 않고 맑은 시냇가에 절을 하나 세웠고, 절 이름을 '호원사(虎願寺)'라 하였다. 그리고 호랑이의 명복을 빌어 주었다.

맨손으로 소를 잡아 휘두르는 이인(異人)

조선 효종(孝宗) 때 박(朴)씨 성을 가진, 힘과 무술이 뛰어난 사람이 있었다. 그는 이완(李浣) 대장이 부리는 금군(禁軍) 6백 명의 군졸들 가운데서 뽑혀 교관(敎官)이 되었다. 다른 금군들은 조련장(調練場) 근처에서 거처했는데 그만은 꼭 자기 집이 있는 남한산(南漢山) 꼭대기에서 출퇴근했다.

아침 일찍 조련장에 와서 종일 조련을 하고 남한산으로 돌아가면 아직까지도 해가 있을 정도로 걸음도 빠르고 기운이 센 사람이었다. 그런 박교관이 웬일인지 7, 8일을 조련장에 나타나지 않았다.

매일 몸소, 혹은 박교관을 시켜 금군을 조련시키던 이완은, 그가 보이지 않자 몸에 탈이라도 났나 싶어 근심이 되었다. 그리하여 사람을 박교관네 집에 보내어 알아오게 하였다. 그랬더니 그집에서 의외의 말을 전해왔다.

며칠 전, 웬 사람 하나가 홀연히 박교관을 찾아왔다. 그리고 빚어둔 술 한 독을 다 먹고, 멀쩡한 소 한 마리를 잡아먹고는 함께 밤에 나간 후 아직 소식이 없다는 것이었다.

"어찌된 일일까?"

근심도 되고 염려도 되어 이완은 얼마동안 신경을 곤두세우고 있었는데, 그 박교관이 실종된 지 8일이 지나서야 돌아왔다. 그는 이

완에게,

"조용히 뵈었으면 합니다."

라고 청하였다. 마침 궁금하던 차였던지라 이완도 사람들을 물리치고 박교관과 단둘이 이야기를 하게 되었다.

다음은 박교관의 실종 전말이다.

그날(실종되던 날), 박교관은 집에 돌아와 밭을 갈고 있었다.

"이랴! 이랴!"

소를 몰아 밭을 갈고 있는데 저편 산 아래에서 웬 패랭이를 쓴 장정이 산모롱이를 돌아오고 있었다. 그 장정을 바라보던 박교관은 깜짝 놀라고 말았다. 그 장정의 걸음이 너무나도 빨랐기 때문이다. 그다지 바삐 걷는 것 같지는 않았다. 그저 터벅터벅 걷는 것 같았으나 마치 휙휙 나는 듯하였다. 박교관 자신도 어지간히 걸음이 빠른 사람이었으나 산아래를 가고 있는 그 장정에 비기건대 아무것도 아니었다.

어느덧 저편 산모롱이에서 장정은 남한산 아래에까지 다다랐다. 그리고 잠시 보이지 않던 그는 20리 거리인 남한산 꼭대기에 성큼 올라서는 것이었다. 그곳에 올라선 그는 두리번거리다가 밭을 갈고 있는 박교관을 보더니 그리로 성큼 다가왔다.

"여보시오!"

"왜 그러시오?"

"이 근처에 박교관이라는 이가 살고 있습니까?"

박교관은 어쩐지 그 장정이 두려웠다. 그래서 어물거리며 대답했다.

"네, 삽니다."

"어디 사오?"

56

"저기 저 집에 살고 있는데 오늘은 번(番)들어 아직 안나왔소"

"안나왔다구요? 일부러 만나러 왔는데……. 늦더라도 오늘 안으로 나오기는 하겠지요?"

"글쎄요"

"여하간 기다리기로 하지."

장정은 덜컥 그자리에 주저앉았다. 박교관을 만나지 않고는 좀처럼 돌아가지 않을 눈치였다. 박교관은 궁금하기도 했다.

"여보시오?"

"예?"

장정이 박교관을 건너다보았다.

"그냥 불러보았소"

박교관은 싱겁게 씨익 웃었다.

"허허, 그 박교관은 왜 만나려고 그러시오?"

"좀 만나서 의논할 일이 있어서요"

"사실은 내가 그 박교관이오"

그말에 장정은 눈을 번쩍이더니 아래위로 박교관을 훑어보았다. 그러고 나서 입을 열었다.

"노형이 정말 박교관이오? 금군의 교관으로 있는……."

"그렇소이다."

"노형이 그 힘깨나 쓴다는 사람이오?"

"네, 조금 씁니다."

"힘이 얼마나 센지 봅시다."

장정은 밭갈이하던 소를 가리켰다.

"저 쇠꼬리를 잡고 몇번이나 휘두를 수 있소?"

생각지도 못한 주문이었다. 박교관은 이 무시무시한 장정을 그냥 얼버무려 돌려보내려고 하였다.

"에이, 무슨 말씀을 그렇게 하오. 농담도 분수가 있지."

"농담?"

장정은 눈을 부릅떴다.

"농담이라고 했소? 내가 지금 농담을 하러 대구(大邱)에서 여기까지 온 줄 아오?"

"대구서 왔소? 언제 대구서 출발하였소?"

박교관이 물었다.

"언제라니요? 7백 리 될까말까한 길을 며칠씩 다니오? 자, 어서 그 쇠꼬리를 잡고 한번 휘둘러보오."

장정의 말은 이제 아예 강압적이었다. 박교관이 보니 이 명령에 따르지 않았다가는 시비라도 걸 것 같았다. 슬며시 장정의 주먹을 살펴보자 마치 고목 등걸과도 같아, 그 주먹으로 한번 치면 쇠라도 부서질 것만 같았다.

장정의 주문을 도저히 피할 수 없을 것 같았다. 그러나 쇠꼬리를 잡고 소가 휘둘러질지 의문이었다. 박교관은 곰곰이 생각해 보았다. 자기도 힘깨나 쓰는 처지가 아니냐. 아직 시험해 보지는 않았지만 어쩌면 될 듯싶기도 했다. 눈치를 보아하니 그 장정녀석은 자기가 못할 일을 시키지는 않을 것 같았다.

박교관은 한번 휘둘러보아 휘둘러지면 저놈의 간담을 서늘케 하리라는 생각도 들고, 또 피할 수도 없고 하여 꼭 자신이 있어서는 아니었지만 한번 해보기로 결심했다. 그는 소에게로 가까이 다가갔다. 그리고 파리를 쫓느라고 계속 내두르는 쇠꼬리를 잡아 손에 힘껏 감아쥐었다. 그런 뒤에 기합을 넣으면서 휙 오른팔을 높이 휘둘렀다.

박교관은 어떻게 되었는지 스스로도 몰랐다. 좌우간 한번 소가 머리 위로 넘기는 넘었다. 소가 머리 위를 넘어서 '쾅'하고 다시 땅으

58

로 떨어질 때에 그는 여봐란 듯이 장정을 향해 돌아섰다.

"자, 보다시피 한번 휘둘렀소. 그래 그만 일을 못하겠소. 그놈의 소 요즘 잘 먹지 않더니 가뿐하군."

장정은 그 모습을 보더니,

"한번만 하고 그만이오?"

라고 물었다.

"한번 한 일을 두 번이라구 못할라고. 어디 노형이 한번 휘둘러 보오."

"그럽시다."

장정은 소에게 다가가더니 꼬리를 잡았다. 그리고 마구 휘두르기 시작했는데 마치 바람개비같이 공중에 동그라미를 그리며 소를 돌렸다. 그러다가 장정이 꼬리를 놓는 순간 소는 그자리에 나가떨어지면서 발버둥을 치다가 죽어 버렸다.

박교관은 가슴이 떨렸다. 소 죽은 것이 아깝다든가 하는 생각을 할 여지가 없었다. 경악할 수밖에 없는 장정의 괴력에 얼이 빠진 것이다. 가슴이 벌렁벌렁 떨리는 박교관은 그 장정을 데리고 집으로 돌아왔다. 그리고 빚어둔 술 한 독을 그 죽은 쇠고기를 안주삼아 다 마셨다. 속으로는 전전긍긍하면서도 겉으로는 태연한 체하던 박교관은 어서 잠자리에 들 시간이 되기만을 고대하고 있었다. 술자리가 파하고 잠자리를 준비하려 할 때 장정이 박교관에게 말했다.

"나하고 어디 잠깐 다녀옵시다."

"나는 취했소. 날이 밝으면 갑시다."

"가자면 어서 갈 일이지, 웬 말이 그리 많소?"

장정의 내던지는 한마디 말에 박교관은 더 대꾸를 할 수가 없었다. 그놈의 힘을 짐작하는지라 말을 거슬리기가 두려웠던 것이다. 박교관은 주섬주섬 옷을 챙겨 입고 패랭이를 쓴 다음 장정의 뒤를 따라나섰다.

"여보시오!"

장정이 부를 때마다 박교관의 가슴은 털썩 내려앉았다. 금방 주먹
이 휘둘러질 것만 같았다.

"좀 빨리 가야겠소. 두 주먹을 불끈 쥐고 내 발자국을 놓치지 말
고 따라오시오."

"앞서 가기나 하시오."

"발자국을 놓쳤다가는 큰일나오. 자, 따라오시오."

한마디 내던진 장정은 성큼성큼 걷기 시작하였다. 그는 조금 빠른
걸음으로 가는 것이었으나 그 발걸음이 어찌나 빠른지 자칫하다가
는 뒤따르지 못할 것만 같았다. 두 주먹을 불끈 쥔 박교관은 정신을
바싹 차리고 그 발자국을 놓치지 않기 위해 안간힘을 썼다. 눈 한번
깜짝했다가는 발자국을 잃을 것만 같았고, 잃었다가는 그 장정에게
어떤 욕을 당하는지 몰라, 그야말로 죽을힘을 다해 가며 따라갔다.
귓가로 스쳐지나가는 바람소리로 보아 얼마나 빨리 가고 있는지 스
스로도 짐작할 수 있었다.

언덕을 넘고 골짜기를 지나 따라가기를 한참, 앞서가던 장정이 발
을 멈추었다. 뒤따르던 박교관은 그만 기진맥진하여 장정의 가슴에
쓰러지고 말았다.

"정신 차려요."

장정의 말에 박교관은,

"이제 다 온 거요?"

라고 물었다.

"다 왔소."

"여기가 어디요?"

"대구 감영이오."

무려 7백 리 길을 달려온 것이다. 귓가로 스치던 바람소리를 뒤로 하면서 경기도·충청도를 지나 어느덧 대구 감영까지 이른 것이다. 거짓말같은 사실에 박교관은 멍하니 서있었다. 장정은 지고 온 괴나리봇짐에서 쇠뭉치 두 개를 꺼내어 하나는 자기가 가지고, 하나는 박교관에게 맡겼다.

"여보시오, 이 쇠뭉치를 가지고 여기서 지키고 서있으시오. 내가 한참 뒤에 안에서 '박교관'하고 부르면 이 담을 후다닥 넘어 들어 오시오. 그러면 나는 웬 늙은이와 싸움을 하고 있을 것이외다. 그 때 뒤로 돌아가서 그 늙은이의 벗겨진 대가리를 힘껏 이 쇠뭉치 로 치시오. 내 말 알겠소?"

까닭을 물을 시간도 없이 장정은 담을 뛰어넘었다. 박교관은 이제 나 저제나 담밖에 서서 부르기만을 기다리고 있었다. 여기서 도망치 고 싶은 생각도 들었으나, 뒤에서 장정이 쇠뭉치로 자기의 머리를 때릴 것만 같아서 그렇게 할 수도 없었다.

먼데서 닭이 울었다. 첫회가 울고, 두 홰째 닭도 울었다. 이제 먼 동이 터오려는 시각이건만 안에서 부르는 소리는 들려오지 않았다. 궁금증이 난 박교관은 담을 넘어가 어찌된 일인지 알아보기로 했다. 담을 넘으니 그곳은 텅빈 집으로 고요하기만 했다.

"분명 이 안으로 들어갔겄다. 어디 있기는 있을 텐데."

박교관은 혼자 중얼거리며 집 뒤쪽으로 가보았다. 그곳은 후원으 로 자그마한 정자가 보였다. 그 정자로부터 불빛이 깜빡거리고 있었 다. 박교관은 발짝소리를 죽여가며 정자 가까이로 다가갔다. 그 안 에서는 말소리가 새어나왔다.

"고얀 놈 같으니라구. 그놈이 쇠뭉치를 가지고 살기등등하여 내 게 덤벼들다니. 해괴망칙스런 일이야."

'그럼, 장정이 쇠뭉치를 가지고 여기까지 온 것은 틀림없는 것 같

은데……. 그 장정은 어디로 갔지?'

박교관은 어리둥절했다. 살기등등하여 쇠뭉치를 들고 간 장정 대신 있는 이 노인은 누구란 말인가? 박교관은 너무나도 놀라운 일에 그만 겁이 나 그자리에서 도망가려 했다.

그때였다. 방문이 활짝 열리며 60이 훨씬 넘은 노인이 머리를 내밀었다. 그리고 찌렁찌렁 울리는 목소리로,

"거기 있는 게 누구냐!"

라며 호령했다. 호령소리에 박교관은 온몸이 얼어붙는 것 같았다. 그는 쇠뭉치를 든 채 그자리에 우뚝 서고 말았다. 불빛이 박교관의 모습을 비추었다.

"웬놈이냐, 너도 쇠뭉치를 가지고 있구나."

"……."

"웬놈이냐고 묻지 않았느냐?"

"네에, 저는 서울 사는 박아무개입니다."

"서울 사는 박아무개! 그래, 무엇하러 왔으며 쇠뭉치는 왜 가지고 있지?"

"저어……."

박교관은 하는 수 없이 노인에게 지난 일을 모두 털어놓았다. 이야기를 다 듣고 난 노인은 옆에 있는 젊은 처녀를 돌아보더니,

"참 고약한 놈이로다. 너 저기를 좀 보아라."

하고 한 곳을 가리켰다. 그곳을 보니 아까 그 장정이 허리가 부러져 넘어져 있었다. 노인은 박교관에게 그 장정에 대해 말해 주었다.

그 장정은 쇠돌이란 이름으로 술과 여자와 투전으로 나날을 보내는 불량한 사람이었다. 자기 힘만 믿고 행패를 부리는데, 어느 술집에 예쁜 여자가 있다면 찾아가서 못살게 굴곤 했다. 그러던 중 어느 술집의 한 여인에게 반하여 매일 찾아가서 못살게 굴었는데, 여인은

쇠돌이를 싫어하여 피하다 못해 이 노인에게 와서 몸을 보호해 줄 것을 청했다.

쇠돌이는 그 사실을 알자 노인을 찾아와 계집을 내줄 것을 요청했고, 노인은 쇠돌이의 인물보다도 그 완력을 아꼈던지라 따끔하게 꾸중을 하여 돌려보냈다는 것이다. 그랬더니 오늘은 살기등등하여 쇠뭉치를 들고 밤중에 노인을 찾아온 것이다. 노인은 옳지 않은 일이기에 그를 한번 밀쳤는데, 장정은 그만 허리가 부러져 그자리에서 즉사하고 말았다는 것이었다.

박교관은 노인의 말에 어안이벙벙하여 할 말을 잃고 말았다. 그날 밤은 노인의 집에서 묵고 다음날 노인에게서 노잣돈까지 얻어 서울로 향했다. 내려갈 때는 순식간에 내려갔던 대구길 7백 리를 서울로 올라올 때는 이레나 걸려서야 올라왔다.

박교관은 올라오면서 생각했다.

'지금 이완 대장은 어명을 받들고 나라 안의 이인(異人)을 모으고 있는데 그 노인은 과연 큰 재목이 아닐까.'

그리하여 서울로 올라오는 길로 자기 집에도 들르지 않고 곧바로 이완을 찾아온 것이다. 대구의 노인 이름은 홍석(洪奭)이라 하였다.

박교관의 말을 듣고 난 이완은 머리를 끄덕였다.

"3천 리가 비록 좁지만 그래도 아직 이인이 있기는 있구먼."

그는 박교관을 앞세워 대구 감영으로 홍석 노인을 만나러 갈 것을 다짐했다. 대구로 내려간 이완과 박교관은 어두운 밤에 홍석 노인의 집으로 찾아갔다. 이완은 홍석 노인의 역량을 보고자 문으로 들어가지 않고 담을 넘어서 들어갔다. 그리고 박교관이 말한 후당(後堂)을 찾아가니, 과연 그 안에는 사람이 있는 모양으로 불이 깜박이고 있었다.

이완은 신을 뜰에 벗어던지고 칼을 뽑아들었다. 발짝소리를 가능한 죽여가며 후당 문앞에까지 이르러 방안의 동정을 살폈다. 고요한 가운데 간간이 책장 넘기는 소리가 들려왔다. 노인이 글을 읽는 모양같았다.

책장 넘기는 소리로 노인이 앉은 방향을 짐작한 이완은 뽑아 든 칼을 높이 쳐들었다. 이제 방안으로 뛰어들 준비가 모두 갖춰진 것이다. 그때였다. 문득 책을 덮는 소리가 들렸다. 그리고는,

"검기(劍氣)가 비치니 웬일이냐? 애, 밖에 손님왔다. 내다보아라."
하는 노인의 목소리와 함께 문이 열렸다.

이제는 더 주저할 바가 아니었다. 이완은 발을 구르며 열린 문으로 뛰어들어가 노인을 향하여 칼을 내려쳤다. 그러나 칼은 노인의 옷깃조차 건드리지 못했다. 어떻게 되었는지 노인이 약간 몸을 움직이자, 이완의 양손에 굳게 잡혀 있던 칼은 '쟁그렁' 소리를 내며 방바닥에 떨어졌다.

"웬 미친놈이냐?"

"노인, 용서하십시오."

홍석 노인과 이완의 말이 동시에 나왔다. 이완은 얼른 노인 앞에 넙죽 엎드렸다.

"누구시오?"

"훈련대장 이완이올시다."

"이대장이라고? 어쩐지 검기가 범상치 않다 했소. 과연 대장감이외다."

"조롱하시는 말씀으로밖에 들리지 않습니다."

"그런데 무슨 일로 이렇게 오셨소?"

이완은 임금께서 자나깨나, 누우나 앉으나 생각하는 바가 북벌(北伐)이요, 어떻게 하면 북벌에 성공하여 저 거대한 청국(淸國)을 쓰

러뜨리고 우리나라를 빛나게 할 것인지로 노심초사하신다는 이야기를 들려주었다. 그리고 그런 취지하에 이완이 금군 6백 명을 조직하였고 각지의 이인을 모은다는 것도 말했다.

"그러하오니 노인께서도 이 국난에 일비지력(一臂之力)이나마 도와주기를 바라오. 노인같은 분이 도와주신다면 얼마나 든든할지 모르겠소. 도와주시오. 꼭 좀 도와주시오."

이렇듯 청하고 또 청하자 노인도 마침내 승낙했다.

"내가 가진 재간이란 것은 필부지용(匹夫之勇)에 지나지 못하지만, 이것이 국가에 추호라도 유용하게 쓰인다면 어찌 사양하리까. 자, 그럼 밝는 대로 상경하기로 하십시다."

그리하여 다음날 이완은 홍석 노인을 데리고 서울로 돌아왔다. 이렇듯 이완은 이인들을 불러모았으나 임금의 승하로 북벌 계획은 흐지부지되었고, 모였던 사람들은 모두 뿔뿔이 흩어졌다. 그들이 어떻게 생애를 보냈으며, 어떤 최후를 맞이했는지도 아무도 아는 사람이 없었다.

두 활불(活佛)의 출현

　신라 때 선천(仙川)이란 한촌(寒村)에 부득(夫得)이란 젊은이와 박박(朴朴)이란 젊은이가 있었다. 두 사람은 만나기만 하면 늘 세상을 한탄하며, 더럽고 악착스런 이 세상에서 멀리 피하여 살자고 의논했다.

　두 젊은이의 마음속에는 불교의 사상이 깊이 자리잡고 있었다. 그리하여 서로 의논한 끝에 기회만 생기면 출가(出家)하여 산으로 들어가기로 굳게 맹세하였다. 어느 날, 부득이 박박을 찾았다.

　"승도촌(僧道村)에는 수도하기가 좋은 고찰(古刹)이 있다는 말을 들었네만."

　박박이 대답했다.

　"나도 들은 적이 있네. 그렇잖아도 자네를 찾아가 의논을 할까 하던 참이야."

　"우리 그리로 이사가기로 하세."

　"좋지."

　그리하여 두 사람은 승도촌으로 이사갔다. 승도촌에는 대불전(大佛田)이라는 동네와 소불전(小佛田)이라는 동네가 있었다. 두 사람은 각자 다른 동네에 자리잡고 부득은 회진암(懷眞庵)에서, 박박은 유리광사(瑠璃光寺)에서 처자를 거느리고 살았다. 그러면서 여전히 가까이 지내며 세상의 무상(無常)함을 탄식했다.

이사한 땅이 불촌(佛村)이라고는 하지만 그곳 역시 사람 사는 세상이었다. 두 사람은 여기서도 인간세상에는 만족하지 못하였다. 그리고 만나기만 하면 좀더 깊은 산으로 떠날 계획을 의논하고 있었다.

두 젊은이는 그날도 늘 의논해오던 바를 화두로 삼았다. 문득 부득이 이런 말을 꺼냈다.

"우리가 이렇게 의논만 할 게 아니라 결심을 하자구."

"무슨 결심?"

"이제 집을 떠날 때가 되지 않았나?"

"그래, 그러자구."

"어때? 말 나온 김에 내일 떠나면?"

"그러지 뭐, 날마다 미루기만 하면 떠날 날이 늦춰질 뿐이야."

"그럼 내일 집을 몰래 떠나기로 하세."

"알았네."

두 젊은이는 처자와 집을 버리고 출가입산(出家入山)하여 고행(苦行)의 길을 밟기로 결정을 내렸다. 이제 내일이면 이 속세를 떠나는 것이다. 부득은 자기 집에서의 마지막 잠을 청했다.

한줄기 흰빛의 호광(毫光)이 서쪽에서부터 비치더니 커다랗게 부득의 머리 위에 어리었다. 그리고 그 흰빛 가운데 금빛이 있었고 그 금빛은 부득을 에워쌌다. 그 가운데 흰빛 저편 서쪽에는 웬 한 기골(奇骨)이 단정히 앉아 그를 향하여 손짓했다.

꿈이었다. 이 기이한 꿈에서 깨어난 부득은 하도 그 꿈이 이상하여 일어나는 대로 박박을 찾아 길을 나섰다. 박박을 찾아가던 부득은 중간에서 박박을 만났다.

"어디 가는 길인가?"

"나는 자네를 찾아가는 길인데, 자네야말로 밝기도 전에 어디에 가는 길인가?"

"나도 자네를 찾으러 가는 길이네."

"왜?"

"하도 이상한 꿈을 꾸어서 말야."

"나도 이상한 꿈을 꾸었기에 자네를 만나러 가던 길이야."

도중에서 만난 두 사람은 각자 꾼 꿈을 이야기했다. 꿈이야기를 듣고 나니 이상했다. 두 사람은 똑같은 꿈을 꾸었던 것이다.

"정녕 세존의 가르침인가 보네."

"그렇지 않고서야 어찌 우리 두 사람이 똑같은 꿈을 꾼단 말인가."

두 사람은 실로 소명의식을 느꼈고 그자리에서 입산의 길을 떠나기로 합의를 보았다. 다시 집으로 돌아갔다가 집안 식구들이 잠에서 깨기라도 하면 귀찮아질 것 같았기 때문이다.

길을 떠난 두 사람은 백월산(白月山) 무등곡(無等谷)으로 들어갔다. 박박은 북령(北嶺) 사자암에 널빤지로 암자를 하나 지어 그곳에 기거했다. 부득은 동령(東嶺) 준험한 바위 아래 시내를 끼고 한 암자를 지어 그곳에 기거했다. 박박의 암자는 판방(板房)이라 불렀고, 부득의 암자는 암방(岩房)이라 불렀다. 박박은 미타불(彌陀佛)을 섬겼고, 부득은 미륵불(彌勒佛)을 섬겼다.

박박과 부득은 서로 암자를 달리하고 섬기는 길을 달리하였지만 마음과 정성을 다하여 온갖 고행을 어렵다하지 않고 구도의 길에 힘썼다. 집을 잊고 처자를 잊고 속세의 모든 욕심을 잊은 두 출가자는 오로지 도를 닦는 데 전력을 기울였다. 이러는 가운데 날이 지나고 달이 지나고 해가 지나 몇해가 흘렀다. 두 사람은 속세라는 것을 거의 잊을 경지에까지 이르렀다.

어느 날, 판방(板房)에서 염불을 외며 저녁 준비를 하던 박박은 인기척에 문을 열어 보았다. 밖에는 스무 살 남짓한 젊은 여인이 서

68

있었다.

"지나는 길에 날이 저물고 말았습니다. 하룻밤만 묵고 가게 해주
십시오."

박박은 여인의 얼굴을 보았다. 아름다운 얼굴이었다. 먼길에 지친
듯한 여인의 눈가는 더욱 매혹적이었다. 이마에는 몇방울의 땀이 맺
혀 있었다.

이미 속세의 온갖 인연을 끊고 욕심을 잊었다고 스스로 굳게 믿
고 있던 박박이었으나 여인을 보는 순간 이성에 대한 그의 정욕은
맹렬히 되살아났다. 박박은 눈을 질끈 감았다. 그리고 문을 닫았다.

"이 암자는 도를 닦는 곳이오. 젊은 여인을 들일 수 없소이다."

여인은 다시 문을 두드렸다.

"대사님, 들여보내 주십시오. 날은 이미 어두운데 어디로 가라고
그러십니까? 더구나 이 험한 산중에서……."

"안됩니다. 여기는 여인이 들어올 곳이 아닙니다."

"대사님, 들여 주세요."

문을 두드리는 여인을 남겨두고 박박은 안으로 서둘러 들어왔다.

"나무아미타불 나무아미타불."

아직도 마음에 남아있는 정욕의 불길을 끄려고 박박은 나무아미
타불을 연거푸 외우며 귀를 막았다. 여인의 부르짖는 소리를 더이상
듣지 않기 위해서다.

한참 후, 여인은 지쳐 가버린 듯했다. 박박은 길게 한숨을 내쉬었
다. 그의 마음 한구석에는 아쉬운 마음도 없지 않았다.

여인은 어두운 길을 더듬어서 부득의 암방(庵房)을 찾아갔다. 부
득 역시 저녁을 마치고 설거지를 하고 있다가 문 두드리는 소리에
나와 보았다. 뜻밖의 아리따운 여인의 출현에 부득은,

"이 깊은 산골에 날도 저물었건만 어디를 가시는 분입니까?"
라고 물었다. 여인은 공손히 머리 숙여 대답하였다.

"지나가던 행객입니다. 날도 저물어 그러니 하룻밤만 묵고 가게
해주십시오."

"여기는 길도 없는데, 어디로 향해 가던 길이시오?"

이 질문에 여인은 부득을 쳐다보았다. 그리고 잠시 후 그녀는 부
끄러운 듯 고개를 숙이고 대답했다.

"이 산골에 어디 길이 있겠습니까. 사실은 대사님의 덕행이 너무
도 높다하여 찾아뵙고 배움을 받을까하여 이렇게 왔습니다. 용납
해 주십시오."

부득은 여인의 얼굴을 다시 보았다. 아름다운 얼굴에 늘씬한 몸매
의 여인이었다. 세상의 욕망을 끊은 지 오랜 부득의 마음도 능히 움
직이게 할만큼 매력이 넘치는 여인이었다. 부득의 마음은 흔들렸다.
여인에 대한 호기심과 이상한 감정이 새록새록 고개를 들었다. 부득
은 아직 세상것에 대한 욕심이 남아있다는 사실에 불쾌해졌다. 자신
은 이미 모든 것을 잊었노라고 굳게 믿고 있던 터였는데 말이다.

부득은 여인을 그냥 돌려보내려고 했다. 그는 눈을 들어 여인의
얼굴을 다시 보았다. 그때 그의 마음에는 문득 이런 생각이 들었다.
세욕(世慾)을 피하는 것만이 능사가 아니다. 할 수 없이 금욕하는
것은 범인이라도 능히 할 수 있다. 욕심과 정면충돌하여 능히 이겨
내는 것, 그것이야말로 완전 탈속(脫俗)이 아니겠는가. 피하지 말고
부딪치자, 그리고 거기에서 이겨내자. 부득은 생각을 바꿨다.

"여기는 여인네가 들어올 수 없는 곳이지만 한밤중에 인가도 없
는 곳에서 그냥 돌려보내는 것도 도리가 아닌 것 같아 하룻밤만
묵어 가게 하겠습니다. 그 대신 내일 아침 일찍 떠나십시오."

여인은 단칸 암자에서 부득과 하룻밤을 지내게 되었다. 부득은 자

기가 쓰던 단벌 이부자리를 여인에게 내주었다. 그리고 자기는 방 한쪽 모퉁이에 웅크리고 누웠다. 비록 한쪽 모퉁이라 하지만 좁은 방이니 두 사람이 누운 자리는 크게 떨어져 있지 않았다.

누웠다고는 하지만 부득은 흥분을 감출 수 없었다. 여인의 숨소리가 차츰 크게 그의 귓가에 들려왔다. 움직일 때마다 부석거리는 소리가 부득의 마음을 콕콕 찌르는 것 같았다. 그리고 여인이 몸을 뒤척일 때는 젊은 여인의 체취가 코를 찌르는 것이었다.

'구원해 주시오소서.'

부득은 몇번이고 이렇게 부르짖었다. 자기가 판 함정에 자기가 빠질 것만 같아, 그는 여인을 돌려보내지 않고 끌어들인 것이 후회되었다.

밤은 깊어가고, 그럴수록 부득의 마음은 더욱 산란해지면서 흥분되었다. 그런 가운데서도 그는 열심히 미륵불을 생각하며,

'사념(邪念)으로부터 벗어나게 해주소서.'

라고 빌고 또 빌었다. 자칫하면 야욕의 구렁텅이에 빠질 듯싶었다. 그는 몸을 떨면서 이 구렁텅이에 빠지지 않으려고 애썼다.

'어서 빨리 날이 밝아야 할 텐데. 날이 밝기만 하면 이 구렁텅이에서 벗어날 수 있을 것이야.'

그러나 이 밤은 왜 이다지도 길단 말인가. 시간은 멈춘 듯 조금도 흐르지 않는 것 같았다. 그러던 중 곤하게 잠들었던 여인이 잠에서 깼는지 긴 숨을 내쉬며 몸을 뒤척였다. 그러더니 신음소리를 냈다.

"아이구 배야, 아이고!"

여인은 배를 움켜잡고 빙빙 돌면서 신음하였다. 여인이 움직일 때마다 여인이 덮었던 이불이 벗겨지면서 부득의 몸을 덮었다 벗겼다 하였다. 여인의 체취는 그의 코를 찔러댔다.

부득은 더이상 참을 수가 없었다. 그는 몸을 벌떡 일으켰다.

"왜 그러시오?"

여인이 신음하며 겨우 대답했다.

"대사님, 갑자기 복통이 나는군요. 미안하지만 배를 좀 쓸어 주시겠습니까, 아이고 배야."

그러지 않아도 마음이 어지럽던 차에 배를 쓸어 달라니! 부득은 어쩔까 망설였으나 복통을 호소하는 사람을 그냥 둘 수도 없었다. 그는 불을 켜고 멍석을 준비했다. 멍석 위에 여인을 옮긴 뒤 여인의 등과 배를 쓸어 주기 시작하였다. 손바닥에 느껴지는 젊은 여인의 부드러운 살결과 배의 따스한 온기(溫氣), 포동포동한 탄력 등은 그의 전신을 떨리게 하였다.

입으로 염불을 외면서 눈을 힘주어 감은 부득은 여인의 온몸을 정신없이 주물렀다. 때때로 여인은 날카로운 신음을 지르며 그에게 매달리기도 하고 그를 끌어안기도 했다. 어떤 때는 화상의 손을 끌어당겨 자기의 배를 쓸면서 그 손을 은밀한 곳으로까지 유도하곤 했다. 그럴 때마다 부득은 숨마저 멎는 것 같았다.

'누구에게나 욕심이 있다. 그 욕심을 참으면 거기 도(道)의 궁극이 있다.'

이렇게 마음먹은 부득은 참지 못할 욕망을 사력을 다해 참고 있었다. 그리고 몸을 사시나무 떨듯 떨면서 젊은 여인의 배며 등이며 허리며 다리를 주무르고 쓸어내렸다.

"이젠 좀 괜찮습니까?"

"대사님! 전 죽을 것만 같아요."

여인은 그에게 와락 달려들었다. 부드럽고 뜨거운 볼을 부득의 뺨에 비벼댔다. 그리고 그의 허리를 부여잡고 이불 속으로 끌어들이는 것이었다. 그러나 부득은 혀를 깨물고 넓적다리를 꼬집어가며 주체할 수 없는 욕정을 물리쳤다. 여인도 그의 간호를 받은 뒤에 조금씩

72

진정되는 것 같았다.

얼마 후, 여인은 또다시 어려운 주문을 하였다.

"대사님, 덕택에 아픈 것은 조금 나았습니다. 언제 또다시 아프게될지 모르니 다시 아파지기 전에 목욕을 좀 해야겠습니다. 어려우시겠지만 목욕을 좀 시켜 주세요."

여인이 혼자 벌거벗고 목욕을 한다고 해도 큰일이거늘, 더구나 부득에게 목욕을 시켜 달라는 것이다. 이 어려운 주문 앞에 부득은 잠시 눈을 감았다. 그가 눈을 떴을 때는 굳은 결심을 한 뒤였다.

'목욕을 시켜 주자. 지금까지 참았는데. 그런 결심으로 조금만 더참자. 이것을 참아 이겨내면 그때는 나도 속세의 보통사람의 경지를 넘어서게 되는 것이다. 그래, 용기를 내어 해주자.'

부득은 솥에 물을 데운 다음 더운물을 커다란 함지박에 담아 방안으로 가지고 들어왔다. 그가 물을 가지고 들어오니 여인은 부끄러움도 모르고 옷을 벗기 시작했다. 이윽고 알몸이 된 여인은 함지박으로 들어갔다. 부득은 여인의 모습에 심장의 고동이 마구 방망이질쳐댔다.

여인은 물에 들어가서 철석철석 두어 번 씻더니 곧,

"미안하지만 여기 좀 씻어 주십시오."

라며 부득의 손길을 기다렸다. 부득은 목우(木偶)와도 같이 여인에게 다가가 여인이 씻어 달라는 곳을 씻어 주었다. 여인은 여기도 씻어 달라, 저기도 씻어 달라며 주문했다. 그때마다 부득은 눈을 꾹 감고 여인이 가리키는 곳을 한마디 대꾸도 없이 골고루 씻어 주었다.

부드러운 살결, 젊음의 탄력, 여인의 체취가 느껴질 때마다 부득은 잊었던 감각을 되찾는 것 같았다. 괴로운 숨을 내쉬며 그는 여인을 씻어 주었다.

"대사님, 아랫배가 또 아파요. 아랫배에 더운물 좀 끼얹으면서 쓸어 주세요"

"알았소"

부득은 정체모를 젊은 여인의 몸을 시키는 대로 씻어 주고 있었다. 이제 목욕도 거의 끝이 나려고 했다. 그때였다. 눈을 감고 있던 부득의 코에 문득 이상한 향내가 풍겨왔다. 어디서 나는 건지 알 수 없는 향내였다. 인간세계에서는 맡아보지 못한 그런 향내에 부득은 눈을 떠보았다.

눈을 떠보니 여인이 목욕하던 물이며 함지박은 황금빛으로 변하고, 그 근처에는 희뿌연 광채가 서려 있었다. 뿐만 아니라 이 냄새를 맡고 이 광채를 보는 순간, 부득의 마음을 지배하고 있던 온갖 잡념은 씻은 듯이 사라졌다. 그의 마음은 오직 높은 덕으로 회복되었다.

부득은 눈을 들어 여인을 바라보았다. 함지박 안에서 알몸으로 몸을 씻던 여인, 조금 전까지 그렇듯 그를 괴롭게 했던 존재였지만 지금은 아무렇지도 않았다. 여인의 얼굴에서 하얀 몸 위로 금빛이 도는 것을 훑어볼 정도로 부득의 눈은 동요하지 않았다. 여인은 추파를 보내며 입을 열었다.

"대사님, 대사님도 벗고 이 함지박으로 들어오세요"

조금 전까지만 해도 이런 주문을 받았다면 파계를 대거나 그렇지 않으면 도망칠 수밖에 없었을 그였다. 그러나 이제 그의 마음은 아무렇지도 않았다. 그는 서슴지 않고 옷을 훨훨 벗어던지고 함지박 안으로 들어섰다. 여인의 곁으로 가니 부득의 마음은 갑자기 상쾌해지며 세상의 온갖 사물에 눈이 밝아지는 느낌이었다.

여인은 손으로 물을 퍼서 부득에게 끼얹었다. 여인이 끼얹은 물이 닿는 곳마다 그의 몸은 금빛으로 변하였다. 그리고 놀라고 있는 사이 연대(蓮臺) 한 대가 홀연히 솟아나오면서 지금껏 화상의 곁에서

74

물을 끼얹던 여인이 관음보살의 형상으로 변하였다. 보살은 부득을 연대 위에 올라가게 하였다. 그리고 낭랑한 음성으로 말하였다.

 "나는 관음보살의 화신(化身)이다. 대사(大師)를 시험하기 위해 여인의 몸을 빌어 가지고 왔던 것이다."

 이 기이한 광경에 부득은 황급히 그 앞에 꿇어 엎드렸다. 그는 보살게 수없이 절하였다. 이렇게 절을 하다 보니 잠시 후 보살의 형상은 어느덧 사라지고 그는 활불(活佛)이 되어 연화대 위에 앉아 있었다.

 이튿날 아침, 박박은 부득을 찾아보기로 하였다. 자기는 어젯밤 여인을 쫓아 보냈는데, 그 여인은 필경 부득의 암방을 찾았을 것이다. 부득은 여인의 유혹을 어떻게 하였을까, 박박은 궁금했다.

 암방 근처에 이른 박박은 주위를 감싸고 있는 이상한 광채에 깜짝 놀랐다. 무어라 형언할 수 없는 이상한 광채와 함께, 암방에서는 한 줄기의 황금빛이 하늘을 향해 길게 뻗쳐 있었다. 가까이 갈수록 인간세계에서는 도저히 맡을 수 없는 향기로운 냄새가 코를 찔렀다.

 이상한 빛과 이상한 향내……. 놀란 박박이 암방을 열자 그의 눈에 비친 것은 연화대 위에 앉아 있는 부득사(夫得師)였다. 부득은 미륵존과 같은 형상으로 목에는 단금(檀金)을 채색한 빛나는 몸이었다.

 이 존엄하고 기이한 광경에 박박은 그자리에 엎드려 절하였다. 그리고 부득에게 어찌된 일인지 물었다. 부득은 어젯밤에 있었던 일들을 모두 들려주었다. 부득의 말을 다 들은 박박은 길게 탄식하였다. 그리고 부득을 향해 절을 올렸다.

 "죄많은 박박은 대성(大聖)을 뵙고도 알아보지 못했는데, 존사(尊師)는 대덕지인(大德至仁)하여 이러한 영광을 입었습니다. 원컨대 존사는 옛날의 의를 잊지 말아 주십시오."

박박의 말에 부득불(夫得佛)은 눈을 감고 염불을 외더니 아직 남아있는 함지박의 물을 박박의 몸에 발라 주었다. 그 물을 바른 박박의 몸도 어느덧 황금빛으로 변하였다. 그리고 무량수불(無量壽佛)이 되었다.

　두 활불(活佛)이 나타났다는 소문은 사방으로 퍼졌다. 뭇사람들은 활불께 절하고자 모여들었고, 이 두 활불을 끝없이 칭송하였다. 얼마 뒤 두 활불은 구름에 싸여서 멀리 천외(天外)로 날아가 그 자취를 감추어 버렸다고 한다.

고양이의 복수

경상북도 월성군(月城郡) 안강(安康)에 마음씨 착한 박씨(朴氏) 부부가 살고 있었다. 식구라고는 6개월된 아기와 부인이 시집올 때 데리고 온 검둥이 개와 검은 고양이가 한 마리 있었다.

검은개는 '수리'라고 불렸는데 크기가 송아지만했으며, 영특하고 충실해서 가난한 살림의 위안거리가 되어 주었다. 그런데 검은 고양이는 나이가 많은데도 불구하고 말썽꾸러기였다. 집안을 돌아다니며 먹을 것을 찾아 먹어치우기도 하고, 심술을 부리는 등 못된 짓만 골라서 하는 놈이었다.

박씨 부부는 고양이의 이런 말썽 때문에 싸움을 하기도 했다. 박씨는 고양이를 더이상 집에서 기를 수 없다는 것이었고, 아내는 비록 말썽은 부릴지언정 수리와 함께 잘 기르자는 것이어서 의견이 상충되었던 것이다.

어느 날, 박씨 부부는 밭으로 나가 온종일 일을 하다 집으로 돌아왔다. 아침에 밥을 지어놓은 것이 있었으므로 저녁을 먹으려고 밥그릇 뚜껑을 여니 이게 웬일인가? 밥그릇은 텅 비어 있었다.

"어어, 이상한 일이네."

아내의 말에 박씨는 얼굴이 붉어지며,

"또 그 못된 고양이 짓이지 뭘."

이라며 화를 냈다.

"이놈의 고양이새끼, 오늘은 내 가만두지 않을 거다."

박씨는 그길로 고양이를 잡아다가 사정없이 두들겨 패기 시작했다. 고양이는 발악하며 몸부림쳤다. 박씨는 그 고양이를 죽여야겠다고 다짐한 사람같았다.

"여보, 그러다가 고양이가 죽고 말겠어요."

아내가 울상이 되어 말했다.

"그래, 내가 오늘은 이놈을 죽여 버리고 말테요."

박씨는 부들부들 떨리는 손으로 고양이를 계속 두들겨 팼다. 그동안은 고양이가 못된 짓을 할 때마다 밖으로 내쫓거나 뒷산에 갖다버리곤 했었다. 그때마다 고양이는 용케도 다시 집으로 찾아오곤 했었고……. 박씨는 다시 내쫓고 싶은 마음이 들다가도 한편으로 불쌍한 생각에 지금껏 길러왔었는데 오늘은 정말 참을 수가 없는 모양이었다.

"내가 제깟놈을 가엾게 여긴 게 잘못이지. 그 보답이 기껏 이 따위 것이야! 이놈은 죽어 마땅해."

그러나 아내는 간절히 말했다.

"여보, 여태까지 기른 정을 생각해서라도 참으세요. 어떻게 산 짐승을 죽인단 말이예요. 당신이 참으세요, 참아!"

"뭐 기른 정! 그런 말 마오. 난 이놈의 고양이를 더이상 볼 수가 없어. 지금까지 내 속을 썩인 것을 생각하면 지긋지긋하단 말이오."

남편의 눈에서는 불꽃이 튀었다. 고양이에 대한 증오심에 불타고 있었던 것이다.

"그래도 여보, …… 차라리 다시는 찾아오지 못하게 아주 먼곳에 갖다 버리는 게 어때요? 네에?"

사정하는 아내의 말에 아랑곳하지 않는 박씨는,

"이놈을 어떻게 죽인다. ……그래, 집 뒤의 나무에다 산채로 매달아 말려 죽이는 게 좋겠어."

라며 고양이를 잡고 문밖을 나섰다.

"여보, 늙은 고양이는 둔갑을 하여 화를 당하게 한다고도 하는데, 제발 참으세요."

아내는 이웃사람들이 하던 말을 떠올렸다. 저렇게 늙은 고양이고 보면 필시 둔갑을 하여 복수를 할 것만 같은 생각이 들었다. 자꾸만 불길한 예감이 들은 그녀이기에 결사적으로 남편을 말리는 것이었다.

그러나 박씨는 아내의 만류에도 불구하고 쩨지는 목소리로 울어대는 고양이를 마침내 뒷동산 커다란 나무에 높직히 매달았다. 그것도 고통을 더하게 하려고 왼쪽 다리 하나만을 매달아 놓았다. 고양이의 울부짖은 소리는 집안이 떠나갈 듯했다. 고양이는 비명을 지르면서 계속 울어대다가 마침내 그몸이 축 늘어지면서 죽고 말았다.

그런 소동이 있은 지 얼마 뒤였다. 아침 일찍 눈을 뜬 박씨 아내는 그만 깜짝 놀라고 말았다.

"여보, 우리 애기 좀 보세요."

"무슨 일이기에 그리 놀라오."

박씨가 눈을 비비면서 아기를 유심히 보았다.

"여봐요, 이 왼쪽 다리 말예요."

이게 웬일인가. 아기의 왼쪽 다리에는 털이 흉하게 나있었던 것이다. 질겁을 한 박씨도 입을 벌리고 있을 뿐 아무 말도 못했다. 아내는 울먹이며 몸을 떨었다. 아기의 왼쪽 다리에 난 털은 나무에 매달아 죽인 검은 고양이의 털과 비슷했던 것이다.

"늙은 고양이는 둔갑을 한더니, 나무에 매달아 죽인 고양이가 복수를 하려는가 봐요, 이 일을 어쩌면 좋아요?"

눈물을 흘리며 아내가 말했다.

"그러길래 내가 뭐랬어요. 그토록 고양이를 죽이지 말라고 했건만……."

원망과 탄식이 섞인 푸념을 해대는 박씨 아내였다. 그때였다.

"으나아옹, 으나아옹."

성난 고양이의 울음소리가 들려왔다.

"아니 아기가 고양이 울음소리를?"

박씨는 얼빠진 사람처럼 아기를 내려다보았다. 한 마리 늙은 고양이를 매달아 죽인 후환이 이렇게 클 줄이야…….

박씨 부부는 아기가 내는 고양이 울음소리와 왼쪽 다리에 난 고양이털로 인하여 걱정과 근심으로 나날을 지냈다. 점쟁이를 찾아가 보고, 의원을 찾아가 보았지만 아무 소용이 없었다. 이렇게 열흘이 되는 날이었다. 한 도사가 박씨집 앞을 지나갔다.

"한번 저 스님께 우리 사정을 말씀드려 볼까요?"

박씨 부부는 도사를 안으로 청해 들이고 자신들의 고민을 이야기했다.

"어린것의 목숨이 촌각을 다투고 있구려. 가엾은 일이외다."

"그렇습니다. 어떻게 해야 좋겠습니까?"

박씨는 애절한 눈빛으로 도사의 입만 쳐다보았다. 도사는 눈을 감고 염주를 한참동안 헤아리더니,

"당신 집에는 검은 개가 있지요?"

라고 묻는 것이었다.

"예, 있습니다."

"이 액은 그 개가 막을 수 있소. 내일 밤까지 그 개를 잘 먹여서 힘을 기르게 해두시오."

"예, 스님의 말씀대로 하겠습니다."

80

박씨 부부는 머리를 숙이고 감사드렸는데 도사는 이미 자취를 감춘 뒤였다. 그들은 보통 도사임이 아님을 깨닫고, 닭을 여러 마리 사다가 수리에게 먹였다. 수리는 그 많은 닭을 다 먹어치웠다.

다음날 밤, 박씨 부부는 두려운 마음으로 어떤 일이 벌어질까 기다리고 있었다. 자정이 되었다. 갑자기 수리가 땅을 발로 할퀴면서 요란하게 짖어댔다.

"여보, 아무래도 무슨 일이 있나 봐요?"

"글쎄 말이오"

그들은 살며시 창문에 구멍을 내고 밖을 살폈다.

"저, 저게 뭐야? 웬 불덩어리가 우리집으로 굴러오고 있잖아!"

"에그머니, 이 일을 어떡하면 좋아……!"

두 사람은 벌벌 떨면서 그저 지켜볼 수밖에 별 도리가 없었다. 그 불덩어리는 차츰 커지더니 죽은 고양이의 모습이 되었다. 그리고는 점점 사나운 불길이 일면서 그 크기가 집채만해졌다.

"이거 큰일났군. 저 불이 사립문에 붙었어."

박씨의 놀란 말에,

"여보, 우리 방 있는 쪽으로 오고 있어요. 불이야! 불!"

박씨 부부는 문을 박차고 밖으로 뛰어나갔다. 그때 수리는 사납게 짖어댔다. 고양이는 기분 나쁜 울음소리를 내었다. 수리는 고양이 모습의 불덩어리 속으로 뛰어들어가, 불덩어리의 목덜미를 물며 울부짖었다. 수리와 불덩어리는 한참을 싸웠다. 수리의 몸은 온통 피투성이에다가, 불이 붙어 타고 있었다.

"참 여보, 아기를 방에 두고 나왔어요. 이를 어쩌면 좋아."

아내는 두 발을 동동 굴렀다. 정신없이 나오느라고 미처 생각을 못했던 것이다. 집은 이미 불길에 휩싸여 그 윤곽조차 보이지가 않았다.

"고양이가 원수야, 으이구."

박씨도 달리 어쩔 방도가 없었다. 그 역시 불길에 싸인 집을 보며 발을 구를 뿐이었다.

어느덧 고양이 모습의 불덩어리는 자취를 감추었고, 수리가 꼬리에 물을 묻혀 불타고 있는 집을 들락거리고 있었다.

"여보, 수리가 아기를 구하려나 봐요."

"수리가 저다지도 용맹한지 미처 몰랐구려."

박씨 부부는 수리에게 희망을 걸고 무사히 아기를 구해 주기만을 빌었다. 그들의 애절한 기도소리를 들었음일까. 맑던 하늘에 먹구름이 일더니 장대같은 비가 쏟아지기 시작했다. 부부는 폭포수와도 같은 빗줄기 속에 서서 빌고 또 빌었다.

"하느님, 정말 고맙습니다 우리 수리가 주인을 위하여 자기 몸을 돌보지 않고 저렇게 애를 쓰고 있습니다. 제발 우리 아기와 수리를 보살펴 주십시오."

아내의 간곡한 기도의 말이었다.

"응애, 응아!"

어디선가 아기의 울음소리가 들려왔다.

"여보, 우리 아기가 살아있나 봐요."

박씨 부부는 곧 두리번거리며 사방을 살펴보았다.

"여보, 여기야, 여기."

아기는 뒷동산 고양이를 매달았던 나무 밑에 있었다. 그리고 그 옆에는 화상투성이인 수리가 쓰러져 있었다. 박씨는 수리를 흔들어 보았으나, 수리의 몸은 이미 싸늘한 시체로 변해 있었다.

"수리가 죽었소."

박씨의 말에 아내는,

"우리 수리가 죽다니……."

라며 슬픔을 감추지 못했다.

"우리도 불속에서 구해내지 못한 아기를 하찮은 짐승이 구해내다니……. 참으로 훌륭한 개구려. 그리고 고귀한 죽음이 아닐 수 없소"

박씨 부부는 오직 주인을 위해 살다간 수리, 주인을 위해 죽음의 길을 택한 수리의 명복을 빌었다. 그리고 불쌍한 수리를 그 나무 밑에 고이 묻었다. 수리를 묻고 나자 아기의 왼쪽 다리에 났던 고양이 털은 깨끗이 없어졌다고 한다.

남녀 양성(兩性)을 가진 사방지(舍方知)

조선 세조조(世祖朝) 중기(中期) 때의 일이다. 서울 장안에는 묘한 소문이 나돌았다.

"김대감댁 여종 오월이년 말야, 그년이 그댁 청상 따님와 그렇고 그런 사이라며?"

"개성집도 그 얘기를 들었구려. 그럼 그집 따님과 오월이는 맷돌 부부겠네."

"맷돌부부는 궁중(宮中)에나 있는 거라우. 그게 아니고 그 오월 인지 사방지(舍方知)인지 하는 애가 실은 계집애가 아니라 어엿 한 남자라는구려."

"남자? 아이고 망칙해라. 몸맵시며 얼굴은 영낙없는 계집애던데."

"그렇지 않대요. 달릴 것 제대로 다 달린 남자랍디다."

이런 소문이 이 입에서 저 입으로 쫙 퍼져나가서 장안의 화젯거리가 된 지 벌써 두어 달이나 되었다. 맷돌부부란 구중궁궐 안에서 지존과 동궁만 바라보며 애태우는 궁녀들이 욕정을 푸는 방편으로서, 정히 참을 수 없으면 저희들끼리 빨아대고 비벼대는 이른바 동성연애였던 것이다. 사방지와 대감댁 청상 따님은 모두 분명 여장을 한 여성들이었으니 처음 소문이 날 때도 그녀들도 맷돌부부일 것으로 알았던 것이다.

84

오월이라고도 부르는 이 사방지는 중인(中人) 집에 여러 아들 중 막내로 태어났는데 딸 하나 두기가 소원이었던 그의 부모는 이 아이가 어렸을 때부터 여장을 시켰고 차츰 자라면서도 부엌일이며 바느질 따위를 가르쳤다. 성격도 여성적이었던 사방지는 행동거지와 말투까지 여성화되더니 나이 십여 세가 되었을 때는 완전히 여자아이처럼 보였다.

그러던 중 돌림병에 부모와 형들이 세상을 떠나자 사고무친의 천애고아가 되었고 어찌어찌 흘러 김대감댁의 여종으로 들어온 것이다. 김대감댁에서는 이 사방지가 계집애일 것으로 알고 여종들 틈에서 기거토록 했다.

이러구러 그의 나이 사춘기에 접어들었는데 겨드랑이와 은밀한 곳에는 검은 솜털이 났지만 이상한 것은 수염이 전혀 나지 않은 것이다. 그러니 사방지를 남자로 보는 사람은 하나도 없었다. 더구나 사방지는 꼼꼼한 성격인데다가 눈썰미가 좋고 솜씨 또한 남달라서 바느질을 특히 잘했다.

대감댁 정경부인은 그런 재주를 가진 사방지를 무척 아껴 주었다. 안방에 불러들여 바느질을 시키다가 끼니때가 되면 사방지와 겸상을 하여 밥을 먹는 정경부인이었으니 사방지는 다른 여종들에게 있어서는 선망의 대상이기도 했다.

이 김대감댁에는 방년 18세의 예쁜 고명딸이 있었는데 강판서(姜判書)의 며느리가 되었다가 1년도 안되어 그만 청상과부가 되었다. 이따금 그 딸이 친정에 오곤 했는데 어머니 정경부인과 함께 식사할 때마다 사방지를 유심히 관찰했다. 눈웃음을 살살 치는 사방지를 보면 웬지 가슴이 두근거리곤 했는데 하루는 건넌방으로 사방지를 불러들였다. 그리고 그윽한 눈길로 바라보던 청상과부 아씨는 사방지를 와락 끌어안았다.

"아씨, 왜 이러세요 백주 대낮에?"

"애, 오월아, 여자끼리인데 무슨 상관이니! 그러지 말고 너도 나를 한번 힘껏 안아다오."

아씨는 어느 사이에 사방지를 눕혀놓고 입술을 포개었다. 두 사람의 숨소리가 거세지면서 얼굴이 뻘겋게 상기되어갔다. 사방지는 숨을 몰아쉬면서도 아씨의 포옹에서 벗어나려고 안간힘을 썼다. 그러면 그럴수록 아씨는 사방지를 더 끌어안았고……

아씨의 손길이 사방지의 은밀한 곳에까지 뻗쳤을 때 아씨는 그만 기겁을 하고 말았다. 밋밋하고 도톰해야 할 그곳에서 딱딱한 몽둥이 같은 것이 만져졌기 때문이다.

"어머! 오월아!"

"예, 아씨……. 그러기에 손대지 마시라니까요!"

"너 어떻게 된 거냐?"

"……"

아씨의 가슴은 콩콩 뛰었다. 남편과 사별한 후로 베개를 끌어안고 눈물 흘리며 독수공방을 해온 지 벌써 1년이 지났다. 남편에게서 이성(異性)을 알게 되었고 잠자리를 함께하면서 하늘 위로 두둥실 떠오르는 쾌감을 만끽하다가 청상이 되고 마니 지체높은 집안의 며느리인 체면에 재가할 꿈은 꿀 수가 없었다.

"나이가 아깝지. 이렇게 젊은 나이에 독수공방으로 늙어가야 한단 말인가. 후유……"

아씨는 반반한 남종이라도 은밀하게 끌어들이어 회포를 풀고 싶은 충동을 느낀 적도 있었지만 그런 모험을 하기에는 너무나 나이가 어렸고 또 마음이 여렸던 그녀였다.

"애, 오월아!"

"예, 아씨."

아씨는 염치불구하고 오월의 옷을 벗겼다. 오월이도 눈에 핏발이 서면서 숨을 헐떡이고 있었다. 그들은 건넌방 문을 안으로 걸어잠근 다음 다락 위에 올라갔다. 그리고 다락문도 잠그고는 몸에서 땀이 촉촉하게 날 때까지 서로 부둥켜안고 뒹굴었다.

"애, 오…… 오월아!"

"예 예…… 아……아씨!"

아씨와 오월이는 태풍이 한바탕 불고 간 후에 꼭 껴안은 채 눈을 감고 있었다. 한참을 그렇게 누워 있던 두 사람은 옷을 주섬주섬 주 워 입고 다락에서 내려왔다. 그후로 아씨의 친정 나들이는 더욱 빈 번해졌고 오월이와 재미보는 회수도 잦아졌다. 그러나 꼬리가 길면 잡히게 된다던가…….

이들 사이는 대감댁 남녀 노복의 입에서 입으로 쉬쉬하며 소문이 났고 이댁 청지기의 귀에까지 들어갔다. 다만 아직 모르고 있는 사 람은 김대감과 그 부인 정도였다.

그러던 어느 날, 아씨는 사방지와 함께 흥덕사(興德寺)로 불공을 드리러 가게 되었다. 죽은 남편을 위한 불사(佛事)라고 핑계를 댔지 만 실은 사방지, 즉 오월이와 헤어지는 일없이 밤마다 외로움을 달 랠 수 있게 해달라는 기원을 드리려는 것이 아씨의 속셈이었다. 여 장(女裝) 남자인 오월이를 만났다는 것은 하늘의 별을 따온 것만큼 이나 아씨에게는 대행운이었으니 무슨 짓을 해서라도 이 오월이는 놓치지 말아야 했던 것이다.

날씨까지도 화창했고 흥덕사에 가는 길에는 이름모를 꽃들이 화 사하게 피어 있었다. 아씨는 가마를 타고 갔고 오월이는 그 가마 뒤 를 따라갔다. 흥덕사에서는 주지스님 이하 여러 스님들이 나와서 이 귀한 아씨를 맞아주었다.

법당에서 두어 시간가량 불공을 드린 아씨와 오월이는 주지스님이 안내하는 객사에 들었고 정갈한 절음식으로 저녁식사를 하였다. 곧 날이 어두워질 것이다. 그러면 오월이와 오붓하게 재미를 보게 될 것이다. 아씨는 신방에 든 새색시처럼 가슴이 두근거렸다.

저녁 밥상을 물린 비구니들이 이부자리를 갖다가 펴주었다. 비록 삭발을 한 비구니들이었지만 볼그스름하고 탄력이 있는 얼굴은 가히 미녀에 속하는 그녀들이라고 아씨는 생각했다.

어둠이 깔리자 아씨는,

"얘 오월아, 그만 잠자리에 들자꾸나."

라며 촛불을 불어서 껐다. 아씨의 숨결은 벌써 거칠어 있었다. 잠시 후 오월이와 아씨는 알몸으로 부둥켜안고 한바탕 뒹굴었다.

"얘, 오월아, 이제 나와 너는 부부간이다."

아씨가 벗어놓았던 옷을 주워 입으면서 말했다. 어둠 속에서 오월이도 옷을 주워 입는 듯 부스럭대는 소리가 들려왔다.

"아이구, 아씨도, 어찌 쇤네와 같은 것이 감히 아씨하고 부부가 된단 말입니까?"

"얘, 그런 소리 마. 아까 불공드릴 때도 나는 너와 오래오래 부부가 되어 살게 해줍시사고 기원했는걸."

"아씨 고맙습니다. 하지만 저같이 천한 것이 어찌……."

그때 아씨가 오월이의 목을 끌어안고 입을 덮쳤으므로 오월이의 말은 끊어지고 말았다. 두 사람은 이불 속에 들어가 서로 껴안고 잠이 들었다. 얼마나 잤을까? 아씨는 잠이 깼는데 어쩐지 허전했다. 더듬어 보니 오월이가 없었다.

"아니, 애가 어딜 갔담?"

아씨는 일어나서 화롯불에 유황 묻힌 풀잎을 대어 불을 일으켰고 촛불을 환하게 켰다. 아무리 두리번거려도 오월이의 모습은 안보였다. 아씨는 문을 살그머니 열고 밖으로 나왔다. 밖에는 장명등이 곳

곳에 켜있어서 어둡지가 않았다.

"혹, 측간에 갔나?"

아씨는 변소로 가보았다. 그러나 그곳에도 오월이는 없었다.

"이것이…… 비구니 방에?"

부쩍 의심이 든 아씨는 더듬더듬 비구니들이 기거하는 방으로 가보았다. 비구니의 방은 여러 곳이었다. 그 중 한 방 앞에 가서 엿듣던 아씨는 그만 기절초풍을 하다시피 놀랐다. 그 방안에서는 분명 오월이, 즉 사방지의 목소리가 들려왔기 때문이다. 아씨는 살금살금 도둑고양이처럼 다가가서 귀를 곤두세웠다.

"아이, 이러면 안돼요"

비구니의 반항하는 소리가 들려왔고 이어서 사방지가 그녀를 달랬다.

"잠깐만, 잠깐만 참으면 돼. 그리고 이것은 남녀가 다 하는 짓이라구."

"댁은 여자잖아요!"

"실은 남자도 되고 여자도 되는 몸이야. 우리 같이 세상에 나가 살자구. 뭣하러 산속에서 머리깎고 이 고생이야? 남녀간의 재미도 못보는 채……."

"아이, 아이 아파!"

"조금만 참으라니까."

문밖에서 엿듣고 있던 아씨는 두 주먹을 불끈 쥐었다.

"저런 죽일 년, 아니 죽일 놈 봤나."

하지만 함부로 나설 수 있는 처지가 아님을 잘아는 아씨는 이를 악물고 분을 삭이는 수밖에 없었다. 잠시 후 방안에서는 비구니가 훌쩍이며 우는 소리가 들려왔고 사방지가 그녀를 달래는 소리도 들려왔다.

"울지 마, 며칠 후에 내가 데리러 올게. 우리 같이 살자구."

그리고 사방지가 방에서 나오려는 것 같았다. 아씨는 얼른 객사로 가서 자는 시늉을 하고 있었다. 잠이 올 리 만무했다. 전전반측하며 누워 있는 아씨의 두 눈은 점점 더 말똥말똥해지는데 그때 사방지가 살며시 들어왔다.

"오월아, 어디 갔나 오니!"

"예, 아씨 잠이 깨셨나 보군요. 잠자리가 써늘하기에 이불 한 채 더 얻어가지고 왔습니다."

사방지는 들고 온 이불을 아씨가 덮고 있던 이불 위에 더 덮어주었다. 아씨는 사방지를 다그치려는 생각이 간절했지만 꾹 참기로 했다. 공연한 평지풍파를 일으킨들 자기에게 유리할 것은 하나도 없을 것이니 재미나 보면서 일이 되어가는 귀추를 보아 처리하자는 실리(實利) 쪽을 택하는 아씨였다.

아씨는 사방지를 이불 속에 끌어들였다. 두툼하게 덮여진 두 채의 이불이 들썩인 것은 잠시 후의 일이었다.

한편 나이 어린 비구니를 겁탈한 사방지는 여성에 대하여 또다른 눈을 뜨게 되었다. 중이 고기맛을 보면 절간의 빈대를 남기지 않는다던가……. 그후로 사방지는 김대감댁 여종들을 차례차례 범해 나갔다. 그동안 여장을 하고 여성으로 살아온 사방지는 여종들을 범하는 엽색행각이 그다지 어려운 일이 아니었다. 새 여성을 범할 때마다 새로운 감칠맛을 느끼곤 했으니 그의 여성편력은 날로 단수가 높아만 갔다.

그러는 사이에도 아씨가 친정 나들이를 할 때면 아씨의 외로움을 달래주는 일도 게을리하지 않았다. 그러나 여러 여종들을 평등하게 대해 줄 수는 없었다. 여종들 사이에는 질투가 있었고 그것이 동티가 나서 사방지가 저지른 추행은 마침내 장안 사람들의 화제가 되

90

고 말았다.

이런 해괴망칙한 소문을 들은 한성부윤(漢城府尹)은 은밀히 조사한 끝에 사건이 사건인지라 임금께 주상(奏上)하지 않을 수 없었다. 이에 금상(今上)께서는,

"해괴한 일이로고. 의녀(醫女)로 하여금 철두철미하게 조사 보고 토록 하오."

라고 엄명을 내렸다. 그날로 사방지는 오랏줄에 묶이어 의녀 앞에 끌려왔다. 의녀가 명했다.

"사방지는 옷을 벗어라!"

그는 머뭇거리며 옷을 벗지 않았다.

"어명이시다. 어서 벗지 못할꼬!"

파랗게 질린 사방지가 옷을 한 가지씩 벗었다. 의녀가 그에게 다가갔다. 그리고 은밀한 곳을 샅샅이 살피던 의녀는 고개를 돌리며 혀를 찼다.

"실로 해괴망칙한 일이로고!"

사방지의 성기(性器)는 두 개가 달려 있었으니, 남성의 그것과 여성의 그것이 다 있었던 것이다.

"소변은 어느 것으로 보느냐?"

호기심에 의녀가 다그쳐 물었다. 사방지는 머뭇거리다가 기어들어가는 목소리로 대답했다.

"예, 어렸을 때는…… 남성의 것으로 보았다고 합니다."

"그런데? 자라면서는?"

"예, 계집애 노릇을 하고 나서부터는 줄곧 여성의 것으로……. 쪼그리고 앉아서 여성의 것으로 보았습니다."

"거참 희한하구나."

조사 결과는 금상전하에게까지 보고되었고 사방지는 장안에서 쫓

겨나는 것으로 일단 이 사건은 마무리되었다. 사방지가 장안에서 쫓겨난 지도 반년이 지났다. 꼼짝없이 독수공방을 다시 하게 된 김대감의 딸은 사방지의 체취가 새록새록 그리워졌다. 그녀는 몸종을 은밀히 보내어 사방지의 행방을 수소문했고 다시 끌어들이는 데 성공했다. 반년만에 만나서 운우지정(雲雨之情)을 나누는 그들의 몸은 마냥 뜨거웠다.

그러나 이번에도 추문이 나돌기 시작했고 관가(官家)에 붙잡혀온 사방지는 감옥에 갇혔다가 금상전하의,

"충청도 해미(海美) 땅으로 귀양보내도록 하라."

는 지엄한 어명에 의해 결국에는 귀양가고 말았다. 실은 더 엄한 처벌을 할 것이었으나 나라에 공로가 많았던 김대감의 면목을 감안한 조치였다고 한다.

원혼(冤魂)들의 보답

서울 인왕산 아래 김판서(金判書)의 집 별장(別莊)에서는 맏아들 김병철(金炳哲)과 먼 친척형인 김병인(金炳仁)이 글공부를 하고 있었다. 두 사람은 늘 함께 공부를 하고 있었는데 어느 날, 병철이는 집에 제사가 있어 교동(校洞) 자기 집으로 가게 되었다.

홀로 남은 병인은 다른날과 다름없이 글을 열심히 읽고 있었다. 그는 미남인데다 목청 또한 청아하여 낮추었다 높였다 하며 글읽는 소리는 그야말로 흥겨운 노랫가락과도 같았다.

밤은 깊어 주위는 적막한데 병인의 글읽는 소리만이 낭랑히 밤공기를 타고 울려퍼졌다. 그때 갑자기 닫혀 있는 방문이 살며시 열렸다. 그러더니 아리따운 여인이 들어와 아무 말없이 고개를 숙이고 서는 것이 아닌가!

병인은 그 여인을 한번 흘끗 보더니 아무 일도 없었다는 듯 글을 계속 읽기만 했다. 시간은 흘러갔으나 여인은 계속 그자리에 서있었고, 병인 또한 계속해서 글을 읽고 있었다. 글을 다 읽은 병인은 그제서야 책을 덮더니 여인을 향하며 정중히 물었다.

"당신은 귀신이요 사람이요?"

"사람이올시다."

떨리는 목소리로 여인이 대답했다.

"그럼 이 깊은 밤에 무엇하러 이곳에 왔소?"

"……."

여인은 아무 말도 하지 않았다.

"여기에 온 이유가 있을 것인즉 어서 말해 보시오"

병인은 여인에게 다시 물었다. 여인은 한참을 망설이더니 입을 열었다.

"평소 도련님의 글 읽으시는 소리를 듣던 중 제 마음속에 담아두고 있었습니다. 오늘밤에는 혼자 계신 줄 알고 이렇게 찾아왔으니 소녀의 마음을 알아주소서."

병인은 여인의 말에 어이가 없었다. 여자의 몸으로 외간남자의 글 읽는 소리를 듣고 이렇게 한밤중에 찾아왔다니 여인의 행동이 당돌하고 부정하게만 생각되었다.

그는 눈을 감고 한참 생각했다. 이 여인에게 뭐라고 말해야 할지 알 수가 없었다. 자리에서 벌떡 일어난 병인은 밖으로 나가 회초리를 구해 가지고 들어왔다. 그리고 여인을 향하여,

"어서 종아리를 걷으시오"

라고 다그치는 것이었다. 여인은 아무 말도, 아무 반항도 없이 종아리를 걷었다. 병인은 여인의 종아리를 사정없이 때리기 시작했다. 얼마나 힘을 주어 때렸으면 종아리에서는 새빨간 피마저 흘러내렸다.

"이 회초리를 가지고 댁으로 가시오"

병인은 여인을 이렇게 하여 내쫓았다.

과연 그 여인은 누구였을까? 그녀는 중인(中人) 집안의 여인으로 올해 열일곱 살의 이언년이란 처녀였다. 얼굴은 물론 아름다웠으며 글도 읽은 처자였고, 바느질 솜씨 또한 뛰어난 재원으로서 한창 피

어오르는 한송이 꽃과도 같았다.

그녀는 우연히 양반집 도령의 글읽는 소리에 사모하는 마음을 품게 되었고, 조용한 밤을 택해 찾아간 것이다. 그런데 자기의 마음을 알아주기는커녕 그 도령이 종아리까지 때리며 내쫓았으니 그녀의 모욕감은 이루 말할 수 없었다. 그저 세상의 모든 것이 다 싫어지고 슬프기만 했다.

물론 결혼도 하지 않은 처녀의 몸으로 그런 행동을 한 것은 잘못이다. 하지만 따뜻하게 돌려보낼 수도 있으려만 종아리를 때리다니……

그후 그녀는 심신이 극도로 괴로웠다. 그리하여 병이 생겼고, 아무에게도 모르는 비밀을 안은 채 세상을 떠나고 말았다. 그런데 그녀가 숨을 거두는 그날 새벽이었다. 병인은 병철과 글읽기를 마치고 자리에 누웠는데, 잠이 쉽게 들지를 않았다.

그때였다. 방문이 슬며시 열리더니 한 여인이 머리를 산발한 채 한손에는 칼을, 또 다른 손에는 회초리를 들고 들어왔다. 비몽사몽간에 그 몰골을 본 병인은 머리카락이 쭈뼛 서며 온몸에 소름이 끼쳤다. 그녀는 병인에게 다가오더니 넌지시 말했다.

"나는 당신에게 종아리를 맞은 것이 한이 되어 오늘밤 죽어가는 귀신입니다. 이승에서 당신에게 버림받았으나 저승길에는 당신과 함께 가려고 왔습니다."

여인은 칼을 들어 병인에게 내리치려 했다. 병인은 대경실색하며 벌떡 일어나 귀신이 잡은 칼을 뺏으려 했다. 그와 동시에 병인은 잠에서 깼다. 비록 잠에서 깨긴 했으나 그의 머리속에는 귀신의 환영이 아른거리기만 했다. 그는 무섭고 괴로운 밤을 악몽에 시달리며 그렇게 보내야만 했다.

동창이 뿌옇게 밝아오더니 아침이 되었다. 어디선가 곡하는 소리

가 들려왔다. 병인이 담 너머로 밖을 넘겨다보니,

"어쩌면 좋아. 그 달덩어리 같은 처녀가 죽었다며?"

"시름시름 앓다가 그만 숨을 거두었대요"

사람들이 수군거리는데 이웃집에서 초상이 났다는 것이다. 병인은 문득 어젯밤 꿈이 생각나면서 그집의 초상과 연관을 지어 생각하게 되었다. 하인에게 알아보게 하니, 이웃집 처녀가 며칠 전부터 시름시름 앓다가 어젯밤에 죽었다는 것이다. 병인은 웬지 그말에 가슴이 철렁 내려앉았다.

그리고 이언년이 남긴 유서에 그녀는 김병인 도련님을 사모한 나머지 그를 찾아갔고, 또한 그에게서 종아리를 맞은 일, 수치스런 나머지 곡기를 끊다시피하며 애통해하다가 병들어 죽으니 죽은 뒤에라도 그분에게 자기의 사모하는 마음을 알려 달라는 내용이 적혀 있었다는 것이다. 병인은 난처했으며 인생의 무상함을 다시 한번 통감했다.

병인은 사람이란 모름지기 윤리와 도덕, 그리고 체통에 맞게 살아가야 할 것으로 알고 있었다. 그리하여 언년이가 찾아왔을 때도 사람의 도리를 생각했고, 그녀에게도 그것을 가르쳐 주려고 회초리를 든 것이다. 그녀도 회초리를 맞음으로써 자신의 잘못을 깨닫고, 올바른 길로 나아가리라 생각했다.

그런데 자기 의도와는 정반대로 언년이는 병이 들어 그만 죽어버렸으니 너무나도 난감했으며, 허무하고 서글픈 생각이 들지 않을 수 없었다. 자기 때문에 한 여인이 죽은 것이다. 병인은 자신이 큰 죄를 지은 것만 같았다.

그는 이제 글읽기도 싫어졌고 모든 일이 덧없게만 느껴졌다. 울적하던 병인은 세상을 떠돌아다녀 보고 싶다는 생각이 들었다. 그리하여 제문(祭文)을 써서 품속에 간직하고 길을 떠났다.

병인이 먼저 발걸음을 멈춘 곳은 언년이의 무덤이었다. 그는 두 번 절한 뒤 제문을 읽었다. 제문을 읽고 난 그는 술 한잔을 따라 무덤 앞에 뿌렸다. 어느덧 그의 눈에는 눈물이 맺혔다. 그것은 자신의 잘못을 뉘우치는 회한의 눈물이었다.

그자리를 떠난 병인은 며칠 동안 발길 닿는대로 떠다니다 석왕사 (釋王寺) 근처까지 왔다. 마침 그는 길가는 행걸승(行乞僧)을 만났고 그 행걸승과 두런두런 이야기를 나누며 동행했다.

한참을 걷던 병인은 다리가 아파왔다.

"다리도 쉴 겸, 저 바위에 잠깐 앉았다 갑시다."

"그러시지요."

그들은 고개 중턱의 바위 위에 자리를 잡았다. 흐드러지게 피어 있는 철쭉꽃을 보고 있던 병인이 행걸승에게 말했다.

"뭐 재미있는 이야기 좀 없소?"

행걸승은,

"도련님께서 먼저 해보십시오."

라며 사양했다. 그래서 병인은 언년이의 이야기를 들려주었다. 행걸승은 하늘을 쳐다보더니 슬며시 미소를 지었다.

"왜 그러오?"

병인이 고개를 갸웃하며 물었다.

"예, 세상에는 그런 일도 있습니다. 저와는 아주 반대되는 이야기 올습니다."

행걸승의 이 뜻밖의 말에 병인은 궁금하기 그지없었다.

"반대되는 이야기라고? 그게 무엇인지 어서 말해 보시오."

행걸승은 다음과 같은 이야기를 했다. 경기도 양평으로 보시(布施)를 권하러 갔었을 때 일이다. 어느 집 대문 앞에 이르러 아무리 목탁을 두드리며 보시를 권해도 집안에서는 아무 기척이 없었다. 그

래서 안마당에 들어갔고,

"나무아미타불, 관세음보살, 이 빈도 한번 돌보시면 연화대로 가
시리다."

라며 염불하기 시작하자 방에서 젊은 여인이 쌀 한바가지를 들고
나왔다. 그순간 집에는 이 여인밖에 없다는 것을 안 행걸승은 어여
쁜 젊은 여인의 모습에 슬며시 욕정이 동하기 시작했다.

그만 자제하지 못한 그는 다짜고짜로 여인을 끌어안고 방으로 들
어갔고, 겁탈하려 했는데 여인은 사력을 다하여 반항을 하는 것이었
다. 그래서 자기도 모르게 여인의 허리에 차여 있던 장도(粧刀)로
그 여인을 찔러 죽이고 말았다는 것이다.

이야기를 다 듣고 난 병인은 갑자기 의분(義憤)이 치솟았다.

"짐승만도 못한 놈 같으니라구……."

그는 고함을 질렀고 발길로 행걸승의 가슴을 힘껏 걷어찼다. 행
걸승은 비명소리와 함께 바로 옆의 깎아지른 듯한 낭떠러지로 떨
어지고 말았다. 병인이 내려다보니 그 젊은 행걸승은 살이 찢기고,
뼈가 부러져 처참한 모습이었다. 병인의 머리속은 착잡했다. 세상
에는 이처럼 상반된 일도 있구나 하는 생각이 그의 머리를 혼란스
럽게 했다.

발길을 옮긴 병인은 주막에 들어가 하룻밤 쉬어가기로 했다. 저녁
을 먹고 자리에 누워 잠을 청했으나 낮에 겪은 일들이 생각나며 머
리속을 어지럽혔다.

전전반측 잠을 못이루던 그가 새벽녘이 되어서야 겨우 잠이 들려
는데 방문이 열리면서 젊은 두 여인이 들어왔다. 한 여인은 손에 회
초리를 들었고, 한 여인은 가슴에 칼이 꽂힌 채였다.

회초리를 든 여인이 말했다.

"저는 서방님의 글방에 찾아갔던 언년이입니다. 서방님을 사모

하는 마음 참을 수 없어 찾아갔다가 종아리를 맞고 상사병이 든 채 죽어 원혼이 되었습니다. 그런데 서방님께서는 저의 무덤에 일부러 찾아오셔서 제 영혼을 위로해 주셨습니다. 이제 원한은 모두 풀렸습니다. 오늘 이자리에 온 것은 감사의 뜻을 표하기 위함입니다."

이번에는 가슴에 칼이 꽂힌 여인이 말했다.

"흉측한 중놈에게 겁탈을 당하게 되어 반항하다 그놈에게 목숨을 빼앗겨 이렇게 원혼이 되었습니다. 그런데 서방님께서 원수를 갚아주시니 그 은혜 백골난망이올습니다. 오늘밤 은인에게 보답하기 위해 왔사오니 제 말씀을 잘 들어주십시오. 앞으로 한달 뒤, 나라에서 대과(大科)를 보이니 어서 서울로 가시옵소서. 도련님께서는 장원하실 것이옵니다."

병인은 눈을 떴다. 두 여인의 모습이 눈에 선하고 그녀들이 했던 말도 귓전에 쟁쟁하다. 그러나 그녀들의 모습은 없었다.

"희한한 꿈도 다 있도다."

그의 머리는 천근처럼 무거웠다. 그리고 나중의 여인이 한 말이 자꾸만 뇌리에 스쳤다.

'한달 뒤 나라에서 대과를 보이니 어서 서울로 가시옵소서.'

병인은 그길로 서울을 향해 발걸음을 재촉했다. 서울 근교에까지 왔을 때 그는 주막을 찾아 들어갔다.

주막은 조그마했는데 이상하게도 아무도 없는 것 같았다. 다만 채 스무 살이 안되었음직한 여인이 소복 차림을 하고 손님을 맞아들였다. 하얗다 못해 옥색이 감도는 얼굴에 흰눈 같은 옷차림이 더욱 아름다워 보였다. 병인은 왠지 이 여인에게 마음이 끌렸다.

밤은 고요히 깊어갔다. 주막 여인은 아랫방에서 등불을 켜놓고 다소곳이 앉아 바느질을 하고 있었다. 그 모습을 문틈으로 훔쳐보던 병인은 정염이 일기 시작했다. 달포 이상을 객지에서 보낸 병인이었으니 그도 무리가 아니었다. 참다 못한 병인은 윗방에 있다가 여인이 있는 방으로 내려왔다.

"외로운 나그네, 춘정(春情)을 이기지 못하여 이렇게 왔소."

병인의 말에 여인은 미소를 띠며 대답했다.

"인간의 본능을 어찌 감추겠습니까. 저도 서방님을 처음 뵙는 순간 사모하는 마음 간절했습니다."

병인은 여인의 말에 마음이 풀어졌다. 혹 여인이 거절이라도 할까봐 마음을 졸였던 것이다.

"저는 일찍이 글공부를 조금 해서 시를 지을 줄 아옵니다. 시로써 정을 나누는 것이 어떠하올는지요?"

여인은 병인의 대답도 듣지 않고 곧바로 시를 읊기 시작했다.

"오늘밤에 당신과 인연을 맺게 된다면 —"

이렇게 한 구를 읊은 여인은,

"어서 대구(對句)를 읊으셔야지요?"

라며 재촉했다. 병인은 갑작스런 주문에 적당한 시구가 생각나지 않았다.

"그럼 제가 마저 대(對)를 채우겠습니다. '가신 님은 황천에서 슬피 눈물짓네'."

여인의 목청은 너무나도 맑고 애절하였다. 병인은 여인의 시를 속으로 읊어보았다. 갑자기 온몸에 소름이 돋았다.

'내가 잘못했다. 왜 부질없는 일을 저지르려 했던고!'

병인은 마음속으로 이렇게 뉘우치며 윗방으로 가고 말았다.

다음날, 병인이 눈을 뜨니 아침 햇살이 눈부셨다.

"아니, 이게 어쩐 일이지!"

병인은 그만 대경실색했다. 분명 자신은 주막에 들어와 묵었건만,

주막은 온데 간데 없고 자기는 느티나무 밑에 누워 있는 것이었다.

"그 소복 차림의 여인은?"

병인은 아무리 생각해 봐도 알 수가 없었다.

"이는 필시 신의 조화가 분명하렷다."

이렇게 단정할 수밖에 없는 그였다. 그는 고개를 폭 숙인 채 서울 김판서 집으로 향했다. 김판서는 병인이 아무도 모르게 집을 나간 뒤 그의 행방에 대해 무척 궁금해하던 터였다. 김판서는 병인을 반갑게 맞아주었다.

"병철이는 어디 갔습니까?"

병인의 물음에 김판서의 얼굴은 어두워졌다.

"무슨 일이라도……"

김판서가 무겁게 입을 열었다.

"그 아이는 병이 들어 그만 죽고 말았네."

"네에?"

병인의 놀라움은 컸다. 김판서는 병인을 보자 죽은 아들이 생각났는지 더이상 말을 잇지 못했다.

병인은 열심히 과거공부를 하였다. 김판서도 이번 과거에 급제하라며 여러모로 도움을 주었다.

삼경이 지난 시간, 병인은 글읽기에 여념이 없었다. 그때 한 여인이 방문을 열고 들어왔다. 병인은 가슴이 섬뜩했다. 지난날의 일들이 머리속을 스쳐 지나갔다.

"당신은 뉘시오?"

여인이 말했다.

"저는 이집의 며느리입니다. 병철 서방님의 아내입지요. 오늘밤, 마음이 산란하여 도무지 잠이 오지 않기에 도리에 어긋남을 잘

알면서도 감히 왔습니다."

병인은 서울 근교의 주막이 생각났다.

"젊은 청춘에 이해가 갑니다. 내가 시를 한 구 지을 테니 당신이
그 짝을 채우시오. 그러면 당신의 마음을 받아들이겠소."

병인은 이렇게 주문을 한 다음,

"오늘밤에 당신과 인연을 맺게 된다면——"

하고 다음 대구(對句)를 기다렸다. 병철의 아내는 아무리 생각해도
대구가 떠오르지 않는지 고개만 갸우뚱거렸다.

"잘 생각이 나지 않으시면 내가 하지요."

그러더니 병인은,

"가신 님은 황천에서 슬피 눈물짓네."

라고 읊었다. 주막집 여인이 읊은 그대로였다.

병철의 아내는 그자리에서 흐느꼈다.

"제가 잘못 생각했습니다. 용서하십시오."

그때, 김판서가 방으로 들어왔다. 김판서의 손에는 날이 퍼렇게
선 칼이 들려 있었다.

"병인아, 네 마음이 이렇게 높고 깨끗한 줄 일찍이 몰랐었구나."

김판서는 병인의 손을 잡으며 탄식했다.

만일 병인이 병철의 아내의 청을 받아들여 나쁜 일이라도 저질렀
더라면 어떻게 되었을까! 그는 김판서의 칼에 의해 죽음을……. 생
각만 해도 끔찍한 일이다.

그후 김판서는 병인을 죽은 아들 병철 대신으로 여기어 더욱 사
랑하고 믿게 되었으며, 병인은 과거에 장원급제하였다고 한다.

여우굴, 호랑이굴

경상도 상주(尙州) 고을에 사는 곽생원(郭生員)은 힘이 장사인데다가 지혜가 뛰어났었다. 젊은 나이의 그는 과거를 보겠다며 괴나리봇짐을 지고 한양길을 떠났었다. 며칠을 걸어 그 높은 새재를 넘고다시 고개를 넘어 이러구러 헐떡고개 밑에까지 왔다.

주막에 들어가 보니 나그네들로 북적이었다. 과거보러 가는 도련님에 장돌뱅이 장사꾼들이 삼삼오오 모여 앉아 막걸리잔을 기울이며 얘기꽃을 피우고 있었다. 어떤 도령은 당나귀에 제대로 채비를 갖춘 이도 있었다.

그 주막에서 하룻밤을 묵은 곽생원은 아침 일찍 조반상을 물리고갈 길을 서둘렀다.

"먼저 가시려우?"

같은 방에서 묵은 한 선비가 물었다.

"먼저 갈까 하오. 오늘은 헐떡고개를 넘고 수구재를 넘어 갈천마을까지는 갈 생각이오."

"그렇다고 혼자서 가시오? 험한 산길은 여럿이 떼지어 가야 한답디다. 이 근방에는 산짐승도 더러 출몰한다던데요"

"그까짓 산짐승이 사람을 해치리까. 먼저 갈테니 천천히 오슈."

힘깨나 쓰고 또 잔꾀 부리는 것이라면 누구에게도 뒤지지 않을 자신감이 있었던 곽생원은 괴나리봇짐을 어깨에 메더니 기다란 작대기를 한 개 질질 끌며 뚜벅뚜벅 주막을 나섰다. 그날따라 하늘에는 먹구름이 드리워 있었고 꽤나 무더웠다.

'소나기가 오려나?'

곽생원은 헐떡고개를 막 넘었다. 그런데 세찬 소나기가 동이물을 퍼붓듯이 마구 쏟아지기 시작했다. 그는 큰 소나무 밑에 웅크리고 앉아서 소나기를 피했다. 그러나 그것도 잠시뿐, 소나무에서는 더 큰 빗방울이 마구 쏟아졌다.

'이런 빌어먹을, 잔비 피하다가 큰비 맞네.'

사방을 두리번거리던 곽생원은 함빡 젖은 옷을 털면서 한참을 쏘다니다가 넓죽한 바위 밑으로 기어들어갔다. 잠깐 뜸했던 소나기 줄기가 다시 굵어지더니 아예 앞이 안보일만큼 쏟아졌다.

소나기가 갠 것은 저녁때가 다 되어서였다. 곽생원은 물에 빠진 생쥐 몰골이 되어 사방을 두리번거렸지만 난처하기 짝이 없었다. 이 깊은 산골에 주막이 있을 리 만무할 것인데 날은 곧 어두워질 것이기 때문이다.

'허어! 낭패로고……. 아까 그 선비 말을 들을 것을…….'

여럿이 함께 왔더라면 서로 의논할 수도 있고 그러면 어떤 묘안이 나왔을지도 모를 일이다. 그러나 이제 와서 후회한들 무슨 소용이겠는가. 그는 당장 닥쳐올 어둠과 허기증을 타개해야겠다고 생각했다. 비에 젖은 괴나리봇짐을 둘러멘 곽생원은 헐떡고개를 내려가기 시작했다. 그러나 고개 중턱에도 채 못왔을 때 사방은 칠흑같이 어두워지고 말았다.

젖은 옷은 천근같이 무거웠고 배 속에서는 쪼르륵 소리가 났다.

'짐승의 헌 굴이라도 찾아야 하룻밤 쉬어가지.'

이런 생각을 하며 발길을 옮기던 그는 우거진 풀덩굴에 발이 걸리어 그만 나자빠지고 말았다. 풀섶을 헤집으며 일어나려니 무릎과 정강이가 쑤셔온다. 넘어지면서 돌뿌리에 단단히 다쳤나 보다. 하늘을 쳐다보자 여전히 먹구름이 뒤덮여 있었다. 곽생원은 한숨을 길게 뿜어냈다.

그때 산 건너편 쪽에 웬 불빛이 반짝였다.

'산속에 웬 불빛? 인가(人家)가 있다면 그야말로 천우신조로군.'

곽생원은 넘어지고 자빠지며 그 불빛이 빛나는 쪽으로 가보았다. 거기에는 비록 잘보이지는 않지만 초가삼칸 오두막이 있었고 방안에는 등잔불이 켜져 있었다.

"여보십시오, 길을 가던 나그네가 길을 잃고 헤매다가 찾아왔습니다. 어렵겠지만 하룻밤 유하고 가게 해주십시오. 부탁입니다."

곽생원은 간청을 해보았다.

"이 야심한 때에 누구십니까?"

방문을 빼꼼히 열고 내다보는 사람은 뜻밖에도 젊은 여인이었다.

"예, 지나가다가 소나기를 만났고 그만 길을 잃었습니다. 하룻밤 묵어가게 해주십시오."

"딱하게 되시었군요. 그러나 우리집은 나그네를 재우는 주막이 아닙니다."

"잘 압니다. 하지만 이 깊은 산속에 주막이 어디 있겠습니까? 적선하는 셈치시고……."

젊은 여인은 마지못하다는 듯 방문을 열고 나그네에게 들어오라고 했다. 아직도 물기투성이인 옷을 툭툭 털어낸 곽생원은 방안에 들어서자 또 한번 놀랐다. 등잔불에 비취는 여인의 모습이 천하일색이었던 것이다.

'이런 산속에 저토록 어여쁜 처자가 혼자 살고 있다니? 이상도 하다. 무슨 말 못할 사연이라도 있는가.'

이런 생각을 하는 곽생원 앞에 밥상이 나왔다. 잔뜩 시장했던 그는 앞뒤 생각없이 밥 한그릇을 게눈 감추듯 뚝딱 먹어치웠다. 여주인은 윗방에 곽생원의 잠자리를 마련해 주더니,

"누추하지만 편히 쉬십시오"

라며, 상냥한 인사말까지 남기고 나가는 것이었다. 곽생원은 자리에 눕기는 했어도 좀처럼 잠이 오지 않았다. 헐떡고개라면 누구나 알고 있는 후미진 산마루이다. 그 중턱 초가에서 혼자 살아가는 저 여인은 대체 누구란 말인가? 더구나 저처럼 미모가 뛰어나고 조신한 여인이 왜 이토록 후미진 곳에서 홀로 살아간단 말인가……

이런 생각 저런 궁리를 하다보니 몸은 천근처럼 무겁고 피곤했지만 두 눈은 말똥말똥해지면서 한밤중이 되도록 잠을 쫓는 것이었다. 그때 곽생원의 귀에 이상한 소리가 들려왔다.

'사악…… 슥삭…… 사악'

귀를 쫑긋 세운 곽생원은 무릎걸음으로 기어가서 문밖을 살펴보았다.

'아니, 저 여자가?'

곽생원은 그만 소리를 지를 뻔했다. 소나기 멎은 밤하늘의 구름 사이로 잠시 내민 달그림자를 받고 토방에 앉아 있는 여인은 숫돌에 칼을 갈고 있었던 것이다. 달빛에 그 시퍼런 칼날의 섬광이 번쩍 비쳤다. 곽생원의 온몸에는 소름이 쫙 끼쳤다.

마른침을 한번 꼴깍 삼킨 곽생원은 여인의 행동을 예의주시했다. 그러던 그가 또 한번 자지러지게 놀란 것은 잠시 후였다.

'아니, 저 여자는?'

그 여인은 아까 보았던 젊은 미녀가 아니었다. 얼굴은 쭈글쭈글하고 험상궂기가 마귀할멈 같았다. 머리는 백발이 성성했고 치켜올라간 두 눈의 꼬리에서는 당장에라도 섬광이 튀어나올 듯, 날카롭기

그지없었다.

'내가 이렇게 있을 때가 아니지.'

곽생원은 벌떡 일어나 되는대로 옷을 주섬주섬 주워 입고 윗방 뒷문을 살며시 연 다음 뒤꼍으로 빠져나갔다. 그리고 웅크리고 앉아서 여인의 거동을 살펴보았다. 여인은 칼을 들어 칼날에 엄지손가락 지문(指紋) 쪽을 슬쩍 문질러 보더니 잘 갈려졌음을 확인한 듯 고개를 끄덕이었다. 그리고 물 한모금을 입에 물었다가 칼날에 '푸우' 내뿜은 다음 윗방 쪽으로 성큼성큼 다가갔다.

방문을 조용히 열고 들어간 여인은 그곳에 아무도 없는 것을 확인하고는 미친 사람처럼 뛰쳐나왔다. 허겁지겁 나온 여인은 사방을 두루 살피다가 갑자기 초가 아래쪽을 향하여 달려갔다. 뒤꼍에서 이 광경을 지켜보던 곽생원은,

'저것이 나를 찾아 죽이려고 하는 것이리라.'

생각하고 여인이 달려간 반대 방향, 즉 초가 위쪽을 향하여 치닫기 시작했다. 그곳은 미끄러운 언덕인데다가 가시나무들이 덤불을 이루고 있어서 아무리 달려가려 해도 쉽지가 않았다. 그때 발짝 소리가 뒤에서 났다. 곽생원이 돌아보자 바로 그 여인이 뒤따라오고 있었다.

곽생원은 괴나리봇짐을 벗어던지고 죽을힘을 다하여 도망쳤다. 가시덤불에 옷가지는 찢어지고 온몸에 상처를 입었다. 그러나 그로서는 그런 것을 돌아볼 여유가 있을 리 없었다. 얼마나 그렇게 달렸을까. 고개 한 개를 넘자 불을 환하게 켜놓은 높다란 누각이 서있고 그 누각에서는 풍악소리가 흥겹게 흘러나왔다.

'이제는 살았구나. 저리로 가서 도움을 청해야겠다.'

곽생원은 사람들을 만나게 된 것이 반갑기만 하여 마구 그곳으로 달려갔다.

"여보시오, 여보십시오, 사람 좀 살려주십시오!"

그는 거의 숨넘어가는 소리로 구원을 요청했다. 그러자 그 누각 안에서 웬 털보가 나오더니 곽생원의 멱살을 꽉 잡고 다짜고짜로 욕설을 퍼부었다.

"네 이놈! 이 괘씸한 놈 같으니라구! 감히 우리 어머니를 속이고 도망을 쳐! 너 잘왔다. 너는 이제 살아서 돌아갈 생각은 아예 하지도 마라!"

이렇게 윽박지른 털보는,

"얘들아! 어서 이리 오너라!"

하고 소리쳐서 부하인 듯한 자들을 불러모았다. 그들은 곽생원을 단단히 결박하여 끌고나가 누각 안에 있는 어둠침침한 골방 속에 가두었다. 골방 속에 갇히게 된 곽생원은 곰곰이 생각했다.

'대체 여기가 어디일까? 그리고 아까 여인과 여기 있는 털보와는 어떤 사이이기에 어머니 운운하는 것일까?'

아무리 생각해도 풀 수 없는 수수께끼였다.

'……? 이러다가는 귀신도 모르게 죽겠다. 살려면 어쨌든 이곳에서 빠져나가야겠는데 무슨 수로 빠져나간담?'

고개를 틀어박고 궁리하던 곽생원은 누군가 골방 안으로 들어오는 인기척에 얼굴을 번쩍 들었다. 그곳에는 털보가 기다란 칼을 들고 서있었다. 그 칼에서는 몸서리가 쳐질 만큼 시퍼런 빛이 번쩍이고 있었다. 그런데 이상한 것은 그 칼 너머에 무엇인가 두툼한 것이 있고, 그것이 흔들리는 것 같았다. 곽생원이 두 눈을 크게 뜨고 뚫어지라고 쳐다보니 그 두툼한 것은 여우의 꼬리였다.

'그렇다면…… 저것들은 여우? 그리고 그 여인도 여우였었단 말이냐? 여우가 백년을 묵으면 둔갑을 한다더니…….'

곽생원은 그제서야 수수께끼가 풀리는 것 같았다. 그리고 정신을 바싹 차리고 털보 앞에서 사정하기 시작했다.

"여보십시오, 무슨 죄로 내가 죽어야 하는지 알 수는 없습니다만 기왕 죽을 바에는 한 가지 청을 하겠습니다. 마지막 소원이니 들어주십시오."

"소원? 그게 뭐냐?"

"예, 나는 지금 몹시 목이 마릅니다. 원래 조갈증이 심한 병을 앓아왔는데 아까는 워낙 급한 겨를에 산비탈을 헤매며 기어올랐더니 목이 말라서 견딜 수가 없습니다. 물 한 동이만 마시면 죽어도 한이 없겠습니다."

"그래? 물을 한 동이씩이나 마시겠단 말이냐?"

"한 동이가 아니라 주기만 한다면 두 동이도 마실 수 있습니다."

"별 희한한 놈 다 보았네. 제가 무슨 고래라고 물을 두 동이씩이나 마셔! 기다려라. 정히 소원이라면 갖다 주마."

털보는 나가더니 커다란 물동이에 철철 넘게 담은 물을 넣어 주고는,

"옛다! 실컷 마셔라. 그리고 죽을 준비나 해!"

라며 문을 탁 닫고 걸어잠그었다. 곽생원은 물동이를 끌어다가 마시는 척하면서 골방 뒤쪽 벽을 축이기 시작했다. 흙벽으로 되어 있는 그 벽은 물을 먹으면서 축축해졌다. 곽생원은 왼손으로 물을 떠서 벽에 부으며, 오른손으로는 흙벽을 긁어냈다. 손톱이 모두 빠질 듯이 아팠다. 그러나 벽에 구멍을 뚫고 도망치기 위해서는 그런 아픔 따위를 생각할 겨를이 없었다.

물 한 동이가 거의 바닥이 날 무렵이 되어서야 흙벽에는 사람 하나 빠져나갈 만한 구멍이 뚫렸다. 곽생원은 그 구멍에 머리를 박은 다음 용을 써가며 갇혀있던 골방에서 탈출했다. 밖은 아직도 칠흑같은 어둠이었다.

엉금엉금 기어가던 곽생원은 그만 절망하고 말았다. 그의 앞에는 절벽이 가로놓여 있었던 것이다. 그렇다면 이 절벽을 기어내려가지 않는 한 도망칠 길이 없다. 그러나 아무리 눈을 크게 뜨고 보아도 그 절벽에는 발 한번 붙일 만한 자리가 없었다.

"아뿔싸, 구사일생으로 살아나는가 했더니 결국 이렇게 죽어야 하는구나."

곽생원은 자기도 모르는 사이에 눈을 감고 천지신명께 기도했다. 그때 골방 문 여는 소리가 들려오는가 했더니 털보의 고함소리가 들려왔다.

"애들아! 그 인간이 도망을 쳤다!"

그 소리에 곽생원은 두 눈을 번쩍 뜨고 절벽 위에 우뚝 섰다. 우물쭈물하다가는 그 털보의 칼에 죽음을 당할 것이 뻔하다. 그렇다면 이 절벽에서 뛰어내리는 편이 나을는지도 모른다. 비록 어디가 부러져서 병신이 된다 해도 죽는 것보다야 낫지 않겠는가.

곽생원은 절벽에서 뛰어내렸다. 눈을 딱 감고 그 가파른 절벽 아래로 뛰어내린 것이다.

'쾅!'

소리를 내며 떨어진 그는 문득 이상하다는 생각이 들었다. 그가 떨어진 곳은 돌더미도 아니고, 땅바닥도 아니었다. 무언가 푹신한 것 위에 떨어진 것이다. 솜이불처럼 푹신한 곳에 떨어진 그는 조금도 몸을 상하지 않았다. 얼떨결에도 그가 떨어진 곳을 더듬어보니 따뜻한 체온이 느껴졌다. 하지만 그것은 어디까지나 순간적인 일이었을 뿐 그 푹신한 것은 곽생원이 떨어지는 것과 거의 동시에 움직이기 시작했다. 곽생원이 반사적으로 움직이는 그것을 두 손으로 힘껏 움켜잡았다.

먼동이 터오면서 뿌연 안개가 자욱한데, 곽생원이 정신을 차리고 보니 그것은 송아지만한 호랑이였다. 절벽에서 떨어질 때 그는 호랑이 등에 떨어졌던 것이고 그바람에 놀란 호랑이는 길길이 뛰며 어디론가 달려가고 있었던 것이다.

'아이구, 여우를 피하려다가 호랑이를 만났구나. 억세게도 재수가 없네.'

이렇게 일이 꼬였지만 곽생원은 오로지 살아야겠다는 일념에 호랑이의 목덜미를 움켜잡고 몸을 납작하게 엎드린 채 숨을 죽이고 있었다. 말 그대로 비호처럼 달리던 호랑이는 커다란 동굴로 들어갔다. 그곳에는 어미가 먹이감 물어오기를 눈이 빠지게 기다리는 새끼 호랑이가 세 마리나 있었다. 새끼들은 앞다투어 달려와서 어미를 반기었다.

어미호랑이는 곽생원을 굴속에 내려놓자 날카로운 엄니로 피를 내어 새끼들로 하여금 빨아먹게 했다. 그리고 고통으로 일그러진 곽생원을 노려보다가 어디론지 가 버렸다.

어미호랑이가 나간 후 곽생원은 사력을 다해서 새끼호랑이들과 싸웠다. 그리고 마침내 새끼들을 모두 때려죽인 그는 호랑이굴에서 벗어나 허겁지겁 도망치다가 저멀리 여우떼가 몰려오는 것을 발견하고는 큰 나무 위로 기어올라갔다.

여우들은 저희가 잡아놓은 인간 곽생원을 호랑이가 채간 줄 알고 호랑이굴을 습격하러 온 것이었다. 여우들은 호랑이굴에 들어가 죽어 있는 호랑이 새끼들을 뜯어먹으려고 했다.

이때 마침 어디론가 갔던 어미호랑이가 돌아왔다. 어미호랑이는 여우들이 제 새끼를 모두 죽인 것으로 알고 두 눈에 불을 켜면서 여우에게 덤벼들었다. 비록 여러 마리의 여우라 하더라도 상대방은 백수의 왕인 호랑이이다. 더구나 화가 정수리까지 뻗친 호랑이였으니 여우들이 당해낼 길이 있겠는가.

필사적으로 저항하던 여우는 한 마리 두 마리 비명을 지르면서 죽어갔다. 끝까지 버티던, 유난히 털이 많고 검은 반점이 있는 여우까지 죽었을 때, 호랑이는 탈진을 하여 그자리에 푹 고꾸라졌다. 그리고 끝내는 이 호랑이마저 숨을 거두고 말았다.

나무 위에 앉아서 이 무시무시한 광경을 처음부터 지켜보던 곽생원은 가슴을 쓸어내리며 내려왔다. 어찌나 무서웠던지 그의 두 다리는 아직도 후들후들 떨리고 있었다. 그리고 산길을 돌아 어젯밤 갇혀 있었던 절벽 위, 그 누각이 있던 곳에 가보니 거기에는 커다란 여우굴이 있었고 굴속에는 여기저기에 금은보화가 수북히 쌓여 있었다.

여우들이 인간들에게서 뺏은 것들임에 틀림없었다. 곽생원은 괴나리봇짐 속에 그 보물들을 가득 담아가지고 산을 내려왔다. 아침 햇살이 유난히 반짝이고 있었다. 언제 소나기가 왔느냐는 듯이——.

아랑(阿娘)의 혼

밀양부사(密陽府使)의 딸 아랑은 열아홉의 꽃다운 나이였다. 그녀는 어려서 일찍 어머니가 죽은 뒤, 홀아버지 밑에서 유모의 손에 의해 자라났다. 나이가 듦에 따라 미모가 뛰어났으며 행동 또한 방정하여 주변에서는 그녀를 모르는 사람이 없을 정도였다.

부사 또한 외동딸인 아랑을 더할 나위없이 곱게 기르며 잡인은 근처에도 얼씬하지 못하게 했다. 그리하여 그녀를 흠모하던 근방의 모든 젊은이들은 그녀의 얼굴 한번 보는 것이 소원일 정도였다. 청혼 또한 여러 곳에서 들어왔지만 사또는 더 좋은 사윗감이 있을 거라며 중매쟁이의 말을 건성으로 듣곤 했다.

그런데 관아에서 일하는 한 젊은이가 아랑의 모습을 한번 보고는 반해 버리고 말았다. 그는 다시 한번만 그녀를 가까이에서 보는 것이 소원이었다. 그 젊은이는 마침내 한 가지 계책을 세웠다.

어느 날, 어두운 밤이었다. 젊은이는 큰 고목 아래에서 누군가를 기다리고 있었다. 잠시 후, 건너편에서 누군가 오고 있는 것이 보였다. 젊은이는 헛기침을 두어 번 했다. 그러자 건너편에서 여자 목소리가 들려왔다.

"누구야?"

젊은이는 얼른 목소리가 나는 쪽으로 달려갔다.

"좀 조용히 해요."

"누가 있다고 그래?"

여자가 목소리를 낮추며 물었다.

"나에게 할 말이 있다더니 무슨 비밀이길래 이 늦은 밤에 나오라고 한 거야?"

"유모, 아까도 말했지만 좀 작게 말하구려."

젊은이는 한숨을 돌리더니 다시 말을 이었다.

"내 오늘 유모에게 부탁할 것이 있어 이렇게 불러낸 것이오. 그래 아랑 아씨는 주무시오?"

유모란 여자는 젊은이에게,

"부탁할 말이 뭔지 어서 말해 보구려. 아씨 안부는 또 왜 묻는고……."

라며 퉁명스럽게 대꾸했다.

"다름이 아니라 저어, 아랑 아씨를 한번만 만나게 해주오. 제발 부탁이오. 그렇게만 해준다면 유모에게 내 섭섭치 않게 보답하리다."

"원, 별소리를 다 듣겠네. 아랑 아씨를 못봐서 만나게 해달라는 거요?"

젊은이는 답답하다는 듯이,

"유모도 참, 내 심정을 이렇게 모르오. 자, 이것을 받아두고……."

라며 은근히 유모에게 엽전 꾸러미를 건네주었다.

"이게 뭐야, 아니 뭘 이런 걸……."

유모는 갑자기 목소리가 부드러워지며,

"내가 뭐 힘이 있나. 나는 어떻게 해야 할지 모르겠네."

라며 말꼬리를 흐렸다.

"유모, 내 평생의 소원이 아랑 낭자 얼굴을 앞에서 보는 것이오.

114

그러니……."

젊은이는 유모의 귀에 가까이 대고 뭐라고 속삭이는 것이었다. 유모는 그저 고개를 끄덕이고 있더니 젊은이의 말이 다 끝나자,

"그러다가 이 일이 알려지면 나는 어떻게 되는 거야?"

라며 걱정스런 목소리로 말했다.

"그건 염려말고 내 말대로 하기만 하면 돼요. 알았지요?"

"그래도……."

유모가 미심쩍은 표정을 짓자 젊은이는, 다시 엽전 꾸러미를 손에 쥐어 주면서,

"유모, 나는 유모만 믿을 테니 부탁하오."

라며 얼른 어둠 속으로 사라졌다. 유모는 엽전 꾸러미를 확인한 뒤 치마폭 속에 쑤셔넣고 그자리를 떠났다.

4월 보름날. 둥근 보름달이 어두운 세상을 환히 비추고 있었다. 유모는 아랑에게 달구경을 하자며 강가로 데리고 나갔다. 아랑은,

"너무 늦지 않았어. 위험하지 않을까 유모?"

라며 망설였는데 유모가 간절히 달구경 가자며 이끄는 바람에 따라나섰던 것이다. 남천강의 물결은 환한 달빛에 부서지고 있었고, 이따금 물고기가 뛰어오르는 소리가 들려왔다.

정자 위에서 달구경을 하던 아랑은 옆에 있는 유모에게,

"유모, 정말 보름달이 동그랗고 밝기도 하네요."

라며 감탄하고 있었다. 두 여인은 이런저런 이야기를 나누며 시간가는 줄을 몰랐다. 주변에는 사람의 그림자도 하나 없어 조용하기만 했다.

그때였다. 갑자기 어디선가 '툭' 소리가 들렸다.

"어머, 이게 무슨 소리지? 유모, 유모도 들었지요?"

아랑은 두려운 듯, 유모에게 물었다.

"예, 저도 들었습니다. 무슨 소리가 나기는 났어요. 제가 한번 주변을 살펴보고 올게요."

"아냐 유모, 그럴 것 없어요. 나 혼자 있으면 더 무서울 것 같아."

아랑의 말에 유모는 미소를 띠며 말했다.

"이제 아씨도 시집가실 나이가 되었건만……. 조그만 소리에 놀라 겁을 먹으시다니요. 잠깐만 계세요. 제가 무슨 일인지 알아볼게요."

유모는 이렇게 말한 다음 정자에서 내려갔다.

한편, 그 소리는 유모와 젊은이가 정한 그들만의 신호였던 것이다. 즉 젊은이가 정자에 와서 난간을 향해 돌을 던지면 유모는 자리를 피해 주기로 되어 있었다. 젊은이가 유모에게 한 귓속말이 지금까지 잘 진행되어가고 있는 것이다.

아랑을 꼬여 강가에 나오게 한 것도, 신호를 듣고 정자에 내려와 아랑 혼자 남아있도록 한 것도 말이다. 젊은이는 오늘을 손꼽아 기다려 왔던 것이다. 이제 눈앞에 아랑이 그를 기다리고 있는 것이다.

"아랑 아가씨!"

아랑은 남자의 목소리에 깜짝 놀랐다.

"누구시오? 당신은?"

그러자 젊은이는 두말 않고 아랑의 곁으로 다가가 그녀를 껴안았다.

"유모! 유모 어디 있어!"

아랑은 비명을 지르며 유모를 찾았다. 그리고 몸부림을 쳐 젊은이의 팔에서 빠져나가려고 애썼다. 젊은이는 아랑의 입을 손으로 막았다.

"낭자, 나는 오래 전부터 낭자를 사랑해 왔었소. 낭자, 내 소원을 좀 들어주시구려!"

젊은이는 가쁜 숨을 몰아쉬며 말했다. 아랑은 몸부림을 치며,

"놓아주시오, 제발……."

하며 유모를 큰 소리로 불러댔다.

"아무리 소리쳐도 이곳에는 아무도 없소. 그러니 순순히 내 말을 듣는 것이 좋을 것이오."

"안돼요, 안돼."

아랑은 안간힘을 쓰며 젊은이의 품에서 나오려 했으나, 여자의 힘이 어찌 젊은 남자를 당해낼 수 있으랴!

젊은이는 아랑을 안고 갈대숲을 향해 뛰어내렸고, 아랑을 갈대 위에 눕혔다. 그리고는 아랑의 옷을 벗기려고 하자, 아랑은 필사적으로 반항하였다. 젊은이는 마침내 우격다짐으로 아랑의 옷을 되는대로 찢기 시작했다. 젊은이의 거친 숨소리에 풀벌레 울음소리도 멈추었다.

"낭자, 제발 이러지 말고 내 평생의 소원을 좀 들어주오. 낭자 없이는 내 목숨은 살아있어도 살아있는 것이 아니오. 그러니 제발……."

"안돼요, 죽는 한이 있어도 안돼……."

"그렇다면 할 수 없지."

젊은이는 비수를 뽑아들었다. 시퍼렇게 날이 선 비수가 달빛에 반사되어 번쩍였다.

"차라리 낭자를 죽이고 나도 따라 죽으려오. 이래도 내 말을 아니 듣겠소?"

아랑은 젊은이의 살기어린 눈빛에 그만 힘이 빠지고 말았다. 아랑은 젊은이를 당해 낼 수 없다는 것을 알자 체념한 듯 눈을 감았다.

"낭자, 이제야 내 말을 알아들은 것 같구려."

젊은이는 떨리는 손으로 아랑의 속치마에 손을 갖다대려 했다. 순간 아랑은 몸을 벌떡 일으켜 달아나기 시작했다.

"사람 살려요, 사람……."

소리지르며 뛰는 아랑을 향해 젊은이가 뒤에서 덮쳤다. 그리고는 아랑을 향해 비수를 휘둘렀다.

밀양 관아는 발칵 뒤집혔다. 아랑 낭자가 없어진 것이다. 부사는 식음을 전폐하고 사방팔방으로 딸을 찾으려고 사람을 풀어놓았으나 아랑의 행방은 묘연하기만 했다.

그렇게 여름이 가고 가을이 되었다. 부사는 임기가 다 되었으므로 밀양을 떠나게 되었다. 떠나는 날, 행방불명된 딸을 그리워하며 부사는 눈물을 감추지 못했다. 부사는 유유히 흐르는 남천강을 바라보며 쓸쓸히 다음 부임지로 떠났다.

세월은 무심히 흘러갔는데 이 밀양 관아에서는 이상한 일이 벌어졌다. 아랑의 실종 이후 새로 부임해 오는 부사마다 부임 첫날밤에 죽고 마는 것이었다.

관아 사람들은,

"죽은 아랑의 귀신이 새로 부임하는 부사의 혼백을 데려가는 것 아니야."

라고 수군냈고 이 이상한 소문은 입에서 입으로 전해졌다. 이렇게 되니 밀양부사로 오려는 사람이 하나도 없었다.

밀양 관아는 주인이 없으니 점차 그 기세를 잃어갔다. 비장(裨將)이며 아전들도 관아에 있기를 꺼려했다. 비가 부슬부슬 내리거나 흐린 날에는 그 분위기가 더욱 음침하여 귀신이라도 나올 것만 같았다.

어느 해, 한 부사가 밀양으로 부임해 왔다. 이 부사는 자청하여 온 것이라 했다.

"아무리 담이 크기로서니 자청해서 죽으려 하다니. 별일 없을까?"

"그러게 말야. 이제 내일 아침이면 또 한 사람이 죽게 생겼네."

관아 사람들은 이렇게 수군거리며 새로 온 부사를 비아냥댔다. 그리고는,

"아랑 낭자 귀신이 정말 그런 짓을 저지르는 것일까?"

라며 아랑을 떠올리는 것이었다.

이윽고 밤이 되었다. 새로 부임한 부사는 촛불을 환히 켜놓고 앞으로 어떤 일이 벌어질 것인지 눈을 부릅뜨고 방문을 노려보았다.

밤은 점점 깊어져 자정이 훨씬 지난 시간이었다. 부사는 자세를 고쳐앉으며 시조를 읊기 시작했다. 무료하기도 했으려니와 사실 두려운 마음도 없지 않았던 것이다.

그때였다. 한줄기 회오리바람이 불어오더니 촛불이 꺼졌다. 부사는 기겁을 하며 눈을 부릅뜨고 방문을 쳐다보았다. 문이 스르르 열리면서 흰 옷자락을 끌며 웬 여인이 들어왔다. 산발한 머리에 여기저기 찢겨진 옷에는 붉은 피로 얼룩져 있었다. 여인은 문앞에 그대로 서있었다.

부사는 마음을 가까스로 진정하고,

"그대는 누구관데 이 밤에 여기에 나타났는고?"

라고 물었다. 그러자 여인이 말했다.

"소녀는 전관 사또의 딸 아랑이옵니다. 제가 너무나 억울한 죽음을 당하였기에 제 사정을 말씀드리려고 신임부사를 찾아뵙게 되었습니다. 그런데 다른 부사들께서는 제 얘기가 시작되기도 전에 그만 정신을 잃고 돌아가시는 것이었습니다."

부사는 여인의 말에,

"그래, 네 사정을 말해 보거라."

라며 애써 태연한 척했다.

"소녀는 남천강가 갈대밭에서 저를 욕보이려던 한 사나이의 손에 의해 죽음을 당했습니다. 그 사나이를 잡아 이 소녀의 원한을 풀어주십시오."

"그래 그놈은 어떤 놈이냐?"

"예, 이 관아에서 일하는 자입니다. 내일 아침 관아 사람 모두를 불러모으십시오. 그러면 소녀는 흰나비가 되어 그자의 갓 위에 앉겠습니다."

"알았노라. 그대의 원한을 반드시 풀어줄 것이니 그만 물러가거라."

부사의 말에 아랑은 자취도 없이 사라졌다.

"정말 그런 일이 있었단 말인가?"

부사는 혼자 중얼거렸다.

다음날 아침, 관아의 대소 관속들은 신임부사의 시체를 거두러 모여들었다. 그런데 이게 웬일인가? 부사가 도리어 그들을 불러모으는 것이었다.

"아니 꿈이야 생시야?"

"그러게 말이야, 누가 장난하는 것 아닐까."

관아 사람들은 웅성거리며 동헌 앞에 모여섰다. 살아있는 신임부사가 동헌 높은 마루에 앉아서 그들을 둘러보고 있었다.

그때, 흰나비 한 마리가 팔랑팔랑 날개짓을 하면서 한 관노(官奴) 곁을 돌더니 그의 갓 위에 앉았다.

부사는 그것을 보고 호령했다.

"네 이놈! 네 놈이 전관 부사의 딸 아랑을 죽인 놈이렷다!"

그말에 젊은 관노는 얼굴이 하얗게 질리면서 그자리에 엎드렸다.

그와 동시에 흰나비는 훨훨 날아 남천강 쪽으로 날아갔다.

"여봐라! 저 나비의 뒤를 따라가 보아라."

부사의 명에 비장·아전들은 어리둥절해하며 흰나비의 뒤를 따랐다. 그러자 이게 웬일인가? 나비가 멈춰 빙빙 날고 있는 곳에 와보니 아랑의 시체가 놓여 있었던 것이다.

부사는 아랑의 시체를 거두어 후히 장사 지내었다. 그후로는 신임 부사가 부임 첫날밤에 죽는 일이 없었다고 한다.

기이한 스님들의 도술(道術)

1. 의상대사(義湘大師)의 천공(天供)

의상대사는 당나라에서 불교의 진리를 배워 신라로 돌아왔다. 그 당시 원효대사(元曉大師)와 더불어 쌍벽을 이루는 스님으로 추앙을 받고 있었다.

의상은 말년에 하늘로부터 공양을 받았다고 전해온다. 날마다 아침, 점심, 저녁때가 되면 하늘로부터 선녀가 내려오는데, 선녀의 손에 들린 은소반에는 맛있는 반찬과 밥이 차려져 있었다고 한다.

의상의 도술은 이와 같이 대단한 것이었다. 의상은 자신의 이같은 도술에는 원효대사도 따를 수 없을 것으로 생각했다.

"입에 들어가기만 하면 살살 녹는 이 맛있는 음식과 어여쁜 선녀들의 모습을 나 혼자 감상할 수는 없지. 한번 원효대사에게 보여주리라."

그리하여 의상은 원효를 자신이 머물고 있는 낙산사(洛山寺)로 청하였고, 원효는 흔쾌히 그곳으로 왔다.

"대사, 정말 오래간만이십니다. 이렇게 대사를 모신 것은 제가 늘 먹고 있는 천공(天供)을 대접할까 해서입니다."

의상은 원효보다 나이가 몇살 적었으므로 깍듯이 공대했다. 원효는 의상의 말에 미소를 지으며 대답했다.

"이렇게 초대하여 주어 정말 고맙구려. 대사 덕에 나도 오늘 하늘 음식의 맛을 보게 되었소이다."

마침 점심때가 다 되었으므로 의상은 천공이 내려올 때만 기다렸다.

"조금만 기다리십시오. 이제 천공이 올 시간이 다 되었습니다."

그러나 이게 웬일인가. 한 시간, 두 시간을 기다려도 천공은 내려올 생각을 하지 않았다. 의상은 초조하기 그지없었다. 한편으로는 원효에 대해 미안하기까지 한 마음이었다.

'왜 안내려오는 거지? 이런 일이 없었건만……'

이미 저녁때가 다 되었다. 그때까지도 천공은 내려오지 않았다.

'이젠 할 수 없다.'

의상은 천공을 기다리기를 포기하고 말았다. 원효를 언제까지 붙들어 앉혀놓을 수만도 없었던 것이다.

"오늘은 무슨 사연이 있나 봅니다. 이런 일이 한번도 없었는데요……. 대사, 정말 죄송하게 되었습니다."

의상은 어쩔 줄 몰라 그저 죄송하다는 말밖에 할 수가 없었다.

"허허, 사람이 살다보면 그럴 수도 있지요. 뭐 그리 미안해할 것 없소이다."

"아닙니다. 먼곳까지 오시게 하고 시장하시게 하다니요. 다음에 꼭 한번 제가 천공으로 대접할 기회를 주십시오."

"알았소이다, 알았어요."

원효는 낙산사에서 5, 60리 떨어진 영혈사(靈穴寺)로 돌아갔다. 산문까지 배웅한 의상은,

"이런 낭패가 어디 있담, 하필이면 오늘따라……."

라고 중얼거리며 방으로 들어왔다. 그런데 방안에는 선녀가 천공을 가지고 와서 기다리고 있는 것이 아닌가?

"아니 왜 이제서야 오는고?"

의상은 못마땅하다는 듯 선녀에게 물었다.

"점심때에 맞추어 내려왔는데, 화엄신장(華嚴神將)이 셀 수 없이 많은 신병(神兵)을 거느리고 함께 계시던 스님을 호위하고 있었습니다. 그리하여 감히 방안으로 들어오지 못하고 기다리고 있다가 그 스님께서 화엄신장과 신병을 거느리고 가시기에 겨우 들어온 것입니다."

선녀의 말에 의상은 얼굴이 뜨거웠다.

"아, 원효대사는 화엄신장의 호위를 받고 있는 몸이었구나. 그런 줄도 모르고 내 도술을 자랑코자 했으니……."

의상은 원효의 뛰어난 도력(道力)을 다시금 깨닫게 되었다.

2. 나옹(懶翁) 스님의 시루떡

나옹은 고려 말기의 유명한 스님으로 신통변화(神通變化)한 도술로 널리 알려졌다. 그가 장안사(長安寺)에 머물고 있었을 때의 이야기다.

추운 겨울밤, 나옹은 여러 제자들과 불경을 강론하고 있었다. 어느덧 삼경(三更)이 지나고 으슥한 깊은 밤이 되었다. 누군가의 배에서 '꼬르륵'하는 소리가 들렸다. 그러자 한 스님이 말했다.

"저녁 먹은 지도 벌써 오래 전이라 배가 출출한데."

그러자 다른 스님도 그말에 동조했다.

"그러게 말야. 나도 아까부터 시장기를 느끼던 참이었다고."

"우리 스님께 부탁하여 밤참을 먹도록 할까?"

"뭐라고? 지금 이 시간에 먹을 것이 어디 있다구 그래?"

"스님의 도술이라면 넉넉히 만드실 수 있어."

제자들의 수군거림에 나옹은,

"왜 이리 시끄러운고?"

라며 꾸중했다.

"스님, 스님의 높으신 도술로 저희에게 밤참을 먹게 해주십사고 다들 말합니다."

제자 스님의 말에 나옹은,

"그다지도 배가 고프더냐?"

라고 물었다.

"예, 다들 시장하다고 이야기를 하던 참입니다."

"너희들의 배고픈 사정은 안되었다만 내 도술로 밤참을 먹게 할 수는 없으니 그리 알아라."

나옹은 제자들의 청에 한마디로 거절했다.

"스님, 이렇게 부탁드립니다."

제자들은 나옹에게 간절히 말했다.

"너희들 마음은 안다만은 남의 물건을 빼앗아다 먹는 것은 불법 (佛法)에 어긋나는 일이다. 그러므로 안될 일이야."

"스님, 배고파하는 저희의 간청이오니 한번만 들어주십시오."

여러 제자들은 사실 배도 출출하려니와 자기들의 눈으로 나옹의 도술을 한번 보겠다는 호기심이 더 컸다. 그리하여 자꾸만 졸라대는 그들이었다.

나옹은 더이상 거절만 할 수 없었던지,

"그럼 너희들은 눈을 감고 고개를 숙이고 있거라."

라더니, 입으로 주문(呪文)을 외우기 시작했다. 얼마가 지났을까? 바깥에서 '쿵'하는 소리가 들렸다. 나옹은,

"눈을 떠도 좋다. 그리고 마당에 나가 보아라."

라고 말했다. 제자들은 우르르 몰려나갔다. 마당에는 김이 무럭무럭 나는 시루떡이 놓여 있었다.

"야! 떡이다."

"아직도 김이 오르고 있어."

제자들은 얼른 시루떡을 방으로 가지고 들어왔다.

"출출하다고 했으니 어서들 먹어라."

"스님, 정말 잘 먹겠습니다."

제자들은 나옹의 도술에 놀라며, 배가 심히 고팠던 터라, 걸신들린 사람처럼 떡을 떼어 꾸역꾸역 먹기 시작했다. 그리고 맛있게 다먹고 나자 그제서야 생각났다는 듯이 물었다.

"스님, 그런데 시루떡은 어디서 난 것입니까?"

나옹이 대답했다.

"너희들의 간절한 청을 안들어줄 수가 없어 어디서 먹을 것을 구할까 이리저리 알아보았느니라. 그러나 별로 가져올 만한 것이 없었어. 그런데 어느 부잣집에서 성황단(城隍壇)에 시루떡을 두 시루나 갖다놓은 게 보였다. 그래서 성황신에게 사정을 말하여 이곳으로 보내도록 한 것이다."

제자들은 고개를 끄덕이며 할 말을 잃었다. 그후로 제자들은 몇번 더 나옹에게 그와 같은 도술을 보여줄 것을 간청했으나 나옹은 두번 다시 들어주지 않았다고 한다.

3. 일옥선사(一玉禪師)의 곡차(穀茶)

일옥선사는 진묵당(震默堂)으로 알려진 스님인데 술을 아주 좋아하는 것으로 유명하다. 불가에서는 술 마시는 것을 금하고 있는데 일옥은 술을 곡차라 하며 마음대로 마셨다. 그는 술을 곡차라 해야 마셨고, 술이라고 하면 마시지를 않았다. 즉 술이라고 하면 한모금도 입에 대지 않았던 것이다.

한번은 이런 일이 있었다. 일옥이 술생각이 나서 공양주(供養主 :

절에서 밥짓는 중)에게,

"목이 몹시 마르구나."

라며 눈짓을 했다. 눈치를 챈 공양주가 부엌에서 술을 거르기 시작했다. 일옥은 그것을 알자 기분이 좋았다.

"무엇하고 있느냐?"

라고 묻자 공양주가 대답했다.

"술 거릅니다."

'곡차 거릅니다'란 말을 기다린 일옥은 괘씸한 생각이 들어 다시 물었다.

"뭘 거른다고 했더냐?"

그러자 공양주는 무심코,

"술 거릅니다."

라고 대답했다. 그러자 갑자기 이게 웬일일까? 머리에 뿔이 달리고 두 눈은 찢어지고 눈썹은 하늘을 향해 치솟은 10척 장신의 화엄신장(華嚴神將)이 갑옷을 입고 나타난 것이다. 그는 철퇴를 휘두르더니 공양주의 입과 턱을 후려쳤다.

"으악!"

공양주는 그만 부엌바닥에 쓰러지고 말았다. 공양주의 턱은 떨어져 덜렁덜렁 매달려 있었다.

절안은 갑자기 큰 소동이 벌어졌다. 스님들이 우르르 몰려나와 신장단(神將壇)에 엎드려 경을 읊기 시작했다. 일옥은 그들을 향해 소리쳤다.

"그러고들 있지 말고 얼른 곡차나 걸러 오너라!"

스님들이 술 한 동이를 걸러 대령하자 그제서야 일옥은 찌푸렸던 얼굴을 펴며 웃음을 지었다. 그러더니 술동이를 잡고 그대로 입으로 가져갔다. 목구멍으로 술이 넘어가는 소리가 꾸륵꾸륵 들려왔다.

그순간 부엌에 쓰러진 공양주의 떨어졌던 턱이 제자리로 올라와 붙는 것이었다.

이같은 괴이한 일에 스님들은 대경실색하고 말았다. 그리고 다음부터는 일옥에게 날마다 술 한 동이씩을 바치며 그를 융숭히 대접했다고 한다.

죽은 생명도 살리는 환혼석(還魂石)

김첨지(金僉知)는 조상 대대로 충청도 아산(牙山) 땅에서 산 그곳 토박이였다. 그래서 동네 사람들은 그를 마을 어른으로 생각하고 있었다.

어느 날, 밖에서 몹시 시끄러운 소리가 들려왔다.

"왜 이리 소란하냐?"

김첨지가 대문 밖에 나서니 동네 아이 여럿이 빙 둘러서서 떠들고 있었다.

"무슨 일이냐?"

그러자 한 아이가 말했다.

"할아버지, 돌쇠가 학(鶴)의 알을 주웠다지 뭐예요."

"그래? 어디 보자."

김첨지가 돌쇠의 손을 보니 학알은 이미 깨져 있었고, 그 사이로 학의 머리가 고개를 늘어뜨리고 있었다. 아마도 죽은 것 같았다.

"너 이걸 어디서 주웠느냐?"

돌쇠는 겁먹은 얼굴로 대답을 하지 못했다.

"어디서 주웠냐니까 왜 대답을 못해?"

김첨지의 목소리가 조금 커졌다.

"사실은, 주운 게 아니라 둥지에서 꺼내왔어요."

"뭐라구?"

예로부터 학은 귀한 동물로 여겨져 왔던 터라 김첨지가 놀라는 것도 무리가 아니었다.

"너 얼른 이 알을 제자리에 갖다놓아라. 어서!"

돌쇠는 그말에 울먹이기만 할 뿐이었다.

"내 말 안 들려? 어서!"

"할아버지, 하지만 이건 죽었잖아요. 그런데 갖다놓으면 뭘해요."

돌쇠의 말도 틀린 말은 아니었다.

"학은 원래 신령한 동물이니 그렇게 함부로 하면 안되는 법이다. 그러니 어서 제자리에 갖다놓아라."

김첨지의 말에 돌쇠는 힘없이 학의 둥지가 있던 곳으로 갔다.

"장난을 해도 그렇지. 왜 학의 둥지를 뒤진담……."

김첨지는 마음이 편치 않았다.

돌쇠가 학의 둥지에까지 올라가니 어미학은 둥지 위에서 날개짓을 하며 소리내어 울어대고 있었다.

"미안해. 내가 장난이 심했어. 미안하다 학아."

돌쇠는 학의 알을 둥지에 조심스럽게 넣은 다음 나무에서 내려와 집으로 향했다.

다음날, 이른 아침부터 김첨지네 대문을 두드리는 소리가 들렸다.

"누구시오?"

"할아버지, 접니다. 돌쇠예요."

돌쇠의 들뜬 목소리가 들렸다. 김첨지가 대문을 열어주니 돌쇠는,

"할아버지, 세상에 이런 일이 있을 수 있어요?"

라며 밑도끝도 없는 말을 하는 것이었다.

"무슨 말이냐 그게?"

"글쎄 죽은 학이 살아났지 뭐예요?"

"뭐라고? 정말이냐?"

"예, 제가 똑똑히 보고 오는 길이에요."

"대체 뭐가 어찌되었다는 게야? 자세히 좀 얘기해 봐라."

돌쇠는 가쁜 숨을 가다듬고 나서 말했다.

"제가요, 아침에 일어나 그 둥지에 가보았습니다. 어미학이 어떻게 했을까 싶어서요. 그랬더니 글쎄 학의 새끼가 고개를 내밀고 있지 뭐예요."

돌쇠의 말이 거짓일 것 같지 않았다.

"정말 그런 일이 있다면 이상한 일이로구나."

돌쇠는,

"어미학이 죽은 새끼를 살려내었나 봐요."

라며 신이 나서 말했다.

"어디 이 할아버지랑 같이 한번 가보자."

김첨지와 돌쇠는 학의 둥지가 있는 곳으로 갔다. 돌쇠는 자신의 잘못을 만회라도 한 듯한 기분인지라 앞장서서 껑충껑충 뛰어갔다.

"여기예요, 여기."

김첨지가 돌쇠가 가리키는 곳에 와서 올려다보니 과연 어제 그 학의 새끼는 살아서 고개를 내밀고 있었다.

"정말 신기한 일이로구나. 죽었던 학이 다시 살아나다니……. 여기에는 사연이 있을 것이로다."

아무리 봐도 이상한 일이다. 박첨지는 둥지 근처로 가서 이리저리 살펴보았다. 별 특별한 점은 없었다.

"할아버지, 왜 그러세요?"

돌쇠가 김첨지에게 물었다.

"내가 한번 확인을 해보아야겠다."

김첨지는 학의 둥지가 있는 나무 위로 기어올라갔다.

"할아버지 조심하세요."

"내가 이래뵈도 너만한 나이 때는 더 높은 곳에도 오르곤 했었
단다."

김첨지가 학 둥지 안을 살펴보니 한쪽에 웬 주먹만한 돌 하나가
있는 것이 보였다. 그는 그 돌을 손에 집어들었다.

"할아버지, 알이 또 있어요?"

돌쇠의 물음에 김첨지는,

"이건 알이 아니라 돌이다."

라며 나무에서 내려왔다.

"죽은 새끼학이 살아난 이유가 뭘까? 혹 이 돌과 관련이 있는 것
이 아닐까? 어미학이 어디선가 물어다가 새끼를 살린 신기한 돌
이 아닐까? 아니야, 흔해빠진 자갈일지도 몰라."

김첨지는 그 돌을 가지고 오며 혼잣말로 이렇게 중얼거렸다.

며칠 후, 서울에서 승지 벼슬을 하고 있는 조카가 다니러 왔다.
김첨지는 조카에게 돌을 꺼내 보여주었다. 그리고는 지금까지 있었
던 일을 이야기하며 보통 돌이 아닌 것 같다고 말했다. 조카도 그
말에 고개를 끄덕였다.

"제가 중국으로 갈 일이 있습니다. 그곳에 가서 한번 알아보고 오
겠으니 제게 그 돌을 맡겨 주십시오."

김첨지는 조카의 말에,

"잘됐네. 그러잖아도 한번 알아보고 싶었던 차였네."

라며 그 돌을 건네주었다.

조카인 김승지는 얼마 후, 중국의 도읍 북경(北京)에 가게 되었
다. 그는 그곳에서 중국 상인 두 사람을 불렀다. 그리고 돌을 보여
주며 말했다.

"이 돌은 죽은 학을 살린 아주 신기한 돌이라오. 세상에 이런 돌은 다시없을 것이오."

그 말에 두 상인은 궁금해하며,

"어서 그 돌을 좀 보여주십시오."

라며 재촉했다.

"자, 바로 이것이오."

김승지는 김첨지로부터 받은 돌을 품에서 꺼내었다. 그 돌은 평범한 보통돌 같았다. 중국 상인들은 이리저리 만져보더니 눈이 휘둥그래졌다.

"이것은 귀한 보물입니다."

"어디서 나셨습니까?"

중국 상인 두 사람은 번갈아가며 이렇게 물었다.

"자세히는 모르지만 학이 물어왔다고 합디다."

그러자 한 상인이 말했다.

"이 돌은 천하의 보물로 숨이 끊어졌을 때 가슴에 품어주면 죽은 목숨이 다시 살아나는 희귀한 돌이랍니다."

"죽은 목숨이 다시 살아난다고요?"

"예, 사라져간 혼을 다시 불러들이는 돌이라 하여 환혼석(還魂石)이라 부르지요."

"환혼석이라?"

김승지는 그제서야 김첨지가 한 말을 생각해냈다.

"이 돌은 진기한 것으로 흔하지 않습니다. 천 년에 하나 얻을까 말까 한 것이지요. 그런 것을 여기서 볼 줄이야."

두 중국 상인은 김승지의 눈치를 살피더니 말했다.

"이 돌을 저희에게 파시지 않겠습니까?"

김승지가,

"그래 얼마에 사시겠소?"

라고 묻자 두 중국 상인은 곧바로 대답을 하지 못했다. 이윽고 한 상인이 말했다.

"이 보물은 천금이라도 아까울 게 없을 정도이므로 부르는 게 값이랍니다."

"그럼 천금을 내시겠소?"

김승지는 그들의 말에 이렇게 말했다.

"예, 좋습니다. 앞으로 이틀 뒤에 저희가 돈을 마련해 오겠으니 기다려 주십시오."

김승지는 그들의 말에,

"알았소. 내 기다리고 있겠소이다."

라고 말하자 다른 한 상인이,

"다른 사람에게 보여주시면 안됩니다. 아시겠지요?"

라며 다짐을 두었다.

"알았소"

두 중국 상인이 돌아가고 나자 김승지는 다시 한번 그 돌을 만져보았다.

"세상에 이 평범하기 짝이 없는 돌이 목숨을 살리는 돌이라구, 그리고 천금의 값어치가 있다니. 정말 알 수 없는 일이군."

김승지는 천금이란 큰돈이 들어올 것을 생각하니 마음이 흐뭇해졌다.

"아니 이럴 게 아니라 이 돌을 좀 닦아야겠는걸. 여기 이건 또 뭐야. 학의 똥 아니야. 그래 천금의 값어치가 있는 돌인데 그냥 둘수야 없지. 내가 깨끗이 닦아놓아야겠다. 으음, 물로 씻을까? 비단수건으로 닦을까?"

김승지는 시간이 나는 대로 돌을 깨끗이 닦았다. 이제 돌에는 윤

기마저 돌 정도였다. 그런데 돌을 자세히 살펴보니 돌 속에 작은 돌 하나가 튀어나와 있는 것이 보였다.

"아니, 여기 무슨 혹 같은 것이 있어. 매끄러운 돌에 웬 흠이지."

김승지는 작은 돌을 떼어 버리고 돌을 깨끗이 닦아놓았다. 이제 하룻밤만 자면 두 중국 상인과 약속한 날이었다. 김승지는 자리에 누웠다가 다시 일어나 비단천에 싸고 또 싸서 궤 속에 둔 돌을 꺼내 보았다.

이윽고 약속한 날이 되자 두 중국 상인이 찾아왔다.

"어서 오시오. 기다리고 있었소"

김승지는 중국 상인들을 반갑게 맞아들였다.

"돌은 잘 있겠지요"

"물론이지요"

"돈은 준비해 가지고 왔습니다. 일단 돌을 보여주시지요"

자리에 앉자마자 중국 상인들이 말했다. 김승지는 직접 환혼석이 든 궤를 가지고 왔다.

"이상하다."

두 중국 상인들은 고개를 갸웃거렸다.

"어서 꺼내 보여주십시오."

"왜 그러십니까?"

한 상인이 말했다.

"환혼석은 궤 속에 들어 있다 하더라도 그 광채가 새어나오는 법입니다. 그런데 빛이 없는 것 같습니다."

그 말에 김승지는 웃으며,

"그것은 제가 비단천에 싸고 또 싸서 그렇지요"

라며 궤를 열고 환혼석을 꺼냈다.

"자, 보십시오. 여기 그대로 있지 않습니까?"

김승지가 돌을 보이자, 두 중국 상인은 얼굴이 어두워졌다.

"이게 아닌데……."

"이상하다."

김승지는 어리둥절하여,

"왜 그러십니까? 뭐가 잘못됐습니까?"

라며 그들을 향해 물었다.

"이 돌은 그저께 저희가 본 그 돌이 아닙니다."

"뭐라고요?"

김승지는 눈을 크게 뜨고 물었다.

"이 돌은 이젠 환혼석이 아닙니다."

"그 효력이 없는 쓸모없는 돌입니다."

두 중국 상인은 실망한 표정이 역력했다.

"도대체 무슨 말씀인지 알 수가 없구려? 왜 그러는 거요?"

영문을 몰라하는 김승지를 남겨두고 중국 상인들은 자리에서 일어나 나가 버렸다.

이제 그 돌은 환혼석의 정기를 잃어버린 평범한 돌에 불과했다. 김승지가 작은 돌을 떼어 버린 그때부터 신비한 생명력을 잃고 만 것이다. 귀한 보배라 하여 너무 아끼고 닦다가 그만 그 신비한 힘을 아깝게도 잃어버리고 만 것이다.

천년 묵은 고양이와 쥐

쇠돌이란 사람이 장가갈 때의 일이다. 친구 하나가 그에게 말했다.
"자네는 왜 하필이면 그런 곳으로 장가가나? 금마로 가는 소굿길
에서 일어나는 불한당 얘기 들어보지 못했어?"

쇠돌이는 친구의 말에 사람들이 수군거리던 말이 떠올랐다. 그들
이 말하는 소굿길은 외진 길로 금마에서 다른 고을로 가려면 이 길
을 반드시 지나야 했다. 그러므로 자연 사람의 발길이 잦았고, 봄·
가을에는 신혼행렬이 많았다.

그런데 몇년 전부터 신혼행렬이 지나갈 때마다 봉변을 당하는 것
이었다. 문어처럼 중머리를 한 불한당이 나타나 행패를 부리는데,
닥치는 대로 사람을 때리고 짐을 뺏어가는 한편 신부는 부대에 넣
어 데려간다는 것이다. 그러니 장가를 든 신랑은 매를 죽지 않을 정
도로 맞는데다가 신부까지 빼앗기는 봉변을 당하는 것이다.

"그런 말이야 말하기 좋아하는 사람들이 꾸며서 하는 말이겠지
뭐……."

그러자 친구는,

"나는 노총각으로 늙으면 늙었지 그런 곳으론 장가 안가겠네. 쇠
돌이 자네 한번 당하고 나서 후회말게."

쇠돌이는 처가에서 첫날밤을 지내고 신행날이 되었다. 장인어른

에게 문안 인사를 하고 나자 장인이 말했다.

"자네, 거기 좀 앉게나. 이제 혼례가 끝났으니 오늘은 자네 집으로 가야겠지."

무릎을 꿇고 앉은 쇠돌이가 대답했다.

"네."

장인은 심각한 표정을 짓더니,

"그런데 가는 길이 험하다고 들었어. 또 신행길치고 무사한 일이 없는 것을 알고 있을 것이네. 그러니 도리에 어긋나는 일이지만 신부를 당분간 친정에 두어 두는 게 어떻겠나?"

"네에?"

쇠돌이는 장인의 말에 두 눈이 동그래졌다. 그러잖아도 노총각이 장가간다고 동네에서 말들이 많았던 것이다. 어떤 색시인지 고생문이 훤하게 열렸다는 둥, 남의 헌 색시랑 결혼하는 게 아니냐는 둥 말이다.

"그건 안됩니다. 우리 동네에서는 이 못난 사람이 혼인을 한다고 야단들이었답니다. 하온즉 저는 신행을 해야 하며 동네 사람들에게 자랑을 해야 합니다. 제가 이 혼인을 하기까지 얼마나 어려운 일이 많았는지 아무도 모를 겁니다. 그러니 제발 같이 떠나도록 해주십시오."

장인은 안타깝다는 듯이 쇠돌이를 보며,

"자네 심정을 왜 모르겠냐만은 그러다가 신부를 빼앗기면 어쩔려구 그래?"

라며 딸을 몇달 뒤에 보내자는 것이었다.

"아닙니다. 그까짓 중대가리놈들쯤이야 제가 처치할 수 있습니다."

쇠돌이는 신부를 두고 가는 것보다는 그들과 싸우다 죽는 것이 낫겠다는 생각까지 했다. 그리하여 장인에게 사정사정한 쇠돌이는 간신히 허락을 얻을 수 있었다. 그리고 다 늦게 처가에서 출발하게 되었다.

그믐달이 산너머에 모습을 나타낼 무렵이 되어서야 불한당이 잘 나타난다는 골짜기에 이르렀다. 대낮에 삼현육각을 잡히고 떠들썩하게 가야 할 신행길을 밤늦게, 더군다나 불한당이 언제 나타날지 모르는 길을 가자니 다들 경계의 눈빛을 늦출 수 없었다.

쇠돌이의 마음은 편치 않았다. 동행한 장인도 불안과 초조감에 등에는 식은땀이 주르르 흐르고 있었다. 가마를 메고 가는 가마꾼들의 숨소리도 거칠었다.

"조용히 해라! 불한당들이 듣고 나타날까 무섭다."

불한당들은 요즘 신혼행렬이 한밤중에 도둑장가 들듯이 감쪽같이 빠져나간다는 것을 알고 졸개 한 명을 보초삼아 지키게 하고 있었다. 그들은 소위 주지스님과 중의 허울을 쓴 놈들로 한낮에 신혼행렬이 지날 때는 손쉽게 목적을 달성할 수 있었던 것이다. 이제는 망을 보던 졸개가 잠에 곯아떨어져서 보고하지 못하는 일도 종종 있어 예전보다 재물을 얻는 기회가 적어진 그들이었다.

장인이 갑자기 조심스럽게 말했다.

"잠깐, 발걸음소리를 작게 해라!"

"왜 그러십니까?"

쇠돌이의 물음에 장인은 손가락으로 앞쪽을 가리켰다. 그곳에는 조그만 언덕이 있었는데 새까만 물체가 움직이고 있었다. 달빛에 반짝이는 것이 중머리임에 틀림없었다.

"저기 어슬렁거리며 오고 있는 것 같아요."

가마꾼 하나가 말했다. 일행은 오던 길로 되돌아가야겠다며 방향을 바꾸어 뒤돌아섰다. 그런데 뒤쪽에서도 이미 불한당들은 오고 있었다. 신혼 일행이 갈팡질팡하는 동안 사방에서 불한당들이 달려들기 시작했다.

"반항하거나 입을 나불대기만 해봐! 가만두지 않겠다."

쇠돌이가 뭐라고 하자 그들은 그를 호되게 두들겨 패기 시작했다. 어떤 놈들은 신부를 우격다짐으로 부대에 담고, 어떤 놈들은 짐을 챙겼다. 또 어떤 놈은 가마꾼이며 손님들의 옷을 뒤지고, 덤비는 사람이 있으면 가차없이 일격을 가했다.

결국 불한당들에게 몽땅 털리고 신부도 잃은 쇠돌이는 장인의 얼굴을 볼 낯이 없었다. 억울한 마음을 가눌 길도 없었다. 장인도 마찬가지 심정이었다.

장인은 가마꾼들과 손님들에게 남은 돈 얼마를 나누어 주었다. 그리고는 쇠돌이에게 말했다.

"여기서 5리 정도 가면 암자가 하나 있네. 거기에 도승이 살고 있다는데 그곳에 가서 우리의 사정을 말씀드리도록 하자구."

쇠돌이는 장인이 하자는 대로 할 수밖에 없었다. 그는 고개만 끄덕일 뿐 아무 말도 못했다.

도사는 새벽 예불을 하고 있다가 쇠돌이와 그의 장인을 맞았다.

"무슨 일이 있어서 이 누추한 곳을 찾아오셨습니까?"

장인은 도사 앞에 엎드려 지금까지 있었던 일들을 설명하고 호소했다. 쇠돌이는 그 옆에서 다만 눈물을 뚝뚝 흘리고 있었다. 눈을 감은 채 장인의 말을 듣고 난 도사가 입을 열었다.

"그 절의 주지는 승려가 아니라, 천년 묵은 도둑쥐가 둔갑을 한 것입니다."

쇠돌이와 장인은 그말을 듣는 순간 자기네 귀를 의심했다.

"도둑쥐가 둔갑을 한 거라구요?"

그들은 입을 모아 소리쳤다.

140

"그렇소. 절을 지어 중 행세를 하면서 부하들과 함께 신행 손님을 털고 신부를 약탈하여 욕을 보이는 무리지요"

쇠돌이는 자기 색시가 그 흉측한 도둑쥐들에게 욕을 당할 것을 생각하니 앞이 캄캄했다.

도승은 잠시 나갔다가 늙고 말라빠진 고양이 한 마리를 안고 들어왔다.

"이 고양이는 천년 묵은 고양이지요. 어서 가서 황금으로 이 고양이와 같은 형상을 만들어서 불한당이 있는 절간 문앞에 묻되, 이 고양이와 같이 묻으시오"

"정말 그렇게만 하면 됩니까?"

쇠돌이의 물음에 그 도승은,

"어서 시키는 대로 하시오, 열흘 안에. 어서!"

라며 재촉했다.

쇠돌이와 장인은 가진 재산을 모두 처분했다. 조상 대대로 물려오던 문전옥답까지도 아낌없이 팔아치웠다. 집안식구 중에는 반대하는 사람도 있었다. 사람 하나 찾기 위해 논밭을 처분해야만 하냐는 것이었다. 쇠돌이의 집에서도 말들이 많았다. 장가야 다시 가면 되는 것이지만, 논밭은 장만하려면 몇십 년이 걸려야 하는 것이니 말이다.

동네 사람들도 마찬가지였다. 그 도승이란 자는 속이 엉큼한 늙은 여우가 아니냐, 그리하여 두 집안을 망하게 하려는 것 아니냐며 갖은 말을 다하였다. 장인은 딸을 구해내겠다는 일념으로, 그리고 쇠돌이는 신부를 찾아야겠다는 일념으로 주변에서 떠들어대는 말에도 눈 하나 깜짝하지 않았다.

그들은 양가의 논밭을 판 돈으로 금을 사들였고 그 금으로 금고양이를 만들게 했다. 그 결과 열흘만에 금고양이는 만들어졌다. 그 날 밤, 장인과 쇠돌이는 불한당이 살고 있는 절간 앞에 왔다. 그리고 주지가 거처하는 방의 동정을 살폈다.

쇠돌이의 신부는 납치된 날부터 이 절간 골방에 감금되어 있었다. 2, 3일 동안은 물만 이따금 한 그릇씩 주더니 어느 날 목욕을 하라는 것이었다. 주지께 수청들 차례가 되었다는 것이다.

그리고 그날부터 여승들이 목욕을 시키고 기름진 음식을 먹이고, 고운 옷으로 갈아입혔다. 실은 이 여승들도 납치되어 온 여인들이었다. 그들은 신부에게 질투섞인 말투로 이렇게 말했다.

"네 년도 2, 3개월만 지나면 주지의 눈밖에 날거야. 여자가 또 새로 올 테니까. 그리고 나서는 어떻게 되는지 알아?"

그러자 다른 여승이 말했다.

"다른 놈들에게 밤낮으로 시달리는 일밖에 더 있겠어. 그렇게 몇 년 지나면 머리를 박박 깎이고 우리처럼 이 짓이나 하게 되는 거지 뭐."

다른 여승들도 모두 고개를 끄덕이며 한숨을 내쉬었다. 쇠돌이의 신부는 7일 밤낮을 편안히 먹고 쉬었다. 그리고 열흘째 되는 날 밤, 주지의 방으로 끌려갔다.

피둥피둥 살찐 얼굴에 기름기가 흐르는 주지의 두 눈은 욕정으로 이글거리고 있었다. 그는 신부를 끌어당겨 옷을 벗기려 했다. 그순간 신부는 준비했던 칼을 입에 물고 몸을 돌리며,

"내 몸에 손을 대기만 하면 나는 칼을 물고 죽고 말 테다. 이 더러운 놈아!"

라며 결사적으로 반항했다. 주지는,

"이 앙칼진 계집 같으니라구, 어서 그 칼을 뱉지 못하겠어!"

라며 윽박질렀다. 그래도 신부가 말을 듣지 않자 온갖 달콤한 말로 달래고 있었다.

쇠돌이와 장인은 그 광경을 보고 다소 안심이 되었다. 아직 욕을

당하지는 않은 모양 같았으니 말이다.

"어서 빨리 고양이를 묻자구!"

장인의 말에 쇠돌이는 고개를 끄덕이며 일을 착수하려고 했다.

"그런데 고양이를 묻게 되면 신부에게는 화가 미치지 않을까요?"

쇠돌이의 물음에 장인도 멈칫했다.

"그래도 주지를 없애기 위해서는 이 방법밖에 없다지 않나. 우리 딸아이의 문제는 하늘에 맡길 수밖에……."

장인의 말에 쇠돌이는 고양이와 금고양이를 묻으려고 했다. 그때다. 천년 묵은 고양이가 큰 소리로 울어대기 시작했다. 그러자 주지방의 방문이 열리면서 주지가 발악을 하는 것이었다.

"네 이년! 요망한 년이 재주를 부리는구나."

주지는 신부의 옷을 찢었으나 어쩐 일인지 신부에게 손은 대지 못하고 있었다. 신부는 방안에서 찢어진 옷으로 드러난 살갗을 가리며 도망을 쳤고, 늙은 주지는 그러는 신부를 뒤쫓았다. 쫓기는 자와 쫓는 자는 모두 숨을 헐떡이고 있었다.

그러자 갑작스레 절간은 시끄러워졌다. 이방, 저방에서 불한당들이 뛰고 있었다. 그와 동시에 여인들의 울부짖는 소리도 들려왔다. 쇠돌이와 그의 장인은 그런 소동에 개의치않고 부지런히 고양이를 묻었다.

고양이를 다 묻었을 때, 요란한 폭발소리가 들렸고, 절간은 온통 불길에 휩싸였다. 불길 속에서 커다란 쥐들이 이리 뛰고 저리 뛰는 것이 보였다. 사람으로 둔갑했던 쥐들이 본래의 모습으로 환원되면서 불에 타 죽어가고 있었다. 밖으로 기어나온 쥐들도 더러 있었지만 털에 불이 붙은지라 멀리 도망치지 못한 채 결국에는 죽고 말았다.

납치되었던 숱한 여인들이 밖으로 뛰쳐나왔다. 쇠돌이의 신부가 제일 먼저 나온 것은 두말할 나위도 없다.

'찌익 찌익'

주지로 둔갑했던 제일 덩치 큰 쥐가 최후의 발악을 하면서 죽어 갔다. 그리하여 쇠돌이와 장인은 신부를 무사히 찾을 수 있었고, 그 후로는 이 소굿길을 지나는 신혼행렬도 무사히 지나가게 되었다고 한다.

원수의 아들로 태어난 구렁이

충청도 부여(扶餘) 어느 마을에 장씨(張氏) 성의 큰부자가 있었다. 장부자는 추수 천 석을 거두는 부자인데다, 늘그막에나마 아들까지 두어 무엇 하나 부러울 게 없는 사람이었다.

어느 날, 한 스님이 시주를 받으러 마을로 왔다. 그 스님의 이름은 백수 스님이었다.

"나무아미타불 관세음보살……."

백수 스님의 목탁소리에 장부자가 나왔다.

"스님 오셨습니까?"

"예."

백수 스님은 공손히 대답했다. 장부자는 얼굴을 찡그리며,

"저, 시주를 하겠으니 염불은 그만하세요."

라고 말했다. 장부자는 들고 나온 쌀바가지를 스님의 바랑에 얼른 쏟아부었다.

"감사합니다. 그런데 염불은 좀더 해야 할 것 같습니다."

스님의 말에 장부자는,

"스님, 실은 방에서 우리 하나밖에 없는 아들이 자고 있습니다. 지금 막 잠이 들었는데 깰까봐 그렇습니다."

라며 사정 이야기를 했다. 그말에 백수 스님은 마음이 언짢았으나

장부자에게 정중히 말했다.

"소승이 염불을 더 하려던 이유는 그 자고 있는 아들에게 뜸을 들이는 효과를 보이려고 하는 것이랍니다."

"네에? 뜸을 들이다니요, 그게 무슨 말씀이십니까?"

장부자는 백수 스님의 이 엉뚱한 말에 기가 막혀서 할 말을 잃었다. 스님이 말했다.

"귀댁은 지금 평화스럽게 지내고 있긴 합니다만 화가 미칠지도 모릅니다. 소승은 미리 귀뜸을 해드리는 것뿐이올습니다."

장부자는 그 말에 놀라,

"화가 미치다니요?"

라며 반문했다.

"화가 미칠 것이 아니라 이미 화가 무르익었습니다."

장부자는 더욱 모를 이야기만 하는 스님이 답답하기만 했다.

"스님, 말씀을 해주시려면 속시원히 해주십시오. 그게 무슨 뜻입니까?"

장부자는 백수 스님에게 사정했다.

"그럼 제 말대로만 하십시오. 오늘밤 당장 막걸리 50말을 준비하여 온 동네 사람들을 집으로 불러들이십시오. 동네 사람들에게는 숯 한 바구니씩을 가져오게 하는 것을 잊지 마시고요. 그 숯으로는 마당 가운데에 숯불을 피우시고 풍장을 치면서 사람들에게 술잔치를 벌이는 것입니다. 그러면 큰 화를 막을 수 있습니다. 나무아미타불 관세음보살."

백수 스님은 장부자의 다음 말도 들어보지 않고 갈 길을 재촉하는 것이었다. 장부자는 백수 스님의 뒷모습을 멍하니 바라보고 있다가 집안으로 들어왔다. 지금까지 평화스럽게 잘지내었건만 화가 미칠 것이라는 이야기를, 아니 화가 무르익었다는 이야기를 들으니 기

146

분이 영 좋지가 않았다.

"혹 그 스님이 괜한 말을 한 것이 아닐까? 아니지. 세속과는 담을 쌓은 스님이 그럴 리가 없어."

아무리 생각해 보아도 그냥 넘어갈 일은 아니었다. 장부자는 아내를 불러 백수 스님이 한 말을 이야기한 다음 다른 사람에게는 말하지 말라고 다짐을 했다. 왠지 그래야만 할 것 같았다. 그리고 장부자는 백수 스님의 말대로 막걸리 50말을 준비하고 동네 사람들에게 오늘 집에서 잔치를 하니 다들 모이라고 일렀다. 올 때에는 숯 한 바구니씩을 꼭 가져오라고 당부하는 것도 잊지 않았다.

저녁때가 되자, 손에 손에 숯바구니를 든 동네 사람들이 하나둘씩 장부자네 집으로 모여들었다. 장부자집 마당 한가운데에는 동네 사람들이 가져온 숯으로 환하게 불을 피어놓았다. 그리고 풍장을 치며 여기저기에서 막걸리를 주고받는 등 동네잔치가 벌어졌다.

그런데 잔치가 벌어짐과 동시에 방에 있던 아들이 울기 시작했다. 처음엔 밖에서 시끌벅적대는 소리에 놀라 그러려니 했으나 아이는 울음을 그칠 줄 몰랐다.

"애야, 시끄러워서 그러니? 이 잔치는 다 우리 집안을 위해서 하는 거란다. 그러니 좀 참아야 해. 알았지."

그러자 아들은,

"으앙 으앙, 엄마 엄마 —."

하며 계속 울어대기만 했다. 장부자 부인은 아기를 이리 달래고 저리 구슬렸으나 아이는 더욱 슬프게 울뿐이었다.

"그래, 저 막걸리 냄새에 머리가 아프니? 나도 머리가 아플 지경인데 너는 왜 안그렇겠니?"

장부자 부인은 술냄새가 덜 날 것 같은 뒷방으로 아들을 안고 갔다. 그러나 여기서도 마찬가지로 아들은 계속 울기만 하는 것이었다.

장부자 부인은 아들이 계속 울어대자 그만 짜증이 났다.

"아휴, 괜히 잔치를 벌여서 아이만 못살게 구는 것 아니야. 정말 속상해 죽겠네. 이러다 아이가 먼저 어떻게 되겠어."

그때 밖에서 백수 스님의 목소리가 들렸다.

"마님, 제가 왔습니다."

그와 동시에 풍악소리도 멎었고, 사람들의 웅성대던 소리도 멈추었다. 장부자 부인은 아들을 안고 마루로 나왔다. 백수 스님은 작은 관 하나를 가지고 서있었다.

"스님, 웬 관입니까?"

장부자가 부인 옆에 서서 의아한 듯이 물었다. 동네 사람들이 스님 곁으로 빙 둘러 서있었다.

"네, 다 쓸모가 있어서지요. 우선 아이를 내려놓으십시오."

장부자는 스님의 위엄에 눌려 아들을 스님 앞에 내려놓았다. 그러자 아들은 더욱 큰 소리로 울면서 엄마 치맛자락에 매달렸다.

"저어, 이 아이를 관속에 넣어야 하는데요……."

스님의 말에 장부자 부부는,

"뭐라고요?"

라며 더이상 말을 잇지 못했다. 그도 그럴 수밖에 없는 일이 아닌가. 멀쩡한 아이를 관속에 넣겠다니 어디 그게 말이나 되는 일인가.

스님은 장부자 부인의 치맛자락에서 아이를 떼어놓았다. 아이는 발버둥을 치며,

"엄마아, 엄마!"

라며 앙칼지게 울어댔다.

"스님, 정말 왜 그러십니까? 정말 아이를 관속에 넣으려는 것은 아니겠지요?"

장부자 부인의 외침에도 아랑곳없이 백수 스님은 관 뚜껑을 열고

아이를 관속에 넣어 버렸다. 관속에 갇힌 아이는,

"엄마 살려줘! 엄마 나 죽기 싫어."

라며 울부짖었으나, 백수 스님은 관 뚜껑에 못질을 하기 시작했다. 장부자는,

"이 중이 아무래도 미쳤나 보다."

라며 스님에게 달려들었다. 그러나 스님은 장부자의 손을 뿌리치고는 관을 숯불 위에 던지고 말았다. 장부자는,

"이 땡추중 같으니라구! 우리 아들이 어떤 아인데 네 맘대로 죽이려 하느냐!"

라며 고래고래 소리지르며 스님을 잡아먹을 듯이 노려보았다. 빨갛게 타오르는 숯불 위에 던져진 관은 순식간에 재로 사라졌다. 그런데 이게 무슨 일일까? 사람들은 모두 자기 눈을 의심했다. 관이 탔으니 관속에 있던 장부자 아들의 몸부림도 그쳤을 것은 당연지사일 텐데, 관속에는 아들 대신 큰 구렁이 한 마리가 이리저리 불길에 꿈틀거리고 있는 것이 아닌가!

"아니 우리 아들은 어디로 갔지?"

장부자 부부는 놀라 입을 다물지 못했다. 백수 스님이 구렁이를 보며 말했다.

"저게 이댁의 아들입니다."

"뭐라고요?"

장부자 부부와 동네 사람들은 모두 대경실색했다. 스님은 구렁이의 몸을 이리저리 뒤적였다. 그러다가 장부자에게 물었다.

"혹 이 아이를 밸 때 구렁이를 죽인 일이 없으신지요?"

장부자는 고개를 갸웃거리더니,

"네, 생각납니다. 닭을 잡아먹으려던 구렁이를 낫으로 찍어 죽인 적이 있습니다."

라고 말했다.

"그 낫을 가져오실 수 있습니까?"

"여보, 그 낫이 어디 있지?"

장부자 부인은 정신을 차리고 한쪽 날이 부러진 낫을 가지고 왔다. 백수 스님은 구렁이가 타죽은 곳에서 쇳조각 하나를 꺼내 가지고 장부자 부인이 건네는 낫에다 맞추어 보았다.

"이 구렁이 배 속에서 나온 쇳조각하고 부러진 낫하고 아귀가 맞나 한번 볼까요."

스님이 낫 끝에다 쇳조각을 맞추니 딱 들어맞았다. 동네 사람들과 장부자 부부는 모든 일이 믿어지지 않는다는 듯 어리둥절할 뿐이었다.

"화가 여기서 멈춘 것이 다행입니다. 이 구렁이가 더 자랐다면 어떻게 되었겠습니까. 이 집안은 물론이고 동네 사람들까지 모두 해쳤을 것입니다."

그곳에 모인 사람들은 모두 안도의 한숨을 내쉬며 그저 백수 스님의 신통력에 감탄하고 있었다. 그때 갑자기 하늘이 시커매지더니 천둥과 함께 비바람이 몰아쳤다. 그리고 하늘로부터 들려오는 소리가 있었다.

"이 중놈아! 네가 나를 방해하다니 가만두지 않겠다."

"저런……."

동네 사람들이 놀란 것도 무리가 아니었다. 그것은 바로 이십 아들의 목소리였다.

"구렁이란 놈은 자기의 잘못을 뉘우치는 법이 없지요. 자기를 해친 인간에게 원수를 갚으려다 실패하자 저렇게 나타나 보복을 하는 겁니다."

"백수 이놈!"

싸늘하고 소름끼치는 목소리가 또다시 들려왔고, 백수 스님이 그에 응답했다.

"그래 네가 나를 어떻게 하려고 하느냐?"

"잘되었다. 여러 사람들이 모인 자리에서 원수를 갚고 말 테다."

"그래 마음대로 해보아라."

백수 스님이 자신만만하게 말했다.

"흥, 이제 너도 지옥에 떨어질 준비나 해두어라."

구렁이는 독기를 백수 스님을 향해 내뿜었다. 스님은 재빨리 두 손을 모으고 염불을 하기 시작했다. 그러자 독기 내뿜는 소리는 어디론가 사라지고 말았다. 염불을 마친 스님은,

"소승은 그만 절로 돌아가 보겠습니다."

라며 그자리에서 유유히 떠났다.

병풍 뒤의 시체

　강원도 원주(原州) 어느 산골에 김자경(金自敬)이란 사람이 있었는데 그의 아내는 며칠 전부터 시름시름 앓기 시작했다. 그리고 그렇게 앓기를 10여 일만에 그만 세상을 떠나고 말았다. 아내가 죽던 날, 하늘에서는 진눈깨비가 오락가락 내리고, 음산한 기운이 감돌았다.

　그는 예상하지 못했던 일은 아니지만 심히 고적감을 느꼈다. 단 두 식구, 부부가 서로 의지하며 살아오다가 이런 일을 겪게 되니, 평소 마음이 굳은 그로서도 마음이 어지러워서 영 갈피를 잡을 수가 없었다. 이웃이라고는 장택성(張澤成)이란 사람의 집 하나밖에 없었다. 그러니 문상 오는 사람도 없어서 초상집은 쓸쓸하기만 했다.

　김자경은 5리 정도 떨어진 곳에 본가(本家)가 있다. 그의 집은 상당한 부자인데, 둘째아들인 김자경은 아버지와 사이가 좋지 않고, 또 아내는 시어머니와 갈등이 심하였다. 그리하여 집안에서는 분란이 그치지 않아, 아버지는 그에게 논마지기와 밭떼기를 떼주어 살림을 나게 했던 것이다.

　김자경 부부는 착실하게 농사를 지은 까닭에 1년 먹을 양식을 넉넉히 쌓아놓았다. 또 남는 것은 팔아서 돈도 제법 있었는데, 아내가 그만 세상을 떠나게 된 것이다.

152

부모와 사이가 좋지 않았던 그였는지라 지금 이런 일을 당하자 망설이지 않을 수 없었다.

"분가(分家)한 후로 한번도 왕래가 없었는데, 상(喪)을 당했다고 하여 연락을 하면 어떻게 생각하실는지요?"

김자경은 장택성에게 의논했다. 장택성은 평소 농사일을 품앗이도 하고 의논 상대도 되어 주어 고맙게 생각해 오던 터였다. 그는 나이가 김자경보다 조금 많았다.

"그래도 그건 도리에 어긋나는 일이야. 내가 자네 큰댁에 갔다올 테니 몇자 적어주게."

장택성의 말에 김자경은,

"아닙니다, 그냥 계십시오."

라며 사양했다.

"아니야, 어둡기 전에 빨리 가야 해. 어서 써달라니까."

하며 마구 재촉하는 장택성이었다. 그러나 김자경은 머뭇거리기만 했다.

어느덧 해가 지고 어두워졌다. 누군가 밖에서 김자경을 찾는 소리가 들렸다. 김자경이 나가보니 웬 낯모르는 사람이 편지 한 장을 주고 가 버렸다. 이상하단 생각을 하며 편지를 읽어본 김자경은 놀라면서 말했다.

"이런 일이 또 있습니까? 글쎄 아버님께서 돌아가셨다는군요."

"정말인가?"

장택성도 우연의 일치라 생각하기는 했지만 우연치고는 너무나도 이상한 일이었기에 고개를 갸우뚱했다.

"형님이 어서 빨리 오라는데요."

"어떻게 두 집에서 한시에 초상이 나다니……. 어서 가보게나."

"그런데 여기 일은 어떡하지요?"

김자경이 난처해하자 장택성은 시체가 있는 집에 혼자 있게 되는 것이 썩 내키지는 않았으나 일이 이렇게 된 이상 어쩔 수 없다는 생각에서,

"이곳 빈소는 내가 지키고 있을 테니 걱정말고 다녀오게. 잠깐이라도 갔다와야 아들의 도리가 아니겠나."

라고 김자경에게 말했다.

"밤이 깊어질 텐데 혼자 계실 수 있겠어요?"

김자경의 말에 장택성은 더욱 꺼림칙한 마음이었다.

"할 수 없지. 내 걱정말고 얼른 다녀오게나."

"그럼 잠시 앉아 계십시오. 얼른 다녀오겠습니다."

"그래, 잘 다녀오게."

김자경은 자기의 큰집을 향해 길을 재촉했고, 장택성은 혼자 시체가 있는 방을 지키고 앉아 있었다. 마음 같아서는 다른 방에 있고 싶었으나 시체가 있는 방은 비워 놓는 법이 아니라는 말도 있고 하여 등잔불을 돋워놓고 시체를 둘러막은 병풍을 바라보며 두 눈을 껌벅이고 있었다.

김자경이 간 후, 장택성은 유난히 그 병풍이 이상하게 보이면서 자꾸만 죽은 여자의 시체가 머리에 떠올랐다. 마음 약한 그가 아니건만 왠지 온몸이 떨리며 머리끝이 쭈뼛거렸다. 장택성은 담배를 피우며 헛기침을 하기도 하고, 담뱃재를 유난히 크게 소리내어 떨기도 했다. 그렇게 함으로써 신경을 다른 곳에 쏠리도록 애썼던 것이다. 밤은 점점 깊어만 가고, 그의 눈과 마음은 자꾸만 병풍에게만 쏠리고 있었다.

그때다. 갑자기 방 뒤꼍에서 '쏴르르'하는 소리가 들렸다.

"웬 소리지?"

장택성의 살갗에는 소름이 쭉 끼쳤다. 잠시 후 또다시 '우르르'하

는 소리가 들려왔다. 그는 온몸이 떨리기 시작했다. 또다시 '쏴르르', '우르르'하는 소리가 가까이서 들리더니 계속하여 '부시시', '우수수', '쏴르르', '우르르'하는 소리가 들렸다. 그러더니 이번에는 '쿵'하는 소리가 아주 가까이에서 들려왔다.

장택성은 다리가 후들거리고 목이 탔다. 공포에 사로잡힌 그는 사시나무 떨리듯 몸이 떨렸고 손가락 하나 움직일 수 없었다. 그러나 그는 병풍에서 눈을 떼지 않았다.

그후 얼마 동안은 조용해지는가 싶더니 다시 '부시시'하는 소리가 들리며 병풍이 흔들거렸다. 그리고는 병풍 위에서 하얀 손이 넘어왔다. 그 손은 흔들흔들 움직이며 장택성에게 이리 오라고 부르는 것 같았다.

장택성은 대경실색하며 방에서 나가려고 했으나, 엉덩이가 떨어지지 않았다. 이번에는 다른 한 손이 넘어오더니 그 손 역시 오라는 손짓을 했다. 장택성은 앉은걸음으로 방문까지 갔다. 문을 열려고 했으나 손을 뻗을 수가 없었다. 큰 바위같은 것에 눌린 어깨가 무거웠다. 그동안 병풍의 두 손은 없어지고 말았다.

"휴우."

장택성은 한숨을 내쉬었다. 아마 보통사람의 담력이라면 이 정도에서 기절하고 말았을 것이다.

그때였다. 다시 또 아까 그 하얀 손이 병풍 위로 넘어와 그를 불렀다. 장택성은 죽을힘을 다하여 소리쳤다.

"해괴한 일이로다! 남녀가 유별한데, 아무리 세상을 떠난 망령이기로서니 외간남자에게 손짓을 해! 당장 물러가지 않으면 버릇을 고쳐놓고 말테다. 어서 썩 물러가라!"

그러나 손은 장택성의 호령에도 아랑곳하지 않고 여전히 오라고 손짓했다. 그는 한번 더 호령했다. 이번에는 먼저보다 더 크게 고함을 쳤다.

"그래도 그 버릇을 고치지 못할까! 어서 장난을 그만두라니까. 괘씸한지고……."

이번 호령소리에는 귀신도 놀랐는지 두 손은 사라지고, 조용해졌다. 장택성이 한숨을 돌리고 있는데, 또다시 '부스스' 소리가 들리며 병풍이 흔들거렸다.

"또 나타나려는가 보다."

장택성이 눈을 부릅뜨고 보니 이번에는 검은 머리와 흰 이마가 병풍 위로 쑥 올라왔다.

"으악!"

그 얼굴은 분명 김자경의 아내, 곧 시체의 얼굴이었다. 시체의 얼굴은 풀어 산발한 머리에 부릅뜬 눈, 그리고 입은 잔뜩 일그러져 있었다. 장택성은 더이상 견딜 수가 없었다. 혼비백산한 그는 자기 마누라라도 부르려고 애를 썼으나, 그 목소리는 자기 귀에도 들리지 않을 만큼 작았다. 시체는 다시,

"히히히!"

소리내어 웃기까지 했다. 장택성은 마침내 정신을 잃고 말았다.

잠시 후, 병풍 뒤에서 '푹' 소리가 나더니 장택성의 얼굴과 옷에 새빨간 피가 뿌려졌다. 장택성은 얼굴이 차가워지는 느낌에 정신이 들었다.

그때 밖에서,

"형님, 저 왔습니다."

라는 소리가 '뿌드득'하는 눈 밟는 소리와 함께 들려왔다. 김자경이 온 것이다. 장택성은 기운이 났다. 방안을 살펴보니 병풍 위에 나와 있던 얼굴과 손은 사라지고 없었다.

"적적하셨지요? 저 없는 동안에."

156

김자경은 마루 위로 올라오며 말했다.

"자네, 이 방 뒤 좀 살펴보게나."

"왜 그러세요?"

김자경은 영문을 몰라했다.

"글쎄 좀 돌아보고 와!"

김자경은 부엌을 거쳐 안방 뒤꼍으로 갔다.

"아니, 누가 이런 짓을 해놓았지?"

김자경의 중얼거리는 소리가 들려왔다.

"왜 그래? 무슨 일이 있나?"

"안방 굴뚝 화방(火防 : 흙에 돌을 섞어 중방 밑까지 쌓아올린 벽)을 전부 무너뜨렸습니다."

장택성은 고개를 끄덕이더니,

"이제 그만 들어오게나."

라고 말했다. 김자경은 방으로 들어왔다.

"자네 저 병풍을 좀 걷어보게."

"왜 그러십니까?"

김자경은 장택성의 단호한 말에 궁금해하며 병풍을 걷어보았다.

"아니 이게 무슨 일이야?"

놀라운 일이었다. 시체는 모두 풀어헤쳐졌고 화방과 구들이 뚫어져 있었다. 그리고 시체 앞에는 빨갛게 물들인 눈덩이가 있었던 것이다. 장택성은 그제서야 알겠다는 듯 중얼거렸다.

"도둑놈의 소행이로군. 이집에 돈푼이나 있는 것을 아는 놈의 짓이야."

그러자 김자경이 말했다.

"아버지가 돌아가셨다는 것도 거짓말이지 뭡니까. 어느 놈이 부고장을 가져왔는지 모르겠군요. 어쩐지 느낌이 이상했어요. 공연히 저희집 일 때문에 놀라게 하여 미안합니다."

"도둑놈이 자네를 꾀어 불러내고 나 혼자 있게 한 다음, 나를 놀래키어 방에서 내쫓거나 기절케 할 작정이었던 거야. 눈에다 물을 들여 내게 뿌리기도 하고."

"큰일날 뻔하셨습니다."

그후로 김자경은 장택성을 친형님처럼 모시며 받들게 되었다고 한다.

지방동(池坊洞)의 화석상(化石像)

함경도 경성군(鏡城郡) 어랑면(漁郎面) 지방동에는 큰 호수가 있는데 산 위에서 흐르는 물줄기가 99곡(曲)이나 굽이돌아 이 호수에 흘러든다. 이 호수가에 99칸 고래등같은 기와집을 짓고 대대로 살아오는 장자부(張子富)는 온나라에 소문이 난 갑부였다. 어느 가을날 이 장자부네 집 대문 밖에 탁발승이 찾아와서 시주하기를 권했다.

"이 빈도 한번 돌보시면 연화대로 가시리다. 나무아미타불, 관세음보살!"

스무 살을 갓 넘긴 듯한 이 젊은 중은 석양을 등에 업고 기다란 쇠막대기를 짚고 있었다. 그 철장(鐵杖)을 옆구리에 끼고 목탁을 두드리며 염불하는 청년승의 목소리는 아주 낭랑했다.

해는 어느덧 서산에 비끼려는데 집안에서는 아무 응대도 없었다. 청년 탁발승은 고깔을 한번 고쳐 쓴 다음 다시 염불하기 시작했다.

"보사이다. 서역정토(西域淨土) 외에 백년 가는 것 있사오리까. 나무아미타불, 관세음보살."

그 목소리는 법당 안에서 쇠북종을 둥둥 울리며 팔만대장경을 외듯, 위엄이 있었다. 이처럼 그는 문전에서 한줌의 보시(布施)를 구했지만 임자 없는 청산(靑山)에서 학(鶴)이 홀로 우는 것처럼 안에

서는 여전히 대꾸가 없었다. 그는 가사(袈裟) 자락을 여미면서 철장으로 두어 번 땅바닥을 구르더니,

"나무아미타불, 나무아미타불!"

하며 몇번을 더 염불했다. 장자부네 집안은 여전히 조용할 뿐이었다.

'인색하기로 소문이 자자한 것은 익히 알고 왔다면 그래도 그렇지……. 이건 너무 심하군.'

청년 탁발승은 고개를 가로저었다. 그 빼어난 용모로 보나 청초한 행색으로 보아 이 탁발승은 여느 중과는 달랐다. 반들반들하게 닳아진 철장은 그가 수만 리 길을 돌아다니며 탁발했음을 나타내는 것이요, 그의 차분하고 위엄있는 염불소리는 그 목소리로 숱한 중생(衆生)들을 제도했음을 짐작케 했다.

이 중은 수도승(修道僧)이었다. 열두 살에 10년을 작정하고 태백사(太白寺)에 입사(入寺)한 후, 혹은 마을을 돌면서 탁발을 하고 혹은 초암(草菴)에 파묻히어 불경을 외고, 혹은 재수(齋水)도 올리면서 9년 동안을 착실하게 수도해온 그는 앞으로 100일만 더 채우면 10년 수도가 끝이 난다. 그러면 그는 성불(成佛)하듯 입도(立道)하게 되는 것이다. 법명(法名)은 성오(性悟)이다.

성오 스님이 찾아온 장자부는 수진방(壽進坊) 변진사(卞進士)와 쌍벽을 이루는 국내 최고의 갑부이다. 두 칸짜리 창고가 무려 12개나 있는데 그 첫째 창고에는 금이 그득하고, 둘째 창고는 은을 두는 창고요, 셋째 창고는 비단창고요, 넷째 창고는 과일창고, 다섯째 창고는 인삼과 녹용 등 약재를 두는 보약창고이다. 그밖에도 오곡(五穀)을 따로따로 두는 창고들이 즐비했고 육축(六畜)의 고기들을 따로, 혹은 함께 보관하는 창고가 줄을 이었다. 그러니 그가 누리는 호강은 오죽할 것이며 그가 영위하는 생활은 오죽했겠는가.

그러나 그의 생활은 결코 호화로운 것이 아니었다. 용궁같이 화려

160

한 집에서 살기는 했지만 세 끼니 밥 먹는 것이 고작이요, 남에게 베푼다는 것은 꿈에도 생각하지 못하는 구두쇠였다. 그 엄청난 재물들도 실은 조상 대대로 남에게서 착취하고 변리로 늘이고 해서 장만한 것들인데 무엇 한가지 남에게 나누어 줄 줄을 몰랐다.

창고 안에서는 엽전 꾸러미들에 녹이 슬고, 곡식은 좀이 나며, 고기와 과일이 썩어 나가건만 굶어죽는 동네 사람들에게 쌀 한됫박 선뜻 퍼주는 일이 없는 장자부였다. 툭하면 소작인(小作人)들을 불러다가 말 속에 무릎을 꿇게 해놓고,

"당장 전답을 떼겠다!"

라며 엄포를 놓는가 하면 머슴들을 두들겨 패기를 복날 개패듯하는 그였다. 여북해야 어느 해 정월 대보름날에는 어랑면 처자들이 모여서 달맞이할 때 서로 의논하기를 장자부네 며느리로는 절대로 들어가지 말자고 다짐을 했고 서약까지 했겠는가. 어쨌든 이처럼 인색한 장자부인데 성오 스님은 어쩌자고 이집에 와서 보시를 하라며 염불을 한단 말인가.

머슴들은 성오 스님의 등줄기에 눈길을 보내며 입을 삐죽이 내밀었다. 그러나 청년 탁발승 성오 스님은 목탁을 두드리며 염불을 계속했다. 벌써 몇번째 반복되는 염불인지 모를 정도이다. 그때 대문이 삐걱 소리를 내며 무겁게 열리더니 살기등등한 장자부가 나타났다.

"웬 중이야? 하룻강아지 범 무서운 줄 모른다고 이 땅에 살면서 내 집을 몰라보고 동냥을 하러 오다니! 부처님이고 연화대고 나에게는 다 쓸데없으니 어서 돌아가! 이거야 원 시끄러워서 살 수가 있나?"

이렇게 호통을 치는 장자부였지만 성오 스님은 호락호락 물러설 눈치가 아니었다.

"숱한 중생들이 굶주리며 울고 있는지라…… 이렇게 찾아왔으니 깨끗한 정재(淨財) 한푼 시주하십시오. 비나이다."

그의 말소리는 온화했지만 늠름하기 이를 데 없었다. 성오 스님은 말을 이었다.

"지난번 비에 법당이 무너졌기에 인연이 있는 여러 중생을 이렇게 샅샅이 찾아다니는 길입니다. 한줌의 쌀이라도, 한푼의 돈이라도 보시하시면 귀댁(貴宅)의 영화가 반년은 갈 것입니다. 빈도가 듣자하니 실상 창고 안에서는 금은보화가 녹이 슬고 고기·과일이 썩는다는데 한줌의 재미(齋米)라도 보시하시면 부처님이 기뻐하실 것입니다. 나무아미타불! 나무아미타불!"

그러나 장자부는 그 소리에 귀도 기울이지 않았다.

"아따! 고기가 썩으면 쥐에게라도 주면 되지. 별 상관 다하네. 그런 상관 말고 어서 딴 데나 가보슈!"

성오 스님은 결연히 장자부를 노려보았다. 그의 두 눈에서는 불길이 솟아나오는 것 같았다. 꽉 다문 입술과 곧게 뻗어나온 콧마루가 직각으로 조화되어 속세에서는 도저히 찾아볼 수 없는 기품을 내뿜고 있었다. 홍조를 띤 양쪽 볼은 석양을 받아 농익은 복숭아빛이었다. 터질 것 같은 울분을 꾹 씹어 삼킨 성오 스님은 문득 '용서'란 단어가 떠올랐다.

"저희 절간으로 말씀드리면 장백산(長白山) 마루에 있는 태백사인데 창건 당시에는 마음씨가 어진 물장수가 물을 길어다가 팔아가지고 모은 돈을 그때그때 우물 속에 넣어두었었는데 12년만에 우물을 메우게 되었더랍니다. 물장수는 '이제 이 돈을 부처님께 바쳐야겠다'며 그 돈으로 우물터에 절간을 지었는데 그후 1천 년 세월이 흘렀습지요. 그런데 지난번 장마에 법당이 허물어져서 오늘날에는 부처님 앞에 향화(香火)가 끊기게 되었습니다. 중생을 제도하시려는 넓은 아량을 베푸십시오."

그러나 장자부는 여전히 막무가내였다.

"허! 어서 가라니까? 그 중 꽤나 질긴 중이로군!"

한마디 내뱉고는 마침 바깥마당에 있는 쇠똥을 쓸어다가 성오 스님의 탁발 전대에 쏟아넣었다. 성오 스님은 급기야 성을 내고 말았다.

"천벌이 두렵지 않으시오? 그대 한 사람이 있었던 관계로 이 함경도 땅에는 인촌(人村)이 반(半)으로 줄어들 것이오. 뺏은 것들을 도로 주고, 속여서 얻은 것들을 모두 내다 주지 않으면 그대네 집 열두 창고에는 피가 가득 차게 될 것이리다."

성오 스님의 말이 채 끝나기도 전에 장자부는 오물이 잔뜩 묻은 삽을 들고 와서 그의 입을 막으며 악을 썼다.

"보기 싫고 듣기도 싫다! 어서 없어져라! 원 별 미친놈의 중 다 보았네! 퉤! 퉤!"

침을 뱉어대는 장자부 앞에서 물러나던 성오 스님은 두 팔을 높게 쳐들며 무슨 주문(呪文) 같은 것을 외더니 휙 몸을 돌려 그자리를 떠나고 말았다. 동네 어귀에까지 간 성오 스님은 앞에 가로놓인 넓은 강물을 건너기 위해 거룻배에 올라탔다. 그리고 사공이 없는 거룻배를 저으려고 노를 잡았다.

그때 황망히 종종걸음쳐 오는 처자가 있었다.

"도사(道師)님, 도사님. 잠깐만 기다려 주십시오!"

그녀는 숨을 할딱이며 소리쳤다.

"……?"

성오 스님은 노를 잡은 채 처자를 바라보았다.

"도사님, 용서하십시오. 저의 아버지 죄를 용서해 주십시오. 그 죄는 용서받지 못할 것임을 저도 잘 압니다. 하오나 대자대비하신

부처님 마음으로 그 죄를 용서해 주십시오."

"······."

"이것은 방아를 찧을 때마다 제가 조금씩 떼놓았던 성미(誠米)입니다. 한 끼니의 재미(齋米)로나마 써주시기 바랍니다."

처자는 옆구리에 끼고 온, 두어 되가량의 쌀자루를 내놓았다. 성오 스님은 처자의 손을 들여다보았다. 섬섬옥수가 아닌가. 방아를 찧었다는 손치고는 너무나 아담하고 마디가 없고 뽀얀 손이었다. 이어서 쌀자루를 받아들며 얼굴을 바라보니 천하일색이었다. 하늘에서 내려온 선녀인들 이보다 더 예쁠 수가 없었다.

처자는 수줍어 어쩔 줄을 몰라하더니 저고리 고름을 손에 잡고 살짝 입을 가렸다. 성오 스님은,

"나무아미타불! 관세음보살."

이렇게 중얼거리며 자신의 마음을 다스리기에 온 정신을 쏟았다. 그리고 쌀자루를 거룻배 위에 내려놓은 다음 합장을 하고 노를 잡았다.

강심(江心)에 비친 달 그림자가 물결에 부서졌다. 성오 스님은 서서히 노를 저으며 그 처자의 모습을 떠올렸다.

'장자부를 아버지라고 했으니 구두쇠 장자부의 딸임에 분명하겠는데 개천에서 용이 나도 분수가 있지, 그런 아버지에게 그토록 마음씨 착하고 인물 고운 딸이 있을 수 있단 말인가?'

그후로 성오 스님은 며칠에 한번씩 장자부네 동네를 찾았다. 그리고 그 강가에서 장자부 딸을 만났고 보시를 받아가곤 했다. 그 처자의 이름은 보배라고 했다. 성오 스님은 이제 탁발하기 위해 장자부네 동네를 찾는다기보다 보배 낭자를 만나기 위해 그곳을 찾고 있었다.

"내가 이러면 안되지. 수도하는 승려의 몸으로 속세의 처자에게

마음을 뺏기다니. 암 안되고말고. 나무아미타불."

그렇게 작심하고 절간에 틀어박혀 독경에 힘을 써보는 성오 스님이었지만 사흘이 지나면 좀이 쑤셔서 견딜 수가 없었다. 굳게 다짐했던 마음은 봄눈 녹듯 스르르 녹아서 스러지고, 자기도 모르는 사이에 장자부네 집 쪽을 향하여 발길을 옮기곤 하는 성오 스님이었다.

이렇게 하기를 두 달 남짓—. 그날도 성오 스님은 지방동 장자부네 동네의 강가에 가서 보배 낭자를 만났다.

"낭자! 보배 낭자!"

이제는 그녀의 두 손을 꼭 잡기까지하는 성오 스님이었다. 보배 낭자도 이 젊은 스님에게 마음을 뺏기고 있던 터라 얼굴을 발갛게 붉힐 뿐 잡힌 손을 빼려고 하지는 않았다.

이렇게 익어가던 그들의 사랑이었는데 그후로는 성오 스님의 모습이 보이지 아니했다. 굳게, 아주 굳게 결심한 그는 아예 법당 한 구석에서 꾸부리고 잠을 자면서 절간 경내(境內)에도 나가지 않고 오로지 독경과 수도에 힘을 썼던 것이다.

보배 낭자는 보시할 쌀자루를 옆구리에 끼고 강가로 나가곤 했다. 그러나 하루 이틀, 사흘 나흘……, 성오 스님이 탄 거룻배는 만날 수가 없었다. 애타는 심정을 글로 적어서 전하고도 싶었지만 인편이 있을 리 만무했고, 설령 인편이 있다 해도 처녀의 몸으로 젊은 수도승과 애욕(愛慾)의 불장난을 어찌 적어 보낼 수 있겠는가. 그저 가슴을 태우며 하루하루를 보낼 수밖에 없었다.

세월이 흘러 이제는 하룻밤만 더 지나면 성오 스님이 성도(成道)하는 날이 되었다. 즉 그가 수도하기 시작한 지 10년째가 되는 날이다. 속세의 유혹을 뿌리치며 수행(修行)해 오기 10년, 힘들고 어려운 고비도 있었지만 용케도 견디어온 10년 세월이었다. 중생 제도를 목표로 하여 수도를 시작했던 것이니 성도한 후에는 그 꿈을 실현하리라는 큰 포부로 그날도 부처님 앞에 앉아서 독경에 열을 올리고 있었다.

밖에서는 가을 달빛이 교교히 흐르는데 기러기들이 줄을 지어 날아간다. 풍경소리가 바람소리와 어우러져서 들려온다. 태백사의 밤은 조용히 깊어가고 있었다. 그때다. 밖에서 누군가 애절하게 사람을 부르고 있었다.

"여보십시오! 여보세요!"

그 소리는 분명 여인의 애틋한 목소리였다. 깊은 명상에 빠져 있던 성오 스님이었던지라 처음에는 들리는 둥 마는 둥 했다. 그러나 좀더 큰 소리로 불렀을 때, 성오 스님은 가랑잎 위를 뛰어가는 다람쥐소리이려니 짐작했었다.

"여보세요! 누구 안계십니까?"

계속해서 애타게 사람찾는 소리가 나자 그제서야 성오 스님은 두 눈을 슬며시 떴다.

"이게 무슨 소리일꼬? 이 깊은 밤에 그리고 이 심심산중에…….
요괴가 아닌 사람이 찾아올 리는 없을 테고 — ."

성오 스님은 천천히 일어나서 법당 문을 열었다. 거기에는 웬 여인이 서있었다.

"도사님! 접니다. 보배예요"

달빛에 비친 얼굴은 분명 보배 낭자였다.

"낭자! 보배 낭자, 낭자가 어인 일로 이 밤중에…….."

성오 스님은 달려나가 보배의 두 손을 꼭 잡았다. 보배의 몰골은 말이 아니었다. 신고 있는 버선은 갈기갈기 찢어진 데다가 흙투성이였고, 입고 있는 옥색 치마저고리도 너덜너덜 꿰져 있었다. 그 예쁜 얼굴에도 군데군데 상처가 나있고, 삼단같은 머리도 마구 흐트러져

서 언뜻 보기에는 귀신같기도 했다. 성오 스님은,

　'혹…… 요괴가 아닐까?'

라는 의심이 부쩍 일었다.

　"낭자, 어떻게 된 거요? 어떻게 이 깊은 산속까지 오시게 되었소?"

라며 요괴인지 아닌지를 뜯어볼 겸, 경위를 설명하라고 채근했다.
보배 낭자는 홀짝홀짝 울면서 더듬더듬 경위를 설명하기 시작했다.

　"스님을 뵙기 위해 허구한 날 강가에 쌀자루를 들고 나갔었습니다. 그러나 도사님은 영영 나타나지를 않으시기에 작심하고 가출을 한 것입니다. 그리고 이 사찰 저 암자를 찾아헤매다가 어제서야 웬 비구니 스님을 만나서 태백사로 가보라 하기에 이처럼 한걸음에 달려온 것입니다. 저를 거두어 주십시오. 머리를 밀고 비구니가 되라시면 그렇게 하겠습니다. 도사님 옆에 있게만 해주십시오."

성오 스님의 마음은 움직이기 시작했다. 그러나 여기서 무너지면 두번 다시 성불(成佛)은 바랄 수가 없다. 그는 법당으로 들어가 문을 쾅 닫고 안에서 문고리를 걸어 버렸다.

밖에서는 보배 낭자가 흐느끼고 있었다.

　"나무관세음보살."

성오 스님은 부처님 앞에 무릎을 꿇고 목탁을 두드리며 염불을 시작했다. 법당 안에서는 그의 염불소리가 계속 이어지고 있었다. 밖에서는 보배 낭자의 울음소리가 그치지 아니했고 — .

한밤중이 되었을 때 성오 스님은 부처님의 얼굴을 응시하고 있었다. 그 입가에 머금은 미소가 오늘밤따라 무상(無想)의 대자대비로 보였다. 성오 스님의 마음이 다시 가랑잎처럼 흔들렸다.

　'그렇다. 성불을 하겠다는 내 마음 자체가 욕심이 아니었더냐. 성불을 한들 그 욕심이 가로막는다면 무슨 소용이 있으리요. 서역정토(西域淨土)에 간들 무슨 소용이리요. 저렇게 수십 리 산길을 헤매며 찾아온 한 생명을 모른다 박대하여 죽게라도 한다면 그게 어찌 대자대비가 되리요. 전생에 무슨 악연(惡緣)이 있기에 이처럼 피차간에 번민을 해야 한단 말인가? 그렇다. 죽을 생명부터 구해주고 보자.'

성오 스님은 툭툭 털고 일어나 법당 문을 열었다. 밖에는 보배 낭자가 돌계단에 쓰러져 있었다. 그녀의 몸은 차디차게 식어 있었다. 보배 낭자를 번쩍 들어 안은 성오 스님은 절간 내실로 데리고 가서 극진히 간호해 주었다. 그리고 사흘 후에 그녀를 집에까지 데려다 주었던 것이다.

그런 일이 있은 지 한달쯤 후에 장자부네 집에 탁발승이 나타났다. 바로 그 성오 스님이었다.

"이 빈도 한번 돌보시면 연화대로 가시리다. 나무아미타불, 관세음보살."

그러나 장자부는 기다란 몽둥이를 들고 나와서 고래고래 소리쳤다.

"부처님이고 연화대고 너희나 잘 섬기고 잘살아라. 나에겐 그따위 것 조금도 필요치 않다. 어서 썩 없어져!"

장자부의 행패는 여전했다. 그러자 성오 스님은 묵묵히 돌아섰다.

"나무관세음보살! 슬프고 애석한 일이로군. 오늘로 당신의 영화도 종언을 고하고 말 것이니⋯⋯. 나무관세음보살!"

성오 스님은 뚜벅뚜벅 걸어서 뽕나무밭 쪽으로 향했다. 그의 장삼 자락이 바람에 펄럭이었다. 뽕나무밭을 지난 탁발승은 강 쪽이 아닌 마을을 껴안듯 솟아있는 장백산(長白山) 장태고개 쪽으로 발길을 옮기고 있었다.

아까부터 이 성오 스님의 동태를 살피던 보배 낭자는 예의 재미

(齋米)를 싸들고 그의 뒤를 따라갔다. 그리고 성오 스님의 장삼 자락을 잡았다. 성오 스님은 발길을 멈추면서 조용히 뒤돌아보았다.

"보배 낭자, 어쩌자고 또 나오신 거요?"

"도사님, 저를 데려가 주십시오. 낌새를 알아차리신 아버지께서 평안도 땅으로 저를 시집보내시려고 합니다. 제발 부탁이니 저를 이대로 데려가 주십시오."

"후회하지 않으시려오? 나를 따라가서 삭발하고 부처님의 제자가 되어도 좋단 말입니까?"

"비구니가 되어도 좋습니다. 데려만 가주십시오."

"한번 출가하면 두번 다시 부모님 뵐 기회도 없을는지 모릅니다. 그래도 좋단 말입니까?"

"각오는 이미 되어 있습니다. 데려만 가주십시오."

성오 스님은 골똘히 생각하는 듯 두 눈을 지그시 감고 있었다.

"그럼 따라오시오. 단, 한 가지 나하고 약속할 일이 있소이다. 이 장태고개를 넘을 때까지는 어떤 일이 있어도 뒤돌아보아서는 아니되오. 이 약속을 지키겠다면 내가 데리고 가리다."

"예, 지키겠습니다. 꼭 지키겠습니다."

"그럼 어서 저 고개를 넘읍시다. 나무아미타불, 관세음보살."

보배 낭자는 성오 스님 곁으로 바싹 붙어서 종종걸음을 쳤다. 두 사람이 장태고개에 막 올라갔을 때다. 남쪽 하늘에서부터 시커먼 구름이 뭉게뭉게 모여들더니 갑자기 사방이 칠흑처럼 어두컴컴해지면서 바람과 함께 장대같은 비가 쏟아지기 시작했다. 성오 스님의 장삼이 바람에 휘날렸고 보배 낭자의 치맛자락도 뒤집어지면서 그녀의 머리를 감쌌다.

"도사님, 안되겠습니다. 비를 피해야겠어요."

"괜찮소. 걱정할 것 없어요. 이것이 다 하늘의 뜻이오."

"하늘의 뜻이라니요?"

"천벌을 내리시는 게요. 보배 낭자를 그 천벌에서 구해내시기 위해 나와 만나도록 해주신 것이구요."

"예? 그렇다면 우리 아버지는요? 우리 어머니는요?"

"다 인과응보지요. 지은 업보대로 벌받을 사람은 벌을 받고, 구원받을 사람은 구원을 받게 마련입니다."

"그럼 우리 아버지, 어머니는……?"

보배 낭자는 그만 울음을 터뜨리고 말았다. 그리고 자기가 낳고 자란 마을, 부모님이 살고 있는 마을을 내려다보니 용궁같은 자기 집은 용마루까지 시뻘건 물이 차올랐고 뽕나무밭은 간 곳이 없었다. 어제도 추잠(秋蠶)을 치려고 뽕을 땄던 그 뽕나무밭이 망망대해가 되고 만 것이다. 이런 경우를 상전벽해(桑田碧海)라고 한다던가 — .

"어머니! 아버지!"

보배 낭자는 목을 놓아 울었다. 남들이야 구두쇠니 자린고비니 하며 욕을 할지언정 보배 낭자에게는 어쨌든 부모가 아닌가. 애처롭게 울어대는 보배 낭자를 돌아다본 성오 스님은 대경실색했다.

"보배 낭자! 약속을 잊으시었소?"

"죄송…… 합니다…… 도, 도사님."

그순간 보배 낭자는 말을 채 끝맺기도 전에 사지(四肢)가 마비되면서 점점 돌로 화(化)해 갔다. 그녀는 끝내 치맛자락을 펄럭이며 화석상(化石像)이 되고 말았다. 성오 스님은 돌부처가 되어 버린 보배 낭자를 껴안고 흐느꼈다.

"끝내 이 모양이 되고 말았구려. 그러기에 뭐라 했소? 어떤 일이 있더라도 뒤돌아보아서는 안된다고 그토록 타일렀건만!"

그리고 결심을 한 듯 이렇게 중얼거리는 성오 스님이었다.

"에라! 불도를 더 닦아서 무엇할 거냐. 나도 보배 낭자와 함께 이 곳에서 영구히 살리라."

그리고 화석상 앞에서 무엇인가 주문(呪文)을 외었다. 그러자 그 역시 장삼 자락을 펄럭이는 화석상으로 변하고 말았다.

장대같은 비는 계속 퍼부었다. 장자부네 집, 그 고대광실을 비롯하여 마을 전체는 큰 호수로 변했다. 이 호수가 오늘날에도 함경도 경성군 어랑면 지방동에 있는 장연호(張淵湖)이며 이 호수 서쪽에 있는 장백산 중턱에는 고깔 쓰고 장삼을 걸친 화석과 치마를 입은 화석이 각각 마주 보고 서있는데 성오 스님과 보배 낭자의 화석상 임은 두말할 나위도 없다.

소나기는 소내기?

바람 한점 없는 푹푹 찌는 여름날 — . 한 스님이 바랑을 등에 지고 땀을 뻘뻘 흘리며 탁발하러 다녔다. 스님은 하도 더워서 숨을 헐떡이다가 느티나무를 발견하고 그 밑에서 잠시 쉬어가기로 했다.

때마침 한 농부가 비지땀을 흘리며 소를 몰아 논을 갈고 있었다. 무더운 날씨에 힘겨운 일을 하자니 소도 꽤나 힘이 드는지 온몸이 땀에 젖었고 코로는 하얀 김을 푹푹 내뿜고 있었다.

"좀 쉬었다 하시구려. 그러다가는 사람도 소도 모두 더위먹겠소이다."

스님이 말하자 농부는 알아들었다는 듯,

"워! 워!"

하며 느티나무 그늘 쪽에 소를 세우고 쟁기를 풀더니 논에서 소를 끌고 나와 고삐를 느티나무에 매는 것이었다. 그리고 스님 옆으로 다가와서 털썩 주저앉는 농부였다.

"스님, 무척 덥군요. 논을 갈기는 합니다만 날이 이렇게 가무니 모 포기나 꽂게 될는지 모르겠습니다."

농부가 푸념을 하자 스님은 자기가 걸치고 있던 회색 장삼을 만지작거렸다. 그리고 이렇게 말하는 것이었다.

"너무 걱정하지 마시오. 오늘 중에 비가 내릴 것이니……."

"에이, 스님도 농담을 하십니까? 아, 이렇게 맑은 하늘에서 무슨 비가 내리겠습니까? 농담 그만하십시오."

"아니외다. 두고보시오. 틀림없이 비가 내릴 것이니……."

"……."

농부는 스님의 말을 믿을 수가 없었다.

"비가 꼭 온다구요? 그럼 나하고 내기를 하십시다. 무엇이든 걸어도 좋습니다. 내기를 하자구요."

"좋소이다. 내기하기가 그리 소원이라면 내기를 해도 좋소이다. 무얼 걸고 내기를 할까요?"

"스님이 지시면 그 바랑 속에 들어 있는 쌀을 제게 주십시오."

"그렇게 합시다. 그럼 빈도가 이기면 댁은 무얼 내놓으시겠소?"

농부는 두 눈을 껌벅이며 잠시 생각을 해보았다. 비가 올 리는 만무하다고 생각한 그는,

"제가 지면 저 소를 스님께 드리기로 하겠습니다."

라며 자신만만하게 대꾸했다. 농사짓는 농부에게 있어 소는 재산목록 제1호나 마찬가지이다. 그런 소를 걸고 내기를 하겠다는 농부는 무모한 짓인 것 같았지만 그만큼 자신이 있었던 것이다. 맑은 하늘, 더구나 이처럼 가뭄이 이어지는 경우의 맑은 하늘에서 비가 내리는 것을 그는 아직 본 일이 없었으니 말이다.

"좋소이다. 헌데 내가 탁발한 쌀은 한 말 남짓밖에 안되는데 당신은 소를 건다면 당신이 밑지는 게 아니오?"

"아닙니다. 그런 걱정일랑 하지 마시고 스님이 지시거든 그 쌀이나 꼭 내놓으십시오."

단단히 약속한 농부는 쇠고삐를 끄르더니,

"이랴!"

힘차게 소를 몰고 논 속에 들어갔고 쟁기를 지워 다시 논을 갈기

시작했다. 스님은 느티나무 그늘에 앉은 채 계속해서 쉬고 있었다. 쌀 한 말이 공짜로 생기게 되었다며 농부는 기뻐했다. 소를 몰아대는 그의 목소리는 아까보다 힘이 있었다.

그렇게 하기를 몇 시간 — . 그런데 이게 웬일인가? 뜻밖에도 하늘에서 천둥소리가 나더니 시커먼 먹구름이 뭉게뭉게 몰려왔고 후두둑 굵은 빗방울이 떨어지기 시작했다.

"아니 이럴 수가……."

농부는 하늘을 우러러보며 입을 딱 벌렸다. 그리고 쏟아지는 비를 피하기 위해 소를 끌고 느티나무 밑으로 들어왔다.

"여보시오, 내 말이 맞았지요. 내기에 졌으니 그 소를 내게 넘겨주어야겠소이다."

"하는 수 없지요. 제가 졌으니 약속대로 소를 넘겨드리긴 하겠습니다만…… 스님께서는 어떻게 그토록 날씨를 귀신처럼 예언하시는 건가요?"

"그건 아주 간단합니다. 내가 걸치고 있는 이 장삼을 만져보면 알 수가 있지요."

"장삼을 만져보면…… 알 수 있으시다구요?"

"예, 그렇소이다. 이 장삼을 만져보고 그 촉감이 축축하게 느껴지면 금방 비가 내리게 마련이랍니다."

"……."

농부는 스님이 입고 있는 장삼이 무슨 도술을 부리는 것이리라고 생각했다.

"그럼 그 장삼이 도술을 부리는 옷이로군요."

"천만에요. 장삼이 어찌 도술을 부리겠습니까? 우리 빈도는 한 번 탁발을 나오면 자주 빨래를 해입을 수가 없어서 장삼이 늘 땀에 젖어 있답니다. 땀에는 소금기가 있잖소? 그러니 공기 속에 습기가 많으면 그 소금기가 습기를 머금어서 축축해지지요. 공기 속에 습기가 많으면 곧 비가 내리게 마련입니다. 아까 내기를 할 때 내 장삼을 만져보니 몹시 축축합디다. 그래서 곧 비가 내릴 것을 알았지요"

"그랬었군요. 그야 어찌되었든 내기에 졌으니 소를 드릴 수밖에 없네요. 어서 저 소를 끌고 가십시오"

"말은 맞는 말이외다만 소는 가지고 가지 않으렵니다. 우리 빈도에게는 소가 아무 쓸모도 없지요. 농사를 짓는 당신에게는 없어서 안될 귀중한 것이구요. 또 우리 빈도들은 탈속(脫俗)을 한 몸이니 욕심을 내서도 아니된답니다."

농부는 고마웠다. 그는 머리를 주억거리며 스님에게 감사하다는 말을 몇번이나 되뇌었다. 그러는 사이에 그토록 줄기차게 쏟아붓던 비가 멎으면서 구름 사이로 햇살이 비추기 시작했다. 논에는 가득 물이 넘실거렸고 — .

이런 내기가 있은 후로 갑자기 내리다가 그치는 비를 가리켜 '소내기' 또는 '소나기'라고 했다는 것이다.

개구리의 위력

깊은 산골짜기에서 농사를 지으며 겨우 목숨을 연명해 가는 박첨지(朴僉知)는 나이가 많아 일을 하기에 힘이 겨웠다. 박첨지 부부는 산골짜기 토박한 논밭을 가꾸며 살아오기 벌써 수십 년, 금슬이 좋은 부부였지만 슬하에 일점 혈육도 없는 것이 늘 안타까웠다.

농사라야 많지 않아서 1년 내내 힘들어 일을 해봤자 겨우 두 식구 목구멍에 풀칠하기가 고작이었으니 가난한 살림을 면할 길이 없었다. 몸이 쇠약해진 박첨지는 양자를 하려고 해도 워낙 가난한 처지이니 그것도 뜻대로 되지 않았다.

박첨지는 젊었을 때부터 농사를 짓는 사이사이에 저수지로 나가서 낚시질을 하여 반찬거리를 장만하곤 했다. 그러다 보니 이제 낚시질에는 도가 튼 박첨지였다. 물고기를 많이 잡는 날이면 그것을 짊어지고 이 마을 저 마을 돌아다니며 팔아가지고 생활에 보태쓰기도 했다.

이처럼 그런대로 삶을 영위해 나갈 수는 있었지만 더 늙은 후에는 어떻게 살아가야 할지 막연하기 짝이 없는 박첨지 부부였다. 박첨지는 그 생각만 하면 자기도 모르게 한숨을 내쉬곤 하였다.

햇볕이 쨍쨍 내려쪼이는 날, 그날도 박첨지는 낚싯대를 어깨에 메고 낚시질을 하러 갔다. 그러나 근래에는 낚시질을 해도 신명이 나질 않았다. 잡히는 물고기가 점점 줄어들었기 때문이다.

지난 봄까지만 해도 한나절동안 낚시를 드리우고 있으면 낚시 바구니 가득 붕어며 잉어 따위를 낚아올렸건만 여름철로 접어들면서 어획량은 반도 채 안될 정도로 줄어든 것이다. 이는 전에 없던 흉어(凶漁)였다.

도대체 어찌된 일일까? 박첨지의 낚시 솜씨가 떨어졌단 말인가? 아니면 늙어서 시력(視力)과 체력이 약해진 탓일까? 그것도 아니라면 혹 미끼나 낚시가 좋지 않아서일까?

그러나 곰곰이 생각해 보니 물고기가 잘 안잡히는 이유는 딴 데 있는 것 같았다. 박첨지의 집중력도 별 이상이 없었고, 낚시나 미끼 따위도 전과 다름없을 것이니 말이다.

낚싯대를 물에 담그고 허리를 펴겠다며 일어선 박첨지가 유심히 사방을 둘러보니 저수지의 물이 한 뼘이나 줄어든 것 같았다.

"거 참, 이상한 일이로다. 물이 왜 이렇게 줄어든담. 너무 가물어서일까?"

그러나 작년에도 날이 가문 적이 있었지만 이처럼 현저하게 저수지 물이 줄어들지는 않았었다. 이 넓은 저수지의 물이 마르기야 하랴만은 물고기가 잘 안잡히는 이유는 물이 준 탓이라고 생각하는 박첨지였다.

그것은 맞는 생각이었다. 그후로 저수지 물은 점점 더 줄어들었고 잡히는 물고기도 더욱 줄어갔다. 그러더니 마침내는 저수지 바닥이 드러나기 시작했으며 말라죽은 붕어·잉어·메기 따위가 허옇게 자빠져 있었다.

'이거 큰일났구나. 저수지가 바싹 마르다니…… 물고기를 못잡는 것은 고사하고 농사도 폐농을 하겠는걸.'

그 저수지 물을 대어 논농사를 지어오던 박첨지는 눈앞이 캄캄해졌다. 그나마 농사를 폐농하면 두 식구가 굶어죽게 될 것 같아서이다. 박첨지의 얼굴은 파랗게 질렸다. 도대체 무슨 까닭으로 물이 이렇게 바싹 말랐단 말인가?

그는 거북의 등딱지처럼 갈라진 저수지 바닥으로 내려갔다. 그리고 여기저기를 자세히 살펴보았다. 그런데 이게 웬일인가. 저수지 한복판에 황소만한 개구리가 그 툭 튀어나온 두 눈을 껌벅이며 엎드려 있는 것이 아닌가.

기겁을 한 박첨지가 다가갔지만 그 개구리는 꼼짝도 않은 채 두 눈을 말똥말똥 뜨고 박첨지를 쳐다보았다. 박첨지는 온몸에 소름이 끼쳤는데 그 놀라움은 이내 분노로 변했다.

"네 놈이었구나! 이 저수지의 그 많은 물을 모조리 먹어치운 놈은 바로 네 놈이었어! 네 놈 때문에 우리는 굶어죽게 되었다. 이 나쁜 놈아!"

그러나 개구리는 여전히 눈만 껌벅이고 있을 뿐이었다. 박첨지는 저수지 바닥에서 돌멩이를 주워 개구리를 때리려고 했다. 그러자 개구리는 껑충 뛰어 박첨지 앞으로 오더니 고개를 숙이며 절을 했고 이렇게 말하는 것이었다.

"박첨지 어른, 크게 걱정하지 않으셔도 됩니다. 곧 좋은 일이 생길 것이니까요. 우선 저를 어르신 댁으로 데려가 주십시오. 제가 당분간 어르신의 신세를 져야겠으니 저를 박첨지 어른 댁에서 살도록 해주십시오."

"아니, 이런 뻔뻔스런 것이 있나! 정말로 엉뚱한 개구리놈이로군. 이놈아, 내가 왜 네 놈하고 같이 살아야 한단 말이냐! 어림없는 소리 작작해라. 암, 어림없는 일이구말구."

그러나 개구리는 막무가내였다.

"박첨지 어른, 저를 데려가시면 좋은 일이 생길 것입니다. 또 저는 두 분께 재미있는 애기를 많이 해드릴 것입니다. 세상 돌아가는 애기서부터 옛날애기까지요. 저는 결코 거짓말을 하고 있는 것이 아닙니다. 데려가시면 차츰 아시게 될 것입니다."

그 말을 듣자 박첨지는 곰곰이 생각해 보았다.

'이런 괴상망칙한 놈을 집에 데려가면 마누라는 틀림없이 질겁을 하며 화를 낼 것이다. 그러나 이 개구리는 재미있는 애기를 해주겠다고 하질 않는가. 세상 돌아가는 애기도 해준다고 했겠다. 또 좋은 일이 있을 거라고도 했고…… 그렇다면 애기 듣기를 좋아하는 마누라도 어쩌면 이해해 줄는지도 모를 일이지.'

박첨지는 생각을 바꾸기로 했다.

"좋다. 어쨌든 네 소원대로 우리집에 데려가겠다."

개구리는 또 꾸벅 절을 하고 박첨지를 따라나섰다. 박첨지가 집을 향해 걸어가는데 이 개구리는 석 자나 되는 뒷다리를 구부렸다가 한번 펄쩍 뛰어 벌써 박첨지 앞, 저만치까지 갔다. 그렇게 세 번을 뛰어, 개구리는 박첨지네 안마당에까지 당도했다.

"여보, 나 왔소."

박첨지가 사립문을 들어서자 부엌에서 나온 그의 부인은 안마당에 엎드려 있는 그 황소같은 개구리를 보는 순간 괴성을 질렀다.

"에그머니! 저게 뭐예요?"

"응, 개구리인데……."

박첨지는 부인을 달래면서 이 이상한 개구리에 대하여 설명해 주었다.

"보통 개구리가 아닙니다. 우선 저 덩치만 봐도 예사 개구리가 아니잖소. 그리고 사람처럼 말을 하는데 재미있는 애기를 많이 해주겠다고 했을 뿐 아니라……."

박첨지의 설명을 들은 부인은 마음을 바꾸기로 했다. 자기가 그토록 좋아하는 옛날얘기를 많이 해주겠다는 말에 귀가 솔깃해진 것이다. 박첨지 부인은 제일 좋은 방을 말끔히 치우고 개구리를 위해 나뭇잎이며 검불 따위를 가져다가 푹신한 잠자리까지 만들어 주었다. 그리고 먹이도 갖다주었다.

과연 이 이상한 개구리는 박첨지 부부에게 재미있는 얘기를 해주었다. 어찌나 재미가 있는지 박첨지 부부는 시간가는 줄도 몰랐고, 어떤 때는 배가 고픈 줄도 몰랐다. 그 개구리는 흥미진진한 얘기를 허구한 날 하는데 그 얘깃거리는 그때마다 새로운 것이어서 전혀 지루하다는 느낌이 없었다. 오죽했으면 박첨지 부부가 이 괴상한 개구리를 양자로 삼고 싶다는 말을 할 정도였다.

며칠이 지나자 개구리는 새벽같이 일어나더니 해가 뜰 때쯤 되어, 하늘을 우러르며 실로 아름다운 노래를 부르기 시작했다.

"여보, 저 손님 벌써 일어났구려. 저 노랫소리 좀 들어보세요. 정말 아름답지 않습니까?"

박첨지 부부가 노랫소리에 도취되어 나와 보니 이게 웬일인가. 그 이상한 개구리가 노래를 부를 때마다 어디선지 소며 나귀며 갖가지 귀중품들이 나타나는 것이었다. 그것은 박첨지 부부가 평소에 무척이나 가지고 싶어하던 것들이었다.

여러 마리의 소와 나귀, 그리고 여러 상자와 보따리 속에서는 비단이며 금은으로 만든 비녀와 반지, 상아로 만든 빗과 보석으로 장식한 옷가지가 쏟아져 나왔다. 어디 그뿐인가. 개구리가 또 노래를 부르니 이번에는 생전 본 일조차 없는 장정들이 여기저기서 모여들더니 그 귀중품들을 상자와 보따리 속에서 꺼내어 정리했고, 아리따운 여인들이 나타나서 박첨지 부부에게 비단옷을 입혀주고 각종 장신구를 달아주었다.

괴상한 개구리가 또 노래를 불렀다. 이번에는 건장한 목수며 미장이들이 나타났고 대궐같은 집을 짓기 시작하는데 그 숱한 재목들을 언제 준비해 왔는지 순식간에 대궐같은 집을 지어놓았다. 안방이며 건넌방, 사랑방 등은 화려하게 꾸며졌고, 즐비한 창고에다 보물이 가득 찼다.

박첨지 부부는 어찌나 기쁘던지 입을 다물지 못했다. 날마다 고급 음식을 배부르게 먹고 고급 옷으로 몸을 감고는, 개구리의 재미있는 애기만 듣자니 그들로서는 부족한 것이 없었고, 천국에 와있는 것만 같았다.

"여보, 이게 꿈이요? 생시요? 꿈이라면 깨지 말아야겠는데……."

고급 금침을 깔고 덮고 누워서 박첨지는 부인에게 속삭였다. 그렇게 며칠이 지난 어느 날, 그날도 세상 이야기를 재미있게 하던 개구리 앞에서 박첨지 부인은 무심코 아랫마을 양반집 딸 이야기를 했다. 그 양반은 오랫동안 이 고을의 원님으로 있었던 사람이며 큰 재산가이기도 했다.

그에게는 예쁘기로 소문난 딸 세 자매가 있었는데 위로 두 딸은 이미 출가를 했고 지금은 막내딸만 데리고 살아가는 중이었다. 그런데 이 막내딸은 언니들보다도 더 예뻤을 뿐 아니라 실로 세상에서 보기 드문 절색이었으며 방년 18세의 한창 핀 모란꽃같은 처자였다.

"그렇게 예쁜 처녀를 누가 데려갈 것인지……. 그 신랑감은 실로 복이 터진 사람일 것이야."

박첨지는 부럽다는 듯, 두 눈을 깜박이며 중얼거렸다.

"그토록 예쁩니까?"

개구리는 그말을 듣자마자 마음이 끌리는 듯, 그 왕방울만한 두 눈을 껌벅이며 침을 흘렸다. 그리고 박첨지 부부에게 간청을 했다. 그 아가씨를 맞아 장가들게 해달라고……. 박첨지는 기겁을 했다.

"무슨 소리를 하는 거야?"

한마디로 거절한 박첨지였지만 이토록 큰 은혜를 입혀준 개구리가 아니던가. 박첨지는 미안한 생각도 들었다.

"장가들게만 해주신다면…… 그 아가씨에게 장가들게만 해주신다면, 그 신세는 평생을 두고 잊지 않겠습니다."

개구리는 박첨지가 거절하자 눈물로 호소하면서 더욱 애걸하는 것이었다. 박첨지는 난감했다.

"여보, 당신이 쓸데없는 얘기를 지껄이는 바람에 나만 난처해지지 않았소?"

박첨지는 부인에게 불평을 털어놓았다. 그러나 개구리의 애원에 못이겨 그는 마침내 결심하고 개구리에게,

"한번 주선을 해보겠다."

하며 약속하고 말았다. 아랫마을 양반집을 찾아나서는 박첨지의 발길은 무거웠다.

'자칫 큰 봉변을 당하는 게 아냐……'

그는 몇번이고 망설이다가 양반집 대문을 두드렸다. 그리고 양반을 만나 좋은 신랑감이 있다고 말했다.

"돈도 많구요, 집안도 좋다고 합니다. 학식도 높아서 장차 높은 벼슬을 할 것이라고 장담도 하고요."

양반은 기뻤다.

"그것 참 잘되었구려. 그렇지 않아도 딸아이의 혼기가 늦어져서 걱정하던 참이었소. 그런데 성씨(姓氏)는 뭐라고 합니까?"

이 물음에 박첨지는 말문이 막히고 말았다. 신랑감은 개구리이니 '개씨'라고 할 수도 없고, 그렇다고 '와씨(蛙氏)'라고 할 수도 없지 아니한가. 궁리하던 끝에 박첨지는,

"글쎄요…… 뭐라고 했던가……? 늙은것이 그만…… 듣기는 했습

182

니다만 깜빡 잊어버렸습니다요."

라며 얼버무렸다. 그러자 양반은,

"그럼 내가 성씨들을 하나하나 주워섬길 것이니 어떤 성인지 짚
이는 것이 있거든 지적해 보구려. 이씨(李氏)? 김씨(金氏), 최씨
(崔氏), 신씨(申氏)……?"

하며 성씨를 하나하나 주워섬겨 나갔지만 박서방은 꿀먹은 벙어리
처럼 아무 대꾸가 없었다.

"이상한 일이로구려. 나는 이 나라에서 한다하는 성씨를 모두 다
댔소이다. 이밖에는 명문이라고는 없어. 도대체 그 신랑감이란 자
는 어디에 살고 있으며 지금은 무얼하는 자요?"

박첨지는 등골에서 식은땀이 흘렀다. 더이상 숨길 일이 아니라고
생각한 그는 마침내 사실을 실토했다.

"실은 나리, 그 신랑감은 인간이 아니오라, 개구리입니다."

"뭐라고? 지금 뭐라고 했어? 개……개구리라고 했겠다!"

양반은 펄쩍 뛰며 고함을 질렀다.

"예, 그러합니다."

"아니, 그럼 내 딸을 개구리에게 시집보내란 말인가? 사람이 아
닌 개구리를 사위로 맞아들이라, 그말인가? 네 이놈! 나잇살이나
먹었기에 사람 대접을 해주었더니 괘씸하게도 나를 조롱해! 네
놈이 죽고 싶어 환장을 했나보다! 여봐라! 게 아무도 없느냐! 이
놈을 당장 끌어내어 물고를 내도록 하라!"

길길이 뛰는 양반의 고함소리에 네 명의 건장한 하인이 나타나더
니 박첨지를 끌어다가 기둥에 묶어놓았다. 그리고 각각 큼직한 몽둥
이를 들고 달려들어 박첨지를 치려고 했다.

그때다. 온 천지가 칠흑처럼 캄캄해지면서 천둥번개가 요란하게
치는가 했더니 장대같은 비가 쏟아지기 시작했다. 그리고 순식간에

쏟아진 빗물은 주춧돌까지 차는가 했더니 이번에는 대청과 방으로 온통 황톳물이 쏟아져 들어왔다. 이어서 달걀 크기의 우박이 마구 쏟아지기 시작했다. 이런 광경을 지켜보던 양반의 안색이 새파랗게 질렸다.

"잠깐! 기다려라!"

그는 벌벌 떨면서 하인들을 불렀다. 몽둥이를 집어던진 하인들이 흙탕물을 헤집으며 대령했다.

그러자 거짓말처럼 천둥번개는 멎었고 파란 하늘이 보이면서 햇볕이 나기 시작했다. 양반은 한숨을 길게 내쉬면서 박첨지를 풀어 주었고 개구리 사위를 맞겠다고 약속했다. 흙탕물이 빠진 다음 양반은 혼례 잔치 준비를 시켰다. 신부감에게는 일체 비밀로 하고…….

혼례를 올리는 날이 다가왔다. 나귀에 바리바리 혼수감을 실은 신행행렬이 박첨지네 집을 향하여 줄을 이었다. 가마에 탄 신부는 밀초로 눈을 못뜨게 봉했기 때문에 앞을 볼 수가 없었다. 이것은 옛날 우리나라 혼례 때 있었던 풍습이다.

혼례식이 끝나고 신방에 든 다음에야 신부는 비로소 신랑을 마주볼 수 있었다. 그런데, 그런데 말이다. 누가 상상이나 했으랴. 신부 앞에 떡 버티고 앉아 있는 것은 늠름한 대장부가 아닌 개구리였으니 말이다. 신부는 그만 그자리에서 기절을 하고 말았다.

그런 신부를 본 개구리는 조용히 일어나 신부 입에 물을 떠넣어 정신을 차리게 한 다음 조용히 위로해 주었다.

"미안하오. 그러나 기왕에 일이 이렇게 되었으니 어쩌겠소? 이것 도 다 인연일 것인즉 오손도손 살아가며 백년해로합시다. 여보, 그 장도(粧刀)로 내 등을 쪼개 주시구려."

잔뜩 화가 나있던 신부는 발딱 일어나 허리끈에 차고 있던 장도를 뽑아들자 개구리의 등을 북 긁어 마구 쪼갰다. 그런데 또 이건 어찌된 일이란 말인가? 쪼개진 개구리 등가죽이 벗겨지면서, 그속에서 헌칠하고 잘생긴 귀공자가 나타나는 것이었다. 신부는 귀공자를 보자,

'아니, 이럴 수가……?'

라며 자기 허벅다리를 얼른 꼬집어 보았다. 그러나 그것은 정녕 꿈이 아닌 현실이었다.

"놀라시었소? 나는 실은 개구리가 아니라오. 본디는 하늘 저쪽 별나라의 왕자였는데 너무 심히 장난을 치다가 부왕(父王)에게 벌을 받고 그만 그 죄의 대가(代價)로 이 땅에 온 것이라오. 그것도 개구리 허물을 뒤집어쓴 채 말이오. 부왕께서는 말씀하셨소이다. 한 저수지의 물을 모두 마시고 그곳에 살던 물고기를 모조리 잡아먹은 다음 예쁘기로 정평이 나있는 처자와 결혼을 하면, 즉 이 어려운 조건 세 가지를 모두 완수한 다음에는 내 죄를 용서해주시겠다고요……. 그런 후에는 다시 저 하늘 별나라로 돌아오게 해주시겠다고 부왕은 약속을 하시었소. 여보, 놀라게 하여 미안하오"

별나라 왕자의 신상에 있었던 일들을 다 들은 신부는 기쁘기 한량없었다. 그녀는 언제 화를 냈었느냐는 듯 생긋 웃으며 왕자의 품에 안기었고 두 눈을 사르르 감았다.

다음날, 딸에게서 이런 내용의 얘기를 들은 양반 내외도 기뻐서 어찌할 바를 몰랐다. 양반집에서는 다시 크게 잔치를 벌였다. 별나라 왕자를 사위로 맞았으니 이보다 더 기쁜 일이 어디에 있겠는가.

그러나 부왕의 명령 세 가지를 모두 이루어낸 왕자는 별나라로 돌아가지 않을 수 없었다. 이 땅은 그가 살 수 있는 곳이 아니었던 것이다.

"나는 이제 다시 별나라로 돌아가야 합니다. 섭섭한 일이긴 하지

만 어쩌는 수가 없습니다."

　잔칫자리가 파한 다음 왕자는 장인·장모에게 공손히 아뢰었다. 그러자 은마차가 대문 앞에 나타났다. 왕자는 신부를 그 마차에 태웠고 이어서 자기도 올라탔다. 그리고 하늘 저쪽 별나라를 향하여 떠났다. 이때부터 하늘에는 유난히 반짝이는 큰 별 두 개가 또 생겨났다고 한다.

억울하게 죽은 장님 할아버지

충청도 보은(報恩) 땅에 장님 할아버지가 있었다. 그는 눈뜬 사람도 보지 못하는 것까지도 보는 신통한 능력을 지니고 있었다. 이 할아버지는 귀신을 막는 법도 알고 있어 병을 일으키게 한다든가 죽게 하는 귀신을 쫓아내곤 했다. 이 할아버지 덕분에 죽을병에서 살아난 사람도 있고, 귀신을 쫓아내어 병이 나아서 건강하게 살고 있는 사람도 여럿이었다.

하루는 할아버지가 길을 가는데 웬 머슴 하나가 짐을 지고 가는 것이 보였다. 머슴은 떡을 지고 갔었는데 그 떡에 작은 귀신이 붙어 있는 것이 할아버지 눈에 띄었다.

'저 귀신이 또 누구네 집에 가서 해코지하려고 저런담.'

속으로 이렇게 생각한 할아버지는 머슴의 뒤를 따라갔다.

'요망한 놈 같으니라구. 내가 이렇게 보고 있는 걸 모르고 있겠지. 내 너를 쫓아내고 말테다.'

머슴은 어느 혼인잔치를 하는 집으로 들어가 짐을 내려놓았다. 그 집에는 손님들이 많았다. 장님 할아버지는 손님들 사이에서 동정을 살피고 있었다.

그러자 갑자기 집안이 시끄러워지더니 의원을 모셔오고, 점쟁이를 부르러 가는 등 사람들이 소란을 떨었다.

"왜들 야단이오? 무슨 일 났습니까?"

사람들이 궁금해하며 물었다. 한 사람이 안에서 나오더니 대꾸했다.

"멀쩡하던 새색시가 갑자기 숨이 넘어갈 듯 괴로워하니 이런 일이 세상에 또 어디 있소?"

"무슨 병을 앓고 있었던 게 아니오?"

"그게 말이오, 떡을 하나 집어먹고는 그만 그렇게 되었다오."

그 사람의 말에 장님 할아버지는 이제 자기가 나서야 할 때가 되었다고 생각했다.

"위급하다는 이댁 새색시를 내가 살려 보겠소. 주인어른을 만나게 해주시오."

그리하여 집안 식구들은 장님 할아버지를 집주인에게 모시고 갔다. 그집 주인은 장님 할아버지의 신통한 능력에 대해 들어온 터라 반갑게 맞이했다.

"노인어른, 어른만 믿겠습니다. 제 딸을 살려 주십시오."

장님 할아버지가 말했다.

"걱정말고 내 말씀대로 하십시오. 내가 따님 방에 들어가거던 방문이고 창문이고 간에 구멍이란 구멍은 다 막아 주시오. 바늘구멍만한 구멍이라도 있으면 안되오."

그집 주인은 그저 '네네'하며 할아버지의 말에 따르겠노라고 했다. 그리고 새색시가 있는 방 주위를 샅샅이 살펴 구멍이란 구멍은 모두 막았다.

장님 할아버지는 숨이 멎은 이집 색시 옆에 앉자 경을 읽기 시작했다. 그러자 얼마 안지나 방안에서는 요란한 소리가 나기 시작했다. 그 소리는 마치 천둥이 치는 것과 같았다.

그러나 할아버지는 그런 것에는 아랑곳하지 않고 경을 계속 읽고 있었다. 새색시 몸속에 들어가 있던 귀신은 경읽는 소리에 견디다 못하여 일어나려고 했으나, 이어지는 할아버지의 경소리로 다시 쓰러지곤 했다. 귀신의 몸부림치는 소리가 그토록 요란했던 것이다.

이때 밖에서 방안의 동정을 살피던 한 하인이 있었다. 그는 궁금하여 도저히 참을 수가 없어서 살짝 문풍지를 뚫고 안을 들여다보았다. 순간 나갈 곳을 찾고 있던 귀신은 쏜살같이 그 작은 문구멍으로 달아나고 말았다.

귀신이 떠나자 색시는 언제 그랬느냐는 듯 숨을 크게 몰아쉬며 살아났다. 그러나 할아버지의 얼굴은 파랗게 질려 있었다.

"이젠 내 목숨도 다하게 되었군. 조금만 더 있었더라면 그 귀신을 물리칠 수 있었을 텐데. 그 귀신 녀석이 원수를 갚으려 하겠지."

잔칫집에서는 할아버지에게 고맙다는 인사를 하며 잘 대접했다. 그러나 할아버지는 귀신을 놓친 것이 안타까웠고, 또 복수하러 올 것을 생각하니 마음이 무거웠다.

장님 할아버지의 명성은 이제 온나라 안에 널리 퍼졌고 임금도 그 소문을 들었다. 임금은 신하에게 물었다.

"어찌 앞을 못보는 장님이 귀신을 볼 수 있단 말이오? 혹 사람을 현혹하는 술수를 쓰는 게 아닌지 모르겠구려."

마침내 장님 할아버지는 임금 앞에 불려왔다. 임금이 할아버지에게 물었다.

"그대는 남이 모르는 일을 알아내며, 또한 귀신을 볼 수 있는 눈을 가지고 있다는데 그게 사실인고?"

"예, 비록 눈은 멀었사오나 나쁜 귀신을 볼 수 있고, 비록 눈으로 보지 못하더라도 남이 모르는 것을 알 수 있사옵니다."

임금은 상자 하나를 장님 할아버지 앞에 내놓았다.

"지금 네 앞에 있는 것이 보이느냐?"

"예, 상자가 있는 줄로 아옵니다."

임금은 할아버지가 단번에 알아맞추자 다시 한번 물었다.

"그럼 이 상자 속에 든 것이 무엇인지 알 수 있겠느냐?"

장님 할아버지는 곧 대답했다.

"예, 상자 속에는 쥐가 세 마리 들어 있사옵니다."

그러자 임금은 말했다.

"쥐가 세 마리라고 했더냐?"

"예, 그 상자에는 쥐가 세 마리 있사옵니다."

임금은 상자를 열어보였다. 상자 속에는 쥐가 한 마리 들어 있었다.

"쥐가 들어 있다는 것은 맞혔으나 몇마리인지는 맞히지 못했구나."

"아니옵니다. 분명 세 마리이옵니다."

장님 할아버지가 계속 세 마리라고 하자 임금은 화를 냈다.

"쥐가 들어 있다는 것을 맞춘 것만으로도 그냥 넘어가려 했거늘…… 발칙한 것 같으니라구! 감히 쥐가 세 마리라고 우기다니! 짐작컨대 허튼 말로 백성들을 속여 왔던 것임에 틀림없다. 감히 과인 앞에서도 이렇게 자기 고집을 내세우다니 백성들에게는 오죽할까. 여봐라! 이 거짓말쟁이 늙은이를 끌어다가 사형에 처하도록 하라!"

할아버지는 군졸들에게 끌려 형장으로 향했다. 한편 임금은 곰곰이 생각해 보았다. 할아버지가 한 말이 자꾸 마음에 걸렸던 것이다. '왜 그 늙은이는 자꾸 세 마리라고 우겼을까? 혹 그 쥐가 새끼를 배고 있는 게 아닐런지.'

이렇게 생각한 임금은 곧 신하를 불러 명했다.

"아까 그 쥐가 든 상자를 가져오너라. 그리고 그 쥐의 배를 갈라 보아라."

신하가 임금의 명대로 하니 쥐의 배 속에는 새끼가 두 마리 들어 있었다.

"아하, 과인의 실수로다!"

임금은 얼른 근시(近侍)에게 명을 내렸다.

"어서 형장에 알려라! 그 장님 노인을 처벌하지 말도록 말이다."

근시는 성문 위에 올라가 형장을 향해 깃발을 흔들었다. 형장에서는 성문에서 흔드는 깃발 신호에 따라 사형을 집행해 왔다. 그 깃발이 오른쪽으로 나부끼면 사형을 중지하라는 것이고, 왼쪽으로 나부끼면 사형을 집행하라는 신호였던 것이다.

깃발을 오른쪽으로 흔들려던 근시는 갑자기 불어오는 바람에 그만 깃발을 왼쪽으로 흔들고 말았다.

"이럴 수가, 바람 한점 없는 날씨에 웬 변덕이람."

근시는 다시 오른쪽으로 깃발을 흔들려고 애를 썼으나, 바람은 또 왼쪽으로 깃발을 흔들게 만들었다. 형장에서는 깃발 신호를 지켜보고 있다가 왼쪽으로 나부끼는 것을 보자,

"사형을 집행하라!"

라고 소리쳤다.

"드디어 내가 그 귀신에게 복수를 당하는구나."

장님 할아버지는 중얼거리며 자신의 억울한 죽음을 한탄했다.

할아버지가 처형당하자 공중에서 깔깔대며 웃는 소리가 들려왔다. 아무도 누가 웃는 소리인지 몰랐다. 그 웃음소리의 주인공은 새색시의 목숨을 빼앗으려 했던 바로 그 귀신이었던 것이다.

응징당한 게으름뱅이

전라도 김제(金堤) 만경평야(萬頃平野)하면 곡창지대 중 으뜸으로 꼽는 곳이다. 그 들판 자락에 송우직(宋愚直)이란 사람이 살았는데 논 섬지기에 밭 섬지기 등 꽤나 넓은 농사처가 있었지만 영 일하기를 싫어하는 게으름뱅이였다.

농번기가 되면 온 집안 식구가 밭과 논에 나가서 눈코 뜰 새 없이 바쁘게 일을 하건만 명색이 가장(家長)이라는 우직은 손톱 하나 까딱하지 않고 빈둥댈 뿐이었다. 그것도 허구한 날 말이다.

보다 못한 그의 아내가 남편에게 채근했다.

"여보, 당신도 염치가 좀 있으세요. 식구 모두가 이리 뛰고 저리 뛰고 바쁘게 일하는데 어쩌자고 이렇게 빈둥거리며 놀기만 하는 겁니까?"

"또 잔소리다. 그저 눈만 뜨면 그놈의 잔소리!"

방바닥에 벌렁 누워 있던 우직은 도리어 큰 소리를 쳤다. 아내는 질세라 퍼부어댔다.

"세상에 당신같은 사람 처음 보았습니다. 노는 것도 지겹지 않습니까? 하기야 노는 데는 이골이 났을 테니 싫증이 안나겠지요. 하지만 뼈빠지게 일을 해도 살아가기 힘든 판에 어쩌자고 맨날 이렇게 빈둥대기만 합니까?"

"글쎄 좀 가만두라니까. 아무리 종주먹대도 소용없어! 하기 싫은 일을 어떻게 억지로 하누?"

"하기 싫어도 해야지요. 누군 일하고 싶어 신이 나서 하나 뭐! 일하기 싫으면 먹지도 말랬습니다. 그럼 자시지도 않으시려오?"

"먹는 것은 먹는 거고, 일하는 것은 일하는 것이지. 때되어 차려 주면 먹기는 먹겠소만은 일은 안해! 어떤 때는 먹는 것도 귀찮더라!"

이런 배짱인 우직이니 그 아내도 결국에는 포기하고 말았다. 그러나 워낙 일손이 딸리게 되면 남편 앞에 가서 또 푸념을 하는 수밖에 없었다.

그러던 어느 날, 우직은 아내의 푸념에 버럭 소리를 지르며 신경질을 부렸다. 그리고는 아내에게 미안하다는 생각도 해보았으나 이내 마음을 고쳐먹었다.

'그래, 차라리 집에서 나가자. 마누라 잔소리로 안듣게 될 것이고……. 어디 먼곳을 두루 유람이나 하다가 추수철이 지난 다음에 돌아오도록 하자.'

그는 간단한 괴나리봇짐을 싸메고 슬며시 집을 나섰다. 봇짐 속에는 아내가 겨우내 짜서 장농 속 깊숙이 숨겨두었던 삼베 두 필도 들어 있었다.

산을 넘고 들을 건너 한참을 가노라니 작은 언덕이 나왔다. 이곳은 그가 여러번 지나갔던 곳이다. 그런데 전에는 보지 못한 초가가 한 채 있었다. 이상하다고 생각하며 우직이 들여다보니, 웬 노인이 앉아서 뭔가를 열심히 만들고 있었다. 궁금증이 난 우직은 노인 옆으로 다가갔다.

"영감님, 뭘 만드십니까? 아무리 보아도 뭔지 알 수가 없는데요"

노인은 우직의 얼굴을 힐끗 바라보며 히죽이 웃었다.

"왜? 궁금하시오?"

"예. 하도 이상한 것을 만드시기에 여쭤본 겁니다. 그건 어디에 쓰는 물건입니까?"

"정히 그토록 알고 싶다면 가르쳐 주리다."

노인은 그 괴상하게 생긴 물건을 번쩍 쳐들면서 말했다.

"이걸 잘 보시구려. 이것은 바로 소대가리요."

"소대가리요? 아니, 그걸 어디에 쓰시려구요? 별로 쓸 곳도 없을 것을 열심히 공들여 만드시다니……. 귀찮지도 않으십니까?"

그러자 노인은 입가에 뜻모를 미소를 띠면서 이렇게 대답했다.

"쓸 곳이 없다니? 다 쓸 데가 있다오. 그리고 귀찮다니? 일하기 귀찮아서야 어떻게 살아가겠소? 못난이가 아닌 바에야 일하기 귀찮아하지 않는 것이고, 천치가 아닌 바에야 쓸모없는 물건 따위는 만들지 않는 법이라오."

그러나 우직은 영감의 말이 납득되지 않았다. 그는 소대가리 탈바가지를 들고 흰소리치는 노인이 안됐다는 생각까지 들었다.

"실없는 분이로군. 할 일이 없으면 누워서 쉴 일이지 장난감을 만들다니, 점잖지 못하게."

우직은 일어서며 괴나리봇짐을 둘러멨다. 그러자 노인이 껄껄 웃었다.

"헛허허……, 이 소대가리 탈바가지는 굉장한 신통력을 가지고 있다오. 일하기 싫어하는 사람이 이것을 쓰면 아주 좋은 일이 생기게 되지."

그말을 들은 우직은 돌아서던 걸음을 멈추었다. 뭔가 와닿는 게 있는 것 같았던 것이다.

"영감님, 지금 뭐라고 하셨습니까? 일하기 싫어하는 사람이 그것을 쓰면 어떻게 된다구요?"

"좋은 일이 생긴다고 했소. 왜, 젊은이도 한번 써보려오?"

"정말로 좋은 일이 생긴단 말이지요? 그 좋은 일이란 어떤 것인데요?"

"마음먹는 대로 되는 거라오. 일하기 싫다고 생각하면 일을 안해도 되고, 반면에 일하고 싶다는 생각을 하면 열심히 일할 수 있게 되고……."

"정말요?"

귀가 번쩍 띤 우직은 다시 물었다.

"백번 듣는 것보다 한번 써보는 게 훨씬 확실할 거요. 생각이 있거든 어서 써보구려."

노인은 들고 있던 소대가리 탈바가지를 우직의 머리에 씌워 주었다. 좋은 일이 생길 것을 기대한 우직은 그것을 조용히 받아 썼다. 이어서 노인은 깔고 앉았던 쇠가죽을 걷더니 우직의 몸에 덮어씌워 주었다. 그리고 보니 우직은 영락없는 황소의 몰골이 되고 말았다.

그런데 퀘퀘한 냄새가 났다. 몸도 잘 움직여지지 않았다. 우직은 버둥거리며 소대가리 탈바가지와 쇠가죽을 벗어 버리려고 바둥거렸다. 그러나 그것들은 꼼짝도 하지 않았다.

"……."

우직은 '영감님'이라며 소리를 질렀고 '이것 빨리 벗겨 줘요'라며 재우쳐 고함을 쳤지만 그 소리는 자기가 들어도,

'움머!'

하는 소 울음소리로밖에 들리지 않았다. 하지만 그 영감의 목소리는 분명하게 들려오는 것이었다.

"자, 너는 이제 소가 되었으니 내 말 잘 듣고 일도 잘해야 한다."

노인은 우직의 목덜미를 토닥거리더니 고삐를 가져다가 목에 단단히 맸다.

'아이구, 큰일났구나. 이 일을 어쩌면 좋지?'

우직은 눈앞이 캄캄해졌다. 그러나 그로서는 이 무서운 굴레에서 벗어날 길을 알지 못했다. 그는 몸부림을 쳤다. 그러자 노인은 채찍을 번쩍 올렸다가 인정사정없이 내리쳤다.

"이놈의 소야! 소 주제에 발광을 쳐본들 무슨 소용 있겠느냐. 고분고분 말을 잘 들어야 해. 그래야만 매를 덜 맞는다."

노인은 우직을 질질 끌고 갔다. 노인네 집 외양간에서 울며불며 밤을 지새운 우직은 다음날 노인에게 이끌리어 장터로 갔다. 노인은 이 소를 팔려는 것이었다. 쇠장에는 숱한 소들이 매어 있었다. 우직은 그 틈에 끼어 있으면서 새 주인이 사가기를 기다리는 수밖에 없었다.

마침내 한 농사꾼이 와서 흥정을 시작했다.

"우첨지(禹僉知), 소는 잘 고르시었소. 엉덩이가 넓직하고 어깨가 두툼해서 힘깨나 쓰는 소외다."

노인이 팔 소를 추어올리자 우첨지란 농사꾼이 물었다.

"나이는 몇살이오?"

"세 살밖에 안됐으니 한참 두고 부릴 수 있을 거요."

흥정은 이루어졌다. 돈이 치러지고 쇠고삐를 넘겨받은 우첨지가 노인에게 확인했다.

"이 소, 먹을 것 가려 먹일 필요는 없겠지요?"

"아참, 무는 먹이지 마시오. 이 종자는 무를 먹으면 죽는답니다. 나도 여태 무를 먹이지는 않았소이다."

"무를 먹으면 죽는다고요? 거참, 이상한 소도 다 있네."

우첨지는 고개를 끄덕이며,

"이러!"

우직을 몰고 집으로 향했다. 우첨지네로 온 우직은 다음날부터 고

된 일을 하여야 했다. 논밭 가는 쟁기질은 말할 것도 없고 무논의 써레질, 길마를 지우고 무겁고 냄새나는 두엄 나르기, 뱅뱅 제자리 돌기의 연자맷돌질……. 잠시도 쉴 틈 없이 허덕이며 일을 했다. 코로는 하얀 숨김을 헉헉 쏟아냈고 입으로는 끈끈한 침을 뱉어내면서 그야말로 뼈빠지게 일을 하자니 온몸은 땀으로 범벅이 되었고 사지는 천근처럼 무거웠다.

피곤하고 고단해서 못견디겠다며 울어대면 우첨지는 낚싯대 같은 뽕나무 회초리로 마구 때렸다.

"이놈의 소가 엄살은! 이러! 이러!"

그러면 우직은 하는 수 없이 또 일을 해야 했다.

"나는 소가 아니외다! 당신네와 똑같은 인간이란 말이에요!"

우직은 발버둥치며 눈물로 이렇게 호소해 보기도 했지만 그때마다 인간의 말소리는 나오질 않고 오직 '움머!' 소리만 나왔다. 이렇게 죽을힘을 다하여 일을 하고 저녁 늦게서야 외양간에 끌려가면 거칠고 씁쓸한 여물죽이 고작이었고 물것은 밤새도록 잠을 못자게 뜯어댔다. 그런 때면 그는 하염없이 눈물을 쏟으면서 후회하고 반성했다.

'일하기를 죽기보다 싫어했던 나였으니 이런 천벌을 받는 것도 마땅하지. 처자식 일 시켜먹고 빈둥거리며 놀다가 결국에는 남의 집 소가 되어 남의 일 해주기에 뼈빠지는구나. 이렇게 살 바에야 차라리 죽는 것이 낫겠다.'

죽기를 여러 차례나 굳게 결심했지만 죽음인들 마음대로 할 수 있을까? 고삐에 매여 있는 소 주제에 함부로 자살을 할 수도 없었던 것이다.

그러던 어느 가을날, 그날도 우첨지에게 이끌리어 가을 논갈이를 하러 나가던 우직은 동구 밖 김장밭 옆길을 지나게 되었다. 김장밭에는 허연 대가리를 위로 쭉 뻗은 무들이 잔뜩 있었다. 우직은 쇠장에서 우첨지네로 팔려오던 날, 노인이 했던 말을 떠올렸다.

'이 소는 무를 먹으면 죽는답니다.'

'무를 먹으면 죽는다고 했으니 저 무만 먹으면……'

여기까지 생각하자 우직은 설움이 복받쳐 올랐다. 고향도 아닌 타향에서 사람이 아닌 소의 몰골이 되어 이제 이 세상을 하직하려는 것이다. 스스로 목숨을 끊어서 말이다.

그러나 설움도 잠시일 뿐, 그 지긋지긋한 일을 앞으로도 끝없이 해야 할 생각을 하니 그의 각오는 굳어졌다. 우직은 머리를 홱 돌리며 김장밭으로 뚜벅뚜벅 걸어 들어갔다.

"이러! 이놈의 소가! 남의 김장밭에는 어쩌자고 들어가는 게야!"

우첨지는 쇠고삐를 감아쥐고 우직의 목줄기를 세차게 갈겨댔다. 그러나 우직도 만만치가 않았다. 스스로 목숨까지 끊으려는 소의 힘을 우첨지는 당해낼 수가 없었다. 우직은 마침내 그 커다란 입으로 무를 한 개 뽑아서 우지직 씹어먹었고 이어서 또 한 개를 뽑아서 먹었다.

무 두 개를 먹고 나니 이상하게도 우직이 그동안 쓰고 다녔던 소 대가리 탈바가지가 스르르 벗겨졌고, 등에 걸치고 다녔던 쇠가죽도 찢어지면서 벗겨졌다. 죽기를 작정하고 무를 뽑아먹은 우직은 인간으로 되돌아왔다. 기절할 만큼 놀란 것은 우직뿐이 아니다. 우첨지는 인간으로 변신한 우직을 보자 넋을 잃고 그자리에 주주물러 앉았다.

"이……이놈의 소가…… 아니 이럴 수가…… 당신은 누구요?"

"예, 저는……."

우직은 자기가 소로 변신했던 과정을 자세히 설명했다. 우첨지는 조건없이 그를 돌려보냈다. 자기 집으로 돌아가던 우직은 지난날 노인이 살던 고개를 넘었는데 그곳에는 노인이 살던 초가는 보이지 않았고 풀만 수북하게 나있었다.

"분명 이 근처에 집이 있었는데……."

우직은 풀숲을 헤치면서 노인이 살았던 초가 흔적을 찾아보았다. 그러나 끝내 그런 흔적은 없고 자기가 집을 나올 때 짊어지고 온 전대와 삼베 두 필이 모두 삭은 채 뒹굴고 있었다.

"세월이 얼마나 흐른 것일까?"

집으로 돌아온 우직은 그후 부지런히 일을 하며 열심히 살았다고 한다.

여동생의 정체

아들만 삼형제를 둔 최영감은 늘 서운한 것이 한 가지 있었다.

"나에게는 왜 딸이 없을까? 딸 하나만 있으면 더 바랄 게 없겠다. 사내녀석들이란 뚝뚝하기만 하고 재미가 없으니 원……."

그는 딸을 둔 다른 집을 부러워하곤 했다. 그러다보니 최영감의 아내는 딸을 못낳은 것이 한스러울 정도였다. 그녀는 새벽마다 장독대에 정화수를 떠놓고 딸 하나만 점지해 줍시사 빌었다.

최영감 아내의 정성 덕분인지 얼마 후 그녀는 아이를 갖게 되었고, 딸을 낳았다. 최영감의 기쁨은 말할 수 없었다. 이제 아들들은 뒷전이었고 최영감 부부는 딸아이의 재롱에 하루해가 가는 줄 모를 정도였다.

딸아이는 무럭무럭 자라 어느새 여섯 살이 되었다. 그런데 집안에 괴이한 일이 생기기 시작했다. 아침에 일어나 보면 외양간의 소나 말이 한 마리씩 죽어 있었던 것이다.

최영감은,

"아니, 병이 들었던 것도 아니고 잘 자라던 소와 말이 왜 밤마다 죽어가는 거야. 이거 야단인데. 큰일났어, 큰일 났다니까."

라며 걱정을 했으나 원인을 알 수가 없으니 손을 쓸 방법이 없었다.

"이러다가는 우리집 짐승들이 다 죽어 버리는 것 아니야."

그러자 큰아들이 아버지에게 말했다.

"아버지, 무슨 방법을 세우든지 해야겠어요."

"그래, 무슨 좋은 수라도 있느냐?"

"예, 오늘밤 제가 외양간을 지키고 있겠습니다. 소와 말에게 밤에 무슨 일이 일어나는지 알아봐야겠어요."

"그래그래, 좋은 생각이다."

최영감은 큰아들의 말에 한가닥 희망을 걸었다.

"제발 무슨 일인지 알아내야 할텐데 말이다."

그날 밤, 큰아들은 마당 한구석에 숨어서 외양간을 지켜보았다. 밤이 깊자 사방은 고요하여 적막감이 감돌았다. 큰아들은 하품이 나는 것을 억지로 참으며 외양간에서 눈을 떼지 않았다. 그때 어디선가 외양간 쪽으로 오는 검은 그림자가 있었다.

'엇, 저게 누굴까?'

큰아들은 두려움에 가슴이 뛰기 시작했다. 등줄기에서는 식은땀이 흘러내렸다. 그 그림자는 외양간으로 들어갔다.

"아니 저건?"

이게 웬일이냐 말이다. 그 그림자는 바로 하나밖에 없는 여동생이었던 것이다. 여동생은 살금살금 한 마리의 소에게 다가갔다. 그러더니 소의 가슴에 손을 대는가 싶었는데 어느덧 그녀의 손에는 쇠간이 들려 있었다.

'아이구 세상에 맙소사…….'

큰아들은 기가 막히기도 하고 무섭기도 하여 기절을 할 지경이었다. 여동생은 쇠간을 맛있다는 듯 먹더니 입가의 피를 쓱 닦아냈다. 소는 이미 그자리에 쓰러져 버렸고 ─ .

날이 밝았다. 큰아들은 아버지에게 어젯밤에 보았던 일을 두근거리는 가슴을 진정시키며 말했다. 최영감은 화를 벌컥 냈다.

"이녀석! 지금 무슨 허튼소리를 하고 있는 게야. 네가 지금 제정신이냐, 아니면 아직도 꿈속에서 본 일을 그대로 읊고 있는 거냐. 하나밖에 없는 누이가 뭐 어쩌고 어째!"

아버지의 노여움이 워낙 큰지라 큰아들은 더이상 할 말을 잃고 말았다. 이번에는 둘째아들이 아버지에게 말했다.

"아버님, 오늘밤에는 제가 무슨 일이 생기는지 반드시 알아보겠습니다. 걱정마세요."

"그래, 너만 믿는다. 너는 네 형처럼 꿈을 꾸거나 헛소리를 하면 안돼, 알았지?"

둘째아들은 외양간 한구석에 숨어서 지켜보기로 했다. 이윽고 한밤중이 되자 발자국소리가 들리고 누군가 외양간으로 들어오는 것이 보였다.

'내 두 눈으로 이놈이 누구인지 똑똑히 봐두리라.'

둘째아들은 눈을 크게 뜨고 발자국의 주인을 노려보았다. 그는 순간 깜짝 놀라고 말았다.

'앗! 쟤가……'

둘째아들은 저도 모르게 소리를 지를 뻔했다. 벌린 입을 얼른 손으로 틀어막으면서 지켜보니 여동생은 말에게 다가갔고 말간을 떼내어 피가 뚝뚝 떨어지는 것을 맛있게 먹어치웠다. 둘째아들은 어찌나 놀랐던지 아예 두 눈을 감아 버리고 말았다.

아침이 되자 둘째아들은 제가 본 것을 아버지에게 사실대로 이야기했다. 최영감은 노기충천하여 버럭 고함을 질렀다.

"이녀석들이 보자보자하니 정말 못하는 말이 없구나. 그래 내가 저의 누이를 좀 편애했기로서니 이렇게 동생을 모함할 수가 있나, 원. 너희같은 녀석들은 내 자식도 아니야."

그리고는 두 아들을 집에서 내쫓아 버리고 말았다. 이제 막내아들

밖에 남아있지 않았다. 막내아들은 외양간을 지키며 곰곰이 생각해
보았다.

'형들은 분명 누이동생의 짓이라고 했겠다. 형들이 잘못 본 것일
까? 아니면 형들 말대로……'

그때였다. 역시 어둠 속에서 한 사람이 외양간으로 들어왔다.

'이크, 드디어 올 것이 왔군.'

막내아들 역시 마음을 다잡으며 보고 있자니 그 사람은 바로 여
동생임에 틀림없었다. 그리고 형들 말대로 그녀는 소의 간을 빼먹더
니 외양간에서 나가 버렸다.

"정말 놀라운 일이군. 형들의 말 그대로였어."

막내아들은 어쩔 바를 몰랐다. 이 놀라운 사실을 아버지께 말씀드
리면 자신도 형들처럼 쫓겨날 것이니 말이다. 최영감은 아침이 되자
막내아들에게 물었다.

"그래 어젯밤에 무슨 일이 있었더냐?"

막내아들은 거짓말을 하기로 마음먹었다.

"예 아버지, 글쎄 한밤중에 소가 저절로 쓰러지지 뭐예요. 아무
까닭도 없이 말예요."

"그럼 그렇지. 그것 봐라. 네 형들은 어쩌면 그런 거짓말을 눈
하나 깜짝하지 않고 꾸며댔더란 말이냐. 정말 알다가도 모를 일
이다."

최영감은 두 아들을 정말 잘 내쫓았다고 생각했다.

한편 집에서 쫓겨난 형제는 정처없이 떠돌아다니다가 산길에서
수염을 길게 기른 도사를 만났다. 큰아들이 동생에게 말했다.

"아우야, 보아하니 저 도사님은 보통분이 아닌 것 같다. 우리 저
분께 우리집에서 일어난 일들을 말씀드리는 게 어떨까?"

둘째아들 역시 집에 대한 걱정으로 늘 마음이 아팠던 터라,

"그래요 형, 혹시 알아요, 저 도사님께서 해결책을 가르쳐 주실지."

라며 도사에게 다가갔다. 형제는 도사에게 공손히 절을 올리고 나서 자초지종을 자세히 설명한 다음 도움을 청했다. 도사는 이야기를 다 듣고 나자,

"그래, 도리어 잘되었다. 너희들은 나와 함께 지내며 공부를 하도록 하여라."

라고 말하였다. 그리하여 도사를 따라간 형제는 도사를 스승으로 받들며, 글공부와 무술을 배웠다.

몇년의 세월이 흐르자 형제는 떠나온 집이 그리워졌다.

"형, 우리가 집을 떠난 지 벌써 여러 해가 되었어. 아버지, 어머님은 어떻게 지내고 계실까? 막내는 또 어떻게 지내고 있을지……?"

둘째아들의 말에 큰아들이 말했다.

"글쎄 말이다. 우리는 이곳에서 도사님 덕분에 몸 건강히 잘 지내고 있는데 말이다."

"형, 이럴 게 아니라 우리 집으로 가요, 이제. 도사님께 말씀드리고 말야."

"그래, 부모님께서도 연세가 많으실 거다. 비록 우리를 내쫓긴 하셨지만 이제 가면 반갑게 맞이하실지도 몰라."

형제는 도사에게 자신들의 생각을 털어놓았다. 도사는 걱정스런 얼굴로 말했다.

"너희의 결심이 굳은 것 같으니 막지는 않겠다만 조심하여야 할 것이야."

그러면서 흰빛, 붉은빛, 파란빛 물이 든 병 세 개를 주며,

"위급한 일이 생기면 이 병을 하나씩 던지도록 해라. 그러면 위험을 피할 수 있을 것이다."

라고 일러주었다. 형제는 병 세 개를 잘 간수하고 길을 떠났다. 고향 마을에 당도하여 보니 사람 사는 마을은 어디론가 사라지고 잡초만 우거져 있었다.

"형, 이상한데. 사람 그림자라곤 눈을 씻고 봐도 보이지 않아."

"글쎄 말이다. 마을 사람들이 모두 다른 곳으로 이사를 갔을 리는 없을 테고……."

고개를 갸우뚱하며 형제는 자신들이 살던 집을 향해 걸음을 옮겼다. 다 쓰러져가는 집에 들어서니 빈집과도 같이 조용했고, 마당에는 잡초만 한껏 우거져 있었다.

"정말 이상하구나…… 그치?"

큰아들의 말에 둘째아들은 말도 못하고 고개만 끄덕였다. 그때, 방안에서 여동생이 뛰어나왔다.

"어머, 오빠들 아냐! 어서 와요, 호호호"

여동생은 오빠들을 매우 반기는 것 같았다. 형제는 예전의 외양간에서 있었던 일이 불현듯 생각나서 그 여동생이 두렵기만 했다. 큰아들이 물었다.

"그나저나 부모님은 어디 계시니?"

"돌아가셨지 뭐."

"막내는 어디 갔니?"

둘째아들이 묻자 여동생이 말했다.

"셋째오빠도 돌아가셨어."

"외양간의 소와 말은?"

여동생은 아무렇지 않다는 듯이,

"소와 말도 다 죽었어."

라며 형제에게 점점 다가서는 것이었다. 여동생의 눈빛은 어느새 빨갛게 변하고 있었다. 순간 형제는 속으로 생각했다.

'네가 부모님과 막내를 잡아먹었구나. 그리고 소와 말까지도. 그리고 이 마을 사람들도 네가 해치웠겠지.'

형제는 얼른 도망가야겠다는 생각밖에 없었다. 큰아들이 한 꾀를 내었다.

"애, 먼길을 왔더니 목이 마르구나. 저 산 밑의 옹달샘에는 아직도 물이 있겠지?"

"그럼. 잠깐 기다려. 내 물 길어올테니."

여동생은 물동이를 이고 집을 나섰다.

"애, 어서 이곳에서 나가자!"

형제는 여동생이 간 곳과 반대 방향으로 뛰기 시작하였다. 그러자 여동생은 어떻게 알았는지 물동이를 내던지고 쫓아오는 것이었다.

"오빠들! 어디 가? 같이 가요!"

여동생은 애타게 부르며 쫓아왔다. 형제는 뒤도 돌아보지 않고 달려갔다. 그러자 여동생은 재주를 세 번 넘었다. 이윽고 백여우로 변한 여동생은 형제를 향해 달려왔다.

"거기 서라! 내가 못잡을 줄 알고!"

여우는 어느새 형제 가까이까지 왔다.

"형, 도사님이 주신 병을 던져요, 어서!"

둘째아들의 말에 큰아들은 품속에서 흰빛 물이 든 병을 던졌다. 그러자 병이 떨어진 곳이 가시나무숲으로 변하였다. 여우는 가시덤불을 헤치느라 온몸이 상처투성이가 되었다.

여우는 계속 지칠 줄 모르고 쫓아왔다. 형제는 이번에는 붉은빛 물이 든 병을 여우를 향해 던졌다. 그러자 이번에는 불바다가 되었다. 여우는 불더미 속에서 깽깽거리며 헤쳐 나왔다. 형제는 계속 사력을 다해 달렸으나 여우의 힘에는 미치지 못했다. 여우는 끈질기게 쫓아왔다.

"나는 너희 둘을 반드시 잡아먹고 말거야!"

여우는 앙칼진 목소리로 외쳤다. 이제 얼마 안 있으면 여우에게 잡힐 것만 같았다. 형제는 지쳐서 더이상 달릴 힘도 없었다.

"에잇!"

큰아들이 파란빛 물이 든 병을 번쩍 치켜들어 여우를 향해서 힘껏 던졌다. 그러자 곧 푸른 물결이 넘실대는 호수가 되었다. 여우는 호수 속에 빠지고 말았다. 그리고 물속에서 허우적대며 형제를 쫓아가려다가 그만 물에 빠져죽고 말았다.

"이제야 여우를 물리쳤다."

형제는 여우의 죽음을 확인하고는 다시 고향집으로 향했다. 그리고 부모님과 동생을 위해 제사를 지내고, 자신들의 목숨을 구해 준 도사에게로 돌아가기로 했다.

고양이의 보은(報恩)

　김첨지는 비록 부유하게 살지는 못했지만 심성이 착하여 온 동네에서 추앙받는 사람이었다. 몇 안되는 가족들과 오손도손 살아가는 김첨지를 동네 사람들은 무척 부러워했다.

　김첨지네서는 여러 종류의 동물을 기르고 있었는데 김첨지는 특히 고양이를 귀여워했다. 밥먹을 때면 언제나 같이 먹었고, 잠잘 때도 고양이를 옆에 재우고서야 잠을 잘 정도였다.

　김첨지의 밥상이 들어오면 고양이는 어느 결에 밥상머리에 와서 쪼그리고 앉았고, 이부자리를 펴면 먼저 들어가서 잠자리를 따뜻하게 녹여 주곤 했다. 그런 까닭에 김첨지는 나들이를 했다가 돌아오면 제일 먼저 찾는 것이 바로 이 고양이였다.

　어느 날, 주인 김첨지는 난치병에 걸린 것이 확인되었다. 사방으로 수소문하여 양의(良醫)란 양의는 모두 초빙하여 진찰을 받고, 양약(良藥)이란 양약은 모두 써보았으나 효험이 없었다.

　여러 달동안 병석에 누워 신음하는 김첨지의 몸은 쇠약해질 대로 쇠약해졌고 피골이 상접할 정도였다. 병세는 점점 악화되어갈 뿐이었으므로 가족들의 근심 걱정은 표현할 수 없을 정도였다.

　고양이도 제정신이 아니었다. 저를 그토록 사랑해 주고 보살펴주며 사랑을 쏟아주던 주인이 아니던가. 그러한 주인이 난치병에 걸려

치유될 가능성이 없다는 것을 알자 고양이는 낙담천만이었다.

그러던 어느 날이다. 고명하다는 의원(醫員)을 또 초빙해 왔다. 그 의원은 맥을 짚어 보더니 미간을 찌푸리며 고개를 가로저을 뿐이었다. 이를 지켜보던 가족들은 처진 어깨로 의원에게 물었다.

"의원님, 어떻습니까? 대체 무슨 병인가요?"

"의원님, 부탁입니다. 병을 고쳐 주시기만 한다면 무슨 짓을 해서든지 사례를 후히 하겠습니다."

그러나 의원은 여전히 고개를 가로저을 뿐이었다.

"글쎄요, 워낙 무거운 병이라서……. 들을 약이 마땅치 않습니다."

"그러시다면 의원님 역시 못고치시겠다는 건가요?"

의원은 잠시 눈을 감고 있더니 아리송한 말을 했다.

"고칠 약이 전혀 없는 것은 아닙니다만……."

"그게 무슨 약입니까? 말씀해 보십시오. 가능성이 있다면 어떻게든 구해 보겠습니다."

가족들은 한가닥 희망을 가지고 의원에게 매달렸다.

"딱 한 가지 특효약이 있기는 하겠는데……."

"그게 무엇입니까? 어서 말씀해 주십시오. 그리고 그 은혜는 잊지 않겠습니다."

"그게 구하기가 힘들 것이란 말입니다. 보통 힘든 것이 아닙니다."

의원도 안타깝다는 듯 수염을 쓰다듬으며 입맛을 다셨다.

"그런 염려는 하지 마십시오. 죽을 사람을 구하는 마당에 무슨 짓을 못하겠습니까? 알려만 주십시오, 그 약을……."

"내 처방을 안믿을는지도 모르겠습니다만…… 쥐 1천 마리를 구해서 끓여드시면 이 환자의 병은 낫게 됩니다."

의원은 이 아리송한 말을 남기고 돌아갔다. 가족들은 머리를 마주대고 아무리 묘안을 짜보았지만 1천 마리의 쥐를 잡는다는 것은 불가능한 일이었다. 며칠을 두고 구수회의를 거듭했지만 가족들의 힘으로는 불가능한 일일 수밖에 없었다. 그렇다면 이집 환자, 즉 김첨지는 죽을 수밖에 별 도리가 없다. 가족들은 절망의 나날을 보내고 있었다.

이런 내용을 간파한 것이 주인의 사랑을 끔찍이 받아온 고양이다. '옳다. 그런 일이라면 내가 나설 때이다. 주인어른의 은혜를 갚을 기회가 온 것이야. 내가 어떻게든 1천 마리의 쥐를 잡아다가 주인 양반의 병을 고쳐 드려야 해.'

고양이는 어떤 묘안이 있는지 회심의 미소를 띠며 당당하게 밖으로 달려 나갔다. 그리고 어디서 구했는지 상주(喪主)가 쓰는 두건 하나를 구해 가지고 돌아왔다. 구해 온 두건을 머리에 쓰고 눈물을 뚝뚝 흘리며 우는 고양이의 모습은 분명 상주의 모습 그대로였다.

그는 쥐구멍 앞으로 가더니 그 앞에 쭈그리고 앉아서 쥐가 나오기를 기다리며 우는 시늉을 하고 있었다. 얼마동안이나 기다렸을까, 마침내 쥐 한 마리가 구멍으로 머리를 쫑긋 내밀었다.

"요놈! 못된 놈들 같으니라구! 아무리 땅속 어두운 굴속에서만 숨어 사는 쥐새끼들이라 해도…… 너희는 예의의 기본도 모른단 말이냐?"

"……?"

'고양이 앞의 쥐'란 말도 있듯이 고양이에게 들킨 쥐는 오금이 저려서 꼼짝을 못하는데 불호령까지 떨어졌으니 그저 벌벌 떨고 있을 뿐이었다.

"어제 우리 아버지께서 세상을 떠나셨다. 보다시피 그래서 나는 지금 상주의 몸이 되었어. 모든 짐승들이 내게 와서 조상을 하고 갔거늘 너희 쥐새끼놈들은 단 한놈도 문상을 오는 놈이 없구나. 괘씸한 것들 같으니라구. 이놈들을 그냥 당장에!"

고양이의 호통을 듣자 그 쥐는 어찌할 바를 몰랐다. 그러나 사태가 사태이니만큼 어떻게든 임기응변을 하여 이 위기를 모면해야 한다.

"저어, 실은……."

그러나 고양이는 변명할 기회도 주지 않은 채 다시 호통을 치기 시작했다.

"네 이놈! 감히 누구 앞에서 변명을 하려는 거야! 당장 들어가서 모든 쥐에게 내 말을 전하도록 하라. 너희 모두가 당장 내 앞에 모두 나와서 진심으로 조상을 하지 않을 경우에는 일꾼들을 불러다가 쥐구멍을 모두 파헤치고 너희들을 한놈 안남기고, 몰살을 할 것이야!"

"예, 알겠습니다."

온몸에 소름이 끼친 쥐는, 우선 저를 잡아먹지 않는 것만도 고마워서 머리를 조아리며 쥐구멍 속으로 쏙 들어갔다. 그리고 쥐들을 한곳에 모아놓고 고양이가 한 말을 전했다. 그러자 쥐들은 겁을 집어먹고 전전긍긍했다.

그때 쥐들 가운데 제일 늙은 쥐 한 마리가 그들 앞에 썩 나서며,

"그게 뭐 걱정거리가 되겠나. 우리는 고양이가 상주가 된 것을 몰랐기 때문에 조상하러 가지 못했던 게 아니겠나. 그러니 지금부터라도 우리가 찾아가서 정중하게 예의를 갖추어 문상을 하면 되는 거야."

라고 말했다. 그러자 반론이 일었다.

"하지만 그 고약한 놈이 우리를 모두 잡아먹는다면 어떻게 할 것입니까?"

"아냐, 제아무리 고약한 고양이놈이라 해도 우리가 자진하여 찾아가서 저의 아버지의 죽음을 애도하는 조상을 하는데 설마 상주

된 몸으로 우리를 함부로 잡아먹기야 하겠는가?"

늙은 쥐는 이렇게 말하자 자기가 우선 고양이에게 문상을 갔다
오겠다며 나섰다. 늙은 쥐는 쥐구멍 앞에서 두건을 쓴 채 울고 있는
고양이 앞에 가자 우선 머리를 깊이 숙이며 큰절을 한 다음,

"고양이님, 문안드립니다. 뵙지 못한 사이에 뜻밖의 슬픈 일을 당
하셨다 하니 뭐라 위로의 말씀을 드릴 수가 없군요. 이런 사실을
진작 알았더라면 동료 쥐들을 모두 데리고 와서 문상을 할 것인
데 전혀 몰랐기 때문에 큰 결례를 하고 말았습니다. 너그러이 용
서해 주십시오."

"그래? 정히 그러했다면…… 앞으로나 조심하도록 하라."

"예, 여부가 있겠습니까? 그럼 너무 상심치 마십시오. 효(孝)로써
효(孝)를 상(傷)하는 일이 있어서는 안된다는 말도 있잖습니까?"

"알겠다."

늙은 쥐는 다시 한번 공손하게 큰절을 하고 구멍 속으로 쏙 들어
갔다. 구멍 속에서는 쥐들이 결과를 궁금히 여기며 조바심을 하고
있었는데, 늙은 쥐가 고양이에게 잡혀먹히지 않은 채 무사히 돌아오
자 놀라는 한편 안도의 한숨을 내쉬었다. 늙은 쥐는 당당하게 상황
을 설명해 나갔다.

"내가 뭐라고 했나? 아무리 고약한 고양이놈이라 하더라도 예의
는 아는 법이야. 문상간 자를 상주된 입장에서 잡아먹을 수는
없는 일이지. 사고로 그런 예법은 없었어. 그런즉 아무 염려하지
말고 모두 나가서 조상을 하도록 해. 그래야 후환이 없을 것이
니……"

쥐들은 고개를 끄덕이었다. 그리고 늙은 쥐가 정해준 순서에 따
라, 차례로 나가서 고양이에게 조상을 했다. 고양이는 그때마다 정
중하게 조상을 받으며 흐뭇하다는 표정을 지었다. 그러면서도 고양

이는 회심의 미소를 짓고 있었다. 주인어른의 병을 고쳐 드리기 위해 1천 마리의 쥐를 잡기 위해 쳐놓은 덫에 걸려드는 쥐들이 어리석게만 느껴졌기 때문이다.

고양이는 한 마리 한 마리씩 각각 나와서 인사하는 것이 귀찮다면서 이렇게 말했다.

"너희는 꼭 한놈씩 나와서 조상을 하겠다는 게냐? 이러다가는 아버님 초상치를 때까지 조상을 다 받지 못하겠구나. 내일은 초상을 치르어야 돼."

"……?"

고양이는 무슨 생각을 깊이 하는 듯 능청을 떨더니 이런 제안을 했다.

"이렇게 하면 어떻겠느냐? 내가 알기로는 너희 숫자가 약 2천 마리는 된다던데……. 어디든 넓은 장소로 한꺼번에 나와서 단체로 조상을 하기로 하자. 그러면 너희는 짧은 시간에 조상을 끝내는 것이 될 것이고, 나 역시 성가시지 않겠구나."

"그게 좋을 것 같군요."

고양이는 속으로 쾌재를 부르면서 이렇게 덧붙였다.

"가만있자, 그런데 그 많은 쥐들이 한꺼번에 모일 만한 장소가 있어야겠는걸. 그렇다. 저 동구 밖 타작마당이라면 한꺼번에 1천여 마리는 모일 수 있을 것이다. 내일 아침에 그곳으로 모두 모이라고 전해라."

쥐들은 고양이의 제의에 대해 다시 구수회의를 열었다. 그리고 고양이의 제의를 받아들이기로 결정하자 온 동네 쥐들에게 모두 통고를 했다. 내일 아침에 동구 밖 타작마당에 모여 상주가 된 고양이에게 일제히 조상을 하자고…….

마침내 날이 밝고 아침나절이 되었다. 온 동네 쥐들이 타작마당에 모여들었는데 그 숫자가 어찌나 많았던지 타작마당은 온통 쥐떼로 뒤덮어서 새카맣게 보였다.

고양이는 이렇게 될 것을 예상하고 어젯밤 동료 고양이 100여 마리를 데려다가 타작마당 옆 숲속에 모두 매복시켜 두었었다. 그리고 자기는 타작마당 절구통 위에 올라앉아 있으면서 쥐들의 조상을 받기로 했던 것이다.

쥐들의 단체 조상이 시작되려는 순간 상주 고양이가 갑자기 괴성을 질렀다. 그 소리를 신호로 삼아 사방 숲속에서 100여 마리의 고양이떼가 비호처럼 달려 나왔다. 그리고 기겁을 하여 우왕좌왕하는 쥐들을 마구 물어 죽이기 시작하였다. 타작마당은 순식간에 전쟁터를 방불케 하는 피바다가 되고 말았다. 이렇게 해서 고양이의 쥐 1천 마리 잡기 작전은 성공리에 끝이 났다.

고양이는 동료 고양이들에게,

"고맙다, 내 이 은혜는 잊지 않고 꼭 갚을게."

라고 치사한 다음 그들을 돌려보내고 집으로 달려갔다. 그리고 집안 식구들의 옷자락을 닥치는 대로 물고는 타작마당으로 데려갔다. 가족들이 고양이를 따라가 보니 그곳에는 숱한 쥐들이 즐비하게 죽어 있었다.

"아니, 이게 어찌된 일이냐?"

"글쎄 말입니다. 어쨌든 쥐 1천 마리를 약으로 달여 먹으면 효험이 있다 했으니 우선 시약(施藥)을 해보지요."

가족들은 짐꾼을 풀어 죽은 쥐들을 쓸어 담아다가 깨끗이 씻어서 달이어 약으로 김첨지에게 복용시켰던바 김첨지의 병은 과연 씻은 듯이 낫게 되었다. 김첨지네 집에서는 옛날처럼 웃음꽃이 피게 되었고 그 고양이는 더욱 김첨지의 사랑을 받았을 뿐만 아니라 온 가족, 온 동네 사람들의 사랑도 받았다고 한다.

구렁이가 된 여인

김총각은 전라도 고흥(高興) 땅을 지나고 있었다. 그는 차림새는 비록 보잘것없었으나 기골이 장대하고 미목이 수려한 청년이었다.

김총각은 몇차례 과거를 보았는데 이상하게도 낙방을 하여 벼슬길에 나서보지도 못한 처지였다. 그는 '한려수도'를 구경하러 이곳에 온 것이다. 지난날 과거공부에만 매달려 왔던 피로한 심신을 잠시나마 자연과 벗하며 쉬어보려는 의도였다.

말로만 듣던 한려수도에 와보니 이루 말할 수 없는 장관이었다. 점점이 흩어져 있는 그림과 같은 섬, 그리고 푸르디 푸른 바닷물.

"이곳에서 노닐다 보면 세상의 시름을 다 잊고 말 것이야."

김총각은 이곳저곳을 두루 구경하였다. 그러다 보니 어느덧 해질녘이 되었다. 그가 한 작은 포구에 이르렀을 때 갑자기 소나기가 쏟아지기 시작했다.

"이런 낭패가 있을까? 옷이 다 젖겠군."

양반 가문에서 태어난 김총각은 의관(衣冠) 젖는 것이 걱정되었다.

"어디 비를 피할 곳 좀 없을까?"

그때 마침 가까운 곳에 작은 초가 한 채가 눈에 띄었다. 김총각은 얼른 그집을 향해 종종걸음을 쳤다. 열린 사립문으로 뛰어들어가 처마 밑에 선 그는,

"주인 계십니까? 잠시 비를 피하려고 들어왔습니다."

라며 주인을 찾았다.

그러자 방문이 열리며 아름다운 여인이 얼굴을 내밀었다. 여인은 낯선 남자를 보자 깜짝 놀란 표정이었다. 그리고는 가냘픈 목소리로 말했다.

"길을 가시다 비를 만나셨나 보군요. 어려워 마시고 비 그칠 때까지 쉬어 가십시오."

김총각은 여인의 목소리가 왠지 애절하니 어떤 슬픔 같은 것이 배어 있다는 생각이 들었다.

"다른 사람들은 어디 가셨나 보군요."

김총각은 마루에 걸터앉으며 여인에게 물었다. 그 말에 여인은 얼굴이 붉어졌다.

"아닙니다. 이 집에는 저 혼자 살고 있습니다."

여인의 말에 김총각은 어안이벙벙했다. 아름다운 여인이 혼자 사는 집이라……

"어쩌다가 외딴 집에 혼자 사십니까?"

김총각은 궁금증이 나서 넌지시 물었다. 여인은 고개를 숙이고 있다가 입을 열었다.

"제가 혼자 살게 된 까닭을 말씀드리겠습니다. 원래 저는 이곳 사람이 아닙니다. 결혼한 지 1년만에 남편이 죽고 말자 세상이 싫어져서 이곳으로 온 것이랍니다. 시집가기 전에는 마을에서 손꼽히는 미모로 다른 총각들의 입에 오르내리곤 했었지요. 남편을 잃고 나니 그런 것이 다 무슨 소용이겠습니까만은……. 차라리 아무도 모르는 곳에 이렇게 혼자 와서 사는 것이 마음은 편합니다."

여인은 말을 마치자 다시 고개를 숙였다. 김총각은 딱하다는 생각이 들어,

"아직 젊으신 분이 안됐소이다."

라고 말해 줄 수밖에 없었다. 그는 이런 미모의 여인이 이처럼 외진 곳에서 홀로 쓸쓸히 살아간다는 것이 어쩐지 안쓰럽다는 생각이 들었다.

김총각은 하늘만 쳐다보며 비가 그치기를 기다렸으나 도무지 비는 그칠 줄을 몰랐다. 구름 속의 해가 졌는지 점점 어둠이 깔리고 있었다. 그는 눈살을 찌푸리며 하늘을 원망했다.

"웬 소나기가 이렇게 줄기차게 쏟아진담. 아까보다 빗발이 더 세찬걸."

여인 또한 방에서 하늘을 간간이 쳐다보곤 했다.

"벌써 날이 저물려고 하는 것 같은데 이거 야단이로군."

김총각의 말에 여인은 아무 말도 하지 않았다. 그러더니 잠시 후, 여인이 말했다.

"누추하오나 하룻밤 여기서 보내셔야겠습니다. 어두워지는 빗속을 가실 수는 없을 테니 말입니다."

그말에 김총각은 난색을 띠었다.

"하지만 이곳에는 방이 하나밖에 없는 것 같은데……."

여인은 방안을 정리하며 말했다.

"어서 방으로 들어오십시오. 저는 부엌에서 하룻밤 지내면 됩니다."

김총각은 여인의 말에,

"아니오, 내가 이 마루에서 하룻밤 지낼 테니 부인은 방에서 주무시오. 그러면 되겠소"

라며 사양했다.

"비가 오는 밤이라 차가운 공기에 몸이 상할까 걱정되옵니다. 그러니 제 말대로 하십시오"

"아니오, 어떻게 주인을 내쫓고 나그네가 안방 차지를 한단 말이오."

여인과 김총각은 이렇게 한참동안 실랑이를 벌였다. 결국 김총각의 입에서 이런 타협안이 나왔다.

"비록 남녀가 유별하나, 이런 상황에서는 어쩔 수가 없구려. 부인께서는 아랫목에, 나는 윗목에서 자도록 합시다. 그게 좋겠소."

여인은 김총각의 고집이 어지간하다며,

"그럼 제가 윗목에서 잘 테니, 손님께서는 아랫목에서 주무십시오. 그렇게 해야만 제 마음이 편하겠습니다."

"아니오, 어찌 여인의 몸으로 윗목에서 잘 수 있소? 나는 신세지는 몸이니 윗목도 고맙기만 하오."

그러자 여인은,

"그러면 할 수 없습니다. 저는 부엌에 가서 잘 수밖에 없습니다."

라며 김총각의 제안에 반대했다.

"좋소. 부인 고집도 내 고집 못지않구려."

그리하여 김총각이 아랫목에, 여인은 윗목에서 자기로 결정을 보았다. 저녁상을 차려온 여인은 김총각에게,

"차린 것은 없사오나 맛있게 드십시오."

라며 나가려고 했다.

"아니오. 이만하면 진수성찬이외다. 그건 그렇고 부인 밥그릇은 어째서 없소?"

"예, 저는 부엌에서 먹으면 됩니다. 어서 드십시오."

김총각은 숟가락을 들다 말고 말했다.

"그럼 나는 이 숟가락을 놓을 수밖에 없소이다. 어찌 나만 혼자 방에서 밥상을 받을 수 있겠소. 방에서 함께 들도록 합시다."

"괜찮습니다."

여인은 사양했고, 김총각은 밥먹을 생각을 하지 않았다. 결국 여인이 김총각의 고집에 지고 말았다. 두 사람은 겸상을 하여 밥을 먹었는데 김총각이 보니 여인의 태도는 양가집 규수의 행동거지 바로 그것이었다.

'참으로 고운 자태로다.'

김총각은 여인에게서 문득 연정을 느꼈다.

'이러면 안되지. 아무리 혼자 사는 여자라 해도 내가 이런 마음을 품다니……'

저녁상을 물리고 김총각은 아랫목에, 여인은 윗목에 누웠다. 그는 잠을 청하였으나 이상하게도 잠이 안왔다. 윗목에 누운 여인 쪽을 보니 여인도 잠을 못이루는지 뒤척이고만 있었다.

김총각은 여인에게로 슬슬 눈길을 주고 있었다. 그러다가 그는 참을 수 없는 욕정을 느껴 마침내는 윗목에 누워 있는 여인 쪽으로 손을 뻗었다. 그리고 여인의 손을 살며시 잡았다.

"아니, 이게 무슨 짓입니까?"

여인은 깜짝 놀라 소리치며 손을 뿌리쳤다.

"부인, 아까부터 나는 부인을 자세히 관찰했었소. 부인, 나와 백년 가약을 맺으면 어떻겠소. 이렇게 우리 두 사람이 만난 것도 인연이라면 인연이 아니겠소?"

대담하게도 김총각은 이렇게 속삭이는 것이었다.

"뭐라고요? 지금 저에게 혼인 말씀을 하시는 겁니까?"

"그렇소. 내 진심이오, 부인. 꼭 들어주시오."

여인은 떨리는 목소리로 말했다.

"보아하니 손님은 아직 혼인 전인 것 같습니다만 저는 이미 혼인을 했다가 남편을 잃은 과부의 몸입니다. 말도 안됩니다."

김총각은 그말에도 아랑곳하지 않고,

"그건 문제가 되지 않소. 내 마음이 오직 당신에게 있는데 그런 것이 무슨 상관이오?"

라며 여인의 말을 일축했다.

"이몸은 혼자 살아가야 할 운명입니다. 어찌 한 여인이 두 지아비를 섬길 수 있겠습니까. 이미 한 지아비를 섬겼던 몸으로 비록 남편을 잃긴 했지만 홀로 수절하며 지내기로 작정했습니다. 손님의 말씀은 절대로 들어드릴 수 없습니다."

여인은 단호하게 거절했다. 김총각은 여인의 손을 다시 잡으며 간절히 호소했다.

"부인, 당신을 사랑하오. 지금 내가 한 말은 하늘에 맹세를 하고 하는 말이오. 이 마음은 결코 변하는 일이 없을 것이오."

김총각의 애절한 말에 여인은 눈물을 흘리고만 있었다. 남자의 간절한 청원을 거절하기 어려웠음일까, 아니면 지금까지 외롭게 지낸 세월을 생각했음일까.

눈물을 흘리는 여인의 가련한 모습이 더욱 김총각의 마음을 흔들어 놓았다.

"부인, 진심으로 내 사랑을 받아주오."

라며 김총각은 여인을 품에 안았다. 여인은 김총각의 품에서 벗어나려고 하지 않았다.

"분명 지금 하신 말씀 변치 않으실 거죠?"

여인의 말에 김총각은 다소 마음이 가라앉았다.

"그럼, 사나이 대장부가 한번 한 말을 어찌 지키지 않으리요."

여인은 눈물을 닦으며,

"설마 그럴 리는 없겠지만 당신이 나를 버리시면 나는 구렁이가 되어 당신을 말려 죽이고 말겠어요."

라며 아주 진지하게 말했다.

"그런 일이 있을 수 있겠소. 내일 당장 고향에 가서 혼인 준비를 해오리다. 자, 그러니 마음 풀고……."

그날 밤, 김총각과 여인은 한몸이 되어 운우지정(雲雨之情)을 만끽했다. 장래에 대한 꿈을 설계하는 그들은 마냥 즐거웠다. 먼 산에서는 접동새의 울음소리가 간간이 들려왔고 ─ .

다음날, 김총각은 여인과의 아쉬운 작별을 고하고 길을 떠났다. 여인의 아쉬워함은 김총각보다 더했다.

"내 곧 가마를 가지고 그대를 데리러 오리다. 그동안 몸조심하고 잘 지내오."

발길이 안떨어지는 김총각은 연거푸 뒤돌아보며 이같은 말로 여인을 달래었고, 여인은 김총각의 모습이 보이지 않을 때까지 서서 배웅을 했다.

김총각이 떠난 지 어느덧 열흘이 지났다. 여인은 하루가 3년같이 길게만 느껴졌다. 열흘이 지나갔으니 그녀의 마음은 오죽하랴.

"이제나 오시려나, 저제나 오시려나."

그러나 그렇게 날이 가고 달이 가고 해가 바뀌었지만 김총각에게서는 소식이 없었다. 여인은 김총각이 사라져간 길 쪽을 하염없이 바라보며 날을 보냈다. 그녀의 마음속에는 이제 증오심이 싹트기 시작했다. 그러나 지금이라도 자기에게 돌아온다면, 아니 돌아올 것이라는 믿음이 마음 한구석에 있었다.

결국 여인은 지칠대로 지쳐 자리에 눕는 신세가 되었다. 식음을 전폐하고 오매불망 김총각 생각에 밤잠도 못이루니 병은 더욱 악화될 뿐이었다. 의원이 다녀갔으나 침만 두어 대 놓고는 고개를 가로저을 뿐이었다. 마침내 여인은 김총각과 만난 지 1년만에 이 세상을 하직했다.

한편 고향으로 돌아온 김총각은 예전처럼 과거응시에 대비하여 열심히 공부를 했다. 그는 여인과의 일은 까마득히 잊은 것이다.

다음해 과거에서 김총각은 당당히 급제를 하였고, 함평(咸平) 현감으로 부임했다. 벼슬길에 나선 그는 양가 규수를 맞아 장가를 갔고 부러울 것 없이 행복하게 살았다.

어느 날, 현감[김총각]은 잠자리에 누워 있었는데 이상한 소리가 들려왔다.

"이게 무슨 소리지!"

'슈르륵, 슈슉 —'

주위를 둘러보니 한 마리의 커다란 구렁이가 자기를 향해 기어오고 있었다.

"웬 구렁이야? 여, 여봐라! 게 누구 없느냐. 어서 빨리 저 구렁이를 잡아라."

현감은 놀라 밖을 향해 소리쳤다. 관노들이 그 소리에 달려왔다. 그런데 현감의 방문을 아무리 열려고 해도 열리지가 않았다.

"뭣들하고 있어! 어서 빨리 들어오지들 않고 — ."

현감은 다급하게 고함쳤다.

"나리, 이상하게도 문을 열 수가 없습니다."

"뭐라고, 잠그지도 않은 문이 왜 안열린다는 게야? 그게 대체 무슨 말이냐?"

문밖에서 관노가 대답했다.

"정말입니다. 꼼짝도 하지 않습니다."

그 사이 구렁이는 점점 더 현감을 향해 기어오고 있었다.

"그럼 문을 부수고라도 들어와라! 어서, 저, 저 구렁이가……."

관노들은 손에 쥔 몽둥이로 문을 부수려고 했다. 그러자 손에 갑자기 쥐가 나면서 움직일 수가 없었다.

"이놈들아, 빨리 들어와 저 구렁이를 잡으라니까!"

222

그때였다. 구렁이는 이미 현감의 몸을 감아들기 시작했다. 숨이 막힌 현감은 정신을 차릴 수가 없었다. 바로 현감의 얼굴 앞에서 징그러운 구렁이가 머리를 쳐들고 갈라진 혀를 날름거렸다. 그런데 구렁이 입에서 여인의 목소리가 흘러나왔다.

"나를 모르십니까?"

현감은 속으로 '이젠 죽었구나'라며 거의 체념하고 있었는데 여인의 목소리에 정신을 차리고 구렁이를 쳐다보았다. 정말 기괴한 일이었다. 구렁이가 말을 하다니, 더군다나 자기를 모르냐고 묻고 있기까지 한 것이다.

"나는 고흥에서 만난 여인입니다. 당신의 맹세를 믿고 1년동안 당신만을 기다리다 상사병으로 죽고 말았습니다. 나를 버리면 구렁이가 되어 당신을 말려죽이겠다고 했던 말 생각나시겠지요. 나는 그말대로 이렇게 구렁이가 된 것이랍니다."

그제서야 현감은 어렴풋이 생각이 났다.

"아아, 그랬구려. 당신의 목소리를 들으니 생각이 나오. 내가 잘못했소. 정말이오. 용서해 주구려."

현감은 자신의 잘못을 뉘우치며 구렁이에게 빌었다. 구렁이는 새벽이 되자 어디론가 사라지고 말았다. 그리고 다음날도, 또 다음날도, 구렁이는 밤만 되면 현감을 찾아왔다. 그때마다 현감의 몸을 칭칭 감고는 새벽이 되면은 자취도 없이 사라져 버리는 것이었다.

현감은 이제 밤만 되면 고통의 시간을 보내야 했다. 그러니 그의 몸은 자연히 수척해갔으며 모든 일이 귀찮아지기만 했다. 가족들은 현감이 괴로워하는 것을 보자 무당을 불러 굿도 하고, 이름난 의원을 찾아 처방을 하여 시약도 했지만 아무 소용도 없었다.

현감은 더이상 견딜 수가 없어 도승(道僧)을 찾아가 자초지종을 모두 이야기했다. 그리고 자기의 목숨을 구해 달라고 애원했다. 도승은 여인이 살던 집을 헐고 그곳에다 암자를 지으라고 했다. 또한 여인을 위해 위령제를 정성껏 지내라고 했다. 현감이 도승의 가르침 대로 했더니 그뒤로는 구렁이가 두번 다시 모습을 나타내지 않았다고 한다.

김선부(金善夫)의 소실(小室)

평안도 박천(博川) 땅에 김선부라는 선비가 있었다. 열심히 글을 읽어온 그는 여러 차례나 과거를 보았지만 그때마다 낙방을 하여 심히 의기소침해 있었다. 그러는 동안에 가산도 자꾸 줄어서 이제는 호구지책을 세우기에도 걱정이 될 지경에 이르렀다.

"하는 수 없지. 양반의 체면에 말이 아니지만 장사라도 해야 가솔들의 입에 풀칠이나마 해줄 수 있을 게 아닌가."

그래서 돈푼이나 될 만한 것을 팔기로 했다. 대대로 전해오는 병풍이며 문갑도 팔고 밭떼기마저 팔았지만 장사 밑천이 될 것 같지가 않았다. 부인은 남편의 결심에 눈물지으며 삼단같은 머리를 잘라서 팔아가지고 장사 밑천에 보태라며 내놓았다. 이렇게 해서 15냥의 돈을 전대 속에 깊숙이 넣은 김선부는 난생 처음 장삿길을 떠났다.

날이 저물자 김선부는 허름한 주막을 찾아들어갔다. 하룻밤을 묵고 아침 식사를 끝낸 그가 숙식비를 계산하려고 하자 주막 주인이,

"벌써 다 계산되었습니다."

라고 말하는 게 아닌가. 이상하다고 생각한 김선부였지만 갈 길이 바쁘므로 서둘러 나와 버렸다. 그리고 또 날이 저물자 그는 주막을 찾아들었다. 그리고 아침이 되어 숙식비를 내려고 하자, 어제와 마

찬가지로 누군가가 이미 지불했다는 것이었다. 그 다음날도, 그리고 또 그 다음날도 마찬가지였다.

"거참, 희한한 일도 다 있다. 누가 남의 숙식비를 매일같이 대납 (代納)해 주는 것일까?"

김선부는 도저히 이해가 안간다는 표정이었지만 장사 밑천도 시원치 않았던 터라 그저 고맙다는 생각만 할 뿐, 더이상 신경쓰지 않기로 했다.

그렇게 며칠을 걸어가다가 하루는 산골길로 접어들었는데 해가 뉘엿뉘엿 지고 땅거미가 깔려 왔지만 아무리 눈씻고 찾아보아도 인가(人家)라곤 없었다. 김선부는 걸음을 재촉하며 인가를 찾아 헤맸다. 그러나 역시 헛걸음이었는데 한밤중쯤 되어서야 불빛이 반짝이는 오두막 한 채를 발견했다. 그는 다짜고짜로 그집에 달려가서 방문을 두드렸다.

"여보십시오, 지나가는 과객인데 하룻밤만 유(留)하고 가게 해주십시오"

그러자 방문을 살며시 밀면서 웬 부인이 나오더니 김선부를 방안으로 안내했다. 그런데 어쩐지 머리가 쭈뼛하는 게 무서운 생각이 들었다.

'보아하니 여자 혼자 사는 것 같은데…… 아무래도 이상하다. 이 깊은 산속에서 젊은 여인이 혼자 사는 데는 어떤 사연이 있을 것 같은걸.'

그러나 아무리 살펴보아도 그 부인은 분명 사람이었다. 잠시 후 저녁 밥상이 나왔다. 산속의 음식치고는 제법 깔끔하고 맛있게 차린 밥상이었다. 김선부는 허기가 잔뜩 진 참이라 밥 한그릇을 게눈 감추듯 먹어치웠다.

"아이구, 잘 먹었습니다. 찬도 맛이 있네요."

"변변치 못한 음식이나마 잘 잡수셨다니 고맙습니다."

이렇게 응대하는 여인의 목소리는 아주 아름다웠다. 밥상을 치우고 들어온 부인은 이부자리를 내려서 깔았다.

"단칸방이오라 부득이 한방에서 쉬셔야겠습니다. 저는 이쪽에서 자겠으니 나리께서는 저 윗목에서 쉬시지요."

김선부는 실로 난처하기 짝이 없었지만 사정이 이러하니 부인이 시키는 대로 윗목에 가서 벽을 향하고 돌아누웠다. 잠시 후 등잔불이 꺼졌다.

그런데 어둠 속에서 부시시 소리가 나더니 부인의 손이 김선부의 얼굴을 더듬기 시작했다. 부인이 수작을 걸어온 것이다. 김선부는 이를 악물면서 점잖게 타일렀다.

"부인, 이러면 안됩니다!"

한 번, 두 번……. 김선부는 계속 부인의 손을 뿌리치며 타일렀지만 그 부인도 지지 않았다. 막무가내로 수작을 걸어오는 것이었다. 김선부는 버럭 화를 내면서 이불을 걷어차고 일어났다.

그러자 웬 거인이 문을 열고 불쑥 나타났다. 그리고 등잔에 불을 켰다. 그순간 김선부는 기겁을 하지 않을 수 없었다. 얼굴이 온통 털투성이의 이 거인은 키가 7척은 되어 보였던 것이다.

'이젠 꼼짝없이 맞아죽었구나.'

이렇게 생각하는 김선부였는데 뜻밖에도 그 거인은 들고 있던 장검(長劍)을 방바닥에 내려놓더니 김선부 앞에서 넙죽 큰절을 하는 게 아닌가. 김선부는 가슴을 쓸어내리며 한숨을 내쉬었다.

"대체 뉘시기에 절을 하시오?"

김선부는 맞절을 하면서 속으로는 이 사나이가 자기를 해치지는 않을 것 같다고 생각했다.

"예, 나리, 사실대로 말씀드리겠습니다. 저는 계집과 공모하여 계집으로 하여금 과객을 유혹하도록 하고, 저는 그일을 트집잡아 금품을 갈취해서 살아왔습니다. 죽을죄를 지으며 목구멍에 풀칠을 해왔던 것입지요. 그런데 뭇남자를 꾀어보았습니다만 오늘의 나리와 같으신 분은 처음입니다. 열이면 열 모두 제 계집의 유혹에 넘어갔었거든요. 성현같으신 나리를 몰라뵙고 저지른 죄 용서해 주십시오."

거인은 손이 발이 되도록 빌고 또 빌었다. 그 사이에 부인은 조촐한 주안상을 차려가지고 들어왔고, 거인과 김선부는 권커니 잣거니 대작하며 밤을 새다시피하면서 세상 이야기를 나누었다. 동이 틀 무렵이 되어서야 눈을 잠깐 붙인 김선부가 일어나니 아침 밥상이 차려졌는데 산채무침에 고깃점까지 곁들여 있었다.

"이거 원, 너무 고마워서……."

김선부가 밥을 떴을 때 부인의 예쁘게 흘기는 눈길이 간지럽게 느껴졌다. 이렇게 해서 아침밥까지 신세를 진 김선부가 전대를 메고 나설 차비를 하자 거인은 용돈으로 쓰라며 엽전 꾸러미까지 내놓았다. 김선부는 극구 사양하다가 고맙다고 치사하고 그돈을 받아 전대 속에 간직하자 길을 재촉했다.

그러나 웬일인지 그날도 날이 저물었건만 마땅히 쉬어갈 집을 찾을 수 없었다. 산길을 헤매던 그는 가까스로 한 채의 인가를 발견하고 그집에 가서 하룻밤 묵어가기로 했다.

그런데 이집 역시 어제 그 산골 오두막집과 마찬가지로 여인 혼자만 사는 집이었다. 다만 다른 점이 있다면 이집 여인은 천하일색이었다. 다소곳이 나와서 김선부를 안내하고 저녁 밥상을 차려주는 여인의 모습을 등잔불 빛으로 바라본 김선부는 가슴이 콩콩 뛰기 시작했다.

'아니, 하늘에서 내려온 선녀인가? 옛 미녀 서시(西施)인들 저보

다 예쁘지는 않았을 것이다.'

저녁 밥상을 물리고 이부자리를 펴고 등잔불이 꺼지고……. 모두
가 어젯밤과 똑같이 진행되는데 다만 다른 것은 김선부 쪽에서 욕
정을 못이기어 여인에게 수작을 건 점뿐이다. 그러나 여인은 완강하
게 거부했다.

"이게 무슨 망발이십니까?"

나중에는 버럭 화를 내면서 문을 박차고 나가는 부인이었다. 그런
실랑이 끝에 날이 샜다. 부인은 아침 밥상을 조촐하게 차려서 올리
더니 김선부가 내놓는 돈을 받지 않을 뿐 아니라 엽전 한꾸러미를
도리어 내놓으면서 용돈에 보태 쓰라고 했다. 그리고 매몰차게,

"어서 떠나세요!"

한마디 내뱉는 부인의 눈꼬리가 매서웠다. 김선부는 아쉬운 미련
을 남긴 채 길을 재촉하는 수밖에 없었다.

이러구러 세월이 흘렀고 그동안 김선부는 몇푼 안되는 장사 밑
천이었지만 요령좋게 잘 굴려가며 장사를 해서 꽤 큰돈을 쥐게
되었다.

'이제는 됐다. 이 정도만 있으면 고향집에 돌아가서 팔아먹은 전
답을 도로 사가지고 농사를 지으며 글이나 부지런히 읽어야지.'

그래서 그는 귀향길을 재촉했다. 돌아오는 길에 김선부는 그 미녀
의 생각이 간절하여 그 산속 오두막을 찾아갔다. 다행하게도 그 미
녀는 아직도 그집에서 살고 있었을 뿐 아니라 여러 해만에 찾아오
는 김선부를 반가이 맞아주었다. 주안상까지 마련해 가지고 들어온
미녀는 두견주 한잔을 반주로 들라며 따라주기도 했다.

"그때, 제가 나리께 쌀쌀히 대한 것은 모두 나리를 위해서였습니
다. 섭섭하게 생각하지도 마시고 허물하지도 마십시오 그리고 이
번에는 저를 꼭 데리고 가주십시오 나리의 건즐이라도 받드는 것

이 제 소원입니다."

라며 머리를 조아리는 것이었다. 김선부는 돈도 꽤 번 터라 소실 하나쯤 거느리는 것이 뭐 대수겠느냐며 허락했다. 이렇게 해서 그는 재물도 장만하고 미녀까지 얻어가지고 의기양양하게 금의환향할 수 있었다.

집에 돌아와 보니 아내와 자식들은 끼니조차 제대로 잇지 못하여 얼굴은 누렇게 뜨고, 피골이 상접해 있었다. 김선부는 미녀가 가지고 온 돈까지 합치어 전답을 사들이는 한편 고래등같은 기와집도 짓고 처자들에게 보약을 지어 먹이는 등, 이제는 남부럽지 않은 생활을 꾸려나갈 수 있었다. 그리고 그 미녀를 정식으로 소실로 들여앉혔다.

낮이면 사랑방에서 글을 읽고 머슴과 하인들을 단속하는 한편, 밤이면 좌부인·우부인 방에 번갈아 들어가서 운우지정(雲雨之情)을 나누니 꿈만 같은 달콤한 세월을 보내는 김선부였다.

그러기를 3년이 흘러갔다. 어느 날, 김선부의 절친한 친구 백점악(白占岳)이 함경도 땅에서 천리 길을 멀다않고 찾아왔다. 백점악은 사서오경에 통달한 선비인데 특히 《역경(易經)》에 해박하기로 소문이 자자한 사람이다.

김선부는 친구를 반가이 맞이했고 저간의 이야기를 털어놓았다. 술자리에는 소실을 불러앉혔는데, 소실의 미모를 자랑도 할 겸 자별한 친구에게 술잔을 권하도록 하기 위함이었다.

"거 참, 술맛 좋다. 미녀가 따르는 술이라 더욱 감칠맛이 나네그려."

"어서 잔을 쭉 비우게."

"자네는 복도 많으이. 내친 김에 장원급제만 하면 부러울 게 하나도 없겠네그려."

"이 사람아, 이 나이에 장원급제는 무슨 장원급제? 소과(小科)에라도 급제해서 진사라는 소리만 들어도 한이 없겠네."

두 사람이 농담 반 진담 반 대화를 나누는 사이에도 술잔은 연거푸 비었고 미녀 소실은 술병을 채웠다 술잔을 채웠다 술시중에 바빴다. 이러구러 거나하게 취한 두 사람이 바람이나 쐬자며 밖으로 나갔다. 어느덧 석양이 뻘겋게 물들고 있었다. 연못가 정자에 걸터앉은 백점악이 심상치 않은 표정으로 운을 뗐다.

"그런데 여보게, 자네 소실, 그 미녀 소실 말이야. 아무리 뜯어보아도 사람이 아니더군."

"사람이 아니라니! 그렇게도 예의범절을 못차린단 말인가? 내가 보기에는 요조숙녀이던걸."

"아니, 그런 뜻이 아니라 그 본색이 인간이 아니란 말일세. 자네가 믿지 못하겠다는 것을 내 어찌 이해하지 못하리요만……. 만약 내 말을 조금이라도 신용해 준다면 그녀를 발가벗겨 보게나. 분명 그 본색은 인간이 아닐 것일세. 내 말뜻 알겠나?"

"……?"

이 야릇한 말을 남긴 친구 백점악은 다음날 일찍 돌아갔다. 친구를 배웅하고 돌아서는 김선부의 발걸음은 무겁기만 했다.

'아니, 그 미녀가…… 서시보다도 예쁜 그 미녀가 인간이 아니라면…….'

김선부는 입속으로 되뇌여 보았지만 백점악이 분명 그런 말을 했잖은가. 백점악이라면 천하가 다 아는 점쟁이이고 ──. 온종일 고민하던 김선부는 그날 밤, 미녀 소실의 방으로 들어갔다. 그리고 넌지시 말문을 열었다.

"하룻밤 묵고 간 그 친구는 점을 잘 치기로 유명한 사람이오. 물론 관상·수상·골상도 잘 보고……."

"그래요? 그럼 저도 관상을 봐주십사고 할 건데 그랬네요."

김선부는 말문이 막히고 말았다. 그러나 내친 김에,

"그래서 말인데 그 친구가 하는 말이 아 글쎄 당신이 사람이 아니라고 합디다. 나는 그말을 믿지는 않소이다만 대체 무슨 연유가 있기에 그 유명한 관상쟁이가 그런 말을 하는 것인지 도무지 갈피를 못잡겠구려."

그러자 소실의 그 예쁜 얼굴이 일그러지면서 눈꼬리가 치켜올라갔다.

"그분 참으로 실없는 사람입니다. 저는 그렇게 안보았는데…….
점잖으면서도 재치가 있으신 풍운아로 보았습니다만 알고보니 광인(狂人)이었군요."

"……."

김선부는 말문이 막혔다. 그러다가 문득 백점악이 가르쳐 준 말이 생각나서,

"여보, 그렇게 화만 낼 일이 아니라, 당신 입고 있는 옷을 모두 벗어 보시오."

라며 힘주어 말했다. 남편의 이 한마디에 그녀는 움찔하며 안색이 싹 변했다.

"함께 잠자기를 하루이틀이었습니까? 그러시고도 못미더워서 저보고 옷을 다 벗어 보라는 것입니까?"

"그거야 어디 동침은 했어도 서로 옷을 다 벗고 잔 일은 없었잖소. 그 친구의 말이 허언(虛言)이라면 부부간인데 옷을 벗고 확인시키기가 뭐 그리 어려운 일이겠소?"

그녀는 완강히 거부했다. 그러나 김선부도 지지 않았다. 말이 나온 김에 진부(眞否)를 확인하고 넘어갈 일이었기 때문이다. 소실은 하는 수 없었던지 입었던 옷을 한가지씩 벗기 시작했다. 그러나 마

지막 한 가지, 젖가리개는 떼지를 않았다.

"그것도 마저 떼내 보구려."

김선부의 닦달에 소실은 그만 울음을 터뜨리고 말았다. 그리고,

"이렇게 된 마당에 제가 더이상 무엇을 숨기겠습니까? 저는 그
손님의 말대로 인간이 아닙니다. 실은 1천 년 가까이 묵은 지네랍
니다. 1천 년이 차려면 아직 3년이 남은 지네지요. 3년이 모자라
서 아직 인간이 못된 몸이랍니다. 어차피 1천 년을 채우지 못했으
니 인간으로 둔신하기는 다 틀렸습니다."

라면서 젖가리개까지 떼어냈다. 젖가리개에는 그녀의 눈물방울이 잔
뜩 배어 있었다. 미녀 소실의 젖무덤에는 아직도 둔신하지 못한 지
네의 다리가 양쪽에 세 개씩 남아있었다.

"그렇다면…… 당신은 역시……."

기겁을 한 김선달은 두 눈을 아예 감고 말았다.

"이것도 다 인연이었습니다. 부디 안녕히 계십시오."

나체인 채로 마당에 내려선 그녀는 재주를 한번 넘더니 커다란
지네로 둔갑하여 어디론지 사라져 버렸다.

목 잘린 원앙

강원도 정선(旌善) 땅에 김수길(金秀吉)이라는 사냥꾼이 있었다. 그는 유명한 사냥꾼으로 그의 명성은 모르는 사람이 없을 정도였다. 그의 활시위가 한번 당겨지면 그곳에는 어떤 짐승이든 죽어 넘어져 있곤 했던 것이다.

어느 늦가을, 그날도 김수길은 활과 전통(箭筒)을 메고 근처 산으로 사냥을 나갔다. 고운 단풍이 온산을 물들이고 있었다. 그런데 이날은 어떻게 된 일인지 활을 쏠 때마다 헛것을 쏘았고, 짐승이라고는 한마리도 눈에 띄지 않았다.

아침 일찍 나와 온산을 헤매었건만 어느덧 어둑어둑해지려는 때가 되기까지 잡은 것이라곤 토끼 한마리조차 없었다.

"이게 어찌된 일이람. 내 재주가 줄어든 탓인가, 아니면 오늘은 운이 없어서 그런 건가?"

김수길은 이렇게 중얼거리며 그래도 혹시나 하는 마음에 산골짜기를 돌아다녔다. 그러나 짐승은 발견되지 않았고 어쩌다가 한 마리 눈에 띄었다 하여도 실수로 놓쳐 버리고 말았다.

'나는 사냥으로 이름을 드날리는 몸이다. 그런데 이꼴이 뭐람. 사냥나와 짐승 한마리 잡지 못하고 돌아가게 생겼으니……'

이런 생각이 들자 김수길은 화가 나기 시작했다.

234

그때 마침 꿩 한 마리가 눈에 띄었다. 김수길은 얼른 화살을 시위에 메웠다. 그리고 꿩을 향해 쏘자 화살은 꿩의 가슴에 적중했다.

"이제야 한마리 건지나 보다."

마음이 흐뭇해진 것도 잠시, 꿩은 화살을 맞은 채 멀리 날아가는 것이었다.

"이토록 재수없는 일이 있을 수가. 화살을 맞고도 달아나다니."

김수길은 못내 아쉬운 표정으로 다시 사냥감을 찾아 발걸음을 옮겼다. 그때 문득 그의 머리를 스치는 것이 있었다.

"이러고 다닐 게 아니라 연못에서 노는 새라도 한마리 잡아가지고 가는 게 낫겠는걸."

그는 근처의 연못에 노니는 기러기떼와 오리떼가 생각난 것이다. 연못에는 항상 기러기와 오리가 무리를 지어 있곤 했다. 더욱이 물이 많을 때는 온갖 물새가 날아와 놀았다.

김수길은 얼른 연못으로 갔다. 연못에 도착한 그는 연못을 샅샅이 살펴보았다. 그런데 웬일일까. 오늘은 푸른 연못물에 그 많은 오리며 기러기들이 한마리도 없었던 것이다.

"가는 날이 장날이라고……. 오늘따라 물새조차 없구나."

김수길은 투덜거리며 연못 주변을 한바퀴 돌아보았다. 자세히 보니 한 귀퉁이에서 물새 두 마리가 놀고 있는 것이 보였다.

김수길은 눈이 번쩍 뜨였다.

"저것은 분명 원앙새임에 틀림없으렷다. 원앙새는 과연 세상에서 이르는 대로 정다운 한쌍이로군."

원앙새 두 마리는 머리를 가지런히 하여 정답게 놀고 있었던 것이다. 그런 모습에 김수길은 감탄하고 말았다. 그러나 김수길은 오늘은 잡새 한마리도 사냥하지 못했다는 생각이 떠올랐다. 그러니 저 원앙새 한마리라도 잡아가지고 집에 가야겠다는 생각이 들었다.

시위에 화살을 메긴 김수길은 원앙을 향해 활을 쏘았다. 원앙새 한 마리가 물 위에서 푸드럭거리다가 곧 몸을 축 늘어뜨리고 말았다. 그는,

"그럼 그렇지. 내 솜씨는 줄지 않았군."

하며 원앙새를 집으러 뛰어갔다.

김수길은 연못 위에 축 늘어져 있는 죽은 원앙새를 건져올렸다. 그순간 그는 깜짝 놀라고 말았다.

"이럴 수가! 원앙새 목이 없다니!"

김수길이 원앙새의 몸을 살펴보니 화살은 원앙새의 등에 꽂혀 있었고, 목부분에는 무엇이 물어뜯은 자국이 있었다.

"정말 이상한 일이다. 분명 나는 목이 달린 원앙새를 쏘아맞추었는데, 거참 희한한 일도 다 있네."

김수길은 원앙새의 목부분을 다시 들여다보았다. 그곳에서는 붉은 피가 뚝뚝 떨어지고 있었다. 그런 점으로 보아 목은 방금 전에 없어진 것이 틀림없었다.

"누가 원앙의 목을 잘랐을까? 연못 속에 뱀이라도 있어 그것이 뜯어먹었단 말인가?"

고개를 갸웃거리며 아무리 생각해 보아도 알 수 없는 일이었다.

"그러나저러나 사냥꾼 노릇 몇년에 이런 일은 처음인데."

김수길은 어두워오는 하늘을 쳐다보고 발걸음을 재촉하였다. 그의 마음 한편으로 어두운 그림자가 드리워졌다. 웬지 목없는 원앙새를 생각하니 기분이 좋지 않았던 것이다.

집에 돌아온 김수길은 목없는 원앙새를 아무렇게나 집어던져 놓았다. 모처럼 한 마리 잡은 사냥거리지만 보기가 싫었다. 그리고 저녁밥을 먹던 김수길은 목없는 원앙새 생각을 하자 밥숟가락을 놓고 말았다.

"정말 재수가 없는 날이야."

김수길은 온종일 쏘다닌 탓에 피곤이 몰려왔다. 그는 자리에 누워 곧 잠이 들었다.

얼마나 지났을까.

"당신은 너무나도 무지막지한 사람이로군요. 나는 남편없이는 살 수가 없습니다."

누군가 김수길의 머리맡에서 이렇게 말하는 것이었다. 김수길이 눈을 뜨고 목소리의 주인공을 찾으니 한번도 본 적이 없는 어여쁜 여인이 그곳에 서 있었다.

"당신은 누구시오? 그리고 그 말은 무슨 말이오? 대체 당신 남편이 누구길래 나에게 와서 이러는 거요?"

김수길은 어리둥절하여 물었다.

"당신은 저를 본 적이 없으므로 그러실 것은 당연합니다. 나와 남편은 세상에서 말하는 금슬 좋은 원앙 부부랍니다. 사람과 마찬가지로 우리 둘은 더할 나위없이 정답게 지내고 있었습니다. 그런데 당신이 오늘 제 남편을 활로 쏘아맞췄습니다. 그래서 나는 얼른 남편의 목을 잘라 내품에 품었습니다. 나는 한시라도 남편없이는 살 수가 없습니다. 그래서 나는 지금도 남편의 목을 끌어안고 연못에서 자고 있습니다. 지금 저는 잠깐 사람의 형상을 빌려 이 사실을 알려드리려고 나타난 것입니다.

나는 이제 이 세상에서 더 살 이유가 없습니다. 남편이 없으니까요. 그러니 당신은 나를 죽여 남편과 같이 있게 해주십시오. 내일 아침 연못에 오시면 제가 연못 가운데에 있을 것이니 화살로 쏘아주십시오. 제발 부탁드립니다."

여인은 눈물을 흘리며 애원했다. 김수길은 고함을 질렀다.

"어디 요망하게 사람을 놀리느냐!"

그러면서 여인을 밀어붙였다. 그순간 김수길은 잠에서 깨어났다. 밖을 내다보니 아직도 별이 반짝이는 한밤중이었다.

김수길은 가뜩이나 안좋은 마음에 그런 꿈을 꾸고 나자 마음이 어지러웠다. 그는 꿈을 깬 후 한잠도 못이룬 채 여명을 맞았다. 그는 생각해 보았다.

'과연 꿈에서 말한 것이 사실일까? 원앙새의 혼이 정말 나타난 것일까?'

아침이 되어 김수길은 꿈에서 말한 것이 사실인지 어떤지 알아보기 위해 연못으로 나가 보았다. 과연 그곳에는 원앙새 한 마리가 외로이 놀고 있었다. 원앙새는 원망의 눈초리로 김수길을 바라보는 것 같았다. 김수길은 온몸에 전율을 느꼈다. 그와 동시에 그는 자신도 모르게 활시위를 잡아당겼다.

화살은 보기좋게 날아가 연못 위에 있는 원앙새를 맞혔다. 원앙새는 쓰러지며 몸을 버둥거렸다. 김수길은 죽은 원앙새를 집어들었다. 그러자 뭔가 '툭' 소리가 나며 떨어지는 것이 있었다.

"이게 뭐지?"

김수길은 원앙새 몸에서 떨어진 것을 들여다보았다. 그것은 바로 원앙새의 목이었다. 꿈에서 말하던 것과 같은 일이 벌어진 것이다.

김수길은 자신이 한 일을 뉘우치며 반성했다. 사이좋은 원앙새 두 마리 중 한 마리를 잡아가지고 갔고, 또 나머지 한 마리의 원앙새마저 이렇게 죽이고 만 것이다. 그는 그길로 활을 꺾고 절로 들어갔다. 그리고 원앙새 부부의 혼과 자기의 극락왕생을 위해 도를 닦는 데 전념했다고 한다.

신장(神將)을 부리는 재주

곽사한(郭思漢)은 홍의장군(紅衣將軍) 곽재우(郭再祐)의 후손으로, 집안이 너무나도 가난하였다. 한 달에 3, 4일만 제대로 끼니를 이을 정도였던 것이다. 그러나 그는 배가 고프고 등이 시린 것을 근심하는 때가 별로 없었다. 오직 근심하는 것이 두 가지 있으니, 하나는 선산(先山)을 잘 간수하지 못하는 것과 다른 하나는 글을 마음대로 읽지 못하는 것이었다.

그는 이 두 가지 중 어느 한 가지를 먼저 해결해야겠다고 작정했다. 그런데 이 문제도 그리 간단치는 않았다. 자식된 도리로 조상의 산소를 잘 보존해야 하는 것도 중요한 일이며, 또 앞날을 위해서는 많이 보고 많이 들어야만 될 학업을 잘 닦아야 하는 것도 중요했기 때문이다.

그는 여러모로 생각한 끝에 학업을 열심히 닦는 것이 첫째 걱정을 없애는 일이라고 단정하기에 이르렀다. 입신양명(立身揚名)을 하지 못하면 조상에게 영광을 드릴 수 없고, 학업을 닦지 못하면 입신양명을 하지 못할 것을 깨달은 까닭이다.

그리하여 곽사한은 굶든지 먹든지, 춥든지 덥든지, 바람이 불든지 비가 오든지 상관하지 않고 오로지 글공부에만 전념하게 되었다. 이에 그의 집은 가난에서 벗어날 수가 없었다.

곽사한의 아내는 지극히 현숙하고 넓은 마음의 소유자로, 그녀는 남편의 행동을 원망하지 않았다. 오직 마음속으로,

'그래, 학업에 저다지 힘쓰시는 것은 장래를 위한 결심이시다. 그러니 그 가장으로 하여금 배고픈 걱정하지 않고 공부를 할 수 있도록 하는 것이 내가 할 일이다.'

라고 결심을 굳혔다.

그녀는 밤이면 삯바느질을 하고, 낮이면 빨래며 방앗간일을 하는 등 온갖 일을 마다않고 하였다. 어떤 때는 남의 밭과 논에 가서 떨어진 이삭을 주워다가 끼니를 이어가기도 했다. 곽사한은 아내의 이 같은 노력으로 비록 죽일망정 끼니를 거르는 일이 없었다. 또한 집안 살림은 상관하지 않고 공부에만 힘을 쏟았다.

어느 날, 그녀는 아침 일찍 뒷동산에 올라가 땔감을 구해왔다. 그리고 그것들을 마당에 널어놓았다. 그 나무는 당장 저녁밥을 지을 때 쓸 것이었다. 땔감 너는 일을 마친 그녀는 들로 나가 여기저기를 헤매며 기장 이삭을 주워 그것 또한 마당에 널었다. 이 기장 역시 오늘 당장 먹을 저녁거리였다.

곽사한의 아내는 떨어진 기장 이삭을 주으러 다시 들로 나갔다. 그런데 마른 하늘에 날벼락이라고 할까, 갑자기 푸르디 푸르게 맑던 하늘에 먹장같은 검은 구름이 덮이면서 천둥번개가 치기 시작했다. 그와 함께 장대같이 굵은 소나기가 쏟아지기 시작했다.

얼마 후 곽사한의 아내는 온몸을 떨며 물방울이 뚝뚝 떨어지는 옷자락을 털며 집에 돌아왔다. 그녀는 마루에 걸터앉아 방안을 향해 물었다.

"여기 마당에 널어놓은 것들은 어찌되었습니까?"

그 소리에 곽사한은 문을 열고 내다보았다.

"아니 어디서 그렇게 비를 맞았소?"

아내는 얼굴에 흐르는 빗물을 닦아내며 말했다.

"기장을 더 주울까 하고 들에 나갔다 맞았습니다."

그녀는 치맛자락에 담아온 기장을 마룻바닥에 쏟아놓으며,

"마당에 널었던 기장과 나무는 어디다 치우셨어요?"

라고 물었다. 곽사한은 정신없이 글을 읽느라 소나기소리도 귓가에 들려오지 않았다. 그저 글공부에만 여념이 없었던 것이다.

"이런, 글을 읽느라 그만 치우지 못했소."

"멍석은요?"

"글쎄……."

아내는 흐느껴 울었다.

"왜 우시오?"

"눈물이 안나오게 생겼습니까?"

곽사한은 기장과 나무를 거두어들이지 못한 것을 후회했다.

"기장과 나무를 떠내려보낸 것이 원통하여 우는 거요?"

"그것이 오늘 저녁거리였으니 저녁을 굶게 생기지 않았습니까?"

아내는 더욱 흐느껴 울었다.

곽사한은 아내의 그런 모습에 가슴이 아팠다. 당장 읽던 책을 덮어 버리고 무슨 일이라도 하여 아내의 고생을 덜어주고 싶은 생각이 치밀었다. 그는 책상 위의 책을 날카로운 눈길로 내려다보았다. 순간,

'아니다. 이런 일로 결심이 흔들려서는 안되지.'

라는 생각이 그의 머리를 스쳐 지나갔다.

'이토록 불쌍하고 고마운 아내의 은혜에 보답하기 위해서라도 나는 더욱더 공부를 열심히 해야 한다.'

곽사한은 그때부터 더욱더 공부를 열심히 하여 읽은 책이 산더미 같았으며 그럴수록 그의 지식욕은 더욱 늘어만 갔다. 그리하여 사서

오경(四書五經)과 제자백가서(諸子百家書)는 물론, 천문지리(天文地理)며 음양서(陰陽書)에 이르기까지 통달하지 아니한 것이 없게 되었다.

이제 곽사한은 학업을 다 이루었으므로 조상의 산소를 잘 보존하는 일에 신경을 쓰기로 하였다. 그런데 집안이 가난한 탓에 재물을 가지고는 산소 보전을 할 수가 없었다. 그는 학업을 닦는 중에 배운 재주로 뜻한 바를 이루고자 했다.

곽사한의 선산은 산이 크고 수목이 많아 그 산세의 기상이 대단하였는데, 가난한 탓에 묘지기를 두지 못해 그 산을 지키지를 못했다. 그리하여 동네의 나무꾼이 무시로 드나들며 나무며 풀을 마음대로 베어갔다. 나무꾼들은 나무만 해가는 것이 아니라 더러 산소를 훼손하거나 또는 석물(石物)을 훔쳐가기까지 했다.

산소를 훼손당하거나 또는 석물을 잃어버릴 때마다 곽사한은 조상에 대한 도리가 아님을 깨닫고 힘써 보살피려 애썼다. 그러나 지키는 사람 열 명이 도둑 한 명 막기 어렵다는 말이 있듯이 곽사한 혼자 몸으로 여러 사람의 행동을 감시할 수는 없었다.

곽사한은 선산 부근에 커다란 목비(木碑) 하나를 세웠다. 그 목비에는 다음과 같이 써있었으니,

'누구든지 이 산에 들어서기만 하면 큰 화를 당할 것이니 이 목비를 세운 안쪽으로는 들어가지 말지니라.'

라는 내용이었다. 그러나 나무꾼들은 그런 목비를 세웠다는 말에도,

"흥, 들어서면 화를 당한다고? 그런다고 누가 못들어갈까봐!"

"그래 말야, 사람을 위협하는 방법도 가지가지군!"

하며 코웃음을 치는 것이었다. 그중 한 나무꾼이 여러 나무꾼을 향해 말했다.

"여보게들, 내가 그 목비 안으로 들어가려 하니 자네들은 내가 큰

242

화를 당하나 안당하나 한번 보겠나?"

"그래, 그것 좋은 생각이야. 자네가 한번 들어가 보게나!"

나무꾼들은 우르르 떼지어 목비 앞에까지 갔다.

"자아, 이제 내가 들어갈 테니 똑똑히들 보게나."

그 나무꾼이 자신만만하게 목비 안으로 들어섰다. 그러나 아무런 조짐도 보이지 않았다. 솔바람소리와 산새소리만이 들려올 뿐이었다. 그 나무꾼은 당연하다는 듯 말했다.

"여봐, 아무렇지도 않다니까."

그는 낫을 들어 나뭇가지를 척척 치면서 앞으로 나아갔다. 그런데 얼마 되지 않아서였다. 별안간 하늘이 빙빙 돌고 산이 둥실 떠오르듯한 느낌이 들면서 모진 바람과 굵은 빗방울이 쏟아지기 시작했다. 그리고 사방에서 칼과 창이 번쩍거리며 그 나무꾼을 에워쌌다. 그 나무꾼은 혼비백산하여 땅에 엎드리고 말았다.

목비 밖에서 이런 광경을 본 다른 나무꾼들은 걸음아 나 살려라 며 도망쳤다. 그리고 그 나무꾼의 집에 가서 자기네들이 본대로 일러주었다. 그 나무꾼 가족들은 기겁을 하며 어쩔 바를 몰라했다. 나무꾼의 아내가 시아버지에게 말했다.

"아버님, 이 일은 보통 일이 아닙니다. 그러니 어서 산 주인되시는 분댁에 가셔서 사죄하십시오."

나무꾼의 아버지가 곽사한네 집에 와서 자식이 화를 입은 것을 말하며 통곡했다.

"어리석은 아이가 높으신 가르침을 듣지 않아 이제 죽게 되었습니다. 그 죄는 죽어 마땅하오나 아직 젊은 나이가 불쌍합니다. 하오니 제발 살려만 주십시오."

곽사한은 그말을 듣고 크게 노하였다.

"내가 정녕 경계하였거늘 내 말을 믿지 않고 스스로 사지(死地)

에 뛰어들어 죽은 사람을 어찌 살릴 수 있겠소! 나는 모르오."

노인은 땅에 엎드린 채 간절히 애원했다.

얼마 뒤, 곽사한은 그 노인의 어깨를 두드리며 말했다.

"그 나무꾼은 가엾을 것이 없으나 부모된 노인의 정성이 갸륵하도다. 어디 한번 같이 가서 살려낼 방도가 있는지 알아보도록 합시다."

곽사한은 노인과 함께 그 나무꾼이 기절하여 쓰러진 곳에 가서 그를 다시 살려내니 노인의 기쁨은 이루 말할 수가 없었다.

이후로 죽었다 살아난 나무꾼 이야기는 널리 퍼졌고, 누구나 곽사한의 선산에 발을 들여놓는 사람이 없게 되었다. 그뿐 아니라, 사람들은 모이기만 하면,

"곽사한은 바람과 비를 부리고 또 신장(神將)을 능히 부리는 재주가 있다."

라며 입을 모아 감탄하였다.

어느 날, 곽사한의 친한 친구 하나가 그를 찾아왔다. 오랜만에 만난 그들은 회포를 풀며 이런저런 이야기를 나누던 중 친구가 은근히 말했다.

"자네의 재주는 귀신까지도 따르지 못할 거라며?"

곽사한은 얼굴에 웃음을 띠며 겸손히 말했다.

"내가 무슨 재주가 있다고 그러나?"

친구는 곽사한의 재주를 침이 마를 정도로 칭찬했다. 그리고는,

"자네에게 간절히 청할 일이 하나 있네만……."

이라며 말끝을 흐렸다.

"무슨 일인데 그러나?"

"내 일생의 소원이라네."

"어서 말씀하시게."

"내 소원을 풀어주게나."

"무슨 소원인지는 모르나 내가 풀어줄 수 있는 거라면 풀어줘야지. 어디 말해 보게."

"자네가 마음만 먹는다면 백번이라도 능히 풀어줄 수 있는 일이라네."

친구는 곽사한의 태도를 살폈다.

"다름이 아니라 나는 만고에 이름난 명장들을 책에서만 들어 알고 있지 그 풍모라든가 체격이 어떻게 생겼는지 보지를 못한 것이 큰 한일세. 그러니 그 명장들의 얼굴을 한번 볼 수 있게 해주면 안되겠나?"

"내가 무슨 재주로 옛 사람을 볼 수 있게 한단 말인가?"

곽사한이 사양의 뜻을 내비치자 친구는 더욱 간절히 말했다.

"내가 알기로 자네는 그만한 재주가 있는 사람이네. 이 친구의 소원을 제발 풀어주게나."

곽사한은 친구의 청이 너무나도 간절하여 물리칠 수 없음을 깨달았다.

"어디 자네의 소원을 풀어줄 수 있는지 없는지 한번 시험해 보기나 하자구."

그는 친구와 함께 비슬산(琵瑟山)으로 향했다. 비슬산은 산봉우리가 특히 높이 솟아 흰구름이 늘 서리어 있었다. 그곳은 사시사철 경치가 수려한 곳으로, 유명한 절들이 많이 있었다. 그리하여 가뭄이 든 때나 장마가 질 때나 나쁜 질병이 퍼지는 때에는 정성을 들여 기도하는 대로 영묘한 효험을 나타내는 영험한 산이기도 했다.

곽사한은 친구와 같이 비슬산에 올라 맑은 바람을 쐬이며 흐르는 맑은 물을 한모금 마신 뒤, 산중턱 넓은 큰 바위 위에 자리를 잡고 앉았다. 곽사한이 친구를 돌아보며 말했다.

"이제부터 자네의 소원을 시험하려 하니 자네의 두 팔로 내 허리를 꼭 잡게. 그리고 두 눈을 감고 있다가 내가 눈을 뜨라거든 뜨게나. 내 말 명심하게."

친구는 곽사한이 시키는 대로 했다. 곽사한은 몸을 단정히 하고 주문을 외우기 시작했다. 친구는 두 눈을 감고 있으므로 보이는 것은 없었으나 다만 양쪽 귓가로 모진 바람소리만이 요란했다.

얼마 후 곽사한이,

"자, 눈을 뜨게나!"

라고 친구에게 말했다. 친구가 눈을 떠보니 명장들은 보이지 않았는데, 자신들은 어느새 비슬산 상상봉에 앉아 있는 것이 아닌가!

곽사한이 또 친구에게 말했다.

"이제야말로 정말 마음을 단단히 먹게나."

공중을 향해 곽사한이 크게 소리를 지르니 광풍이 불어오면서 주위를 감싸던 수목들은 간 곳이 없었다. 그리고 기치창검이 수없이 들어찼고 멀리서 말굽소리가 요란히 들려왔다. 그러더니 동서남북 사방에서 무수한 장수가 모여들었는데 그들은 모두 머리에는 이상한 투구를 쓰고 몸에는 철갑을 둘렀다. 혹은 칼을, 혹은 창을, 혹은 활, 철퇴를 든 장수들은 큰 말 위에 앉아 위풍당당하게 달려왔다.

이때 친구는 비록 마음을 굳게 먹었으나 여러 명의 신장(神將)들이 달려드는 광경을 보자, 대경실색했다. 그는 그자리에서 쓰러지고 말았다. 곽사한은 즉시 신장들을 물리치고 친구를 흔들어 정신이 들게 했다.

"내가 뭐라 했는가. 만고의 명장을 대하게 되므로 마음을 굳게 먹으라 하지 않았나. 그들은 모두 위풍당당하고 늠름하므로 처음 보는 사람은 무서운 마음이 일지 않을 수 없겠기에 그리 부탁했건만…… 자, 이제 진정되었겠지."

246

친구는 미안한 기색이었다.

"그런 줄은 몰랐네그려. 죽을 뻔하기는 했으나 만고의 명장을 만나보았으니 소원성취했네. 자네의 은혜에 감사하네."

이후로 그 친구는 곽사한에게 부탁을 하는 일이 없었다 한다.

한편, 곽사한의 아내는 곽사한이 기이한 재주가 있으므로 벼슬길에 나가 큰 공을 세우리라 생각했다. 그러나 곽사한은 과거볼 준비를 하는 기색을 보이지 않았다.

어느 날, 곽사한은 아내를 불러놓고 말했다.

"사람의 공명이란 사람의 힘으로 못하는 것이오. 내가 부인 덕분에 애써 공부를 한 것은 이처럼 초목과 같이 썩으려고 했던 것은 아니었소. 그런데 이제 고생하여 공부를 마치고 나니 불행하게도 어지러운 세상이 되어, 옳고 그른 것을 분간하지 못하게 되었구려. 어찌 그 위태한 자리에 발을 들여놓을 수 있겠소. 그러므로 나는 공명을 영영 하직하기로 맹세했소."

그후 곽사한은 자신이 한 말대로 공명의 마음을 끊고 낮이면 농부가 되어 농사에 힘쓰고, 밤이면 선생이 되어 문인(文人)을 가르쳐 가난에서 벗어날 수 있었다. 이렇게 해서 아내의 고생을 덜게 하고 청렴하게 세상을 살다 간 곽사한이었다.

용녀(龍女)에게 홀린 이진사(李進士)

개성(開城) 성안에 이진사라는 사람이 홀어머니를 모시고 살고 있었다. 그는 남달리 통소를 잘 불었다.

따뜻한 봄날, 이진사는 가까운 곳에 있는 천마산(天摩山) 폭포에 가서 통소를 불고 싶은 생각이 불현듯 일었다. 아름다운 폭포소리와 자신이 부는 통소소리의 어우러짐을 듣고 싶었던 것이다.

이진사는 어머니에게 말했다.

"어머님, 오늘은 날씨가 참 좋습니다. 저와 폭포 구경을 가시면 어떻겠습니까?"

그말에 어머니는 고개를 가로저었다.

"아이구, 그러면 얼마나 좋겠느냐만은 나는 그 먼데까지 걸어서 가려면 힘이 들어 안되겠다."

"어머니, 그래도 한번 살살 나서 보시지요"

"아니야. 너나 친구들과 함께 구경갔다 오너라. 내 걱정은 말고, 알았느냐."

이진사가 여러번 같이 갈 것을 권했으나 어머니는 그저 사양할 뿐이었다. 나이가 드셨으므로 무리일지도 모른다는 생각이 든 이진사는,

"그럼 친구들과 다녀오겠습니다."

라며 문을 나섰다.

"그래, 재미있게 구경하고 오려무나."

어머니는 대문까지 따라나와 배웅을 했다. 그리고 당부의 말도 잊지 않았다.

"산은 일찍 해가 떨어지니 늦기 전에 내려오너라."

"예, 명심하겠습니다."

이진사는 뜻이 맞는 친구 몇몇을 불러 천마산을 향해 오르기 시작했다. 그리고 천마산의 폭포 앞에 이르자 술잔을 나누며 즐거운 시간을 보냈다.

"그래, 어디 자네의 그 멋진 퉁소소리 좀 들어보세나."

친구의 말에 이진사는 기다렸다는 듯이,

"아무렴, 오늘 내가 이곳에 온 목적은 단 하날세. 이 퉁소를 불기 위해서지."

라며 얼른 퉁소를 불기 시작했다. 이진사의 퉁소소리는 온산에 은은히 퍼졌다. 이름모를 산새의 지저귀는 소리와 폭포소리에 어울린 퉁소소리는 이루 형용할 수 없는 하나의 합주곡이었다.

"정말 자네의 퉁소소리는 일품일세, 일품이야."

친구의 칭찬에 이진사는 더욱 흥이 나서 퉁소 부는 것을 멈출 줄 몰랐다. 친구들은 모두 흐뭇해하며 감상했으며 조금도 지루한 줄을 몰랐다.

어느덧 날도 저물녘이 되었다.

"어이, 서둘러야지. 이러다간 곧 어둠을 만나겠는걸."

"글쎄 말이야. 신선놀음에 도끼자루 썩는 줄 모른다고 우리가 꼭 그 격일세. 어서 내려가세."

그러나 퉁소를 부는 이진사의 귀에는 친구들의 말소리도 들리지 않았다. 이진사는 자기도취에 빠진 듯 눈마저 그윽하게 감고 있었다.

"이거 야단일세. 이 친구가 일어날 생각을 않네그려."

"어쩌면 좋지?"

얼굴을 마주보며 어쩔 줄 몰라하던 친구들은 할 수 없다는 듯,

"저 친구의 흥을 깰 수는 없는 노릇이야. 그러니 우리 먼저 내려 가세."

라는 친구가 있는가 하면,

"곧 어두워질 텐데 괜찮을까?"

하며 이진사를 걱정하는 친구도 있었다.

"저 친구 이곳에 한두 번 온 것도 아닌데 뭘 그래. 길을 잃을 염려는 없다구."

친구들은 산을 내려갔다. 이진사는 그런 사실도 모르고 통소 부는 것에 몰두해 있었다. 날은 저물고 하늘엔 달빛만이 고요히 비추고 있었다. 이진사는 그때까지도 통소를 입에서 떼지 않고 있었다. 달빛 아래 통소를 불고 있는 이진사의 모습은 그야말로 한폭의 그림과도 같았다.

폭포수가 떨어지는 웅덩이에는 용녀(龍女)가 살고 있었는데, 그녀는 통소소리에 잠에서 깨고 말았다.

"어디서 들려오는 애절한 통소소릴까?"

천년을 살아온 용녀로서도 처음 들어보는 통소 가락이었다.

용녀는 살며시 물 위로 모습을 드러냈다. 저멀리 폭포 근처에서 통소를 부는 이진사의 모습이 보였다. 달빛을 받아 신선처럼 보이는 사나이, 그 늠름한 이진사의 모습을 본 용녀는 그만 한눈에 반하고 말았다.

"저토록 훌륭한 사람이 통소 또한 저다지도 잘 불다니……"

용녀는 얼른 아름다운 여인으로 변신했다. 그리고는,

250

'내 저사람과 이 못속에서 함께 오래도록 즐기며 살리라.'
라며 굳게 결심했다. 그녀는 춤을 추며 이진사 옆으로 다가갔다. 거의 넋을 잃고 통소를 불던 이진사는 갑자기 나타난 용녀의 모습에,
　"이게 꿈인가, 생신가, 당신은 선녀요? 사람이요?"
라며 벌어진 입을 다물지 못했다. 용녀는 통소소리가 그치자,
　"왜 그 아름다운 가락을 멈추시는지요?"
라며 살짝 흘기는 듯 미소를 지어 보였다.
　"어서 계속하십시오, 어서요."
　"당신은 하늘에서 내려온 선녀가 맞지요?"
　이진사의 말에 용녀는,
　"이 한밤중에 통소를 불고 계시는 분은 뉘십니까?"
라며 되물었다.
　"아, 나 말이오. 나는 개성에 살고 있는 이진사라 하오."
　"소녀는 송도에 살고 있었사온데 세상사가 모두 덧없음을 느껴 이렇게 산으로 들어왔습니다."
　이진사는 고개를 갸웃거렸다.
　"이 산속에 집이 있습니까?"
　용녀는,
　"호호호, 저희집에 한번 가보시겠어요. 그러면 저도 영광입니다."
라며 간드러지게 웃었다. 그말에 이진사는 어쩔 줄 몰라했는데 용녀는 어느덧 이진사의 손을 잡아 이끄는 것이었다.
　"자아, 어서 가시지요."
　이진사는 용녀가 손을 잡자 그저 황홀할 뿐이었다. 그는 이미 분별력을 잃어버리고 말았다.
　"산길이 험한 것 같아 제가 감히 외람되게 진사님의 손을 잡았습니다."

용녀는 부끄럽다는 듯 이렇게 말했다. 이진사는,

"아, 괜 괜찮소"

라며 잡힌 손을 뿌리치지 않았다. 용녀가 이진사를 안내한 곳은 폭포가 떨어지는 웅덩이가 있는 곳이었다. 이진사는 놀란 빛을 감출 수 없었다.

"이, 이곳은?"

"왜 그러세요. 자 보세요. 이곳이 바로 제 집입니다."

이진사는 주위를 둘러보더니,

"이곳은 물 웅덩이가 있는 곳인데 이상하다."

라며 혼잣말을 했다.

"지금 뭐라고 하셨어요? 네에?"

용녀의 애교섞인 물음에 이진사는,

"아, 아니올시다. 아무것도 아니오."

라며 얼버무렸다.

"어서 들어가세요. 이제 진사님과 이곳에서 영원토록 함께……
진사님의 퉁소소리를 들으며 살겠습니다."

용녀는 이진사에게 말했다.

"무슨 그런 말을, 정말 그럴 작정이시오?"

이진사는 용녀의 말에 홀딱 반해 그만 못속으로 들어가고 말았다. 그후 이진사를 본 사람은 아무도 없었다. 결국 이진사의 목숨은 이렇게 끝이 나고 말았던 것이다.

자라의 신통력(神通力)

도성(都城) 변두리에 사는 강순성(姜順成)은 나무꾼이었다. 날이 새기가 무섭게 찬밥 한술을 떠먹고는 지게 위에 도끼며 낫을 얹고 깊은 산속에 들어가서 나무를 해다가 도성에 지고 가서 팔아가지고 연명을 했다. 도성 안에는 제법 단골도 생겨서,

"아직 강총각 나뭇짐이 안왔나?"

라며 그의 나뭇짐을 기다리는 사람도 있었다. 그만큼 강순성은 다른 나무꾼보다 실하게 나뭇짐을 묶었고, 단골에게는 엽전 한닢쯤 빼주기도 하는 정직하고 건실한 청년이었다. 비록 배운 것은 없었지만 성실한 면에서는 누구에게도 뒤지지 아니했고 기운깨나 쓰는 장골이기도 했다.

그날도 강순성은 부지런히 나무를 해가지고 도성에 들어가서 다섯 푼에 팔고 되짚어 나오는 참이었다. 그가 어떤 가게 앞을 지나려는데 새끼줄에 매달린 자라가 두 눈에서 눈물을 뚝뚝 흘리고 있는 것이 보였다.

'저런…… 가엾어라.'

강순성이 가던 발길을 멈추고 서있자니 그 자라는 그에게 살려달라고 애원하는 것만 같았다. 강순성은 자라가 불쌍하다는 생각이 들어 가게 주인에게 사정을 해보았다.

"이 자라를 제게 주실 수 없으십니까?"

그러나 가게 주인은 강순성의 몰골을 아래위로 훑어보더니,

"안돼, 이 자라는 팔 게 아니외다. 잡아서 술안주를 하기로 친구
와 약속이 되어 있소"

라며 한마디로 거절했다. 강순성은 물러서지 않았다. 그러자 가게
주인도 마음을 돌렸는지,

"대체 얼마를 주려오? 그리고 이건 사다가 무엇에 쓰려오?"

라고 묻는 것이었다.

"예, 약에 쓰려고요. 지금 막 나무 한짐을 판 돈 다섯 푼이 있습
니다. 이걸 낼테니 저에게 파십시오."

강순성은 괴춤에서 동전 다섯 닢을 꺼내어 내밀었다.

"닷푼에야 팔 수가 있나…… 열 푼이면 혹 모르겠소이다만……."

가게 주인이 안된다며 코방귀를 뀌고 있는데 마침 그 사람의 친
구가 나타났고 자초지종을 듣더니,

"다섯 푼이면 팔지그래. 그 돈으로 돼지고기를 사면 술안주는 실
컷 되겠구먼."

이라며 흥정을 붙여 주었다. 그래서 강순성은 자라를 사는 데 성공
했다. 그는 마치 보물이라도 되듯이 자라를 품에 안고 집을 향하여
발걸음을 재촉했다. 부지런히 가면 밥 한술 떠먹고 또 나무 한 짐
해두었다가 내일은 아침 일찍 지고 나와 팔 수 있을 것 같았다. 그
래야 자라 산 돈을 벌충할 게 아니겠는가.

얼마쯤 왔을까. 큰 웅덩이가 있었다.

"여기가 너 살던 곳이냐?"

강순성이 자라에게 묻자 자라는 그말을 알아듣기라도 했다는 듯
고개를 가로저었다.

"아니란 말이로구나. 그럼 어디 더 가보자."

얼마를 더 가자 또 큰 웅덩이가 나타났다.

"그럼, 여기가 너 살던 곳이더냐?"

그러나 자라는 역시 고개를 가로저을 뿐이었다. 이렇게 하기를 여러 차례——. 그러던 중 강순성은 어느새 자기 집 가까이에 있는 늪가에 당도했다. 그 늪은 가문 때에도 물이 마르지 아니하는 깊고 넓은 늪이었다.

"그럼 여기가 네 집이냐?"

강순성이 또 묻자 자라는 고개를 끄덕이더니 별안간 몸을 비틀며 강순성의 품을 빠져나갔고 늪속으로 어슬렁거리며 기어들어갔다.

강순성은 아픈 다리를 끌며 자기 집으로 왔고 방으로 들어갔다.

"벌써 해가 뉘엿뉘엿 넘어가려고 하네. 오늘 일은 다 틀렸다. 나무 한짐만 날렸구나."

그렇게 중얼거리는 강순성이었지만 어쩐지 마음만은 가벼웠다. 그런데 이게 웬일인가? 방안에 들어서는 순간 강순성은 두 눈을 휘둥그렇게 뜨면서 입을 딱 벌렸다.

"아니! 이럴 수가!"

방안에는 그가 생전 구경도 하지 못했던 산해진미가 가득 차려져 있는 밥상이 놓여 있었던 것이다. 강순성은 두 눈을 손등으로 비비며 혹 꿈이 아닌가 생각도 해보았지만 그것은 정녕 꿈은 아니었다.

'누가 이런 짓을 했을까? 그래 건넛마을 삼례 아니면 예쁜이 짓일 것이야. 고것들이 나만 보면 눈웃음을 살살 치더니……'

강순성은 그렇게 생각하면서 밖으로 나갔다. 그리고 이 마을 저 마을을 돌아다니며 은근히 수소문을 해보았지만 누구의 소행인지 전혀 감을 잡을 수가 없었다. 그러는 동안 시장기도 들어서 그는 집에 돌아와 그 밥상을 앞에 놓고 맛있게 저녁밥을 먹었다.

다음날 아침, 일찍 일어난 강순성은 새벽같이 산으로 올라갔고 나무를 한짐 실하게 해서 지고 내려왔다. 그리고 찬물로 세수를 한 다음 방에 들어가 보니 역시 상다리가 휠 정도로 진수성찬이 차려져 있는 것이었다.

"……?"

어쨌거나 시장했던 그는 그 밥상을 깨끗이 비울 만큼 포식을 했는데 먹으면서도 영 수수께끼 같은 이 일은 풀 수가 없었다. 이렇게 하기를 이틀——.

'이건 예삿일이 아니다. 내 오늘은 어떻게 해서든 그 정체를 밝혀 내고 말리라.'

이렇게 다짐한 강순성은 나무를 하러 가는 척하며 지게를 지고 나갔다가, 지게를 벗어 풀섶에 감춰놓고 되돌아왔다. 그리고 부엌 한쪽에 쌓아놓은 나무더미 속에 숨어, 숨도 크게 쉬지 않고 동정을 살폈다.

저녁때가 되었다. 방문 열리는 소리가 들려왔고 아리따운 아가씨가 행주치마를 두르며 부엌으로 사뿐사뿐 걸어 들어왔다. 그러자 어두컴컴했던 부엌이 환하게 빛났다. 아가씨는 저녁 준비를 하는 듯했다. 그런데 그런 인기척이 나는 그순간 밥상 위에는 온갖 산해진미가 그득하게 차려지는 것이었다.

'아니, 이럴 수가……. 저건 귀신인가? 도깨비인가?'

강순성은 무서운 생각도 들었지만 그 아가씨의 용모를 살피니 그런 악마와는 거리가 먼 처자임에 분명했다. 그는 더이상 참을 수가 없었다. 마른침을 꼴깍 삼키면서 후닥닥 뛰쳐나간 강순성은 그 아가씨의 치맛자락을 꽉 잡았다. 아가씨는 소스라치게 놀라며 도망치려고 했다.

"안되오. 도망칠 수 없소이다. 아가씨는 대체 뉘시오?"

"……"

강순성이 숨을 헐떡이며 묻자 그 처자는 미소를 띨 뿐 아무 대답도 하지 않았다.

"부탁이오 아가씨, 내 아내가 되어 주오."

그러자 처자는 역시 미소를 머금으며 대답했다.

"걱정하지 마십시오 서방님. 저는 서방님의 건즐 시중이라도 들고자 이렇게 왔으니까요."

강순성은 하늘을 날 듯 기뻤다. 그가 아가씨의 그 보드라운 손을 잡고 방안에 들어가니 이건 또 웬일이란 말인가, 지금까지 구경도 하지 못했던 가재도구가 방안에 그득 차 있고 비단 금침이 깔려 있는가 하면 각종 장식품은 온통 보석으로 번쩍번쩍 빛나고 있었다. 얼이 빠졌던 강순성이 정신을 가다듬고 살펴보니 집도 자기가 살던 초가삼칸 오두막이 아니라 고래등같은 기와집이요, 안대문에 중문, 솟을대문까지 높게 서있는 고대왕실이었다.

이 고대왕실 속에서 예쁜 아내와 같이 사는 강순성은 그날부터 편히 쉬고 호의호식할 뿐, 지난날의 나무꾼이 아니었다. 하인 하녀에 침모며 찬모까지 거느린 그들 부부는 말 그대로, 턱으로 아랫것들을 부리며 꿈속같은 나날을 보내고 있었다.

그러나 호사다마란 말도 있듯이 그들에게도 역경이 닥쳐온 것은 그후 얼마 안되어서이다. 나무꾼 강총각이 일약 갑부가 되었고, 천하미인을 아내로 맞이하여 거들먹거리며 산다는 소문이 이 입에서 저 입으로 옮겨지더니 급기야는 임금의 귀에도 들어갔다. 임금은 그 말을 믿지 아니했다.

"세상에 한낱 나무꾼이 하루아침에 발복을 했다해도 유분수이지, 어찌 그토록 호의호식을 하며 고대왕실에서 한거(閑居)한단 말인고? 이는 필시 어떤 사연이 있음이야. 어쩌면 큰도둑일는지도 모를 일이고…… 과인이 직접 확인을 해야겠다."

임금은 차비를 갖추어, 측근 신하들을 대동하고 행차했다. 예의 나무꾼 강순성의 집에 당도한 임금은 다짜고짜로 대문·중문을 지나 안으로 들어갔다. 마침 강순성은 출타하여 집을 비웠고 그의 아내가 마당까지 내려와서 임금을 영접했다.

"……?"

임금은 그녀를 보는 순간 현기증을 느꼈다.

'이건 하늘에서 내려온 선녀가 아니더냐?'

궁궐 안에 숱한 미희(美姬)가 있었지만 이렇게 아리따운 여인은 처음 보는 임금이었다. 임금은 어수(御手)를 들어 눈을 비비면서 그 여인을 찬찬히 뜯어보았다. 아무리 보아도 이 여인은 지상(地上)의 여인같지가 아니했다.

"상감마마, 이 누추한 곳에 어인 행차이시옵니까? 어서 안으로 드시오소서."

여인은 홍조를 띠면서 임금에게 방안으로 듭시란다. 그 목소리는 은쟁반에 옥구슬을 굴리는 것 같았다.

'저 목소리하며 수줍어하는 자태하며……'

임금은 이제 넋이 나간 사람같았다. 한참만에야 제정신으로 돌아온 임금은 이집 여주인의 안내를 받으며 안방에 들어갔고 조촐한 다과상을 받았다. 음식도 깔끔하려니와 집기들은 궁중에서도 볼 수 없는 고급품들이었다.

임금은 벌린 입을 다물지 못했으나 무엇보다도 다과상 앞에 다소곳이 앉아서 그 섬섬옥수로 차를 따르는 여인의 모습에서 눈길을 뗄 수가 없었다.

"남편이 들어오는 대로 곧 입궐시키도록 하라."

임금은 무슨 트집을 잡더라도 그 남편이란 자를 곤궁에 몰아넣고 이 미녀를 차지할 생각이었다.

258

"예이, 상감마마."

그녀의 확답을 들은 임금은 환궁했다. 한편 저녁때가 되어 남편이 돌아오자 아내는 임금이 왔다갔는데 곧 입궐하라시더란 말을 전했다. 강수성은 그말을 듣자,

"아니, 전하께서 나를 부르셨단 말이오? 왜 부르시는 것일까?" 라며 근심이 태산같았다. 그러는 남편에게 아내는 말했다.

"걱정하지 마세요. 설마하니 무고한 백성을 해치시기야 하겠습니까? 날이 밝거든 의관을 정제하시고 입궐토록 하십시오."

그러나 강순성은 밤새 전전반측하며 깊은 잠을 이룰 수가 없었다. 소문으로 들은 바이지만 지금의 임금은 성군(聖君)과는 거리가 먼 분이라고 하지 않았는가. 그렇다면 자신이 입궐하는 경우 성한 몸으로 집에 돌아올 수 없을 것이라는 불길한 예감이 뇌리에서 떠나지를 않는 것이었다.

그러나 임금의 명령은 지엄한 것이니 어길 수가 없다. 새벽같이 일어난 강순성 부부는 바쁘게 움직였다. 의관을 정제하고 집을 나서는 강수성의 발걸음은 결코 가볍지가 않았다.

으리으리한 대궐문을 지나 어전에 부복한 강순성에게 임금은 뜻밖에도 부드러운 옥성으로 이것저것 하문(下問)한 다음 이런 제안을 하였다.

"너는 과인과 내기를 해야겠다. 과인과 바둑을 한판 두되, 과인이 너에게 지면 비단 천 필과 모시 천 필, 그리고 삼베 천 필을 내리겠노라. 하지만 네가 과인에게 지면 네 아내를 과인에게 바치도록 하라."

"예? 예이."

어느 안전이라고 군소리를 하랴. 강순성은 얼떨결에 대답을 한 다음 퇴궐하여 집으로 향했으나 땅을 치고 통곡하고픈 심정이었다. 바

둑은 두어본 적도 없었다가 나무꾼 신세를 면한 최근에 와서야 교분을 나누는 선비에게서 집짓는 것 정도를 배운 처지인즉, 두어보나 마나 질 것은 뻔한 일이 아닌가.

그렇다면 아내를 임금에게 빼앗기는 신세가 될 것이다. 그게 어떤 아내인가. 이만큼 사는 것 모두가 그 아내의 덕택이 아니던가. 그리고 첫정이 폭 든 그 아리따운 아내를 임금에게 빼앗기다니…….

강순성은 얼이 다 빠져서 집으로 돌아왔다. 아내는 그런 화(禍)를 알 까닭이 없으니 남편을 반가이 맞으면서,

"상감께서 뭐라고 하시던가요? 어서 말씀해 보세요."

라며 보채기 시작했다. 강순성은 아내의 두 손을 잡으면서 하염없이 눈물을 떨구었다.

"아니, 왜 이러십니까? 좋지 않은 말씀이라도 들으셨나요? 어서 말씀해 보시라니까요. 에그 답답해 죽겠네."

강순성은 정신을 차리면서 두 주먹으로 눈물을 닦아냈다. 그리고 임금과 한 약속을 두서없이 털어놓았다. 그의 얘기를 대충 들은 아내는 의외로 침착하게 대꾸했다.

"조금도 걱정하실 것 없습니다. 그런 일 정도라면 서방님이 능히 이기실 수 있습니다. 제가 하라는 대로만 하십시오. 그러면 이기실 수 있습니다."

"아니, 여보. 임금님과 바둑을 두는 것이라니까요. 구중궁궐 안에서 바둑을 두는데 당신이 어찌 그곳에까지 와서 나를 훈수할 수 있단 말입니까?"

"제가 궁중에까지 들어가서 훈수를 해드린다는 게 아닙니다. 제 말씀을 잘 들어보십시오. 임금님과 바둑판을 차려놓으시면 서방님께서 두실 차례가 된 경우 반드시 파리 한 마리가 날아와서 바둑판 위에 앉을 것입니다. 그러면 서방님께서는 파리가 앉았던 자

리에 바둑돌을 놓으십시오. 그렇게 두어 나가시면 반드시 그 바둑을 이기실 수 있습니다.”

반신반의한 강순성은 어쨌든 아내가 시키는 대로 하리라며, 입궐한 다음 임금과 마주 앉아 바둑을 두기 시작했다. 그런데 이게 웬일이란 말인가. 아내가 말한 대로 강순성이 바둑을 둘 차례가 되면 틀림없이 파리 한 마리가 날아와서 바둑판에 앉곤 했다. 강순성은 마음속으로,

'옳다꾸나.'

하며 그자리에 바둑돌을 갖다놓곤 했다. 결과는 임금의 참패였다.

“오늘은 과인이 패했도다. 약속한 대로 상을 내리겠거니와 내일은 과인과 승마(乘馬)를 겨루기로 하자. 과인이 지면 오늘 내린 상과 똑같은 상을 내릴 것이고 네가 지면 네 아내를 과인에게 바치도록 하라. 알겠느냐?”

임금은 단호하게 말했다. 강순성은 임금에게서 받은 상품을 말 안장에 가득 싣고 집을 향해 타박타박 걸었다. 그는 하사받은 상품 따위는 쳐다보지도 않았다. 당장 내일 있을 승마 경기 때문에 신경이 곤두선 그는 집에 와서도 걱정이 태산같았다. 식음을 전폐하고 자리보전한 남편을 보자 아내가 상냥하게 물었다.

“왜 또 한숨을 쉬시는 겁니까?”

“글쎄…… 이번에는 말타기 내기를 하자시는구려. 전하께서는 틀림없이 준마(駿馬)를 타고 경기에 임하시겠는데 나는 그런 말도 없으려니와 승마 실력이나 있소? 그러니 질 것은 뻔하지 않소!”

“걱정하실 것 없습니다. 이제는 제 정체를 말씀드리겠습니다. 저는 서방님께서 구해 주신 자라의 변신(變身)입니다.”

“……?”

“놀라지 마십시오. 백년 묵은 자라는 옥황상제의 윤허를 받아 자

기 뜻대로 변신할 수가 있답니다. 영낙없이 죽을 수밖에 없었던 저를 살려주신 서방님께 보은(報恩)하기 위해 저는 인간의 여성으로 변신을 한 것이니 조금도 놀라시지 마십시오. 그리고 어서 제가 살던 늪에 가셔서 자세히 살피시면 여러 마리의 자라들이 헤엄을 치고 있을 것이니 그들에게 말씀하십시오. '너희 누나가 바싹 야윈 말 한 필만 달라더라'고요. 그러면 그 동생들이 말 한 필을 드릴 것이니 그 말을 끌고 임금님께 가십시오."

강순성은 워낙 신통력이 있는 아내의 말인지라 다음날 아침 일찍이 늪으로 갔다. 물안개가 자욱한 늪가에 가서 자세히 살피니 그곳에는 과연 여러 마리의 자라들이 헤엄을 치고 있었다. 그는 아내가 시키는 대로 사정을 했고 비루먹은 것 같은 말 한 필을 구했다.

'아니 이런 말을 타고 어찌 상감의 준마와 겨루란 것이야?'

그는 중얼거리면서 그 말을 끌고 궁궐로 향했다. 임금은 과연 궁중에서도 으뜸가는 준마에 높이 앉아 강순성을 비웃는 듯 말했다.

"어서 오너라. 저기 서있는 느티나무를 돌아서 이곳으로 누가 먼저 오나 겨루어 보자꾸나. 내기 조건은 잊지 않았으렷다!"

"예이."

승마 경기는 시작되었다. 임금이 타고 있던 준마의 고삐를 잡아당기면서,

"이럇!"

큰 소리로 외치자 그 준마는 쏜살같이 내달았다. 그리고 어느 사이에 저쪽 느티나무에까지 달려갔다. 그러나 강순성이 타고 있는 비루먹은 말은 그제서야 어슬렁거리며 내닫기 시작했다. 강순성은 눈앞이 캄캄했다. 이제는 꼼짝없이 아내를 뺏기게 되었다고 생각한 그는 타고 있던 말의 엉덩이에 힘껏 채찍질을 했다. 그 비루먹은 말에 분풀이라도 하듯이……

그러자 그의 말은 바람처럼 달리기 시작했고 어느새 느티나무를 돌아 시발점으로 돌아오는데 막상 종착점에 도착할 때에는 임금의 준마보다 한 발짝 앞서서 들어왔다. 숨을 헐떡이는 임금은 노기충천 하였고 강순성은 가슴을 쓸어내렸다. 그리고 강순성은 무의식중에,

"보은별(報恩鼈), 보은별."

하며 나지막하게 중얼댔다. 은혜를 보답한 자라란 뜻이었다. 이때 그의 말을 들은 임금은, 다그쳐 물었다.

"너 지금 보은별이라고 했것다! 그게 무슨 뜻인고?"

"예, 짐승 이름이옵니다."

강순성의 대답에 임금은,

"그 보은별이란 짐승을 내일까지 과인에게 바치도록 하라!"

는 엉뚱한 명령을 내렸다. 강순성은 또 얼떨결에 대답을 하고 나왔 지만 세상에 보은별이란 짐승이 있을 리 만무하다. 굳이 있다면 은 혜를 갚은 자라, 곧 자기 아내밖에 또 있겠는가. 함부로 아무 자라 나 가지고 가서 '이것이 보은별이니이다'라고 했다가는 임금의 이목 (耳目)를 속였다 하여 엄한 처벌을 받을 것이 뻔한 일이고——. 그 는 또 무거운 발걸음을 옮기며 집으로 돌아왔다.

바둑 내기라든가 승마 경주 따위는 아내의 신통력으로 무사히 넘 겼지만 차마 '보은별'의 이야기는 아내에게 상담할 수가 없었다. 마 음씨 착한 아내가,

'정히 그러시다면 제가 상감마마에게 가겠습니다.'

라고 한다면 영영 아내를 잃고 말겠기 때문이다. 강순성은 또 식음 을 전폐하고 누워 있었다. 그러한 남편을 보다 못한 아내는 온갖 말 로 위로하며 캐묻기 시작했다.

"제 힘으로 될지 안될지는 모릅니다만 이야기나 들어보자구요. 상감마마께서 이번에 내신 문제는 대체 어떤 것입니까?"

성화같은 아내의 질문에 강순성은 하는 수 없이 입을 열었다. 남편의 애기를 다 듣고 난 아내는 자상하게 설명하기 시작했다.

"그렇다고 이렇게 기가 죽어 있기만 하면 어찌합니까? 제가 시키는 대로 하십시오. 내일 아침 일찍 그 늪에 가서서 제 동생들에게 '너희 누나가 보은별이란 짐승을 꼭 얻어가지고 오라더라'고 말씀하시면 제 동생들이 그것을 갖다드릴 것입니다. 그러면 그것을 가지고 상감마마께 가시되 '이놈이 보은별인데 재주를 시험해 보겠사오니 큰 가마솥에 기름을 붓고 펄펄 끓여 주십시오'라고 말씀하십시오."

강순성은 하도 신통력이 있는 아내인지라 군말않고 아내가 시키는 대로 했다. 자라들이 갖다준 보은별이란 짐승을 끌고 입궐한 그는 임금에게 공손히 말했다.

"이것이 전하께오서 찾으시던 보은별이니이다. 이제 이놈의 재주를 시험해 보겠사오니 기름 한솥만 펄펄 끓여 주시오소서."

임금은 용안을 찌푸리면서도 호기심이 발동하여 좌우 측근자들을 불러 명했다.

"큰 가마솥을 걸고 기름 한솥만 펄펄 끓이도록 하라!"

궁궐 대전 앞뜰에 가마솥이 걸렸고 그 솥에 기름을 부은 다음 장작을 지폈다. 불길은 활활 타다가 기름솥에까지 옮겨붙었다. 그러자 하늘 높이 불길이 치솟았다. 그때다. 지금까지 가만히 있던 보은별이 벌떡 일어나더니 그 불을 한입에 꿀꺽 삼켰다. 임금을 비롯하여 강순성과 그자리에 있던 중신(重臣)들 모두 질겁했다.

그런데 그 보은별이 이번에는 입속에 가득 머금고 있던 불길을 임금에게 확 뿜어댔다. 일동은 또 한번 질겁했는데 그순간 임금은 불에 타서 죽었고, 임금이 앉아 있던 용상도 까맣게 타 버렸다.

"전하! 전하! 이 어인 변고이니이까?"

"전하! 이 일을 어찌하면 좋사옵니까?"

중신들은 흐느껴 울며 법석을 떨었는데 회의를 열고 새 임금을 추대키로 했다.

"보좌는 하루도 비어놓을 수 없는 일인즉 어서 새 주상을 모십시다."

"그런데 선군(先君)께서는 후사가 없으시니 누구를 보좌에 모신단 말이오."

의논은 분분했다. 그러던 끝에 이런 변고가 있음도 모두 하늘의 뜻이라며 강순성을 보좌에 모시기로 했다. 이리하여 나무꾼 강순성은 하루아침에 임금이 되었거니와 그때 나타난 그의 아내는,

"이제 저는 서방님, 아니 전하의 은혜를 다 갚았사오며 아버지이신 옥황상제의 부름을 받자왔사오니 떠나야겠습니다."

라는 말을 남기고 어디론가 모습을 감추고 말았다.

영험(靈驗)한 구슬

전라도 지리산 중턱에서 사는 형제가 있었다. 아버지 고첨지(高
僉知)가 세상을 떠날 때 고루 나누어 준 재산을 형인 고영달(高英
達)이 독차지했기 때문에, 아우 고생달(高生達)은 끼니를 잇기 어
려울 만큼 가난하게 살아야 했다.

그렇건만 형은 고생하는 아우를 돌봐주는 일이 없었다. 한편 마음
씨가 비단같은 동생은 그러는 형을 미워하는 일이 없었고 불평 한
마디 털어놓지 아니했다.

그러던 어느 날, 생달은 여러 날을 굶던 끝에 하는 수 없이 형 영
달네 집을 찾았다.

"형님, 염치없는 부탁입니다만 쌀 몇됫박만 꾸어 주십시오. 양식
떨어진 지가 오래되어서 이렇게 찾아왔습니다."

어렵게 입을 연 동생이 통사정을 했다. 그러나 형의 대꾸는 쌀쌀
했다.

"양식이 떨어졌다구? 있을 때 아껴서 먹어야지 어쩌자고 다 퍼
먹고 양식이 떨어졌다고 꿈질을 하러 다니는 게야?"

"형님, 조금만 적선을 해주십시오."

"이놈아, 우리도 먹을 게 모자라는 판인데 어찌 너희에게까지 양
식을 꾸어 준단 말이냐? 잔소리 그만하고 당장 물러가! 그리고

다시는 내 눈앞에 나타나지 말도록 해라!"

형은 아주 매정하게 쏘아붙였다.

"형님, 이번 한번만 도와주십시오"

동생은 애원을 해보았지만 그것은 모두 허사였다. 형의 태도에는 조금도 변화가 없었다. 더이상 하소연을 해보았자 소용이 없을 것을 안 동생은 발길을 돌리어 터벅터벅 집으로 향할 수밖에 없었다. 굶어서 눈이 쑥 들어가 있을 처자들이 집에서 자기만 기다리고 있을 생각을 하니 생달은 발길이 무거웠다. 그는 처음으로 형님이 원망스럽다는 생각을 했다. 그러나 곧, 마음을 고쳐먹었다.

'아니야. 모든 게 내가 복이 없는 탓이지. 형님댁도 양식이 다 떨어져가기에 그런 말씀을 한 것일 게야.'

이런 생각 저런 생각을 하며 돌뿌리도 걷어차고 걷노라니 저만치에 웬 보따리가 눈에 띄었다.

'아니, 저게 무엇일까?'

생달은 부리나케 달려가서 보따리를 주워 끌러 보았다. 보따리 속에는 먹음직한 떡조각이 두어 개 들어 있었다.

'누가 먹다가 버리기라도 한 것일까?'

생달은 떡조각을 보자 정신이 번쩍 들었다. 비록 두어 조각의 떡이었지만 이것을 갖다가 굶주린 처자에게 준다면 당장 시장기는 면할 수 있지 않겠는가. 그는 침을 꿀꺽 삼키면서 보따리를 번쩍 들고 집으로 향하였다.

종종걸음으로 고개를 하나 넘었을 때다. 어디선가 신음하는 소리가 들려왔다. 생달은 하도 이상하여 발걸음을 멈추고 사방을 두리번거렸다. 그리고 신음소리나는 곳으로 다가가 보았다. 거기에는 웬 노파가 나무 밑에 누운 채로 헛소리같은 것을 하는 한편 끙끙 앓는 소리를 내고 있었다.

"할머니, 어디가 편찮으신가요? 할머니!"

생달은 노파의 이마에 손을 얹으며 조용히 물었다.

"으음…… 젊은이……, 나 좀 도와주오. 그만 산속에서 길을 잃고 헤맨 지가 며칠이 되었는지도 모르겠구려……. 그동안 물 한모금 마시지 못하고 있었다오. 뭐 요기 좀 할만한 게 있거든 아무것이라도 좀 목구멍에 넘겨 주구려."

노파는 모기소리같은 음성으로 통사정을 했다. 생달은 지니고 있던 떡조각 생각이 나자 두말않고 그것을 꺼내어 노파의 입에 떼넣어 주었다.

"여기 떡이 좀 있습니다. 할머니, 이것이라도 잡숴 보세요."

노파는 입을 오물거리며 그 떡조각을 모두 씹어 삼켰다. 그리고,

"젊은이, 참 고맙소. 이 고마움을 무엇으로 갚아야 좋을고."

라며 흐뭇해했다.

"할머니, 그런 말씀 마십시오. 이제 기운이 나십니까?"

"아니야. 그래도 사람인 이상 은혜를 모른다면 그것은 짐승만도 못하지. 여보시오 젊은이, 굶어죽게 된 사람을 구해준 은혜보다 더 큰 은혜가 어디 또 있겠소. 내 가만히 있을 수는 없소. 젊은이, 지금부터 내가 하는 말을 귀담아 잘 들으시오."

"무슨 말씀이신데요?"

"저기 저 산마루에 올라가면 큰 소나무가 한 그루 서있을 것이오. 그 나무 밑에 가서 살 살펴보면 붉은빛이 나는 구슬 한 개와, 파란빛이 나는 구슬 한 개가 있을 것인데 그 가운데 파란빛이 나는 구슬 한 개만 가져다가 젊은이네 집 마당에 던져 보시구려. 그러면 좋은 일이 생길 것이니……. 참, 그러나 붉은빛이 나는 구슬은 절대로 가져가지 마시오. 그것을 가져갔다가는 큰 봉변을 당하게 될는지 모르니, 내 말 꼭 명심하시오."

"예, 할머님, 잘 알겠습니다."

생달이 대답하고 일어서는 순간 그 노파는 어디로 사라졌는지 종적을 감추고 말았다. 생달은 꿈을 꾸고 있는 것만 같았다. 그러나 그것은 분명 꿈은 아니었다. 또 이상한 얘기를 들려준 그 노파는 헛소리를 한 것만은 아닌 것 같았다.

그래서 생달은 산마루로 부지런히 올라갔다. 올라가 보니 과연 그곳에는 낙락장송 한 그루가 우뚝 서있었다. 그리고 그 아래를 유심히 살펴보니 반짝반짝 빛이 나는 예쁜 구슬 두 개가 있었다.

한 개는 붉은빛을 띠고 있었고, 한 개는 파란빛을 빛내고 있었다. 생달은 노파가 시킨 대로 파란구슬 한 개만 집어서 괴춤 속에 소중히 간직하고 집으로 돌아왔다. 아내와 여러 자녀들이 주루루 달려나왔으나 빈손으로 온 그를 보자 심히 실망하는 눈치였다.

생달은 얼른 괴춤 속에서 파란구슬을 꺼내어 마당에 던졌다. 그러자 마당을 비롯하여 오두막 안이 온통 환해지면서 보물들이 마당에 쏟아지기 시작했다.

"에그머니! 이게 다 뭡니까?"

놀란 것은 생달뿐이 아니었다. 그의 부인도 두 눈을 동그랗게 뜨면서 탄성을 질렀다. 아이들 역시 놀라기는 마찬가지였다. 생달은 보물 무더기 속을 헤집고 파란구슬을 찾아내어 다시 한번 조심스럽게 집어던졌다. 그러자 이번에는 금은보화가 쏟아져 나왔다. 이어서 쌀과 온갖 잡곡들도 나왔다.

생달은 이제 가난뱅이가 아니었다. 그 보화들로 집을 장만하고 부유하게 살아가는 갑부가 된 것이다.

한편 동생 생달이 하루아침에 갑부가 되었다는 소문을 들은 형 영달은 그 소문이 믿어지지가 않았다.

'그럴 리가 없는데……. 거 참 이상한 일이 다 있구나. 어쩌면 뜬

소문일지도 모르지. 내가 가서 직접 확인을 해야겠다.'

이렇게 생각한 영달은 동생집으로 달려갔다. 가보니 그것은 결코 뜬소문이 아니었다. 고래등같은 기와집에 온갖 가구들이 얼마나 고급스러운지 눈이 부실 정도인데 사랑방에 앉아 있다가 마중나온 동생 생달은 비단옷으로 온몸을 휘감고 있는 것이 아닌가. 어디 그뿐인가. 늘 누더기만 걸치고 다니던 제수하며 조카아이들까지 비단옷으로 치장하고 여러 장신구를 달고 있는데 그것은 모두 보석이요, 금붙이들이었다. 영달은 눈이 마구 돌 지경이었다.

"이것 봐 아우님, 대체 이 일이 어떻게 된 것인가?"

사랑방에 안내되어 좌정한 형이 넌지시 물었다. 아우 생달은 숨기지 않고 대답했다.

"그게 실은…… 그때 형님댁에 갔다가 돌아오는 길에…… 양식한톨 못꾸어가지고 돌아올 때……."

"아니, 이 사람아, 내가 양식을 꾸어주지 못하겠다고 했던 게 아니지. 꾸어갈 것이 아니라 그냥 갖다 먹으라고 하려던 참인데 아우님이 뭔가 오해를 하고 그냥 돌아섰던 것이라구."

형은 얼굴을 붉히며 얼버무렸다. 그리고 동생의 설명을 귀담아들은 형 영달은 낙랑장송 한 그루가 서있다는 그 산마루를 향하여 허우적거리며 올라갔다. 그리고 소나무 밑을 살펴보니 과연 붉은구슬 한 개와 푸른구슬 한 개가 눈에 띄었다.

영달은 푸른구슬만 집어들고 펄펄 날듯이 산에서 뛰어 내려오다가 문득 생각을 바꾸었다.

"그래, 저 붉은구슬도 뭔가 영험이 있을 것이야. 어쩌면 이 푸른구슬 이상으로 영험이 있을지도 모르지. 그렇다면 내가 이것만 가지고 갈 게 아니라 저것까지 가지고 가서…… 핫핫하…… 동생녀석보다 더 부자가 되어야 한다구."

270

그는 다시 산마루를 향하여 허우적거리며 올라갔다. 그리고 붉은 구슬까지 집어들고 신바람이 나서 집으로 돌아왔다. 영달은 우선 푸른구슬을 마당에 던져 보았다. 그러자 과연 동생이 한 말 그대로 온갖 보물들이 쏟아져 나왔다. 그는 덩실덩실 춤을 추면서,

"됐다, 됐어. 나도 이젠 갑부가 된 것이야!"

라며 보물들을 어루만져 보곤 했다. 그리고 푸른구슬을 보물더미 속에서 찾아내어 자꾸 집어던졌다. 그때마다 온갖 금은보화들이 쏟아져 나왔고 이제는 마당 가득 쌓여졌다. 그 보물들 속에 파묻혀 있던 영달은 문득 붉은구슬 생각이 났다.

"아참, 그 붉은구슬이 또 있었지. 그것을 던져봐야겠다. 그러면 또 어떤 보물이 쏟아져 나올까?"

욕심이 욕심을 불러일으키는 법이라던가——. 영달은 그 욕심을 자제하지 못하고 마침내 괴춤 속에 있던 붉은구슬을 꺼내어 마당 구석에 집어던졌다. 그런데 이게 웬일인가.

갑자기 뿌연 연기가 치솟더니 그 속에서 하늘을 찌를 듯한 거인(巨人)이 나타나는 것이었다. 그의 등에는 어마어마하게 큰 자루가 있었고, 그 거인은 자루 속에 마당 가득히 쌓여 있던 금은보화를 모조리 쓸어담는 것이 아닌가. 기겁을 한 영달은,

"여보시오, 어쩌자고 남의 보물을 함부로 담고 있는 게요?"

라며 따졌지만 거인은 대꾸 한마디없이 두 눈만 부릅뜬 채 보물을 모두 쓸어담아가지고 휘청거리며 어디론가 사라져 버렸다. 영달은 넋을 잃은 채 그저 바라보고 있을 수밖에 없었다. 그러다가 정신을 가다듬은 영달은,

"그래, 가져가도 좋다. 구슬은 아직 내 수중에 있으니까…… 다시 한번 갑부가 되어 보리라."

라며 푸른구슬을 괴춤 속에서 꺼내어 던져 보려고 했다. 그런데 넋

이 나간 영달은 엉겁결에 그만 붉은구슬을 꺼내서 던지고 말았다. 이번에도 뿌연 연기가 일더니 그 속에서 산더미만한 호랑이의 모습이 차츰 선명하게 나타났다.

"어흥! 어흥!"

그 호랑이는 시뻘건 입을 쩍 벌리면서 영달에게 달려들었다. 그리고 한입에 영달을 삼켜 버리고 말았다. 이렇게 해서 영달은 종말을 고했고, 동생 생달은 부귀영화를 누렸다고 한다.

처녀가 아이를 배다

　손씨(孫氏) 성을 가진 사람이 강원도 평강(平康)에 살고 있었다. 그에게는 딸이 하나 있었는데 이름은 은실(恩實)이였다. 은실이는 얼굴도 예쁘고 행실 또한 올바르고 착한 아가씨로서 누구나 탐내는 며느리감이었다.

　은실의 나이 어느새 열아홉이 되자 손씨 부부는 좋은 사윗감을 구하느라 이곳저곳에 매파(媒婆)를 내세웠다. 그러다 보니 여러 곳에서 중매가 들어왔는데 가문이 좋으면 사람이 별로고, 벼슬도 높고 훌륭한 사람이면 또 다른 것이 모자라는 등 사윗감 고르는 일이 쉽지가 않았다. 하나밖에 없는 딸이기에 고르고 고르다보니 쉽게 사윗감이 나타나지 않았다.

　그러자 동네 사람들은,

　"은실이 처녀의 신랑감은 우리 동네에 없을걸."

이라며 감히 은실이를 맞아들일 생각도 하지 못할 정도였다.

　그런데 은실이에게는 이상한 일이 생겼다. 혈색도 좋고 통통하니 보기좋던 몸매가 점점 여위더니 얼굴빛도 어두워진 것이다.

　손씨 부부는 은실이를 불러 물었다.

　"너 우리에게 무슨 말 못할 사연이라도 있는 게 아니냐, 도대체 왜 그러느냐?"

그러나 은실이는,

"아무 일도 없습니다. 더이상 묻지 마십시오."

라고 대답할 뿐이었다. 본인이 그렇게 말하는 데는 부모로서도 별도리가 없었다.

"정말이냐? 그럼 물러가거라."

"예."

은실이는 자기 방으로 건너왔다. 그런 이후로 그녀는 일체 입을 여는 일이 없었고 문밖 출입도 하지 않는 것이었다. 사실 은실이에게는 말 못할 사정이 있었다. 그것은 매일 밤 자기 방에서 무슨 일인가 벌어지는 것이었다.

은실이는 한밤중에 가슴이 답답해 깨는 일이 종종 있었고, 그때마다 누군가 그녀의 몸 위에 올라탄 것 같은 느낌이 들었다. 그리고 몸을 살펴보면 앞가슴이 헤쳐져 있는 것이다. 대경실색하여 주위를 둘러보아도 방안에는 아무도 없었다.

해괴망측하기 이를 데 없는 일이니 함부로 누구에게 말할 수도 없었다. 자신도 영문을 모르는 이상한 일을 어떻게 남에게 말할 수가 있단 말인가. 그러니 마음이 편치 않아 낯빛이 어두워졌으며 몸이 여위어가는 것이다.

은실이는 한숨을 폭 내쉬었다. 그리고 방안을 둘러보았다. 아무리 보아도 쥐새끼 한마리 없는 방안이다. 밤에는 덧문까지 잠근 것을 확인하고 자건만 이상한 일이 아닐 수 없었다.

밤이 되었다. 은실이는 자리를 펴고 누웠으나,

"도대체 누굴까? 누가 왔다 가는 것일까?"

이런 생각을 하니 잠이 오지 않았다. 다시 자리에서 일어나 문 잠근 것을 확인하고 또 확인하고 불을 끄고 누웠다.

"내가 눈만 뜨면 형체도 없이 사라지니 알 수가 있어야지. 내가

274

꿈을 꾸는 걸까? 아니야, 꿈을 꾼다 해도 그렇지, 어떻게 매일 똑같은 꿈을 꾼단 말인가, 더군다나 여며 입은 속저고리가 벗겨지는 것은 또 무슨 이유람……."

이런저런 생각을 하던 은실이는 그저 한숨만 푹푹 내쉴 뿐이었다.

어느결에 잠이 들었을까, 은실이는 뭔가 누르는 듯한 느낌에 눈을 떴다. 숨쉬기가 힘들만큼 온몸을 짓누르는 힘을 또 느낀 것이다. 역시 다른 때와 마찬가지로 방안은 아무일도 없었다는 듯 조용했다.

은실이는 제 몸을 살펴보았다. 역시 젖가슴이 다 드러나 있고 속바지도 벗겨져 있었다. 은실이는 얼른 옷을 잘 수습하고 주위를 다시 한번 둘러보았다.

"정말 모를 일이야. 창피하기도 하고……."

은실이는 얼굴을 감싸쥐었다. 다음날 밤에도, 그 다음날 밤에도 은실이는 매번 똑같은 일을 겪었다.

어느 날, 은실이는 자신도 모르게 소리를 지르며 잠에서 깨었다. 마침 안방에서 자던 손씨 부부가 얼른 딸의 방으로 건너왔다.

"애야, 무슨 일이냐?"

"몹쓸 꿈이라도 꾸었니?"

부모님의 걱정어린 물음에 은실이는 이불을 뒤집어쓰고 앉은 채 아무 말도 하지 못했다.

"무슨 일이 있었느냐니까?"

"예에, 꿈을 꾸었나 봐요."

어머니는 그제서야 딸의 흩어진 머리를 만져주면서,

"그래, 많이 놀란 모양이다. 요새 네 안색이 안좋던데 다른 일이 있었던 것은 아니냐?"

라며 또다시 묻는 것이었다.

"……"

"무슨 일이 있으면 이 어미에게 말해 보거라. 어려워 말고."

"아무 일도 없습니다."

은실이는 차마 말을 할 수가 없었다.

"알았다. 이제 마음 가라앉히고 편히 자도록 해."

"예, 아버지, 어머니께서도 건너가십시오."

은실이의 방에서 나온 손씨 부부는 마루를 지나 안방으로 들어가려 했다. 그때 은실이의 어머니가 소리를 질렀다.

"저게 뭐지요?"

"뭐가 있다고 그러오?"

아버지는 어머니의 말에 고개를 돌렸다.

"지금 파란 광채가 지나갔어요."

"뭐어, 파란 광채라고?"

"예, 그 광채가 저쪽 담을 넘어갔습니다."

"무슨 도깨비불이라도 본 게로구려."

어머니는 얼굴에 놀란 빛이 역력했다.

"아니예요. 제가 똑똑히 봤습니다. 파란 광채가 담을 넘어가는 것을요."

아버지는 믿을 수 없다는 듯,

"그것 참 이상한 일이구려."

하며 방으로 들어갔다.

다음날 밤, 은실이는 가슴이 답답해짐을 느끼다가 잠에서 깨고 말았다.

"아니 이게 웬일이지?"

오늘따라 온 방안이 파란 광채로 빛나고 있었다. 그녀는 자리에서 발딱 일어나 앉았다. 은실이의 눈에 고동색 옷을 입은 한 남자가 번쩍이는 광채 가운데 서있는 것이 보였다. 남자의 모습은 웬지 인간

세상의 사람같지가 않았고 뭔가가 달라보였다.

은실이는 남자의 옷을 살며시 잡으며 물었다.

"당신은 대체 누구신지요?"

광채 속의 남자는 아무 표정도 없고 반응도 없었다. 은실이는 간절한 목소리로 다시 한번 말했다.

"어디 사는 누구신지 말씀 좀 해보세요, 네에?"

은실이의 애원에도 불구하고 그 남자는 한마디 말도 하지 않았다. 그리고 곧 은실이의 눈앞에서 사라져 버렸다.

은실이는 생각하면 생각할수록 답답하고 서러워 견딜 수가 없었다. 그녀는 한없이 울고만 싶었다. 대답이라도 한마디 하고 갔으면 이 답답한 마음은 덜할 텐데 하는 생각을 하니 그 남자가 원망스럽기만 했다.

그녀는 이 이상하고 답답한 일을 누구에게 말해야 좋을지 알 수가 없었다. 은실이는 혼자 애를 태우며 날을 보내었고 그에 따라 몸은 여윌대로 여위어 갔다.

손씨 부부는 마주앉기만 하면 은실이 걱정뿐이었다.

"그래요, 분명 말 못할 사정이 있을 거예요. 그렇지 않고서야 다른 까닭이 없지 않습니까?"

은실이의 어머니 말에,

"하지만 그애가 아무 일도 없다고 하니 이런 답답한 경우가 또 어디 있소?"

라며 아버지가 대꾸했다. 어머니는 문득 며칠 전에 보았던 파란 광채가 생각났다.

"여보, 우리 그러면 은실이의 방을 지켜보도록 합시다. 밤에 무슨 일이 일어나는지 한번 지켜보자구요"

어머니는 파란 광채 이야기는 할 수가 없었다. 저번에도 남편은 직접 보지 못했으므로 믿으려고 하지 않았으니 말이다. 괜히 그 이야기를 또 했다가는 은실이 방을 지켜보자는 제안도 듣지 않을 것 같았다.

"그래, 당신 말대로 한번 해봅시다."

손씨 부부는 어두워지자 방에서 나와 은실이의 방이 잘 보이는 마당의 향나무 아래에 몸을 숨겼다. 두 사람은 숨소리를 죽이고 은실이의 방만 지켜보았다.

"여보, 여보, 저것 좀 보아요."

졸고 있는 은실이 아버지를 어머니가 흔들었다.

"뭐를 보라는 거야, 으응."

눈을 비비며 은실이 방을 보던 아버지도 그만 깜짝 놀라고 말았다. 웬 오색 광채가 은실이의 방에서 나오는 것이었다. 그러더니 그 빛은 높은 담을 뛰어넘어 사라졌다.

"참 이상한 일이지요."

"여보, 그럼 그 빛이 은실이 방으로 들어가는 것도 보았소?"

은실이 아버지가 물었다.

"아니요, 그것은 보지 못했는데요. 저도 깜박 졸았나 봐요."

"여하간 심상치 않은 일이오. 그 오색 광채가 어찌하여 은실이의 방에서 나온 것일까?"

"여보, 우리 내일 또 지켜보도록 해요. 혹 내일도 오지 않을까요?"

어머니의 말에 아버지도 고개를 끄덕였다.

그 다음날 밤도, 또 그 다음날 밤도 역시 마찬가지였다. 오색 광채는 은실이의 방에서 나와 담을 넘어 사라지곤 하는 것이었다.

그리고 얼마 후, 은실이의 배가 불러오기 시작했다. 그 사실에 손씨 부부는 크게 놀라지 않을 수 없었다.

"은실이를 어서 데려오오 어서!"

은실이 아버지는 어머니에게 소리쳤다. 은실이는 부모 앞에 무릎 꿇고 앉은 채 얼굴을 들지 못했다.

"혼례도 치르지 않은 아이가 이게 무슨 일이냐? 도대체 어느 놈이냐?"

은실이는 그저,

"소녀는 아무것도 모르는 일이옵니다. 아버님, 정말입니다."

라는 말만 반복할 뿐이었다.

"이년아! 네가 모른다면 다냐? 어떻게 모르는 사람의 아이를 뱄단 말이냐?"

"정말입니다, 아버님."

은실이는 아버지의 호령에 얼굴이 파랗게 질렸다.

"이년을 당장에 어떻게 요절을 내야지 그대로 두지는 못하겠다."

그러자 어머니가 아버지를 말렸다.

"여보, 그러지 말고 자세히 알아보고 나서 결정하십시오. 애야, 그러니 너도 숨기지 말고 사실대로 어서 말씀드려라."

어머니의 따뜻한 말에 은실이는 방바닥에 엎드려 흐느껴 울었다.

"어서 말해 보래두……."

어머니의 채근에 은실이는 그동안 자신이 밤마다 겪은 일들을 털어놓았다.

"뭐라고? 지금 한 말이 사실이렷다!"

아버지는 믿을 수 없으면서도 은실이가 거짓말을 하는 것 같지는 않아 한숨만 내쉬었다. 은실이 어머니도 함께 한숨을 쉬더니 조용히 딸의 손을 잡고 은실이 방으로 데려갔다. 그리고 반짇고리에서 명주실이 감긴 실패를 꺼내어 은실이에게 주며 말했다.

"오늘밤에 그사람이 오면은 이 명주실을 바늘에 꿰어 그사람의 옷자락에 잘 꽂아두어라. 내 말 무슨 뜻인지 알겠지?"

"네."

은실이는 눈물로 얼룩진 얼굴을 닦으며 대답했다.

이윽고 그날 밤, 은실이가 잠에서 깨어보니 남자는 소리없이 사라지려는 참이었다. 은실이는 얼른 남자의 옷자락을 잡고 말했다.

"소녀가 홀몸이 아닌 것은 아시지요? 그러니 제발 이름만이라도 가르쳐 주십시오"

그러자 파란 광채 속의 남자는 작은 목소리로,

"나는 이름같은 것 없소이다."

라며 무뚝뚝하게 대답했다.

"그럼 어디에 사시는지요?"

"집도 없으니 가르쳐 줄 수가 없구려."

은실이는 무정한 남자의 말에,

"그럼 당신은 도대체 누구십니까?"

라고 물었다.

"나는 누구라고 말할 수 없는 몸이오"

사나이는 이 말을 끝으로 사라지려 했다. 순간 은실이는 얼른 품 속에서 명주실을 꿴 바늘을 꺼내어 그의 옷자락에 꽂았다. 그런 사실을 알 까닭이 없는 사나이는 다른 때와 마찬가지로 오색 광채와 함께 사라졌다.

이튿날 날이 밝을 무렵, 손씨 부부는 풀려나간 실을 따라 대문을 나섰다. 그 실은 담을 넘어 마을 어귀로 빠져나갔다. 그리고는 그 마을의 큰 연못 속으로 들어가 버렸다.

"여보, 이게 무슨 조화예요?"

"글쎄 말이오? 이상한 일이구려. 그나저나 한번 이 실의 끝간 데를 찾아봅시다."

손씨는 의아한 마음을 감출 수 없었다. 그는 명주실을 조심스럽게 끌어당겨졌다. 순간 뭔가 묵직한 것이 끌려오는 느낌이 들었고, 연못 위에 물거품이 끓어오르기 시작했다. 그와 함께 파란 광채가 주변에 퍼졌다.

"여보, 저게 뭐예요?"

손씨 부인이 소스라치게 놀라며 말했다. 물 위에 올라온 것은 거북이였다. 거북의 몸에서는 은실이의 방에서 나온 것과 같은 오색 광채가 번쩍이고 있었다.

"저 거북이가 바로 은실이의 방에 드나들었단 말인가요?"

"그런가 보구려. 저것 좀 보오. 거북의 등에 바늘이 꽂혀 있는 것 보이지요?"

손씨는 놀라면서도 한편으로는 기쁘다는 말투였다.

"은실이를 잉태시킨 것이 바로 저 거북이라니. 이것은 길한 징조임에 틀림없소."

거북은 다시 연못 속으로 들어갔다. 그리고 그날 밤부터 은실이의 방에 나타나지 않았고, 은실이는 열 달이 되자 아들을 낳았다. 아기는 어려서부터 남달리 재주가 뛰어났으며 영특하여 나중에는 높은 벼슬자리에까지 올랐다고 한다.

임진왜란을 내다본 이인(異人)

이준경(李浚慶)은 호가 동고(東皐)로 조선 명종(明宗) 때 영의정이 되었다. 그는 사람들을 덕성으로 감화시키며 도량이 넓은 성품으로 사물을 살피는 총명이 뛰어났다. 또한 앞을 내다보는 예지력과 사람을 알아보는 눈이 있었다.

그의 집 하인 중 피씨(皮氏) 성을 가진 사람이 그에게 말했다.

"대감마님께 한 가지 부탁말씀을 드릴까 하옵니다. 저에게 딸자식이 하나 있사온데 그 아이의 짝을 대감마님께서 구해주셨으면 하옵니다."

피씨의 간청을 들은 이정승은,

"그러잖아도 내가 생각하는 게 있으니 기다리고 있거라."

라고 말하였다. 평소 이정승은 피씨가 청렴하고 근검하여 다른 하인보다 눈여겨보아 왔던 터였다.

그러던 어느 날, 이정승은 피씨를 불렀다.

"그동안 여러 사람을 네 사윗감으로 살펴보아왔다. 그런데 오늘에야 비로소 그 재목을 찾았으니 어서 가서 그자를 데려오너라."

피씨는 이정승의 말에 크게 기뻐했다.

"예, 어서 말씀해 주십시오."

"이조(吏曹) 관아 앞에 가면 행색이 초라한 총각이 있을 것이다.

그를 데려오너라."

피씨는 이정승의 말에 이상한 생각이 들었으나 이정승의 말이 범상치 않음을 알고 있는 터라 즉시 다른 하인을 보내었다.

하인이 이조 관아에 가보니 한 거지 차림의 총각 하나가 쭈그리고 앉아 있는 것이 보였다. 그 총각 얼굴은 온통 검댕을 칠한 듯 시커매서, 원래의 살색을 알 수 없을 정도였다. 머리도 산발을 하여 뒤엉켜 있었고 거적을 몸에 두른, 말 그대로의 거지였다.

'대감께서 말씀하신 총각이 저 총각인가?'

하인은 자기가 잘못 본 것이 아닐까 생각하며 주위를 둘러보았으나, 관아 앞에는 그 거지 총각 외에 다른 사람은 없었다. 하인은 기가 막혔으나 총각에게 다가갔다.

"총각!"

총각은 하인을 힐끗 쳐다보고는,

"왜 그러시오?"

시큰둥하게 대꾸했다.

"영상(領相)대감께서 불러오라 하시니 같이 갑시다."

그러자 총각은 머리를 내저었다.

"싫소. 나와는 상관없는 일이니 가지 않겠소."

하인은 속으로,

'나라의 임금님 다음으로 높은 영의정께서 부른다는 데도 눈 하나 깜짝하지 않다니. 참 이상한 놈이로군.'

이렇게 생각하면서 엄포를 놓았다.

"내 말을 듣지 않으면 포도청 구경을 하게 될지도 모르는데 그러시오?"

하인의 겁주는 말에도 총각은 아무 말 하지 않고 그자리에서 움직이려 하지 않았다. 하인은 총각의 팔을 잡아끌었으나 아무 소용이 없었다. 결국 하인은 혼자 돌아갈 수밖에 없었다.

　하인은 이정승에게 가서 총각과의 사이에 있었던 일들을 하나도 빠짐없이 이야기했다. 이정승은 하인의 말을 다 듣고 나서,

　"그럴 줄 알았다."

라며 고개를 끄덕거리더니, 군졸을 몇명 불러 일렀다.

　"이조 관아 앞에 가면 거적으로 몸을 두른 총각이 있을 것이다. 내가 부른다고 말하고 데려오되, 잘 달래어 데려오너라."

　군졸들이 이조 관아에 가보니 과연 이정승이 말한 대로였다. 군졸 하나가 총각을 향해 말했다.

　"승상대감께서 데려오라시니 우리와 같이 가자!"

　총각은 별 놀라는 기색도 없이 말했다.

　"승상께서 왜 나를 데려오라신단 말이오? 나는 승상을 뵈올 이유가 없단 말이외다."

　"아니, 높으신 어른이 부르는데 무슨 말이 이렇게 많으냐. 그리고 너 한 사람 때문에 우리들이 이렇게 왔으니 잠깐 같이 가자꾸나."

　총각은 그말에 무언가를 생각하는 듯하더니,

　"알았소. 그럼 갑시다."

라며 거적을 두른 채 군졸들과 함께 이정승의 집으로 왔다.

　이정승은 총각을 보자 단도직입적으로 말했다.

　"너 장가가고 싶지 않느냐?"

　총각이 말했다.

　"장가는 무엇하러 갑니까?"

　이정승은 미소를 지으며,

　"사내 대장부가 세상에 태어나서 짝이 없이 지낼 수는 없지 않겠느냐?"

라며 타이르듯 말했다.

"짝이란 있을 수도, 없을 수도 있는 일이 아니겠습니까?"

"다른 사람은 몰라도 너는 반드시 장가를 가야 한다."

이정승의 단호한 말에 총각은,

"안가겠습니다."

라고 대답했다.

"내가 너를 장가가게 하기 위하여 이렇게 부른 것이니 그리 알아라."

이정승은 총각을 달래기 시작했다. 그러자 총각은,

"그러시다면 대감께 말씀드릴 것이 있습니다. 대감께서 소인의 이름과 장차 갈 곳을 숨겨 주시면 저도 대감의 분부에 따르겠습니다."

그리하여 총각은 장가갈 것을 허락했다. 이정승은 하인인 피씨를 불러놓고 말했다.

"내일 당장 혼례를 치르도록 하라."

피씨는 그말에 깜짝 놀라,

"어찌 그렇게 갑작스럽게 일을 치르라 하십니까?"

라고 물었다.

"안그러면 다른 곳에 뺏기기 쉬우니 내 말대로 하거라."

이정승의 말에 피씨는 기가 막혔다. 거지 총각을 사위로 삼으라니 누군들 그렇지 않겠는가. 게다가 내일 당장 혼례를 치르라니 더욱 놀랄 수밖에——.

이정승은 피씨에게,

"내가 다 생각한 것이 있으니 내 말에 따르도록 하라."

라며 은근히 말했다. 피씨는 이정승의 말에 따를 수밖에 별 도리가 없었다. 다음날, 거지 총각과 피씨의 딸은 혼례를 치르었다. 피씨 부부는 거지 사위를 맞으니 기쁠 것이 하나 없었다. 도리어 부끄러워

참을 수가 없었다. 동네 사람들이,

"거지 총각이 용꿈이라도 꾼 거지 뭐."

"누가 아니래. 하루아침에 거지 신세 면하게 되었으니."

라며 수군거리는 소리가 들려올 때는 쥐구멍에라도 들어가고 싶은 심정이었다. 피씨 딸 또한 이정승을 원망하였다. 하늘같은 남편이 어디서 굴러들어온 누군지도 모르는 거지이니 그도 그럴 것이다. 그러나 한편으로 그녀는 모든 것이 다 자기의 운명이려니 하고 받아들였다. 그리고 남편을 잘 받들 것을 맹세했다.

피씨의 사위가 된 총각은 장가를 든 후, 아침에 일어나면 세수도 하지 않고 그냥 빈둥거릴 뿐이었다. 오로지 세 끼니를 먹은 후, 잠을 자는 것이 일이었다. 그러니 피씨 부부를 비롯한 사람들의 입방아에 오르내릴 것은 너무나도 당연한 일이었다.

"거지란 원래 천성이 게으르니 할 수 없지. 제 버릇 개 주나."

"글쎄 말야. 이제 먹을 것 있겠다, 누울 방 있겠다, 먹고 자는 일밖에 할 일이 뭐 있겠어."

피씨의 딸은 그런 말을 들을 때마다 남부끄러워 사람들을 피하기 일쑤였다.

세월은 흘러 3년이 지났다. 피씨 사위는 오로지 먹고 자고 하는 일은 여전했다. 그는 대문 밖을 나서 본 적이 한번도 없었다. 그런데 어느 날이었다. 피씨 사위는 아침 일찍 일어나 세수를 하고 의관을 차려입었다. 그리고는 아내에게 말하기를,

"집안을 깨끗이 치우도록 하오"

라는 것이었다. 피씨 부부와 딸은 그말에,

"별일도 다 있다."

라며 이상하게 여길 수밖에——. 피씨의 딸은 아무래도 궁금해서 견딜 수가 없어 물었다.

"오늘은 무슨 일로 세수를 다 하시고 이렇게 의관을 차리고 계시는 겁니까?"

남편이 대답했다.

"응, 오늘은 정승께서 나를 찾아오실 거요"

피씨의 집안 식구들은 그말에,

"정승께서 무슨 일로 자네를 보러 오시나? 아직 잠에서 덜 깬 것 아닌가?"

라며 비웃었다. 그런데 밖에서 벽제소리가 들려왔다. 그리고 이정승이 행차하였다. 피씨 부부와 집안 식구들은 이 뜻밖의 일에 놀라지 않을 수 없었다. 그리고 얼른 뜰에 내려와 이정승을 맞이했다.

피씨 사위가 이정승에게 공손히 인사를 올리자, 이정승은 그의 손을 잡고 방으로 들어갔다. 이정승은 탄식하는 기색으로 말했다.

"장차 어찌하면 좋겠는가?"

이같은 밑도 끝도 없는 말에 피씨 사위가 대답했다.

"천운(天運)이니 어쩌겠습니까."

"그렇다면 뒷일은 자네에게 맡기겠으니 매사를 잘 처리하게나."

"천한 이몸을 돌보아주신 하해같은 은혜를 어찌 다 갚겠습니까? 앞으로 살펴가며 처리하올 것이오며, 미리 드릴 말씀은 없사옵니다."

이정승은 피씨 사위의 말에,

"알았네. 나는 자네만 믿겠네."

라며 눈물을 머금고 말했다. 이정승이 돌아가고 나자, 집안 식구들은 그제서야 피씨 사위가 보통사람이 아니라고 생각했다. 그리고 그날부터 그를 특별히 잘 대접하였다.

피씨는 이정승의 집에까지 배웅갔다가 돌아왔다. 그러자 사위가 그에게 말했다.

"장인어른, 이길로 곧 대감을 뵈러 가십시오."

"지금 대감댁에서 오는 길이야."

피씨의 말에 사위는,

"알고 있습니다. 그러니 빨리 다시 가십시오."

라고 말하였다.

"왜 또 가라는 건가?"

"대감께서 운명하실 것이니 어서요, 어서!"

사위의 뜻밖의 말에 피씨는 놀라며,

"무슨 소리를 하는 건가? 대감께서는 조금도 불편하신 기색이 없으셨는데……."

라며 반문했다.

"예, 여러 말 마시고 어서 가서 뵈시라니까요."

사위의 재촉에 피씨는 의심을 품으면서도 가지 않을 수가 없었다. 이정승댁에 도착하자 집안이 심히 수선스러웠다.

"무슨 일이라도 생겼나 보다."

피씨는 얼른 이정승의 방으로 들어갔다. 방에는 어두운 기운이 감돌고 있었고, 식구들이 모여 앉아 슬픈 표정을 짓고 있었다.

"대감마님, 웬일이십니까?"

그러자 이정승이 힘없는 목소리로 말했다.

"어찌 알고 왔는고?"

"사위가 급히 가서 뵈라고 하기에 왔사옵니다. 어찌되신 일이십니까 대감마님?"

그러자 이정승은,

"그것은 물을 필요없네. 그리고 당부하네만 자네 사위의 말은 무슨 말이든지 잘 듣고 그말에 어기는 일이 없도록 하게."

라고 말한 뒤, 눈을 감고 말았다. 피씨는 이정승의 운명에 애통해하며 집으로 돌아왔다. 그는 사위의 선견지명에 감동하지 않을 수 없었다.

"과연 대감께서는 내 사윗감으로 보통사람을 택하신 것이 아니다. 그런 줄도 모르고 대감을 원망하기도 하였고 또 사위를 구박하기도 하였으니……."

그후부터 피씨는 이정승의 유언을 받들어 사위의 말에는 뭐든지 따르기로 했다. 또한 집안 식구들도 지금까지의 잘못을 뉘우치고 피씨의 사위를 더욱 잘 대접하고 공경했다.

그로부터 5년 후, 사위가 장인 피씨에게 말했다.

"장사를 시작할까 하는데 돈 3천 냥만 구해 주셨으면 합니다."

피씨는,

"뭐 장사를 하겠다고? 잘 생각했네. 내 구해 봄세."

라며 기뻐했다. 피씨는 사위가 장사를 한다면 반드시 크게 이익을 남길 것이며, 그렇게 될 것을 미리 잘 알고 결심한 것이라고 생각했다. 그리하여 흔쾌히 돈 3천 냥을 구해서 사위에게 주었다.

사위는 그 돈을 받아 집을 떠났는데 반 년이 지나도록 소식이 없었다. 피씨는 은근히 걱정되었다.

'재주가 비상하니 무슨 일이야 없겠지만, 혹 예전의 게으름이 다시 도진 것은 아닐까?'

속으로 벼라별 생각을 다하는 피씨였다. 그러던 어느 날, 사위가 돌아왔다. 그는 일전 한푼 가진 것 없는 빈털터리 신세였다.

피씨 부부와 딸은 그가 일단 돌아온 것만도 반가웠다. 그러나 그 재주에 빈털터리가 된 것을 생각하니 궁금하기 짝이 없었다. 사위는 이런 저런 사정으로 3천 냥의 돈을 모두 써버렸다는 말과 함께,

"처음 해본 장사라 그리되었습니다. 또한 밑천이 좀 부족하기도

했고요."
라는 것이었다.

"그래 앞으로 어찌하겠는가?"

피씨의 말에 사위가 대답했다.

"5천 냥만 더 있으면 큰 이익을 볼 것 같습니다."

그말에 피씨는 깊이 생각하더니 이렇게 말했다.

"내 5천 냥을 구해 보겠으니 장사를 계속하게나."

"예, 그렇게만 된다면 좋겠습니다."

그리하여 피씨 사위는 다시 5천 냥의 돈을 가지고 집을 떠났다. 그가 떠난 지 1년이 지나도록 이번에도 소식 한자 없었다.

어느 날, 피씨 사위는 집으로 돌아왔다. 그는 지난번과 마찬가지로 빈털터리였다. 피씨는 속으로 화가 치밀었으나 겉으로는 태연한 척하였다.

"그래, 이번에도 밑천을 없애고 말았으니 어찌하려는가?"

그말에 사위는 담담하게 말했다.

"어떻게든지 지금까지 밑진 돈을 건져야 하지 않겠습니까?"

"그래서?"

"다시 밑천을 마련하여 장사를 하려 합니다. 그러니, 집과 밭을 팔아서라도 돈을 대주셨으면 합니다."

사위의 말에 피씨는,

"뭐라고?"

라며 화를 버럭 내려 했으나 문득 이정승의 유언이 생각났다.

"정히 그, 그렇다면 할 수 없지."

피씨는 집과 논밭을 모두 팔았다. 그리하여 조그마한 집 한 채를 구한 뒤, 나머지 돈은 모두 사위에게 내주었다. 사위는 그 돈을 가지고 집을 떠났다. 이런 일을 안 동네 사람들은 모두 피씨 사위를 흉보며 수군거렸다.

"집안이 망하려면 별일도 다 있지. 애초에 거지를 사위로 맞을 때부터 알아봤다니까."

"그집도 이젠 끝장이지 뭐. 사위가 집으로 돌아올런지나 몰라."

동네 사람들의 이같은 수군거림은 피씨의 귀에까지 들어왔다. 피씨는 창피하여 밖으로 나갈 수가 없었다. 그런데 세 번째 장사하러 떠난 사위로부터 소식이 끊어진 지 어느덧 1년이 지났다.

"어느 때나 돌아오려나?"

피씨는 먼산을 바라보며 중얼거렸다. 그때였다. 사위가 문을 들어서는 것이었다.

"오오! 자네 왔는가? 어찌되었어?"

"정말 죄송하게 되었습니다."

피씨는 그말에 그만 한숨을 길게 내쉬었다.

"후유우, 그래 장차 어떻게 하려나?"

"한번 더 해보려 합니다."

사위의 말에 피씨는 힘없이 고개를 내저었다.

"자네도 아다시피 이젠 아무것도 가진 게 없네. 더이상 어쩔 도리가 없어."

"대감댁에 찾아가 말씀드리려고 합니다."

"뭐라고? 대감댁에?"

피씨가 곤란한 표정을 짓자,

"저와 함께 가시지요. 제가 가서 말씀드리겠습니다."

라며 사위는 자신있게 말했다. 그리하여 피씨는 그 사위와 함께 이정승댁으로 갔다. 정승댁에는 이정승의 아들 형제가 있었다.

형제는 피씨 사위를 반갑게 맞이했다. 그들도 평소 이정승으로부터 그의 이야기를 들어왔던 터였다. 피씨 사위가 그들에게 말했다.

"장사 밑천으로 돈 5천 냥만 대주십시오."

그는 그동안의 사정 이야기를 상세히 설명해 주었다. 형제는 즉석에서 그 청을 허락했다.

며칠 후, 피씨 사위는 이정승댁에서 보내온 5천 냥을 가지고 집을 떠났다. 그리고 1년이 지나도록 소식이 없자 이정승의 아들 형제는 궁금하여 피씨에게 사위 소식을 묻기도 했다. 그러나 피씨 역시 소식을 모르기는 마찬가지였다.

그러던 어느 날, 피씨 사위가 돌아왔다. 전번과 마찬가지로 빈손으로 말이다. 그는 이정승댁 형제에게 매우 미안해하면서 또 이렇게 말하는 것이었다.

"마지막으로 하는 부탁입니다. 그러니 가진 것을 모두 팔아서도 밑천을 대주시면 고맙겠습니다."

이정승댁 형제는 어이가 없었으나 그가 집요하게 졸라대자 할 수 없다는 듯 허락하고 말았다. 형제는 피씨 사위가 돌아가고 난 뒤 이야기를 나누었다.

"장사를 어떻게 하길래 매번 밑지기만 하는 거야. 도대체 어떻게 된 까닭일까? 참으로 알 수 없네그려."

"형님, 아버님께서 돌아가실 것을 안 것 보면 장삿속도 그처럼 알 수 있지 않을까요? 무슨 까닭이 있겠지요."

"내 말이 그말이네."

형제는 집과 전답을 팔아 돈을 장만하여 피씨 사위에게 주었다. 그는 이번에도 그 돈을 가지고 집을 떠났다. 그리고 1년 반이 지나서야 돌아왔다. 그는 이번에도 빈손이었다.

"정말 면목없습니다. 이왕에 이렇게 된 것 소인이 그동안 눈여겨 봐둔 곳이 있으니 그곳으로 떠나는 것이 어떻겠습니까?"

피씨는 동네 사람들 눈도 있고 하여 그러잖아도 더이상 이곳에

292

살고 싶지가 않았다. 그리하여 선뜻 그말에 따르기로 했다. 이정승댁 형제도 아버지의 유언을 생각하며 그의 말에 따라 가솔들을 이끌고 나섰다.

그리하여 피씨 집과 이정승댁 형제의 가족들은 몇날 며칠을 서울에서 동쪽으로 동쪽으로 한없이 옮겨갔다. 어느덧 한곳에 이르자 피씨 사위는 그동안 타고 왔던 거마(車馬)를 돌려보냈다.

"이제부터는 모두 걸어서 가야 합니다."

피씨 사위의 말에 바라보니 그곳은 첩첩산중으로 구름이 앞을 가로막고 있었다. 두 집안 식구들은 험한 산길을 헤치고 올라갔다. 모두들 큰 바위 위에 지친 다리를 쉬고 있었는데, 피씨 사위는 언제 준비해 두었는지 무명천을 꺼내어 바위 한쪽에 단단히 매었다. 그리고 한끝을 바위 아래로 늘어뜨리고는,

"이 천을 꼭 잡고 아래로 내려가는 겁니다."

라고 말했다. 두 집안 식구들은 그말에 따르지 않을 수 없었다. 바위 아래로 내려와 보니 뜻밖에도 그곳은 넓은 들판으로 끝이 안보일 정도였다. 그리고 여러 채의 집들이 들어서 있어서 조촐한 마을을 이루고 있었다.

사람들이 마을로 들어서니 여기저기 꽃들과 나무로 울타리가 되어 있고, 새소리와 닭 우는 소리, 개 짖는 소리가 요란했다. 마을 앞으로는 기름진 논과 밭이 펼쳐져 있었고——.

"그동안 제가 이곳의 가대(家垈)와 논밭을 만들기 위해 수만 냥의 돈을 갖다 썼습니다."

피씨 사위의 말에 이정승댁 형제는,

"진실로 신선이 사는 곳과도 같네그려. 이곳이야말로 별천지가 아닐 수 없네."

라며 감탄을 금치 못했다. 그리고 다시금 피씨 사위의 재능에 놀라

위했다. 두 집안 식구는 부족함없이 즐거운 마음으로 그곳에서 행복하게 살았다.

어느 날, 피씨 사위는 이정승댁 형제와 피씨를 데리고 높은 산봉우리에 올랐다. 그리고 손을 들어 가리키며 말했다.

"저기 보이시지요. 집과 마을이 불타오르고 사람들이 갈 곳을 몰라 도망치는 것 말입니다. 난리가 난 것입니다. 후세 사람들은 이 난리를 임진왜란이라고 부를 것입니다. 금년 4월에 일어났는데 벌써 팔도가 함락되고, 금상전하께서도 의주(義州)에까지 파천하셨습니다. 만일 우리가 그대로 서울에 있었더라면 어찌되었을까요?

이정승께서 저를 알아주신 은혜에 보답키 위해 이곳을 마련하여 피해 온 것입니다. 앞으로 8년 뒤에 세상에 나가셔서 출사(出仕)하신다면 큰 폐해는 당하지 않을 것입니다. 소인은 평생을 이곳에 의지하고 살 것입구요."

피씨 사위의 말에 이정승댁 형제는 눈물을 금치 못했다.

이정승이 피씨 사위를 찾아와 장차 어찌하겠는가 물은 것은 바로 이 일을 두고 한 말이었다. 이정승은 피씨 사위가 뛰어난 사람인 것을 알아보았으므로 그에게 이렇게 물은 것이었고, 피씨 사위가 천운이라며 말하자 나라를 위한 애국충정에서 눈물을 흘렸던 것이다. 그리고 뒷일을 부탁한다는 것은 그 가족이나마 환난에서 구해 달라는 부탁이었던 것이다.

8년이란 세월이 흘렀다. 임진왜란의 어지러움도 가라앉았다. 피씨 사위는 이정승댁 형제를 충주(忠州)까지 모시고 와서 남산 밑 어느 곳에 거처를 잡으라 일러주었다. 그리고는 홀연히 자취를 감추었다.

피씨 사위는 이같은 이인(異人)이었으나 그의 이름과 거처를 아는 사람은 아무도 없었다. 오직 죽은 이정승밖에 아는 사람이 없었던 것이다.

'반쪽이'의 기구한 인생

　황해도 봉산(鳳山) 땅에서 농사를 지어가며 근근이 살아가던 방첨지(方僉知)에게는 아들 형제가 있었다. 큰아들 성학(成學)은 헌칠하게 생긴 미동자(美童子)였는데 작은아들 성룡(成龍)은 기형아였다. 그 기형도 웬만한 기형이 아니다.

　태어날 때부터 이 아이는 다리는 분명 두 개가 달려 있었지만, 나머지는 두 개가 있어야 할 것이 모두 한 개씩밖에 없었다. 즉 팔도 한 개요, 눈도 한 개요, 귀까지도 한 개만 달려 있는 것이었다. 그런 자식을 낳게 된 방첨지는 기가 막힐 뿐이었다.

　"내, 전생에 무슨 죄가 많기에 병신도 상병신 자식을 두게 되었담? 저런 것은 차라리 얼른 죽어 버려야 할 텐데."

　그러나 방첨지의 아내는 생각하는 바가 달랐다.

　"병신이라고 해서 자식이 아니겠습니까? 열 달 배아파서 낳기는 마찬가지지요."

　그리고 애지중지 이 병신 아들을 기르는 어머니였다. 동네 사람들은 이 아이가 태어날 때부터 수군거렸다. 그리고 이 아이의 별명을 '반쪽이'라고 부르는 동네 사람들이었다.

　그런데 한 가지 신기한 것은 이 반쪽이는 강보에 싸여 있을 때부터 잔병치레라곤 모르며 건강하게 자라나는 일이었다. 그리고 차츰 자라면서 같은 또래에 비하여 기운이 센 것도 특징 중 하나였다.

그야 어쨌든 방첨지는 반쪽이를 둔 것이 부끄러워서 못살겠다며 투정을 해댔다. 그럴 때마다 그의 아내는,

"너무 그러지 마세요. 비록 병신일지라도 저렇게 병치레 아니하며 잘 자라주는 게 고맙지 않습니까?"

라며 남편을 나무라곤 했다. 반쪽이 어머닌들 어찌 속이 안 상하랴만은 그래도 모정(母情)이란 어쩔 수 없는 것이었나 보다. 그녀는 별식이라도 만드는 날이면 큰아들보다 반쪽이에게 더 나누어 먹였고, 찢어진 옷솔기를 한번 더 꿰매어 입히는 쪽은 작은아들 반쪽이였다.

이러구러 대여섯 살이 된 반쪽이는 동네 아이들과 장난을 치며 놀 때도 남에게 결코 지는 일이 없었다. 씨름을 할 때도 양팔이 멀쩡한 또래 아이를 외팔인 반쪽이가 업어 메칠 때는 그토록 놀려대던 동네 사람들도 혀를 내두르곤 하였다.

"반쪽이라고 무시할 게 아니라니까."

"저애가 만약 두 팔이 다 성하다면 천하장사감일세그려."

그러나 반쪽이 형은 그런 말도 듣고 싶지 않았다. 동네 사람들은 성학이라는 자기 이름 대신 늘 '반쪽이 형'이라고 부르는 것이 너무 싫었기 때문이다. 그러기는 방첨지도 마찬가지였다. 동네 사람들은 으레껏 그를 '반쪽이 아버지'라고 부르곤 했던 것이다.

"엄마, 반쪽인지 성룡인지 때문에 창피해서 못살겠어요. 그 자식 갖다 버리든지 해요."

성학은 하루에도 몇번씩 이런 불평을 어머니에게 털어놓았다. 그럴 때마다 어머니는 가슴을 에어내는 아픔을 느꼈지만,

"그러는 게 아니다. 누가 뭐라 해도 성룡이는 둘도 없는 네 동생이야."

라며 큰아들을 달래곤 하였다.

세월이 흘러 반쪽이 나이 열다섯 살이 되던 해 겨울, 그해는 유난히도 눈이 많이 내렸다. 동네 아이들은 떼를 지어 산토끼 사냥에 나섰다. 성학이도, 반쪽이 성룡이도 물론 따라나섰다. 토끼를 쫓으며 이리 뛰고 저리 뛰던 아이들은,

"저기다! 저 바위 밑에 토끼가 숨었다!"

라며 우루루 뒷동산 거북바위로 몰려갔다. 연자맷돌만큼이나 크고 넓직한 거북바위 밑에는 산토끼굴이 있었던 것이다. 그 굴 앞에는 방금 들어간 토끼 발자국이 소복하게 쌓인 눈 위에 뚜렷이 나있었다.

"막대기로 굴을 쑤셔 보자."

"아니야, 불을 피우면 튀어나올 거라구."

아이들의 의견이 분분한데 반쪽이가 썩 나서면서,

"막대기고 불이고 다 필요없어! 내가 바위를 밀어젖힐테니 너희는 토끼나 잡아라."

라며 거북바위 한 귀퉁이를 잡고 용쓰자 바위가 움직이기 시작했다.

"어랏차! 끙!"

반쪽이가 한번 더 힘을 쓰는 순간, 그 바위는 뽑혀졌는데 의외로 바위는 둥글어서 그냥 굴러내리는 것이 아닌가.

"토끼다! 토끼야!"

아이들은 놀란 토끼를 잡았다. 그러나 한번 구르기 시작한 바위는 멈출 줄을 모르고 데굴데굴 굴러가더니, 윗말 서생원(徐生員)네 헛간을 들이받아서 무너뜨리고서야 멎었다.

서생원은 길길이 뛰며 당장 헛간을 고쳐내라고 호통을 쳤다. 방첨지는 백배사죄해 가면서 일손을 모아 그 헛간을 다시 지어 주어야 했다. 그런 상황을 지켜보던 성학은 홧김에 밧줄을 거머쥔 채 동생 반쪽이를 데리고 다시 뒷동산으로 올라갔다. 그리고 다짜고짜로 뺨

을 두어 번 후려갈긴 성학은 동생을 나무라기 시작했다.

"야, 이 병신놈아! 병신 주제에 행실이라도 조심해야지! 네 놈 때문에 우리집 망하고 말겠다! 아버지 어머니나 나는 무슨 죄냐! 이 추위에 남의 집 헛간이나 고쳐 줘야 하다니, 너같은 놈은 차라리 죽어 버리는 게 낫겠다!"

그리고 반쪽이를 커다란 참나무에 밧줄로 꽁꽁 묶어놓았다.

"못된 짓을 했으니 이런 벌받는 것은 당연하다고 생각해! 에잇! 밤중에 호랑이라도 와서 물어갔으면 좋겠다만!"

형 성학은 침을 탁 뱉고 그냥 내려가 버렸다.

"형! 형! 다시는 안그럴게. 그냥 가면 어떻게 해. 얼어죽으면 어떡하느냐구?"

반쪽이는 필사적으로 사정해 보았지만 형은 막무가내였다. 저녁 때가 되었건만 반쪽이가 눈에 띄지 않자 어머니는 걱정이 되어 성학에게 물어보았다.

"성룡이는 어디 갔느냐? 아무리 사고를 쳤다 해도 때가 되면 먹·을 건 먹어야지."

"어머니는 맨날 성룡이, 성룡이 하시는데, 그 말썽꾸러기 병신만 챙기지 마세요. 제 놈도 염치가 없으니까 어디 가서 조용히 있을 겁니다."

"조용히? 어디 가서 조용히 있겠다니? 그게 무슨 말이냐?"

다그쳐 물어도 성학이 대답을 안하자 어머니는 걱정이 되어 반쪽이를 찾아나섰다. 그러나 집안 어디에도 반쪽이는 없었다. 하는 수 없이 저녁밥을 지으려고 부엌에 들어가던 어머니는 뒤꼍에서 '쾅'하는 소리에 깜짝 놀라 돌아가보니 웬 참나무가 그곳에 우뚝 서있고 그 나무에는 반쪽이가 묶여 있지 아니한가.

"아이고, 성룡아, 성룡이가 아니냐. 이게 대체 어찌된 일이냐!"

어머니가 두 눈을 휘둥그렇게 뜨고 묻자 반쪽이는 아무렇지도 않다는 듯 태연하게 대꾸했다.

"어머니, 이 나무를 여기에 심어놓으면 여름철에 그늘이 져서 어머니 길쌈하시기에 안성맞춤이겠습니다."

이렇게 말하면서 그 큰 참나무를 부둥켜안고 번쩍 들었다가 땅바닥에 쿡 박자 삽질할 것도 없이 참나무는 그자리에 심어졌다. 어머니는 부엌에 들어가서 식칼을 가져다가 반쪽이를 묶어놓은 밧줄을 끊어 주었다.

"내 아들 힘도 장사지."

반쪽이의 힘이 장사라는 것을 모르는 어머니는 아니었지만 참나무 거목을 뿌리째 뽑아다가 쿡 박아서 심어놓는 것을 보고 혀를 내두르며 감탄해마지 않았다. 이처럼 힘이 센 반쪽이였으니 논밭에 나가서 일을 해도 장정들보다 갑절이나 해치웠다. 워낙 일을 잘하는 반쪽이고 보니 이제 동네 사람들은 그를 놀리는 경우보다 그의 힘을 빌리는 경우가 더 많아졌다.

그런데 나이가 들어감에 따라 반쪽이에게는 또 한 가지 고민거리가 생겼다. 참한 규수를 만나 장가를 가야겠는데 누가 병신인 자기에게 시집을 와줄 것인가? 그런 걱정은 반쪽이 아버지나 어머니 쪽이 더 고민이었다. 그러던 어느 날, 반쪽이가 어머니에게 불쑥 말했다.

"어머니, 저도 이제 장가를 가야겠습니다. 언제까지나 어머니가 지어주시는 밥만 얻어먹고 살 수는 없을 테니까요. 참한 색시감 하나 구해 주십시오."

어머니는 땅이 꺼지도록 한숨을 내쉬었다.

"그러면 작히나 좋으랴만은 어디 그런 색시감이……."

"제가 반쪽이라서 시집올 색시가 없다는 말씀이시죠. 정히 그렇다면 제가 발벗고 나서서 구해 오겠습니다. 색시감을 데려오거든

식이나 올려주십시오.”

“그럼 네가 점찍어 둔 색시감이라도 있느냐?”

“예, 아랫말 오복이 누이라면 괜찮을 것 같은데요.”

“오복이 누이?”

어머니는 고개를 가로저었다. 오복이 아버지 강진사(姜進士)라면 세상이 다 아는 구두쇠에다가 양반 행세하기 좋아하는 사람인데 그가 반쪽이에게 천금같은 딸을 내줄 리 만무했기 때문이다. 그러나 반쪽이는 그날부터 오복이 누이에게 장가간다고 소문을 마구 퍼뜨리고 다녔다. 헛소리같은 소문이었지만 남의 말하기 좋아하는 것이 사람들의 심정인지라 그 소문은 온 마을에 파다하게 나고 말았다.

이런 소문을 들은 오복이 아버지 강진사는 화가 불같이 나서,

“천하에 고얀 놈! 그런 병신이 감히 내 딸을 넘보다니! 그놈을 잡아다가 당장 물고를 내고 말테다!”

라며 두 발을 굴러댔다. 그리고 하인들을 불러모으고는,

“그 병신놈 반쪽인가 하는 놈 말이다. 우리집 근처에 얼씬도 못하도록 단속하라!”

하고 엄명을 내렸다.

한편 반쪽이는 그날부터 면밀하게 계획을 짜나갔다. 그리고 이튿날 밤 오복이네 집을 정탐하러 나섰다.

오복이네 집에서는 문간마다 불을 환하게 밝혀놓고 있는데 문간은 말할 것도 없고 마당이며 뒤꼍이며 손에손에 몽둥이를 든 하인들이 두 눈을 부릅뜨고 지키고 있었다. 반쪽이는 그대로 돌아왔다. 그 다음날 밤에도 가보았지만 경계는 역시 삼엄했다. 이렇게 매일 밤 정탐하러 다니기를 엿새— .

이레째 되던 날, 반쪽이가 오복이네 집을 찾은 것은 한밤중이었다. 우선 대문 쪽으로 가보니 그곳을 지키고 있던 하인은 얼마나 곤

했던지 몽둥이를 두 손 모아 꼭 쥔 채 쪼그리고 앉아서 코를 드르렁 드르렁 골며 잠이 들어 있었다.

'그럼 그렇지. 너희가 며칠 밤씩이나 새고서야 견딜 수 있을라구.'

반쪽이는 얼른 그 하인의 상투를 풀어 대문 손잡이에 동여매 놓았다. 그리고 안으로 들어가니 대청마루 밑에서 코고는 소리가 요란하게 들려왔다. 반쪽이가 살금살금 다가가자 그곳을 지키던 하인이 땅바닥에 엎드린 채 깊은 잠에 빠져 있었다. 반쪽이는 얼른 부엌으로 들어가서 가마솥 뚜껑을 벗겨다가 그 하인에게 덮어씌웠다.

이어서 반쪽이는 사랑방 쪽으로 살살 기어갔다. 그곳에는 주인 강진사가 두 다리를 쭉 뻗고 곤히 잠들어 있었다. 반쪽이는 강진사의 수염에 유황을 발라놓고, 내친 김에 작은 사랑방으로 가서 잠자고 있는 오복이의 두 손에 방망이 한 개씩을 매어놓은 다음 살그머니 나왔다.

그리고 그는 건넌방에 들어가 잠이 든 오복이 아내의 손에 소고(小鼓)와 북채를 한 개씩 붙들어 매주고, 이번에는 안방에 들어가 주인 마나님인 강진사의 부인 허리를 밧줄로 동여맨 다음 그 밧줄을 다듬잇돌에 묶어놓았다. 이어서 뒤꼍으로 돌아간 반쪽이는 그곳에서 잠들어 있는 하인들까지 모두 결박을 해놓고는 버젓이 색시감 오복이 누이 방으로 들어갔다.

오복이 누이 역시 여러 날동안 공포에 떨며 잠을 못잤던 터라 깊은 잠에 빠져 있었다. 반쪽이는 집안의 불을 모조리 끈 것을 확인한 다음 잠이 든 색시감을 비단 이불로 둘둘 말아서 한쪽 팔에 끼고 유유히 나오며 큰 소리로 외쳤다.

"반쪽이가 색시감 업고 간다!"

이 고함소리에 제일 먼저 잠이 깬 사람은 주인 강진사였다.

"뭐? 뭐라구! 반쪽이가 색시를!"

그는 벌떡 일어났으나 방안이 칠흑처럼 어두웠다.

"불…… 불을 켜라."

강진사는 더듬더듬 유황을 녹여 발라놓은 수숫잎을 집어들고 화롯불 앞에까지 기어가서,

"후우, 후우"

불씨를 불며 불을 일으키려고 했다. 그순간 강진사의 수염에 묻어 있던 유황에 불이 붙었다.

"앗, 뜨거!"

강진사는 수염에 붙은 불을 끄기 위해 자기 턱을 손바닥으로 마구 두드렸다. 이 소동에 작은 사랑방에서 자고 있던 오복이가 잠을 깼다.

"아버지, 왜 그러세요?"

오복이는 어둠 속에서 두 손을 내저었다. 그러자 손에 매어 있던 방망이가 제 몸을 두드렸다.

"아이쿠! 어느 놈이 몽둥이질을 하느냐!"

오복이는 벌떡 일어나서 아버지 강진사에게로 달려가며 팔을 허우적거렸다. 그바람에 그의 팔에 매어져 있던 방망이가 강진사의 정수리를 내리쳤다.

"아얏! 반쪽이란 놈이 나를 치는구나! 네 이놈!"

강진사는 길길이 뛰었다. 사랑방에서 이런 소동이 벌어지자 건넌방에서 자고 있던 오복이 아내도 깰 수밖에——. 그녀는 얼떨결에 손을 휘저었는데 그녀의 손에 쥐어 있던 북채가 소고를 마구 쳐대는 바람에 집안은 온통 북새통을 이루었다. 이때 안방에서 자던 장진사의 부인은,

"어느 놈이냐! 내 허리를 놓아라!"

고래고래 소리를 질렀다. 반쪽이가 밧줄로 그녀의 허리를 묶고 다

시 다듬잇돌에 그 밧줄을 꽁꽁 묶어놓았으니 아무리 용써도 일어설 수가 없었던 것이다. 어디 그뿐인가. 대청마루 밑에서 잠을 자던 하인은,

"이놈아, 어쩌자고 이렇게 내리누르느냐? 어서 놓아라, 놓아."

라며 솥뚜껑을 밀어내기에 안간힘을 쓰고 있고, 문간을 지키던 하인은,

"아얏! 내 상투 빠진다! 반쪽이놈아, 내 상투는 왜 빼가려고 하느냐!"

라며 아우성을 쳤다. 이렇게 한참동안 소란을 떨던 강진사네 사람들은 오복이가 정신을 차리고 여기저기에 불을 켜놓자 오복이 누이 방으로 몰려갔다. 그러나 그곳에는 그녀의 모습은 있지 아니했다.

"이럴 수가…… 아니 이럴 수가."

강진사 부부는 허탈감에 넋을 잃고 주주물러 앉았다. 하인들은 주인영감 뵐 면목이 없다는 듯 죽 서서 고개를 떨구고 있었다.

"이 천치 바보같은 놈들아! 너희는 대체 뭘 했어! 그 병신놈 하나 막지 못하고! 어떡할 거냐? 아가씨가 없어졌으니! 이 멍청이들아!"

강진사는 버럭 소리를 지르며 길길이 뛰었다. 그러나 그들로서는 속수무책일 수밖에 없었다.

한편 색시감을 이불에 싸서 안고 집으로 돌아온 반쪽이는 제 방에 색시를 내려놓고 정중하게 사과했다.

"예를 제대로 갖추고 꽃가마에 태워오고 싶었습니다만 사정이 그렇지 못해서 이런 무례를 범하고 말았습니다. 미안하기 그지없습니다. 일편단심 그대를 사모해 왔었소. 내 힘을 다해 살아갈 것이니 나를 배필로 받아들이실 생각이면 그렇다고 말해 주십시오."

오복이 누이는 실눈을 뜨고 마음을 안정시키며 신랑감을 뜯어보

앗다. 비록 그 몰골은 괴상하기 짝이 없었지만 일편단심으로 자기를 사모해 왔다는 점, 그리고 억센 힘에다가 남이 흉내내지 못할 용기는 열여덟 살 처녀의 마음을 흔들어놓기에 충분했다. 오복이 누이는 살짝 눈을 흘기면서 고개를 숙였다.

반쪽이는 히죽이 웃었다.

"고맙소, 낭자."

그리고 벌떡 일어난 반쪽이가 밖으로 나가는가 했더니 마당에서 훌쩍 재주를 넘었다. 그러자 지금까지 반쪽이였던 성룡은 순식간에 완전한 미장부(美丈夫)로 변신하는 것이었다. 팔도 두 개, 눈도 귀도 모두 두 개씩인 헌헌장부가 된 것이다.

성룡이네 집안 식구들은 탄성을 질렀고 방안에 있던 색시감은 그만 기절을 하고 말았다. 방첨지는 서둘러 약혼식을 올렸고 강진사네서는 전화위복의 경사라며 큰 잔치를 벌였다고 한다. 온 동네가 축제 분위기였을 것은 말할 것도 없고——.

여인의 청을 물리친 신립(申砬)

어느 날, 신립은 사냥을 나갔다. 하루종일 산속을 헤매었건만 짐승을 한마리도 볼 수가 없었다. 해가 서산에 넘어가자 주변은 어느덧 어두워지기 시작했다.

"이런, 벌써 땅거미가 깔리나? 어서 빨리 산을 내려가야겠는걸."

신립은 발길을 재촉했는데 이상하게도 길이 보이지를 않았다. 아까보다 더욱 깜깜해진 산중에서 길도 보이지 않는지라 신립은 조바심이 나기 시작했다.

"웬일이지. 이곳을 여러 번 다녀도 이런 일은 처음인걸. 분명 길이 있었는데……."

아무리 발길을 옮겨보아도 역시 길은 보이지 않았다.

"이럴 게 아니라 어디 높은 곳에 올라가 여기가 어딘지 살펴봐야겠다."

신립은 이렇게 중얼거리며 사방을 둘러보았다. 가까운 곳에 높직한 바위가 있었다.

"옳다, 저 바위에 올라가면 되겠구나."

그는 바위에 올라서 주변을 꼼꼼이 살펴보았다.

"앗! 저기 불빛이 보인다."

반가운 마음에 신립은 불빛이 있는 곳을 향하여 발걸음을 재촉했다. 높은 곳에서 보던 것과는 꽤 거리가 먼 것 같았다. 어두운 길을 더듬거리며 간신히 불빛을 찾아가 발걸음을 멈춘 신립은 그만 놀라고 말았다.

"이런 산중에 대궐과도 같은 큰 집이 있을 줄이야……."

정말 그집은 신립의 말대로 아주 화려하고 큰 집이었다. 부연(附椽)이 치켜올라간 지붕하며 솟을대문이 여느 사대부집보다 훌륭했던 것이다.

"혹 내가 잘못 보고 있는 것은 아니겠지."

신립은 자신의 눈을 다시 한번 비빈 다음 대문 앞에 머뭇거리고만 있었다. 그러나 허기도 지고 더이상 산속을 헤맬 수는 없었던지라 그는 용기를 내어 대문을 두드리며,

"주인장 계시오!"

라며 소리를 질렀다. 그러나 집안에서는 아무런 인기척이 없었다.

"이상한데. 분명 불빛이 있었는데."

신립은 몇번 더 주인을 불러보았다. 하지만 역시 묵묵부답이었다. 그는 대문을 살짝 밀어 보았다. 대문은 빗장이 걸리지 않았는지 삐그덕 소리를 내며 열렸다. 그리고 열리는 대문 뒤로 중문이 반쯤 열려 있는 것이 보였다.

"그래, 저기 불빛이 보인다."

중문 너머로 한쪽 방에 불이 켜져 있는 것이 보였던 것이다. 신립은 대문을 들어서 중문 앞에 서자 다시 한번,

"아무도 안계십니까?"

라고 소리를 내어 주인을 불렀다. 그러자,

"누구신지요?"

라며 소복 차림의 여인이 호롱불을 들고 나왔다. 신립이 여인을 살펴보니 품위있는 얼굴이 분명했으나 잔뜩 걱정스런 표정이었다.

"사냥길에 나선 사람인데 그만 날은 어두워지고 길을 잃었습니다. 하룻밤만 묵어갈 수 없을까해서 이렇게 찾아왔습니다."

신립의 말에 주인 여자는 망설이는 듯하더니 겨우 입을 열었다.

"쉬어가시는 것은 좋은데, 손님의 생명이 위태로울까 걱정이옵니다."

"그게 무슨 말이시오?"

신립이 묻자 여인은,

"길이 험하니 일단 들어오시지요."

라며 방으로 안내했다. 곧이어 여인은 밥상을 차려다 주었다. 신립은 배가 고팠던지라 게눈 감추듯 밥그릇을 비웠다. 그리고 나서 아까 여인이 했던 말이 무슨 뜻인지 궁금하여 물어보았다.

"제 목숨이 위태로울까 걱정된다는 말을 하셨는데 그게 무슨 뜻입니까? 그리고 이 큰 집에 아가씨말고 다른 사람은 없습니까?"

신립의 물음에 여인은 눈물을 흘리면서 더듬더듬 말했다.

"초면에 이런 모습을 보여드려 죄송합니다. 원래 저희집은 한양에 있었고, 아버님은 벼슬을 하고 계셨습니다. 그런데 사화(士禍)가 일어났고, 아버님은 인생무상을 느끼시어 관직을 버리고 이곳 산중으로 가족을 이끌고 들어오셨습니다. 그리고 보시다시피 큰 집을 짓고 산천을 벗삼아 살아가고 있었지요. 벌써 13년 전의 일입니다. 저희 가족은 가지고 온 재물이 있어 살아가는 데 큰 불편이 없었고, 또 산을 개간하여 필요한 것을 얻을 수 있었습니다. 그런데……"

여기까지 말을 한 여인은 슬픔을 감출 수 없는 듯 흑흑 흐느껴 울기 시작했다. 신립은 아무 말도 할 수가 없어서 그저 여인을 바라보고만 있었다.

잠시 후, 여인은 슬픔을 가라앉히더니 말을 이었다.

"저희가 부리는 종들 중 한 부부가 있었는데 그 부부는 저희집에 올 때 아들을 데리고 들어왔습니다. 그 아이는 어렸을 때부터 기골이 장대하고 힘이 장사였는데 하는 일마다 난폭하기 이를 데 없었습니다. 그런데 장성하자 저에게 자기 색시가 되어 달라고 행패를 부리는 것이었습니다.

아버님은 크게 화를 내셨고 남종들에게 명하여 그 작자를 잡아 묶었습니다. 그리고 호랑이밥이 되도록 노송에 매달아놓으셨답니다. 그런데 장사는 자기 힘으로 밧줄을 끊고 내려와서 저희 부모님을 죽이고 달아났습니다. 그러더니 다음날에는 하인 한 사람을 죽이고, 그 다음날에도 또 한 사람, 이런 식으로 밤이면 밤마다 바람처럼 침입하여 한 사람씩 죽이고 가는 것입니다.

이런 일이 계속되자 하인들은 겁에 질려 이집에서 도망쳐 나가는 자도 있었고, 끝까지 저를 지켜주던 하인들은 비명에 저세상으로 가곤 했습니다. 그 장사는 어찌나 힘이 세던지 아무리 문단속을 해도 소용이 없었고, 그를 당해내는 자는 아무도 없었습니다."

"그럼 이 큰 집에 살던 사람들이 모두 그자에 의해 죽음을 당했단 말입니까?"

여인의 말을 듣고 난 신립이 물었다.

"예, 이제 이집에는 저밖에 남지 않았습니다. 오늘밤에는 저를 데리러 올 것입니다. 제가 그의 요구에 응하여 아내가 된다고 하면 목숨을 살려줄 것이고, 그렇게 하지 않는다면 저도 오늘로서 목숨을 마치게 될 것입니다."

신립은 어이가 없어서 대꾸조차 못하고 있었다. 여인은 신립을 바라보며 다시 말을 이었다.

"그래서 말씀인데 어려운 부탁을 드리겠습니다. 오늘밤 그 장사가 오면 그 작자를 꼭 없애주십시오. 그리하면 저를 구해 주시는 것이 되며, 돌아가신 부모님의 한을 풀어드리는 일도 될 것입니다. 제발 부탁드립니다."

여인의 말에 신립은 두 주먹을 불끈 쥐었다. 그렇지 않아도 치를 떨고 있던 참이었던지라 그는 쾌히 승낙했다.

"좋습니다. 그런 자는 내 반드시 처치하고 말겠습니다."

신립은 자신만만하게 말한 다음 그 장사와 싸울 작전을 세웠다. 그는 여인에게 화살 세 개를 불에 달궈 줄 것을 부탁했다.

이윽고 한밤중이 되자 '쾅' 소리와 함께 대문이 열리더니 장승처럼 생긴 큰 몸집의 사나이가 마당으로 들어섰다.

"옳지, 바로 저놈이 그놈인가 보다."

신립은 얼른 불에 달군 화살을 장사의 심장을 겨냥해서 쏘았다. 장사는 신립이 쏜 화살을 손으로 잡더니 꺾어 버렸다.

신립이 연거푸 화살을 그에게 쏘았으나, 장사는 아까와 마찬가지로 화살을 잡더니 꺾어 버렸다. 그리고 두 눈을 부릅뜨며 활을 쏜 신립을 향해 방문을 걷어차고 들어왔다. 신립은,

'그래, 저놈에게 정면으로 대결해서는 안되겠다. 어디 옆으로 날아가는 화살도 받는지 보자.'

이렇게 생각한 그는 활시위에 화살을 메겼다. 장사는 그때 힐끗 옆쪽으로 고개를 돌렸는데 신립이 쏜 화살은 장사의 오른쪽 관자놀이에 꽂혔다.

장사는 피를 흘리며 크게 비명을 지르다가 문지방에 쓰러져 숨을 거두었다. 신립은 장사가 죽은 것을 확인했고, 여인은 너무나 놀라운 일에 마음을 진정시키고 있었다. 여인은,

"정말 고맙습니다. 제 은인이자 제 부모님의 은인이십니다. 손님이 아니었으면 저는 오늘밤 이자리에서 죽었을 몸입니다. 이것도 인연인데 손님께 제 한몸을 의탁하면 어떻겠습니까?"

라며 같이 살 것을 애원했다. 신립은 단호히 거절했다.

"나는 이미 결혼한 몸입니다. 그러니 아가씨의 부탁을 들어드릴
수 없습니다."

여인은,

"소실이라도 좋습니다. 나리의 건즐이나 받들기 소원이니 저를
데려가 주십시오."

라며 간절히 말했다. 그러나 신립은 그말에도 고개를 가로저을 뿐이
었다.

다음날, 날이 밝는 대로 신립은 떠날 준비를 했다.

"이대로 저를 놔두고 가시렵니까?"

여인은 어젯밤과 마찬가지로 신립에게 애원하는 것이었다. 신립
은 여인의 말에 아무 대답도 없이 대문을 나섰다. 그리고 뒤도 돌아
보지 않고 산을 내려가기 시작했다.

그가 산모롱이를 돌아갈 때였다.

"손님! 손님!"

신립은 발걸음을 멈추고 뒤를 돌아보았다.

"아니, 저런 일이!"

눈앞에 벌어지는 광경에 신립은 입을 다물지 못했다. 그 큰 집에
불이 활활 타오르고 있었고, 지붕 꼭대기에서 소복 차림의 여인이
신립을 향하여 팔을 벌린 채 불속을 향해 뛰어드는 것이었다. 뭐라
말할 틈도 없이 순식간에 벌어진 일이었다.

신립은 여인의 죽음을 안타깝게 생각하며 산을 내려왔다. 그리고
이런 일을 장인인 권율(權慄)에게 낱낱이 말했다. 권율은 노기띤 목
소리로,

"사내 대장부로서 첩첩산중에 여인 혼자 버려두고 오다니 너무하
지 않았는가. 비록 처가 있는 몸이라 해도 그것은 자네가 크게 잘

310

못한 일이야. 그토록 한을 품고 죽어간 여인의 원혼을 어떻게 달
래려고 하는가."

라며 신립을 나무랐다. 그리고 아주 걱정스런 표정으로 한숨까지 토
해냈다.

세월이 흘러 임진왜란이 일어나자, 신립은 왕명으로 도순변사(都
巡邊使)직에 임명되었다. 그가 어명을 받고 떠날 때였다. 장인인 권
율이 그를 불렀다.

"무슨 일이십니까, 장인어른."

신립이 묻자 권율은 파란 병 하나를 주며 말했다.

"지금의 난(亂)이 끝나기 전까지는 절대 이 병마개를 열지 말도
록, 알겠나. 내 말 꼭 명심하게."

신립은 장인이 건네주는 병을 받아 행낭에 넣었다. 그는 그 파란
병이 과연 어떤 병인지 궁금하기 짝이 없었으나 장인의 신신당부가
있었으니 열어볼 수가 없었다.

충주에 도착한 신립은 여러 곳을 살펴본 뒤 대문산에 배수진(背
水陣)을 치기로 했다. 그런데 어찌하다가 장인이 준 파란 병의 마개
가 열리고 말았다. 파란 병에서는 새파란 연기가 허공으로 흩어져
올라갔다. 그와 동시에 여자 목소리가 들려왔다.

"탄금대(彈琴臺)로, 탄금대로……."

여자 목소리는 공중으로 흩어져 그 뒷부분의 소리는 잘 들리지
않았다. 신립은 허공으로 사라진 여자 목소리를 듣고 나자, 이것은
무언가 자기에게 암시하는 것이 있는 것이라고 생각했다.

그리하여 탄금대에 진을 치기로 하고 그곳에 배수진을 쳤는데 그
는 휘하 장병과 함께 그곳에서 목숨을 잃고 말았다. 아마도 여인의
원귀(冤鬼)가 부리는 간교한 꾀에 신립이 걸려든 것이 아니었겠느
냐고 세상 사람들은 말했다.

쇠붙이를 먹는 괴물

　고려 말 때 일이다. 한여름의 송도(松都)는 찌는 듯한 더위로 사람은 물론 짐승까지도 맥을 못추고 있었다. 끼니를 잇기 위해 바느질 일을 하고 있는 임과부(林寡婦)도 더위를 참을 수가 없었다.

　"아무리 삼복(三伏)이라지만 더워도 이리 더울 수가 있나……."

　과부의 몸은 항상 조심을 해야 하는 것이다. 더군다나 임과부처럼 아직 젊은 청상은 더욱 그러하였다. 덥다고 문을 함부로 열고 지낼 수도 없었다. 사내를 꼬이려고 문을 열어놓았다는 사람들의 수군거림을 들을까 두려웠다. 또한 사내들의 눈초리가 호시탐탐 그녀를 노리고 있는 것도 사실이었다.

　"아휴, 이 땀 좀 봐."

　흘러내리는 얼굴의 땀을 닦으며 그녀는 숨이 막히는 것 같았다.

　"할 수 없다. 뒷문이라도 열어야겠어."

　살그머니 뒷문을 열었다. 하지만 바람 한점 없으니 시원할 리가 없었다. 억지로 참고 있자니 도저히 견뎌낼 재간이 없었다.

　"앞문마저 열어야지 안되겠어."

　그러나 워낙 더운 날씨라 앞뒷문을 열어놓아도 덥기는 마찬가지였다. 속옷은 이미 땀으로 폭 젖어 있었다. 임과부는 더이상 견딜 수 없다는 듯 저고리를 벗었다. 얇은 속저고리 바람으로 있으려니 약간은 시원한 듯도 했다. 치마도 허벅지 있는 데까지 걷어올렸다. 허연 종아리며 허벅지가 드러났다. 그녀는 다시 손바느질을 하기 시작했다.

"이런 더위에 누워 부채질을 하지도 못하고 꼼짝없이 앉아 삯바느질을 해야 하니 내 처지가 정말 가련하다."

임과부는 자기를 두고 세상을 떠난 남편이 원망스러웠다. 이럴 때 서로 부채질이라도 해주며 더위를 식히면 오죽이나 좋을까. 그녀는 이런저런 생각을 하자 서글프기만 했다.

그런데 종아리로부터 까만 딱정벌레 비슷한 벌레 한 마리가 허벅지를 간질이며 올라오는 것이 보였다. 그리고는 어느새 치맛속으로 들어가 보이지 않게 되었다. 그 벌레는 등으로 기어올라갔는지 등쪽이 갑자기 슬근슬근 근지러웠다.

"아이구 간지러워, 아유."

벌레는 등을 지나 어깨로 올라왔다. 벌레를 잡아버릴까도 생각했지만 그 간지러움도 그리 싫지만은 않았다. 혼자 시름 속에 있던 임과부는 벌레의 출현이 재미있기도 했다.

바느질손을 멈추고 어깨를 내려다보니 벌레는 손등으로 내려오는 것이었다.

"등으로나 가서 간질일 일이지……."

임과부는 조금 전의 간질간질했던 느낌을 생각하며 이렇게 혼잣말을 하였다. 손등으로 내려온 벌레는 손가락으로 내려오더니 임과부가 쥐고 있던 바늘을 눈 깜짝할 사이에 먹어치웠다.

"아니, 무슨 벌레가 바늘을 먹는담. 정말 이상한 일이네."

임과부는 벌레를 유심히 보았으나 여느 벌레와 다름이 없었다.

"배가 고파서 그러는 걸까?"

임과부는 자신이 잘못 본 것이 아닐까 하며 바늘쌈지에서 바늘한 개를 꺼내었다.

"자, 여기 또 있다. 어서 먹어!"

그러면서 벌레 입에 갖다대니 벌레는 아까와 마찬가지로 홀딱 먹어치웠다.

"정말 별일이다."

바늘을 먹는 벌레가 있다는 말을 들어본 적이 없는 임과부로서는 당연히 별일이었던 것이다. 그녀는 다시 또 쌈지 속의 바늘을 두어 개 꺼내어 벌레 앞에 내놓았다.

그러자 벌레는 맛있다는 듯 얼른 먹어치우더니 쌈지 속을 헤집어 바늘을 모조리 먹어치웠다. 그리고 이어서 반짇고리 속의 가위며 인두 따위를 먹어댔다.

"이럴 수가……"

그후 그 벌레는 며칠을 두고 문고리며, 밥그릇, 요강 등 쇠로 된 것은 무엇이든 닥치는 대로 먹어치웠다. 어느새 조그맣던 벌레는 강아지만큼 커져 버렸고, 이제는 쇠붙이로 된 살림은 남아나는 것이 없었다.

"작은 벌레가 이젠 강아지만큼 컸는데 이대로 먹어대다간 송아지만큼 커지는 게 아닐까? 아니 송아지만큼 커지기 전에 우리집 살림은 어떻게 되고……"

임과부는 벌레를 향해 소리질렀다.

"어서 나가! 어서 이집에서 나가 버려! 이 괴물 벌레야!"

벌레는 그말에는 아랑곳하지 않고 부엌으로 가더니 무쇠솥을 먹기 시작했다. 잠시 후 무쇠솥은 자취도 없이 사라졌다.

"아이구 내가 못살아. 그 큰 가마솥마저 먹어치우다니……"

임과부는 부엌 바닥을 치며 한탄했다. 괴물 벌레는 임과부집에 더 이상 쇠붙이가 없는 것을 확인하자 그날로 집을 나갔다.

"아휴, 이제 쇠붙이는 모두 없어졌지만 마음 편히 지낼 수 있게 되었다."

마음 한구석에 두려운 마음이 자리잡고 있었던 임과부는 홀가분한 마음으로 안도의 한숨을 내쉬었다.

그런데 그날부터 송도에서는 난리가 난 것이다. 그 괴물 벌레가 아무 집이나 들어가서 눈에 띄는 대로 쇠붙이를 집어삼켰던 것이다. 어떤 집에서는 안주인이 숨넘어가는 소리로 고함을 질렀다.

"괴물이 지금 우리집 쪽으로 오고 있어요. 어떡하죠?"

"뭘, 어떡해? 내 이놈을 이 몽둥이로 가만두지 않겠어."

라며 그집 바깥주인이 대비를 하였지만 오히려 괴물 벌레에게 당하고 말았다.

괴물 벌레는 사람들이 대항하려 하면 어느 틈에 그 사람에게 덤벼들곤 하였다. 이제 사람들은 그 벌레를 두려워하게 되었다. 괴물 벌레가 나타났다는 소리가 들리면 사람들은 먼저 몸부터 숨기게 되었던 것이다. 송도는 이제 남아나는 쇠붙이라곤 없었다. 철로 된 다리며, 또 누각에 높이 매달린 큰 종마저도 괴물 벌레가 먹어치웠다.

일이 이렇게까지 되자 포도대장은 어쩔 줄을 몰라했다. 즉시 그는 하급 포졸들에게 명하였다.

"당장 그놈을 잡아들이든지, 죽여 버리든지 하지 않고 뭣들 하고 있는 거냐?"

"예, 저희도 몇번 그놈과 상대를 했습니다만 저희가 휘두르는 칼마저도 먹어치우는 것입니다. 그러니 속수무책이지요."

포졸들의 면목없는 대답이었다.

"당장 괴물을 잡으러 출동하라! 칼로 안되면 불을 질러서라도 잡으면 될 것이 아니냐!"

포도대장은 포졸들을 총동원하여 거리로 나갔다. 사람들은 그 모

습을 보며,

"과연 이번에는 그 괴물 벌레를 잡을 수 있을까?"

"지금까지도 못잡았는데 무슨 뾰족한 수가 있겠어?"

라며 수군거렸다.

"이번엔 불을 질러 잡는다니 두고봐야지."

"그 괴물 벌레가 불도 무서워하지 않는 것은 아닐까?"

모두들 두고봐야 할 일이라며 결과를 궁금해했다. 포도대장은 사람들에게 명하여 장작을 가져오게 한 다음, 그것들을 길목 이곳저곳에 쌓아놓고 불을 질렀다. 거리는 온통 불바다와도 같았다.

그렇건만 괴물은 이곳저곳을 돌아다니며 쇠붙이를 찾았다. 드디어 불길이 피어오른 골목을 향해 괴물이 오고 있었다.

"자아, 모두들 준비해라. 칼을 들고 괴물을 향해 달려드는 거다. 알겠느냐!"

포도대장의 말에 포졸들은 겁에 질려 대답은 하면서도 역시 자신 없다는 태도였다.

마침내 괴물은 포졸들이 몰려 있는 곳으로 오더니 그들의 손에 들린 칼을 먹어치우기 시작했다. 아무리 옆에서 칼을 휘둘러대도 괴물에게는 아무 효과도 없었다. 마침내는 포도대장의 칼도 먹어치우고 말았다.

포졸들은 걸음아 나 살려라며 도망치기 시작했고, 포도대장 역시 칼을 잃고 나니 더이상 어쩔 도리가 없었다. 모여 구경하던 사람들도 하나둘씩 흩어졌다. 괴물은 불길에도 아랑곳없이 훌쩍 건너뛰더니 다시 쇠붙이를 찾아 유유히 발걸음을 옮기는 것이었다.

일이 이렇게 되니 더이상 관가에서는 방법이 없었다. 괴물이 하는 짓을 보고 있는 수밖에 없었다. 수만금의 상금을 내걸었지만 괴물을 잡을 수는 없었다. 이제 그 괴물에게는 '불가사리'란 이름이 붙여졌고, 하느님만이 그 괴물을 처치할 것으로 믿게 되었다.

괴물은 계속 갖은 행패를 부리다가 고려가 망하는 날, 그 괴물의 자취도 사라졌다. 일찍이 '쇠붙이를 먹는 짐승이 나타나 쇠붙이로 해서 넘어진다'는 속요(俗謠)가 퍼진 일이 있고 보면 그 속요가 허튼 노랫가락이 아니었음을 이 일로 알 수 있다 하겠다.

효도를 다한 호랑이 효녀(孝女)

　강원도 깊숙한 산골 마을에서 홀어머니를 모시고 나무장사로 생계를 이어가는 원형(元亨)은 효자로 소문이 난 젊은이였다. 화창한 봄날, 원형은 지게를 지고 산으로 올라갔다. 꽃향기에 취했든지 그는 산속 깊은 곳에까지 들어갔다. 지게를 벗어놓고 잠시 다리를 쉬고 있는데 저만치서 허기진 눈을 한 호랑이가 엉금엉금 그를 향해 다가오는 것이 보였다.

　'아이쿠, 이젠 꼼짝없이 호랑이밥이 되었구나.'

　원형의 머리카락이 모두 곤두서면서 등줄기에서는 식은땀이 주르르 흘러내렸다. 그런 까닭을 알 리 없는 호랑이는 한 발짝 한 발짝 다가오고 있다. 그러나 호랑이도 사냥감이 인간인지라 무척 경계를 하는 눈치였다.

　'이를 어쩐담?'

　일이 다급해지자 원형은 이성을 찾을 수가 없었다. 날개라도 달렸다면 이런 때 훨훨 날아서 도망치기라도 할텐데 그럴 수도 없는 일이라 원형은 바로 옆에서 푸드득 날아서 도망치는 까투리가 무척이나 부러웠다. '사람 살려'라며 고함을 친들 이 깊은 산속에서 무슨 소용이 있겠는가. 실로 막막하기 짝이 없어 눈앞이 캄캄해지고 다리가 후들후들 떨릴 뿐이었다.

'그래, 맞아. 이래 죽으나 저래 죽으나 죽기는 매한가지다. 호랑이
에게 물려가도 정신만 차리면 산다고 했잖은가. 저 호랑이와 잔꾀
시합이라도 해보자.'

이렇게 작심한 원형은, 용기를 내어 호랑이 앞으로 성큼 나서서
반갑기 그지없다는 표정을 지으며 말을 걸어보았다.

"아니, 이게 누구십니까? 누님이 아니십니까? 그렇게 찾아헤매던
누님을 오늘에서야 만나뵙게 되었습니다그려."

원형은 정말로 반가운 자를 만났을 때처럼 손을 내밀어 호랑이의
앞발을 잡으려는 시늉을 했다. 허기진 호랑이는 당장 그를 잡아먹으
려고 했지만 이 뜻밖의 대응에 그만 멈칫했다.

"뭐라고, 나더러 누님이라고 했더냐? 그 따위 잔꾀에 내가 넘
어갈 줄 알고? 천만의 말씀이다. 나는 지금 배가 몹시 고프다.
어흥!"

호랑이의 포효는 산울림이 되어 멀리까지 울려퍼졌다. 그렇다고
그냥 고분고분 목숨을 내줄 원형은 아니었다. 산골에서 자라며 산짐
승과 더불어 잔뼈가 굵어온 원형이니 말이다. 그는 눈 하나 깜짝하
지 않으며 여전히 반갑다는 표정으로 너스레를 늘어놓았다.

"누님, 누님이 이 산속에 계시다는 말씀은 어머니에게서 오래 전
부터 들어왔었습니다. 저는 산에 올라올 때마다 누님을 찾으려고
애를 썼지만 찾지를 못했던 것입니다. 그러다가 하늘의 도움이 있
으시어 이렇게 만나뵙게 되었군요."

"이놈! 너는 사람이고 보다시피 나는 짐승인 호랑이다. 내가 어떻
게 네 놈의 누님이 될 수 있단 말이냐! 괜한 말을 해서 시간만 끌
생각하지 말고 어서 각오해. 나는 지금 배가 몹시 고프다니까!"

호랑이는 그 시뻘건 입을 크게 벌리며 덤벼들려고 했다. 원형은
더욱 정겨운 목소리로 응했다.

"물론 그렇게 생각하시겠지요. 어머님께서도 누님이 그런 생각을 할 것이라고 늘 말씀하셨습니다. 지난 일을 들으시면 참으로 딱한 사정이 있었다는 것을 아실 줄 압니다. 어머님은 누님이 아주 어렸을 때 우연한 일로 혼자서 산에 들어가게 되었는데, 그후로는 누님의 생사조차 알 길이 없어 안타까워하셨습니다.

그런데 어머님의 꿈에 누님이 호랑이가 되어 이따금 나타나셔서 슬피 울곤 하시더란 것입니다. 그래서 어머님은 저더러 산에 들어갈 때마다 호랑이를 만나거든 누님이라 부르고 자세한 사정 이야기를 들려주라고 하셨답니다. 그러나 저는 아직까지 호랑이 누님을 만나뵙지 못하다가 오늘에서야 이렇게 해후할 수 있게 된 것입니다.

반갑기 그지없고 기쁘기 한량없습니다만 누님은 이미 이렇게 호랑이 몸이 되어 계시니 함께 인간 마을로 내려가자고 할 수도 없는 노릇이고……. 이 일을 어쩌면 좋습니까? 그저 서러울 따름입니다."

원형은 눈물까지 쏟으면서 자기가 한 말이 진실인 양 꾸며댔다. 그러는 원형의 태도를 물끄러미 지켜보던 호랑이는 드러냈던 이빨을 감추면서 잠시 생각에 잠기는 듯했다.

'내게 이처럼 반가이 대해 주던 인간은 아직 한번도 없었어. 여기에는 필경 어떤 사정이 있을 것이야. 그래, 정말로 나도 어렸을 때에는 인간이었는지도 모르지. 그런데 어쩌다가 길을 잃어 산속으로 들어왔고 산속에서 살아오는 사이에 이런 호랑이가 되었는지 모를 일이야.'

여기까지 생각해본 호랑이는 지난날의 기억을 더듬어 보려고 애썼지만 자신의 어린 시절에 대한 기억은 하나도 떠오르지 않았다. 그러면서도 호랑이는,

320

'지금 저 인간의 말이 사실이라면 어머니의 슬픔이 오죽할까?'
라는 생각에 이르자 가슴이 미어지는 것 같았다.

'아서라. 그게 사실이라면 저놈을 어찌 잡아먹겠는고. 또 그게 사실이라면 놈은 분명 내 동생이 아니겠는가?'

마음을 돌린 호랑이는 원형에게 조용히 말했다.

"네가 내 동생이라니 정말 반갑다. 그러나 나는 이미 호랑이의 탈을 쓰고 있으니 어찌하겠느냐? 어머님을 뵙고 싶은 마음 간절하기도 하고 너와 같이 살고도 싶다만 나는 그럴 수가 없는 몸이다. 그러니 너는 집에 돌아가거든 어머님께 안부 여쭙고 나 대신 어머님 봉양을 잘해드려라."

원형은 펄쩍 뛰었다.

"아니 누님, 아무리 그래도 어머니가 누님을 얼마나 오매불망 보고 싶어하시는 줄 아십니까? 단 한번만이라도 어떻게 해서든 어머님을 만나 뵈십시오. 그러면 어머니는 돌아가셔도 눈을 감고 돌아가실 것입니다."

원형이 능청을 떨자 호랑이는 눈물을 글썽이며,

"얘야, 어머님을 뵙고 싶은 마음이야 어찌 간절하지 않으리요마는 호랑이가 된 나로서는 어찌 감히 될 법이나 한 일이냐? 그대신 한달에 삭망(朔望) 때마다 두 번, 멧돼지라도 잡아다 주겠으니 그것으로 어머님 찬거리라도 해드리도록 해라."

는 등 애절하게 말했다.

"정히 그러시다면 저와 함께 마을 가까이에라도 가셔서 집은 알아두셔야지요."

"참 그래야겠구나."

이렇게 해서 호랑이는 원형을 따라 마을 뒷동산에까지 왔다가 아쉬운 작별을 하고 돌아갔다. 그야 어쨌든 목숨이 경각에 달려있던 원형은 호랑이를 감쪽같이 속이어 구사일생으로 집에 돌아올 수 있었다.

그후 어느 날 아침, 원형이 일어나 뒤꼍에 가보니 송아지만한 멧돼지 한 마리가 자빠져 있었다. 깜짝 놀란 원형이 멧돼지를 만져보니 온기(溫氣)가 아직 가시지 않은 점으로 보아 사냥한 지 얼마 안 되는 것 같았다.

"그래 맞아, 전날 산에서 만났던 그 호랑이가 약속을 지키기 위해 잡아다 준 것임에 틀림없어."

그렇게 중얼거린 원형은 멧돼지를 끌어다가 펄펄 끓는 물에 튀기어 털을 뽑고 각을 떠서 내장은 삶고, 고기는 굽는 등 정성껏 조리하여 어머님께 드렸다.

"이게 웬 고기냐? 돼지고기치고는 맛도 좋고 부드럽구나."

"덫을 놓아 잡은 것이니, 어머니 실컷 잡수시고 기운 내세요."

원형은 시치미를 뚝 떼고 말했다. 그렇게 먹기를 한 보름, 그후로 삭망 때면 어김없이 멧돼지 한 마리가 원형네 집 뒤꼍에 자빠져 있곤 했다.

이런 일이 계속되자 어머니는 아들 원형을 다그치며 사실을 말하라고 책망했다. 더이상 숨길 수가 없게 된 원형은 산속에서 호랑이와 마주친 일서부터 모두 털어놓았다. 그제서야 납득을 한 어머니도 그 호랑이의 정성에 감동하지 않을 수 없었다.

그런 일이 계속되기를 1년——. 원형의 어머니는 시름시름 앓다가 그만 세상을 떠나고 말았다. 그런 후로는 이상하게도 원형네 집 뒤꼍에 멧돼지가 자빠져 있는 일도 뚝 그치고 말았다.

'호랑이도 어머님이 돌아가신 것을 알았나 보다.'

원형은 그렇게 생각하며 고개를 끄덕이었다.

그러던 어느 날, 원형이 그날도 산으로 나무를 하러 갔다. 산속 깊이 들어가다 보니 웬 호랑이 새끼 세 마리가 옹기종기 모여 있었다. 호랑이로부터 큰 은혜를 입었던 원형인지라 그 새끼호랑이를 만나도 무섭지가 않고 도리어 호감이 갔다. 그는 발길을 멈추고 새끼호랑이들의 재롱떠는 것을 지켜보았다.

그런데 그놈들은 하나같이 꼬리에 하얀 헝겊을 매달고 있는 것이 아닌가. 원형은 이상히 여겨 그 까닭을 물어보았다.

"너희는 무슨 이유로 꼬리마다 하얀 헝겊을 매달고 있느냐?"

그말을 들은 새끼호랑이들은 조르르 몰려와서 울먹이며 대답하는 것이었다.

"우리에게는 할머니가 계셨답니다. 그 할머니는 아저씨와 같은 사람이었다는군요. 그런데 얼마 전에 할머니가 돌아가셨답니다. 그래서 우리 엄마는 아무것도 먹지 않고 굴속에서 '어머니, 어머니, 불쌍하신 어머니'하며 통곡하다가 그만 돌아가셨습니다. 그래서 우리는 상제가 된 것이며 이렇게 하얀 댕기를 매고 있습니다."

원형은 그들을 위로할 말을 찾지 못했다. 그저 멍하니 서서 푸른 하늘만 쳐다보고 있을 뿐이었다. 원형은 그자리에 조용히 앉아서 어린 새끼호랑이들의 머리를 쓰다듬어 주었다.

"가엾은 것들, 내가 너희를 어떻게 도와주어야 할지를 모르겠구나."

원형은 지난일을 돌이켜 생각해 보았다. 산속에서 호랑이를 만났고 그 위기를 벗어나기 위해, 임기응변술로 누님이라고 불렀던 그 호랑이가 오랫동안 어머니에게 지극정성으로 효도해 오다가 그 어머니가 돌아가시자 비통해하던 나머지 식음을 전폐하고 죽었다니……. 가슴이 에어지는 것을 느끼는 원형이었다.

'인간으로 태어난 나도 할 수 없었던 효도를 호랑이는 해냈으니…….'

원형은 깊이 뉘우쳤다. 원형은 그길로 자기 집으로 내려가서 삽이며 곡괭이 등 농구(農具)를 가지고 와서 죽은 호랑이 무덤을 어머니 무덤 옆에 만들어 주었다.

　큰 산에서 원형이 사는 마을로 넘어오는 산마루에는 이렇게 해서 두 개의 무덤이 나란히 있었는데, 그후로는 산짐승들이 동네에 내려와서 작물(作物)을 해치는 일도 없었고 돌림병이 도는 일도 없었다고 한다.

마시면 젊어지는 샘물

　강원도 치악산 중턱에서 화전(火田)을 일구어 근근이 살아가는 마을이 있었다. 10여 호가 옹기종기 모여 사는 이 마을에서 제일 연장자는 지노인(池老人) 부부——. 지노인의 이웃에 사는 장노인(張老人)은 여러 해 전에 상처를 하고 독신으로 살고 있었다. 그런데 이상하게도 이 지노인과 장노인은 약속이나 한 듯이 슬하에 일점혈육도 없었다.

　장노인이야 심통이 사납고 욕심이 많으니까 천벌을 받아, 자식을 못두었다고 해도 할 말이 없겠지만, 지노인의 사정은 달랐다. 궂은 일 마른일 마다않고 동네 사람들의 일을 도맡아서 해오기를 젊었을 때부터 벌써 수십 년간이다. 그처럼 마음씩 착한 지노인 부부이건만 자식이 없어서 늙은 나이에도 지지리 고생을 하며 살아갔다. 그러기에 동네 사람들은 지노인 부부를 동정하면서 아기 못낳은 이유에 대하여 쑥덕거리곤 했었다.

　산골짜기 마을에서 화전을 일구어 감자나 옥수수를 심어가지고 겨우 목구멍에 풀칠할 정도이니 그 생활이야 오죽하겠는가. 봄철부터 가을철까지 일손이 다소 한가할 때면 곡괭이와 호미를 메고 약초를 캐어 망태기에 짊어지고 와서 잔손질을 한 다음 곱게 말려가지고 70리나 떨어진 장터에 가서 팔아 비린내 나는 생선도막이나 사먹는 것이 유일한 낙이요, 산골마을의 잔치이기도 했다.

단오가 지난 지도 여러 날, 감자며 옥수수 파종을 끝낸 지노인은 아침 일찍 일어나 망태기 속에 호미와 낫, 곡괭이 등속을 챙겨넣었다.

"옛수, 감자 삶은 것 두어 알 쌌으니 낮에 시장하시거든 요기라도 하시구려."

지노인 부인이 내미는 감자는 아직도 따끈한 온기가 남아있었다.

"장심통은 안가려나?"

지노인은 친구 장노인네로 발걸음을 옮겼다. 심통이 사납다 하여 장노인을 장심통이라고 부르는 것이 이 동네에서 통해 온 지 오래다.

"장심통! 약초 캐러 가세."

지노인이 부르자 그제서야 일어났는지 장노인은 찢어진 문짝을 밀면서,

"약초? 자네나 많이 캐오게. 그까짓 것 죽을힘들여 캐봤자 돈푼도 안되는걸. 땀만 빼지 아무 소용 없더군."

장노인은 코방귀를 뀌며 문짝을 쾅 닫아 버렸다. 지노인은 머리를 숙이며 납짝한 장노인네 처마를 기어나와 휑하니 산으로 오르기 시작했다. 그리고 약이 오르기 시작한 창출 뿌리며 삼지구엽초 잎사귀 따위를 주섬주섬 망태기 속에 따담기 시작했다.

그러는 사이에 남살미고개를 넘고 봉울미고개를 넘으니 등짝에 땀이 흥건하게 배나온다. 그것에 개의치 않고 지노인은 부지런히 발걸음을 옮기면서 돈이 될만한 약초를 뜯고 캐나갔다. 망태기는 어느 사이에 약초로 그득해졌다.

잠시 허리를 펴기 위해 고개를 든 지노인은,

"아니, 벌써 해가 이렇게 되었나. 어쩐지 시장기가 들더라니……."

라며 곁에 있는 바위 위에 앉아서 망태기 속에 담아온 감자를 꺼

냈다. 차디차게 식은 감자였지만 껍질채 우물우물 씹어먹어도 맛은 꿀맛이었다. 감자를 다 먹은 지노인은 조갈이 나서 물 한모금 마실 데가 없나 하여 사방을 두리번거렸지만 거기에는 적당한 샘물이 없었다.

그때 웬 새소리가 아름답게 들려왔다.

'찌르찌르릉 찌르릉!'

그 새소리는 마치 은쟁반에 옥구슬을 굴리는 것처럼 맑기도 하고 은은하기도 했다. 그리고 이상한 것은 그 새소리를 듣고 나니 조갈증이 싹 가시는 것 같았다.

"거참 희한하다."

지노인은 나무 위를 올려다보았다. 거기에는 익히 보지 못했던 파랑새가 앉아서 목을 쭉 빼며 노래를 부르고 있었다.

"옳아, 너였구나. 아름다운 노래를 불러준 녀석이."

지노인은 그 파랑새를 보자 옛 친구를 만난 것만큼이나 반가웠다. 그런데 잠시 후 파랑새의 노래는 뚝 그쳤다. 지노인은 다시 약초를 캐기 시작했다. 얼마나 시간이 흘렀을까. 아까 그 파랑새의 노랫소리가 다시 들려왔다. 지노인은 무의식중에 그 노랫소리나는 방향으로 따라가며 열심히 약초를 캤다.

그러기를 한참만에 지노인은 그 근방에서 제일 험하다는 큰덕미 고개까지 넘었다. 파랑새 소리는 그곳에서 그쳤고 아무리 기다려도 두번 다시 들려오지 않았다.

'그 녀석이 아주 먼 데로 날아간 게로군.'

이렇게 생각하자 어쩐지 섭섭한 생각도 들었다. 그런데 지노인은 유난히 목이 말랐다. 주변을 왔다갔다하며 유심히 살피니 그 높은 산마루에 칡덩굴이 우거져 있고 그 밑에 옹달샘이 있었다. 갈증이 심한 김에 얼른 달려가서 두 손으로 한움큼 물을 떠마신 지노인은,

"아이구 시원해라. 이게 바로 감로수라는 게 아닌가."
하며 연거푸 세 움큼을 떠마셨다. 그리고 허리를 한번 쭉 펴니 그동
안의 피로감이 싹 가시는 것 같았다. 그것뿐이 아니었다. 명절날에
쓰기 위해 정성껏 빚어둔 약주를 마셨을 때처럼 배 속이 짜르르하
며 기분이 상쾌해졌다.

"그건 감로수가 아니라 약주였던가?"
이렇게 두런거리던 지노인은 산봉우리 푸르른 잔디 위에 가서 누
웠다. 스르르 잠이 든 지노인이 눈을 뜬 것은 해가 서쪽으로 잔뜩
기운 후였다.

"내가 너무 많이 잤나? 어서 서둘러야겠는걸. 까딱하다가는 산속
에서 땅거미 만날라."

지노인은 약초 망태기를 번쩍 들어서 짊어지고 돌아갈 발길을 재
촉했다. 그런데 이게 웬일이냐? 그토록 무거웠던 약초 망태기가 검
불 진 것보다도 가벼우니 말이다. 어쨌거나 지노인은 허둥지둥 갈
길을 서둘렀다.

한편 지노인 부인은 아까부터 뒷동산 쪽을 기웃거리며 영감이 오
나 살펴보았다. 그도 그럴 것이 여느 때 같으면 벌써 집에 와서 저
녁상 받을 준비를 할 때가 아니던가. 그런데 새벽같이 감자 두어 알
갱이 달랑 싸가지고 간 영감이 벌써 어두컴컴해지는데도 안돌아오
니 조바심이 날 수밖에 없었다.

그녀는 장노인네로 가보았다.

"영감님, 우리 영감이 아직도 안오시니 어찌된 일일까요? 자꾸만
방정맞은 생각이 드네요. 혹시 산짐승에게 봉변이라도 당했으면
이 일을 어쩝니까? 저랑 같이 산에 가보시지 않으시겠어요?"
이렇게 사정을 해보았지만 심통사나운 장노인은,

"글쎄올시다. 아직도 안왔다면 무슨 변괴가 있는 것 같기도 하오

만……. 그렇다고 우리가 가본들 무슨 소용이 있겠소? 죽지 않았으면 돌아올 것이고 죽었으면 못올 것이고…….”

시큰둥하게 대답할 뿐이었다.

지노인의 부인은,

“인정머리라고는 눈을 씻고 찾아봐도 없는 영감탱이 같으니라구.”

한마디 뱉고는 집으로 돌아와 횃불을 만들어서 불을 붙인 다음 그것을 높게 쳐들고 뒷동산으로 오르기 시작했다. 그때다. 그 횃불을 본 지노인이,

“임자요? 나 지금 오는 길이오!”

라며 반갑다는 듯 소리쳤다. 가슴을 쓸어내린 부인은 눈물이 핑 도는 것을 느꼈다.

“아니, 왜 이렇게 늦으시었수? 사람 애간장 다 타겠수다.”

지노인을 떠다밀다시피하며 집에 돌아온 할머니는 옷을 툭툭 털고 들어와 밥상 앞에 앉는 지노인을 보자 그만 기절할 뻔했다.

“아니, 당신은 뉘시우? 누구냐니까요?”

놀라기는 지노인도 마찬가지였다.

“누구라니? 당신 영감이지 누구야?”

“그런데 왜 이렇게 젊어지신 거요? 아니오, 우리 영감이 아니외다!”

“이런 딱한 할망구 봤나. 아, 아침에 감자 싸가지고 약초 캐러 갔던 영감도 몰라봐? 한두 해 같이 살았나? 50평생을 같이 산 마누라가 영감도 몰라보다니……. 이 할망구가 망령이 나도 단단히 났구먼!”

실랑이는 계속되었고 결국에는 희미한 거울을 꺼내다가 등잔불에 비추어 자기 얼굴을 확인한 지노인이 승복을 함으로써 소란은 가라앉았다. 그렇다. 지노인은 회춘을 했던 것이다.

“거참 신기한 일도 다 있다.”

지노인은 거울도 의심스러웠던지 두 손바닥으로 얼굴을 비벼 보았다. 그토록 깊게 패었던 주름살이 팽팽하게 펴져 있고 볼이며 턱에는 살도 도톰하게 쪄있는 것이 만져졌다.

"그래서 아까 약초 망태기가 그렇게 가벼웠나 보오."

지노인(실은 젊은이가 되었지만)이 말하자 할머니는 점점 알아들을 수 없는 말만 한다면서 캐묻기 시작했다. 지노인은 오늘 낮에부터 있었던 일을 자세히 말해 주었다. 두 눈을 깜박이며 귀기울이어 듣고 있던 할머니는 뭔가를 곰곰이 생각하더니,

"그렇다면 영감, 영감이 그 샘물을 마셔서 이렇게 젊어지셨다는 것이로구려. 그 샘물은 필시 하늘이 내리신 게 분명합니다. 그런데 한 가지 큰 걱정거리가 생겼습니다. 그 샘물을 나도 마셔야겠어요. 마시지 않으면 젊은 청년인 영감이 나같은 할망구하고 살게 될 것이니 어디 그게 말이나 될 일입니까? 안그래요 영감?"

듣고 보니 할머니의 말이 옳았다. 지노인은 고개를 끄덕이었다.

"당신 말이 맞소. 당장 내일 새벽에 나하고 같이 가서 당신도 그 신기한 샘물을 좀 떠마시도록 합시다."

그날 밤 지노인 부부는 잠을 설쳤다. 얼마나 신기한 일이며 얼마나 가슴뿌듯한 일이란 말인가? 호호백발이 된 부부가 함께 회춘하여 젊음을 되찾는다니…… 잘만 하면 슬하에 그토록 원하던 자녀를 두게 되는지도 모를 일이니 말이다.

이튿날 새벽, 지노인 부부는 산을 오르기 시작했다. 그들의 발걸음이 가벼웠던 것은 약초 망태기를 짊어지지 않아서만은 아니었다. 남살미·봉울미·큰덕미고개를 넘어서 칡덩굴 우거진 곳 산봉우리에 있는 샘물을 찾은 것은 한낮이 되기 전이었다. 그리고 이 신기한 샘물을 세 움큼 떠마신 할머니도 돌아올 때는 새파란 색시의 모습이 되어 남편과 함께 나란히 걸어왔다.

330

화전 동네에서는 법석이 났다. 지노인 부부가 회춘하여 젊은 부부가 되었으니 이건 천지개벽만큼이나 큰 사건이 아닐 수 없었다. 그러나 지노인 부부는 이 비밀에 대해서는 입을 봉하고 있었다. 동네 사람들은,

"워낙 마음이 착한 사람들이었으니까 산신령님께서 돌봐주신 것이야."

라는 둥,

"아니야. 지노인이 그처럼 열심으로 약초를 캐러 다니더니 천년 묵은 산삼을 캐다가 두 양주가 달여 먹었기 때문일 거야."

라는 둥 의견이 분분했다. 그렇지만 끝내 비밀을 알아내지 못하는 동네 사람들이었다. 거기에는 지노인이 신조로 삼아 왔던 '산속에서의 신비로움은 발설하면 재앙이 내린다'는 철칙이 작용했었으리라.

그런데 문제가 생긴 것은 그후 얼마 안되어서였다. 심통사납고 게염스럽고 욕심 많은 장노인은 지노인을 집요하게 붙들고 늘어졌다. 젊어진 비결을 가르쳐 달라고 ──.

"글쎄, 그건 말할 수 없다니까. 동네 사람들 말처럼 산삼을 캐먹어서 젊어졌다고 생각하게나."

"이 사람아, 자네와 나 사이가 아닌가. 우리가 어디 10년 지기(知己)인가? 어려서부터 지게 작대기 같이 두드리며 나무하러 다녔던 죽마고우 사이에 그런 것 하나 가르쳐 주지 않다니, 이 사람 너무하는군. 야속하네, 야속해!"

이렇게 조르기를 허구한 날, 성가실 만큼 졸라댔다. 마음씨 착한 지노인은 마지못해 발설을 하고 말았다.

"실은 저어⋯⋯."

지노인은 큰덕미고개 칡덩굴이 우거져 있는 덤불 밑에 있는 샘터 위치까지 정확하게 대주었다.

"그 물을 마셨더니 젊어지더란 말이지?"

"그렇다니까. 우리 마누라도 그 물 마시고 저렇게 젊어졌다네."

장노인은 속으로 쾌재를 불렀다.

'나도 젊어지기만 한다면 장가를 다시 갈 수도 있을 거야.'

그는 이러고 있을 때가 아니라며 서둘러 뒷동산으로 달려갔고 남살미·봉울미·큰덕미고개 쪽으로 내닫기 시작했다. 달려가는 장노인의 발걸음은 가볍기만 했다.

그런데 해가 지고 어두운 밤이 되었건만 장노인은 돌아오지 않았다. 지노인 부부는 걱정이 태산같았다.

"그러게 뭐랬수? 그런 비밀은 함부로 대주는 게 아니라고 했잖습니까? 어쩌자고 장노인에게 샘물 얘기를 해주시었수?"

"난들 해주고 싶어서 해줬나 뭐, 하도 졸라대기에 그만……."

지노인 부부는 밤을 꼬박 새고 새벽이 되자 산으로 올라갔다. 그리고 예의 샘이 있는 곳까지 왔을 때는 날이 환하게 밝았다. 그때 웬 아기 울음소리가 들려왔다.

"아니, 이 깊은 산속에서 웬 아기 울음소리가 들린단 말입니까? 그것도 이른 아침부터……."

깜짝 놀란 지노인 부부가 샘터 쪽으로 다가가 보니 그곳에 웬 갓난아기가 누워서 울고 있었다. 지노인의 부인이 아기를 안아올렸다. 그런데 그 아기는 아무리 뜯어보아도 이웃집 장노인을 빼닮았다.

"그랬구나. 그 장심통이 욕심을 너무 부린 게 틀림없어."

지노인은 아기를 받아 안으며 투덜거렸다.

"욕심을 너무 내다니요? 그게 무슨 말씀입니까?"

"이 아이를 보면 모르겠소? 샘물을 너무 탐내다가 아예 이렇게 어린애가 된 것 같구려."

"에그머니나, 욕심을 작작 낼 일이지. 너무 마셔서 젊어지다 못해 이처럼 아기가 되어 버린 것이로군요.”

지노인 부부는 얼굴을 마주보며 웃음을 터뜨리고 말았다.

“여보, 이렇게 하면 어떨까요? 우리 그동안 아기가 없어서 무척
쓸쓸했었는데 이 아기를 데려다 기릅시다.”

“아무렇게나 하지. 그것도 좋겠소.”

그들은 아기를 안고 집으로 돌아왔다. 지노인 슬하에서 자라난
아기는 이상하게도 욕심을 부리거나 심통스런 짓을 하지 않았다고
한다.

한국의 괴담

初版 發行 ● 2000年　4月　25日
再版 發行 ● 2001年　2月　10日

編著者 ● 安 吉 煥
發行者 ● 金 東 求

發行處 ● 明 文 堂
　　　　　서울특별시 종로구 안국동 17~8
　　　　　대체　010041-31-001194
　　　　　전화　(영) 733-3039, 734-4798
　　　　　　　　(편) 733-4748
　　　　· FAX 734-9209
　　　　　등록　1977. 11. 19. 제1~148호

값 7,000원
ISBN 89-7270-611-6　03810